BASTEI
LÜBBE
TASCHENBUCH

Weitere Titel der Autorien:
15920 Die simliche Erbin
16414 All inclusive

Tesni Morgan

DIE LIEBES-KÜNSTLERIN

Erotischer Roman

Aus dem Englischen übertragen von
Sandra Green

BASTEI
LÜBBE
TASCHENBUCH

BASTEI LÜBBE TASCHENBUCH
Band 16 335

1. Auflage: Juli 2009
2. Auflage: Mai 2010

Vollständige Taschenbuchausgabe

Bastei Lübbe Taschenbücher in der Bastei Lübbe GmbH & Co. KG

Deutsche Erstausgabe

Titel der englischen Originalausgabe: Masque of Passion

Published by Arrangement with Virgin Books Ltd.,
London, England
Dieses Werk wurde vermittelt durch die
Literarische Agentur Thomas Schlück GmbH; 30827 Garbsen
Titelbild: shutterstock/suravid
Umschlaggestaltung: Susanne Wenzler
Satz: Urban SatzKonzept, Düsseldorf
Gesetzt aus der Palatino
Druck und Verarbeitung: Norhaven A/S
Printed in Denmark
ISBN 978-3-404-16335-9

Sie finden uns im Internet unter
www.luebbe.de
Bitte beachten Sie auch: www.lesejury.de

Der Preis dieses Bandes versteht sich einschließlich
der gesetzlichen Mehrwertsteuer.

Vorspiel

Der Tangorhythmus drang aus dem Horn des altmodischen Grammophons. Das Tempo war gemessen, der Klang bittersüß mit einer unterschwelligen Melancholie. Geigen, ein Akkordeon, die Andeutung einer Gitarre, ein Klavier und das Flüstern einer Schnarrtrommel. Der unwiderstehliche Beat wurde erst leiser, dann lauter – romantisch, aggressiv und leidenschaftlich.

Die Frau erschauerte, als sie sich der Führung ihres Partners überließ. Auch er war unwiderstehlich. Er führte ihre Füße und unterwarf ihren Körper seinem Willen, wie ein starker Wind einen jungen Baum bog.

Sie waren allein im düsteren Ballsaal. Die Atmosphäre drückte dekadenten Luxus aus. Die Vorhänge waren schwarz und scharlachrot, und das Licht wurde von einer Art-déco-Lampe gefiltert, ein Sonnenstrahl in Orange, Gold und Zitrone.

Ihre Bilder wurden von gewaltigen Spiegeln mit Goldrahmen reflektiert – ein zeitloses, altersloses Tanzpaar.

Das Licht glitzerte auf dem purpurfarbenen Satin ihres mit Zechinen verzierten Abendkleids mit schmalen Schulterträgern und einem Ausschnitt, der erst an der Taille endete. Ihre Haut leuchtete in einem blassen Glanz. Der Satin umschmiegte die Kurven ihres Körpers und illustrierte Brüste, Bauch und Hüften. Der Stoff war zu beiden Seiten bis zu den Oberschenkeln geschlitzt. Jedes Mal, wenn sie sich bewegte, öffnete sich der Rock und entblößte herrlich lange Beine, die in glänzender schwarzer Seide steckten. Die

Strümpfe wurden nur wenig über den Knien von Strapsen gehalten.

Manchmal blitzte ein rostbraunes Dreieck auf, das ihre Scham bedeckte, manchmal leuchtete die weiße Haut ihrer Pobacken auf, manchmal auch die tiefe dunkle Kerbe dazwischen.

Sie konnte ihre eigene Erregung riechen. Extrakte aus dem geheimen Garten ihres Geschlechts stiegen hoch und vermischten sich mit ihrem Parfum, der durchdringenden Haarpomade ihres Partners und des moschusartigen maskulinen Geruchs seines Schweißes. Es war eine Kombination, die sie vor Lust brennen ließ. Ihre Nippel drückten sich gegen den glatten Satin, während ihre Klitoris vor Gier zwischen den plumpen Labien anschwoll. Das Verlangen kroch über ihre Haut wie ein Juckreiz, dann verzog es sich in ihre Tiefe und wurde zu Glutasche, die nur darauf wartete, durch seine Berührung und seinen Rhythmus zur Eruption zu kommen.

Getreu der Rolle, die sie spielte, lag ihr Haar in Wellen und festen Locken. Sie trug starkes Make-up; neben einem scharlachroten Amorsbogen glänzten die Wangen mit Rouge, und eine dicke Schicht Mascara spießte die Wimpern auf. Tropfenohrringe pendelten beim Tanzen. Eine Bronzeschlange, deren Augen wie Rubine glitzerten, schloss sich um ihren Oberarm.

Ihr Partner war so agil wie ein Panther und blickte genauso finster. Er trug einen schwarzen Zweireiher in Nadelstreifen. Ein breitrandiger Fedora war tief über seine Augen gezogen, und seine Lackschuhe waren teilweise von den weißen Gamaschen bedeckt. Er sah aus wie ein Gangster in einem frühen Hollywood-Stummfilm, und er strahlte animalischen Magnetismus aus.

Das passt doch für den heutigen Abend, dachte die Frau. Wir sind die Stars in einem Film.

Die Musik brach ab. Er hielt sie an seine Brust gepresst, ein Arm um ihren unteren Rücken geklemmt, die große Hand mit den gespreizten Fingern über dem Grübchen ganz unten am Rückgrat. Sie neigte ihr Gesicht, um ihn anschauen zu können, und seine stahlgrauen Augen bohrten sich in ihre. Er lächelte leicht, und seine andere Hand drückte ihre Finger, als er ihren rechten Arm krümmte und an sich zog. Sie konnte seine beginnende Erektion fühlen; sie tippte durch den Hosenstoff und den Satin ihres Kleids gegen ihren Bauch. Heiß, feucht und fordernd.

Jemand vom Personal trat aus der Dunkelheit, zog das Grammophon auf, drehte die Platte um, platzierte den Tonarm und verschwand in den Schatten. Die Frau zitterte, als die Musik wieder begann und sich das Bein des Partners zwischen ihre Schenkel schob. Er setzte seine Füße genau, und ihre eigenen folgten der Verworrenheit seiner schwebenden Schritte. Sinken, schwanken, treten, gleiten, zurück zur Position. Ihre Körper nahmen neue Figuren, Arrangements und Entwürfe an, wobei er führte und dezente Hinweise gab.

Sie hielt die Knie ein wenig entspannt; flexibel, aber fest zusammen. Sie fühlte seine glatt rasierte Wange an ihrer; sein Brustkorb streifte ihre Brüste, und sein harter Phallus und er hatten sie unter Kontrolle, jetzt und für immer.

Er bog sie nach unten über seinen Arm, dann zog er sie abrupt in eine aufrechte Stellung und hielt sie noch fester umschlungen. Die Musik schwoll an, und ihr Herz schlug im Takt dazu. Sie fühlte, wie ihre Säfte die Innenseiten der Schenkel nässten, aber sie ließ sich nichts anmerken. Er warf sie herum. Sie wirbelte in eine Drehung, ihr Rock öffnete sich weit, dann lag sie ihm wieder in den Armen, wobei seine Füße ein delikates Muster um ihre bildeten.

Sie verlor sich in einer Tagträumerei, aber sie blieb hellwach. Er war ihr Herr, dieser unbarmherzige Mann. Sein

Kostüm als Mitglied der Unterwelt Chicagos passte zu seiner Persönlichkeit. Er sah viel zu gut aus und hatte zu viel dieses gefährlichen Charismas, dem nur wenige widerstehen konnten.

Ihr war bewusst, dass er ihre Lust längst bemerkt hatte. Ohne die Tanzhaltung aufzugeben, senkte er den Kopf und stülpte die Lippen über ihren rechten Nippel. Er saugte ihn hart. Der Schauder zwischen seiner Zunge und dem dünnen Stoff feuerte elektrische Schocks von der empfindlichen Brustspitze zu ihrer liebeshungrigen Knospe. Er verließ ihre bebende Brust und fing ihren Mund mit seinem ein. Die fleischige Zunge tauchte gierig zwischen ihre Lippen und spielte mit ihrer.

Durch die Spiralen der Lust wäre sie beinahe kollabiert, aber ein kurzes Rucken seines Arms holte sie zurück. Der Tanz musste weitergehen. Schreiten, biegen, beugen – eins, zwei, drei.

Sie wusste, dass er tangoverrückt war. Sieben Jahrzehnte zu spät geboren, hatte er die Blütezeit verpasst, aber jetzt war er zu einer Wiederbelebung entschlossen – nicht die aufgewärmte, hygienisch saubere Ballsaal-Parodie, sondern den echten, verrufenen Schatz, der in den Bordellen von Buenos Aires geboren worden war.

Der schonungslose Beat – die Musik, die von dunklen, besessenen Leidenschaften erzählt – erregte und inspirierte ihn. Grausamkeit und Stolz, Liebe und Hass, Opferbereitschaft und Eifersucht – jede Emotion wird durch den Tango befördert. Sie selbst war ebenso vernarrt in den Tango, wie sie in ihn vernarrt war.

Mit katzenhaften Schritten führte er sie über den glänzend gefliesten Boden und hielt erst an, als sie mit dem Rücken gegen einen marmornen Pfeiler stieß. Der Marmor war von rosafarbenen Adern durchzogen und kühlte ihre brennende

Haut. Seine Hände schoben ihr Mieder weg und umfassten ihre nackten Brüste. Mit den Daumen strich er über ihre Nippel, die sich steif aufrichteten.

Sein Mund senkte sich über ihren, und seine Zungenspitze strich von einem Mundwinkel zum anderen über ihre Lippen. Er stieß seine Zunge hinein, erforschte jeden Teil der dunklen, warmen Höhle, und ihre Zunge erwiderte seine Liebkosungen. Sein Speichel war süß, und sie gab sich seinen wilden, penetrierenden Küssen hin. Sie konnte fast sein Blut schmecken und es in seinen Adern singen hören.

Er küsste sie, als wollte er ihre Seele aussaugen, und seine Hände drückten und quetschten ihr Fleisch. Ihre Gier stieg wie der Wahnsinn in ihr und blendete aus, was an Verstand geblieben war.

Ihre fummelnden Finger fanden den Bund seiner Hose und zurrten an den Knöpfen des Hosenstalls. Sie langte in die Öffnung, fand den Schlitz in den seidenen Boxershorts und grub tiefer, bis sie auf raue Härchen auf seinem Unterbauch stieß. Sie schloss eine Faust um den dicken Schaft, während sich die andere Hand um die Hoden legte.

Er stöhnte und öffnete ihre sexuellen Geheimnisse mit seinen Fingern, hielt die Blütenblätter auseinander und massierte ihr weiches nasses Zentrum, ehe er den geschwollenen Fleischknopf aufspürte, den Sitz ihrer höchsten Befriedigung. Sie wimmerte leise und hob den Schoß diesen zauberhaften Streicheleien entgegen. Ihr Mund war verzogen wie bei einer Maske in einer griechischen Tragödie.

Er streichelte sie weiter, während der Tangobeat pulsierte und sie einen Höhepunkt erreichte, der ihre Sicht trübte. Versunken, verloren und in Ekstase entrückt.

Mühelos hob er sie hoch, und ihre Beine schlangen sich um seine Taille, als er sie auf seinen Phallus spießte. Sie klammerte sich an ihn, schlang die Arme in seinem Nacken zusammen und genoss das Auf und Ab auf seiner mächtigen Waffe. Sie wartete, bis es ihm zuckend kam.

Auch der Tango hatte seinen Höhepunkt erreicht; die letzten Akkorde übertrafen noch ihre spitzen Schreie der Lust.

Erstes Kapitel

»Und nun, meine Damen und Herren, kommen wir zur Katalognummer 112; verschiedene Sammlungen Gläser und Porzellan.«

Der Auktionator sprach das Publikum vergnügt an und musterte seine Gäste von seinem Platz auf dem Podium. »Womit sollen wir anfangen? Zwanzig Pfund? Bietet jemand zwanzig Pfund für diese nützliche Sammlung? Ich bin sicher, in dieser Kiste findet sich noch das eine oder andere Schnäppchen – der Brandy Decanter von der Urgroßmutter vielleicht, und es würde mich nicht wundern, wenn sich auf dem Boden noch ein paar Tropfen finden. Nein? Nun gut, wer bietet fünfzehn?«

Einer seiner Assistenten, ein griesgrämiger Typ mit Mütze und braunem Overall, hob die Holzkiste auf einer Seite hoch und kippte den Inhalt auf den Tisch. Gläser blitzten auf, und verschiedene Porzellanstücke schimmerten unter einer dicken Staubschicht.

Das ist ein sehr vernünftiger Preis, dachte Lisa Sherwin. Sie stand ganz hinten im Möbelgeschäft, in dem die Herren Deacon, James und Balfour regelmäßig ihre Versteigerungen abhielten. Sie reckte den Arm mit dem Katalog in die Luft und winkte.

»Ah, ich habe ein Gebot von dieser schönen jungen Dame da drüben«, sagte der Auktionator und strahlte übers ganze Gesicht. Er war ein stämmiger Mann in den besten Jahren, sandfarbenes Haar und niemand anders als Mr. Balfour persönlich. »Will jemand überbieten? Darf ich achtzehn vorschlagen?«

Er warf ihr einen lüsternen Blick zu, und ihr sträubten sich bei seinem gönnerhaften Verhalten die Nackenhaare. Es gab Nachteile, wenn man dreiundzwanzig war und ganz gut aussah, selbst in der heutigen Zeit der Gleichberechtigung. Einige Männer würden die Emanzipation wohl nie zur Kenntnis nehmen. Balfour gehörte dazu. Er erinnerte sie an die älteren Lehrer im College, die in ihren Ansichten irgendwo im letzten Jahrhundert stecken geblieben waren.

Die Menge scharrte mit den Füßen oder wechselte im Sitz von der einen Pobacke zur anderen; niemand war wirklich an solchen Lappalien interessiert. Die meisten Leute wollten, dass es mit den interessantesten Angeboten weiterging, dazu gehörten einige Stühle, die Chippendale zugeschrieben wurden, sowie ein Gemälde mit dem Titel *Lady und Hund,* das von einem Schüler von Gainsborough stammen sollte. Diese Stücke waren für Lisa ein paar Nummern zu groß, aber eines Tages ..., versprach sie sich optimistisch.

Katalognummer 112 war genau ihre Kragenweite, und sie erlebte eine Erregung, die einzigartig auf der ganzen Erde war. Ihre Finger brannten schon, wenn sie daran dachte, die Kiste in ihre Wohnung zu tragen und dort ihre Schätzchen zu betrachten. Vielleicht enthielt die Kiste nichts von Wert – nichts außer Müll. Vielleicht entdeckte sie aber einen wirklichen Fund, den andere übersehen hatten.

Es war die Ungewissheit, die ihre Erregung auslöste. Vor Aufregung setzte ein Herzrasen ein. Es war aufwühlender als alles, was sie kannte – auch als Sex. Einschränkend musste sie zugeben, dass Sex mit ihrem Verlobten Paul zu einer dumpfen Routine geworden war. Nicht dass der Sex mit ihm jemals großartig gewesen wäre, aber in letzter Zeit war er zu einer Belastung geworden, jedenfalls für sie. Paul schien das nicht zu bemerken und grunzte und strampelte sich zum Orgasmus, während sie ihn vortäuschte.

Sie wartete darauf, dass der Auktionator den Hammer aufs Pult krachen ließ und ihren Namen notierte, aber dann sah sie links eine Bewegung. Ein Mann stand da und lehnte ganz entspannt mit einem Ellenbogen auf einer Rosenholzkommode, die als Katalognummer 130 ausgezeichnet war.

Er nickte Balfour fast kaum wahrnehmbar zu, und der Auktionator sagte: »Achtzehn Pfund sind geboten. Zwanzig jemand?«

Verdammt, dachte Lisa und überschlug rasch ein paar Summen im Kopf. Sie hatte bei der Besichtigung ein paar Porzellanfigurinen gesehen und hoffte, dass sie sie ersteigern könnte. Aber ein längerer Blick auf den arroganten dunklen Typ brachte die Entscheidung. Sie würde sich nicht geschlagen geben.

Wieder hielt sie den zerknüllten Katalog hoch.

Der Mann lächelte sie an und zeigte seine ebenmäßigen weißen Zähne. Er war groß, stellte sie fest, und er trug verschlissene Jeans und ein schmutziges T-Shirt. Breite Schultern, hagerer Körper, sehr lässig, sehr selbstbewusst. Die Jeans waren ein bisschen zu eng und betonten die Beule hinter dem ausgeblichenen Hosenstall. Lisa fühlte, dass sie errötete. Sie setzte ihre eisigste Miene auf und zwang ihren Blick in eine andere Richtung.

Schweiß tropfte zwischen ihre Brüste und befeuchtete den cremefarbenen Spitzen-BH, der ihre vollen Brüste unter einem Baumwollhemdchen umschmiegte. Im Verkaufsraum war es heiß, denn die Mittagssonne fiel durch die hohen Fenster herein, und sie wünschte, sie hätte Shorts angezogen. Ihre Gereiztheit stieg noch, sie streckte den Rücken und nickte Balfour verärgert zu.

Er grinste unter seinem struppigen Schnurrbart. »Niemand, der zwanzig bietet?«

Ein oder zwei Leute zappelten nervös herum, als hätten sie Angst, irgendwas zu verpassen. Eine vollschlanke Lady mit einem Blümchenhut gab ein Zeichen. Ein drahtiger Händler hinter ihr winkte Balfour zu. Die Gebote gingen höher, ausgelöst von dem dunkelhaarigen Mann.

Ihr Blut war dermaßen in Wallung, dass Lisa mithalten musste und die Herausforderung annahm, die der etwas zu freche gut aussehende Fremde ihr aufdrängte, und nur ihr. Sie war davon überzeugt, dass ihn die anderen Mitbieter nicht interessierten. Warum tat er ihr das an? Wollte er ihr klarmachen, dass Neulinge wie sie den erfahrenen Jungs nicht in die Quere kommen sollten?

Sie schob eine braune Locke zurück, die ihr in die klebrige Stirn gefallen war, und konzentrierte sich. Das Gebot stand jetzt bei dreißig Pfund, und das war mehr, als sie hatte zahlen wollen. Die Frau mit dem Blümchenhut schüttelte den Kopf. Der Mann hinter ihr, ein Gesicht wie ein Frettchen, war auch ausgeschieden. Nur Lisa und der ärgerliche Fremde, den sie nicht länger ignorieren konnte, blieben am Ball.

Ihre Blicke trafen sich, und sie konnte ihn nur anstarren. Seine Gesichtszüge sahen auffallend gut aus. Hohe Wangenknochen und eine leicht gekrümmte Nase, die vielleicht mal gebrochen worden war. Aber es waren seine Augen, die ihn aus der Masse heraushoben. Die durchdringenden grünen Augen drückten Macht und Überzeugungskraft aus.

»Haben Sie alle Ihr bestes Gebot abgegeben?«, fragte Balfour. Seine Stimme brach den Bann.

»Zweiunddreißig«, sagte der dunkelhaarige Mann, und seine Lippen wölbten sich zu einem neckenden Lächeln, als er sie anschaute.

»Bastard«, murmelte Lisa leise. Es kam ihr so vor, als hätte sie einen Marathon gelaufen. Ihr Puls raste, und ihr T-Shirt klebte unter den Achseln fest und auf dem Rücken.

Es entstand eine Pause, eine atemlose Stille, dann: »Fünfunddreißig«, verkündete sie deutlich.

»Fünfunddreißig«, wiederholte der Auktionator. »Sind wir damit am Ende?« Balfour wartete einen Moment, dann ließ er den Hammer krachen. »Verkauft für fünfunddreißig Pfund an Miss ...?«

»Sherwin«, sagte Lisa schnell. Sie errötete vor Triumph, Wut und Besorgnis.

»Danke Ihnen, Miss Sherwin«, sagte Balfour spröde und trug ihren Namen in ein Buch ein. »Bezahlen Sie, bevor Sie gehen, bitte, und vergessen Sie Ihr Schnäppchen nicht.« Er wandte sich an die Menge. »Fahren wir fort. Es gibt noch viele Angebote, die an diesem Nachmittag neue Besitzer finden sollen.«

Die Leute schlurften durch die Gänge, husteten und steckten die Köpfe in die Kataloge, ehe sie sich wieder auf ihre Plätze niederließen, als zwei Helfer eine Chaiselongue mit verschlissenem Stoff hereintrugen und neben das Pult aufs Podium stellten.

Lisa, die sich seltsam erschöpft fühlte und auch irgendwie übervorteilt, weil sie zu viel Geld ausgegeben hatte und nun auf die Figurinen verzichten musste, ging hinüber zu einem der Angestellten in der Nähe der Tür und zog ihr Scheckbuch. Während sie den Betrag eintrug, betete sie, dass ihr Konto gedeckt war. Die Miete für den Geschäftsraum unter ihrer Wohnung war in Kürze fällig, und wenn sie prompt bezahlt wurde, gab es keine Probleme mit ihrem Konto.

»Sie haben dafür zu viel gezahlt«, murmelte eine tiefe heisere Stimme in ihr Ohr. Die Stimme ließ ihre Arme kribbeln, rieselte ihr Rückgrat entlang und hallte in ihrem Epizentrum nach.

Sie zuckte zusammen und drehte sich um. Da stand ihr Gegner und grinste sie an. Sie musterte ihn von oben bis unten. Er war so groß, dass ihr Kopf nicht mal an seinen Adamsapfel heranreichte. Sie wünschte, sie hätte hohe Absätze angezogen statt der flachen Sandalen.

»Das habe ich Ihnen zu verdanken«, fauchte sie und steckte Scheckbuch und Katalog zurück in ihre Schultertasche. »Warum haben Sie immer weiter geboten, wenn Sie glauben, dass die Kiste es nicht wert ist?«

»Ich wollte nur sehen, ob Sie den Mumm haben, dabeizubleiben«, antwortete er, und zu ihrem Entsetzen wurde ihr schmerzhaft bewusst, dass sein muskulöser Körper so dicht neben ihrem sie ganz schön anmachte.

Sein weißes T-Shirt bildete einen auffälligen Kontrast zu seinem tief gebräunten Gesicht und den nackten, dunkel behaarten Armen. Seine Haare kräuselten sich im Nacken und fielen ihm vorn über die Brauen. Sie fing einen aromatischen Duft ein, der von seinem Duschgel herrühren konnte.

Nur für einen Augenblick wurde sie von der Vision gequält, wie er nackt unter der Dusche stand und das Wasser über seinen stahlharten Körper prasselte und in die verbotene Gegend seiner Genitalien rann, ehe es zu den langen, kraftvollen Beinen strömte.

Sie rang um Beherrschung. Ihr Mund war plötzlich trocken, und ihre sexuellen Säfte benetzten ihr Höschen. Die ganze Frustration wegen Paul schien sich in einem unerfüllten Sehnen zu entladen.

»Miss Sherwin? Ist alles in Ordnung?«, fragte der Fremde, und mit einer Hand griff er an ihren Ellenbogen. Seine Finger schienen ihre Haut zu versengen. Sie zog ihren Arm zurück.

»Alles in Ordnung«, stammelte sie. »Es liegt an der Hitze.«

»Ich weiß. Schrecklich, an einem so schönen Tag im Haus sein zu müssen. Was halten Sie davon, wenn wir einen stillen Pub am Fluss finden und was essen?« Offenbar hatte sie ihn nicht abgeschreckt.

»Ich kann nicht«, sagte sie gleich, obwohl es nicht wirklich einen Grund gab, seine Einladung abzulehnen, abgesehen davon, dass er zu sehr von sich und seiner Fähigkeit überzeugt war, sie zu bezaubern. »Ich treffe mich mit meinem Verlobten«, fügte sie noch hinzu und befand sich nun auf sicherem Grund: Sie ließ ihn wissen, dass sie schon vergeben war.

»Ich verstehe«, antwortete er, immer noch lächelnd. Seine glänzenden smaragdfarbenen Augen schienen sich in ihre zu bohren und alle ihre Geheimnisse zu lesen. »Ein andermal vielleicht. Ich heiße übrigens David. David Maccabene. Hier ist meine Karte. Ob ich Sie später mal anrufen darf?«

»Ich glaube nicht«, sagte Lisa, nahm seine Karte, gab ihm aber nicht ihre Telefonnummer. Sie versuchte die Katalognummer 112 zu heben, aber das schaffte sie nicht. Dabei wollte sie dem beunruhigenden Mann endlich aus dem Weg gehen.

»Hier, lassen Sie mich helfen. Wo steht Ihr Auto, Miss Sherwin?«, fragte er und hob mühelos die Kiste.

Draußen versetzte ihnen die Hitze einen Schlag, als hätten sie eine Ofentür geöffnet. Lisa ging zu ihrem alten Van, schloss die Fondtür auf und sah zu, wie David die Kiste verstaute.

»Ich danke Ihnen«, sagte sie steif und konnte es nicht erwarten, dass er ging, aber sie wollte auch, dass er blieb. In ihr wirbelten die Emotionen.

»Gern geschehen. Werden Sie nächste Woche auch wieder bei der Auktion sein?«, fragte er und lehnte sich gegen das heiße Metall ihres Autos. Er hatte die Beine gekreuzt und seine Hüfte nach vorn gereckt, wodurch die Beule deutlich im Blickfeld lag.

»Ich weiß nicht«, sagte sie und misstraute seinen Motiven. Sie zweifelte daran, dass er ein ernsthafter Mensch war.

»Keine Händlerin? Sie kaufen nur für sich selbst?«

Er stellte zu viele Fragen, und Lisa sträubten sich die Nackenhaare, als sie um das Auto herumging und sich auf den Fahrersitz fallen ließ. Der Ledersitz fühlte sich durch die dünne Hose glühend heiß an.

»Ich habe noch kein Geschäft«, sagte sie, zog die Tür zu und öffnete das Fenster.

»Fangen Sie gar nicht erst an, Miss Sherwin. Es ist ein hartes Geschäft«, warnte er. Ein Sonnenstrahl fiel schräg über seine Augen, lief über die Nase und schließlich über die fein gewölbten Lippen.

»Sind Sie denn ein Profi?«, fragte sie und hielt das Gespräch in Gang, während sie sich fragte, wie es sein würde, mit der Zunge über seinen Mund zu lecken und den Schweiß zu schmecken, der sich auf seiner Oberlippe zu sammeln begann.

»Ach, ich verdiene mir hier und da mal ein paar Münzen«, sagte er lässig. »Ich bin froh, dass Sie nicht zur Versteigerung des Gemäldes aus der Gainsborough-Schule geblieben sind. Es ist nämlich eine Fälschung.« Dann wurde seine Miene ernst. »Versprechen Sie mir, mich anzurufen, wenn Sie planen, mal viel Geld für solche Dinge auszugeben, ja, Miss Sherwin?«

»Ich habe nicht die Absicht, mir teure Gegenstände anzuschaffen«, antwortete sie prüde. Sie versuchte immer noch, den Tumult ihrer Sinne zu kontrollieren. Sie wünschte, er würde sich nicht ins Fenster lehnen und aufhören, sie so durchdringend anzusehen. Aus jeder Pore drang Sexualität, und das hielt sie nicht länger aus. »Auf Wiedersehen, Mr. Maccabene.«

»Auf Wiedersehen, Miss Sherwin«, sagte er mit spöttischer Förmlichkeit und einer tiefen Verbeugung. Er salutierte, und sie startete den Motor und legte einen Gang ein.

Sie fuhr davon und war so aufgeregt, dass sie fast vergessen hätte, sich anzuschnallen. Dabei wollte sie nichts anderes als so viele Meilen wie möglich zwischen sich und den unmöglichen Mann legen.

Während Lisa in Richtung West Deverel fuhr, ließ sie sich von der Ruhe der Umgebung einhüllen. Gedanken an David Maccabene schwanden immer mehr. Es war gut, dass sie wieder in dem alten Marktflecken wohnte. Breite Hauptstraße, Holzhäuser oder Steinhäuser aus dem achtzehnten Jahrhundert und eine gedrungene normannische Kirche mitten im Dorf. Bis zum vergangenen Jahrhundert war West Deverel das Zentrum des Wollhandels in Somerset gewesen.

Obwohl sie drei Jahre an der Warwick University studiert und mit einem *honours degree* in Geschichte und Kunst abgeschlossen hatte, war sie dort nie heimisch geworden. Sie hatte jede Gelegenheit genutzt, nach Hause zu fahren.

Die Straße wand sich vor ihr wie ein graues Band. Vertraute Geländepunkte schoben sich in ihr Blickfeld. Das Gasthaus The Fleece and Firkin in Little Deverel, die Straße, die nach Highfell Woods abbog, die stehenden Steine von Starhill, die Forellenteiche und der See, zu dem sie als Kind mit ihrem Vater zum Angeln gegangen war.

Sie erreichte den Marktflecken und ihr Ziel: unten das vermietete Erdgeschoss mit dem Geschäft und darüber die Wohnung, die ihr jetzt gehörte. Es gab an einer Seite des Gebäudes eine Einfahrt, wo sie den Van parkte. Sie öffnete die Fondtür und wollte die Kiste hieven.

Sofort steckte ihr Mieter Martin Troon den kurz geschorenen hellen Kopf durch die Seitentür des Geschäfts. »Brauchst du Hilfe?«

»Danke«, antwortete sie froh.

»Du siehst geschafft aus. Warte mal.« Er drehte sich um und rief laut: »Phil! Setz den Wasserkessel auf!«

»Und habe ich gerade was anderes zu tun?«, gab Phil Stevens, sein Partner, zurück.

Martin hob den Blick zum Himmel. »Das sagt er jedes Mal. Ehrlich, Schätzchen, manchmal glaube ich, dass er ein Glasauge zum Einschlafen bringen kann.«

»Aber du liebst ihn«, sagte Lisa grinsend. Sie hatte sich stundenlang die Klagen der beiden anhören müssen, als sie im Streit auseinandergegangen waren.

Martin hob seine gebräunten Schultern unter dem dünnen schwarzen Unterhemd. »Ich bin ein Masochist.«

Sie schob die Kiste in den Van zurück, schloss ab und folgte Martin ins Geschäft. Alle möglichen Düfte stiegen aus Säcken, die auf dem Boden standen und die Luft parfümierten – Rosenblätter, Lavendel, Sandelholz und Limone; eine große Vielfalt duftender Blätter, Stängel und Blüten. Auf den Regalen gab es erstaunlichen Schnickschnack zu bewundern. Martin war für das Sortiment zuständig, während Phil sein Geschäftspartner, Buchhalter und Liebhaber war.

Der Laden nannte sich Charisma und war schon bekannt für Weihrauch, Duftkerzen, für Mythen und zauberische Gestalten wie Elfen aus Keramik in waldreicher Umgebung, für viele Töpfereiprodukte, für getrocknete Blumen, Glückwunschkarten, Geschenkpapier, keltischen Schmuck, nachgemachte viktorianische Puppen und für die größte Sammlung von Teddybären diesseits der Grenze.

»Ich möchte dir Mr. Humphrey vorstellen«, sagte Martin und hob einen großen roten Teddy von Steiff hoch. »Er stammt aus einer Sonderproduktion und hat ein eigenes Zertifikat.«

»Wie viel?«, fragte Lisa, streichelte über das helle Fell und schaute in Mr. Humphreys freundliche Augen.

»Für dich dreihundertfünfzig«, antwortete Martin fröhlich.

»Du weißt, dass ich mir das nicht erlauben kann. Ich lebe unterhalb der Armutsgrenze.«

»Wie ist es dir in der Auktion ergangen?«, fragte er, bevor er Mr. Humphrey wieder an seinen Platz stellte, das Schild GESCHLOSSEN an die Tür hing und mit ihr ins Lager trat.

Überall weiße Farbe und Glitzer; es gab eine Spüle, eine Mikrowelle, eine Platte für den Wasserkessel und eine Kaffeemaschine. Die Hintertür stand weit offen; sie führte zum Parkplatz, durch eine hohe Mauer und ein Stahltor geschützt.

»Es war okay«, murmelte Lisa und ließ sich in einen Korbsessel fallen. Ihre Füße schmerzten.

»Hast du gefunden, was du gesucht hast?«, fragte Martin und sah sie mit intelligenten braunen Augen im hageren Gesicht an.

Er setzte sich auf eine Packkiste, die langen Beine ausgestreckt und von der eleganten Jeans umschmiegt. Das Licht fing sich in drei Goldringen im linken Ohr und im weiteren Piercing seiner Augenbraue.

»Ja, aber ich musste mehr zahlen, als ich vorhatte.«

»Wieso?«

»Jemand hat gegen mich geboten.«

»Was für ein Ärger. War es jemand, den du kennst?«

»Nein. Es war ein hartnäckiger Händler«, sagte sie verärgert.

Er hob die Augenbrauen. »Ein Mann? Dann hat er das benutzt, um mit dir ins Gespräch zu kommen, oder? Sieht er gut aus?«

»Oh, ja, und er weiß es.«

»Hui, das hört sich köstlich an. Erzähl alles«, insistierte Martin und zappelte mit den Beinen.

»Ich will nicht über ihn reden. Er ist ein Bastard.«

»Ich bin sicher, dass du über ihn reden willst. Er ist dir

unter die Haut gegangen, nicht wahr? Komm, raus mit der Sprache.«

»Wirklich, Martin, ich habe kein Interesse. Ich habe mit Paul genug zu tun.«

»Er ist so ein altmodischer Kerl«, sagte Martin achselzuckend. »Du kannst ihn unmöglich heiraten, so gern ich auch Brautjungfer wäre. Ich würde ein Kleid aus narzissengelbem Taft tragen.«

»Du weißt genau, dass daraus nichts wird«, erwiderte Lisa und lächelte. »Ich weiß nicht mal, ob ich dich verspätet auf die Gästeliste setzen kann.« Ihr Gesicht verdunkelte sich. »Seine Mutter würde es nicht wollen. Fast sollte man glauben, dass es ihre Hochzeit ist. Sie nervt unendlich.«

»Mich würde nicht wundern, wenn dein Paul einer von den heimlichen Schwulen wäre«, meinte Martin. »Du weißt, was man über die sagt, die am lautesten schreien? Wird er wenigstens besser in der Kiste?«

Lisa verzog das Gesicht. »Nicht sehr. Er gibt aber auch nicht zu, dass irgendwas nicht in Ordnung ist.«

»Typisch Mann. Ich musste Phil auch anlernen, und langsam lernt er, wie es geht. Stimmt's nicht, Philip, altes Haus?« Phil war dabei, die Tassen hinzustellen und Milch aus dem Kühlschrank zu holen.

»Wie du meinst«, knurrte Phil und winkte Lisa zu. Er war ein muskulöser Mann mit kurzem Haarschnitt und Schnauzer. Er trug ein weißes Hemd und Chinos. »Wer bin ich denn, dass ich mich mit Ihrer königlichen Hoheit anlege?«

»Ja, so ist es«, verkündete Martin.

»Mehr Dinge konnte ich mir bei der Versteigerung nicht erlauben. Ich hoffe, ich habe genug, um einen Stand zu bestücken«, sagte Lisa, um das Thema zu wechseln.

Martin warf ihr einen wissenden Blick zu. »Können wir irgendwie helfen?«

»Aber ihr helft mir doch schon«, rief sie. »Allein schon dadurch, dass ihr hier seid.«

Das stimmte: Sie fühlte sich wohl bei ihnen. Es gab keinen Druck. Kein männliches Ego, das sie belastete. Besonders Martin verstand eine Menge von weiblichen Gefühlen; er war fast wie eine Schwester, die sie nie gehabt hatte. Aber er beschützte sie auch; wenn es sein musste, legte er seine gezierte Pose ab und wurde machohaft aggressiv.

»Du bist auch gut zu uns«, sagte er, beugte sich zu ihr und tätschelte ihre Hand. »Die Miete fürs Geschäft ist sehr vernünftig, was uns gerade am Anfang geholfen hat. Du hast dafür gesorgt, dass Charisma die vergangenen acht Monate überlebt hat.«

»Warum kann ich keine Beziehung halten?«, fragte sie plötzlich.

»Du hast einfach noch nicht den richtigen Mann gefunden«, sagte Martin. »Paul ist der Falsche für dich. Er hat dich eingefangen, als du nach dem Tod deines Vaters besonders verletzlich warst.«

»Wahrscheinlich hast du Recht«, stimmte Lisa zu. »Als mein Vater gestorben war, wusste ich nicht, an welche Schulter ich mich anlehnen konnte – und er war da und kümmerte sich um mich.«

»Aber Paul war nicht dein erster Mann?«

Lisa fühlte, wie die Röte in ihr Gesicht stieg, als sie zugab: »Ich habe mit zwei Studenten geschlafen ...«

»Gleichzeitig, Darling? Wie gewagt!«, unterbrach Martin sie.

»Nein, natürlich nicht. Es waren zwei Affären, beide kurz und überhaupt nicht sorgenfrei. Ich verlor bei Ivan meine Jungfernschaft. Ich wollte es endlich hinter mich bringen. Dann kam Harry. Der gut aussehende, charmante, absolut untreue Harry. Die Affäre endete, als ich eines Tages unerwartet nach Hause kam und ihn mit meiner Freundin, die das Haus mit mir gemietet hatte, im Bett fand. Ende der romantischen Illusionen.«

»Männer sind Abschaum und schwanzgesteuert«, erklärte Martin mitfühlend. »Nun hast du dich für den langweiligen Paul entschieden. Bist lieber auf der sicheren Seite, als wieder enttäuscht zu werden.«

»Ja, richtig. Jetzt komme ich da nicht mehr raus.«

»Doch, kannst du. Du kannst alles tun, was du willst.«

Lisa seufzte und schüttelte den Kopf. Die Begegnung mit David Maccabene hatte sie aus der Bahn geworfen, und die sexuelle Resonanz ihres Körpers auf ihn war alarmierend gewesen. Aber das war auch schon alles, was es war – nichts als Sex.

Sie lehnte ein Baguette mit Salat ab, das Phil ihr anbot, dann sagte sie: »Ich hoffe, dass ich mit meinem Markstand ein bisschen Geld verdiene, aber ich brauche endlich einen Job. Ich müsste ein Vermögen in das Haus stecken. Das Dach zum Beispiel. Dad war großzügig und hat jungen Künstlern den Ausstellungsraum zur Verfügung gestellt, aber das kann ich mir nicht leisten. Wenn ich antike Sachen erfolgreich einkaufe und wieder verkaufe, dann kann ich die Katastrophe vielleicht abwenden.«

»Lass uns darauf trinken, Schätzchen. Nimm noch eine Tasse. Dann bringen Phil und ich die Kiste nach oben. Ich sterbe vor Neugier, was drin ist.«

Nachdem sie die Kiste durch die Haustür und die Treppe hinauf in Lisas Wohnung gebracht hatten, war es zwei Uhr und Zeit für Martin und Phil, ihren Laden zu öffnen.

»Puh«, stöhnte Lisa, als sie allein war. Sie ließ die Katalognummer 112 ausgepackt auf dem Teppich des Wohnzimmers stehen, ging in ihre Küche aus Pinienholz und öffnete eine Coladose.

Sie war dankbar, dass Martin und Phil mit Tee und Mitgefühl da gewesen waren. Sie hielt sie für ihre besten Freunde, auch wenn Paul gar nicht erst versuchte, seine Verachtung für sie zu verbergen.

»Er ist so macho ...«, trällerte sie leise, als sie hinaus in den Dachgarten trat.

Er lag über dem Anbau, und Frank Sherwin, Lisas Vater, hatte den Dachgarten in einen wunderschönen Fleck verwandelt, ideal zum Sonnenbaden und zum Essen und Trinken mit Freunden an lauen Sommerabenden. Blumen ergossen sich aus Hängekörben und Terrakottakübeln. Ein leise murmelnder Brunnen war ein Schmaus für die Ohren. Der Vater hatte auch einen Zen-Garten für die Meditation eingerichtet, komplett mit Steinen, Kies und Bonsaibäumen.

Die Instandhaltung des Gartens war einfach, und Lisa hielt ihn gern in Ordnung, weil sie wusste, dass ihr Vater es so gewollt hätte. Auch die Wohnung war voller Flair und Vielfalt; antike Stücke gemischt mit modernen Artikeln, die trotzdem gut harmonierten. Es war ihr Zuhause, und sie wollte es nicht verlassen, aber Paul hatte andere Pläne.

»Verkauf das, Darling«, hatte er ihr geraten, als sie seinen Verlobungsring akzeptiert hatte.

»Aber mir gefällt es hier!«

Er hatte ihren Mund mit Küssen geschlossen und sich auf der Couch an sie gekuschelt, wobei seine Hände ihre Brüste in Besitz nahmen. »Du kannst hier nicht allein wohnen«, hatte er gesagt und ihren BH geöffnet. »Wir werden das beste Haus der neuen Siedlung haben. Nichts Schäbiges ... die Imitation einer georgischen Fassade, Doppelgarage, Terrasse, Swimmingpool und eine Gartenlandschaft. Kingsmead wird dir gefallen. Es ist das Beste überhaupt.«

Paul hatte Everard Homes Ltd. von seinem Vater geerbt. Er war ehrgeizig und hatte das Geld gehabt, während der Rezession Land zu kaufen – große Grundstücke, auf denen er und andere Bauherren ein Modelldorf entwarfen. Viel Grün um einen Ententeich, Geschäfte, Kino, Schulen, Golfplatz und andere Sportstätten. Lisa hatte die Pläne gesehen und fand nichts daran auszusetzen – wenn man gern in einer so abgeschirmten, dichten Enge lebte, umgeben von Bäumen und Wachleuten.

»Es erinnert mich an die Frauen von Stepford«, hatte sie gesagt, als er ihr die Einrichtung voller Stolz zeigte. Er war tödlich beleidigt gewesen und hatte sie auf der Rückfahrt nach West Deverel düster angestarrt.

Sie hatte ihrem Umzug noch nicht zugestimmt, auch wenn er ständig darauf herumritt. In letzter Zeit hatte sie auch gezögert, wenn sie sich zum genauen Hochzeitstermin äußern sollte.

Jetzt saß sie am Rand des kleinen Fischteichs und schaute den trägen Bewegungen der fetten Goldfische zu, die unter den Wasserlilien faulenzten. Der ganze Garten war ein einziges sonniges Plätzchen, und Lisa tauchte die Hände in das kühle Wasser. Ihr Blick fiel auf den Wasserschlauch.

Sie war unangenehm erhitzt, und ihre Kleider klebten an ihrer Haut. Dies war ein Ort, der von keiner Stelle aus einzusehen war. Es gab keine Häuser, die an den Dachgarten grenzten. Kurz entschlossen knöpfte Lisa ihre Bluse auf und streifte sie ab, dann hakte sie den BH auf und befreite ihre Brüste. Seufzend schloss sie die Augen und genoss die Erleichterung. Sie legte die Hände unter die Brüste und hob sie leicht an, wobei ihre Daumen über die hervorstehenden Nippel strichen.

Sofort erregt, erhoben sie sich zu harten Spitzen. Hastig öffnete sie den Knoten der Kordel, die ihre weite Hose hielt, und ließ sie rutschen. Darunter trug sie einen Baumwollslip. Ohne zu zögern, ging sie zum Wasserschlauch und stellte sich unter die Berieselung. Das Wasser war lauwarm, weil es den ganzen Morgen im Plastikschlauch von der Sonne beschienen wurde. Die Strahlen deckten jeden Zentimeter ihres Körpers ab und flossen zwischen ihre Beine. Der Slip war längst klatschnass geworden. Köstlich.

Nachdem ihre Haut von den Myriaden Tropfen glänzte, stellte sie das Wasser ab und schritt hinüber zur gepolsterten Liege. Sie breitete ein Strandtuch aus, streckte sich aus und labte sich an den Gefühlen, die sich zwischen ihren Beinen bemerkbar machten. Wie eine Katze streckte sie sich aus, ließ sich von der Sonne trocknen und genoss ihre Finger, die an den Nippeln zupften.

Bilder füllten die Leinwand ihres Gehirns – Ivan mit seinem langen, dünnen blassen Schaft, Harry mit seinem beschnittenen dicken und gekrümmten Glied, die Eichel nackt und glänzend. Es hatte sich immer stramm erhoben, wenn sie ins Zimmer trat, aber leider nicht nur für sie.

Sex mit diesen Liebhabern war zuerst etwas Neues gewesen, aber eine gewisse Unzufriedenheit hatte ihr die Freude an den Affären genommen. Manchmal gaben sie sich die Mühe, sie zu befriedigen, aber viel öfter hatten sie nur die Absicht, ihre Hoden zu erleichtern.

Danach kam Paul, und in ihren Erinnerungen herrschten Frustration und Wut vor. Sie hatte versucht ihm zu sagen, was sie brauchte, um zum Orgasmus zu gelangen, aber er war davon überzeugt, dass alle richtigen Frauen gemeinsam mit ihren Männern kamen. Er bestand auf simultanen Orgasmen. Sie hatten alles versucht – er oben, von der Seite und von hinten –, während er es fast als eine Frage der Ehre ansah, dass es ihr kam.

Nachdem er ihre Versuche abgeblockt hatte, ihm zu sagen, was sie brauchte, hatte sie kapituliert, und ihr Selbstvertrauen hatte sich verzogen, als er andeutete, dass er ›solche

Spielchen‹ nicht schätzte. Er glaubte, dass Fellatio und Cunnilingus was für Perverse war.

Sie hörte ihn noch sagen: ›Mein Schwanz ist alles, was du brauchst. Komm, wir versuchen es noch mal. Wenn du dich so hinlegst, dringe ich tiefer ein, das sollte genügen.‹

Es genügte nicht, aber sie täuschte es ihm vor, damit er Ruhe gab. Es schien, dass er keine Ahnung von der Klitoris hatte, deshalb wusste er auch nicht, was er damit anfangen sollte. Also litt Lisa weiter, während sie Liebe machten, und irgendwann gab sie die Hoffnung auf. Sie mied seine Liebkosungen, die ihre Lust antrieben, ihr aber keine Erleichterung brachten. Masturbation war einfacher und führte immer zum Ziel.

Und sie musste es auch jetzt tun!

Sie gewahrte nichts außer der zwingenden Kraft, die sie zu ihrem Tun trieb. Ihre Finger glitten über den Schamberg und folgten den Konturen der Labien durch den Slip. Jedes Härchen, das ihre Pussy umgab, schien superempfindlich zu sein und auf ihre leichte Berührung zu reagieren.

Das nasse Stoffdreieck hatte sich in ihre Spalte verzogen, und als sie mit einem Finger das Gewebe berührte, fühlte sie, wie die Knospe anschwoll, und gleichzeitig atmete sie den würzigen Meeresduft ihrer Säfte ein. Sie schloss die Augen, nahm aber die roten Halbschatten der Sonne durch die Lider wahr. Die Wärme streichelte ihre Brüste, ihren nackten Körper und ihren Venusberg. Es war, als gäbe es da einen sehr geschickten Liebhaber, der genau wusste, was er tun musste, um sie zur Ekstase zu bringen.

Ungebeten, aber sehr lebhaft formte sich ein Bild von David Maccabene in ihrem Kopf. Ihre Klitoris bebte, und ihre Finger drückten auf den delikaten kleinen Knopf. Sie überließ sich ganz ihrer Phantasie, schob den Slip hinunter, schüttelte ihn von den Füßen, spreizte die Beine der Sonne entgegen und heizte dem kleinen steifen Organ mit dem Finger ein.

Sie gab sich ihrer Lieblingsphantasie hin, in der sie bei einem Arzt auf der Untersuchungscouch lag. Diesmal wurde der Mediziner von David gespielt.

»Sie haben also noch nie einen Orgasmus erlebt?«, fragte er.

»Noch nie.« Lisa spürte Hitzewellen. Ihr Schoß wurde schwer, als hätte sich alles Blut dort gesammelt.

Obwohl es ihre eigenen Finger waren, die mit ihrer Knospe spielten, liebte sie ihre Szenarien. Heute war David der Co-Star, und sie erregte sich noch mehr, indem sie sich vorstellte, dass sie beobachtet wurden. Er war ganz in Weiß gekleidet und erklärte einer Gruppe von Medizinstudenten die weiblichen Genitalien.

»Ihre Brüste sind extrem empfindlich«, hörte sie ihn sagen, und sie berührte einen Nippel und stellte sich vor, dass es seine Finger waren. »Daran muss man denken, wenn man eine Frau erregen will. Sie wird feucht davon. Wenn sie nicht feucht wird, haben Sie sie verloren. Sie wird nicht hinreichend erregt sein und die Penetration nicht erlauben. Wenn sie erzwungen wird, während sie trocken ist, wird sie Schmerzen erleiden.«

»Sind Sie Gynäkologe?«, fragte Lisa ihn in ihrer phantasierten Szene. »Sie müssen einer sein, weil Sie so viel darüber wissen.«

»Ich spezialisiere mich auf die weibliche Erregung«, gab er zur Antwort, und sie fühlte Finger, die ihre geheimen Lippen teilten und in den Honigtau tunkten, den sie über die hungrige Knospe verteilten, während er wieder zu den Studenten sprach. »Der wichtigste Teil eines weiblichen Geschlechts ist die Klitoris, die ausschließlich für ihre Lust zuständig ist. Sie hat keine andere Funktion. Sie ist wie ein Miniaturpenis mit einer kleinen Kapuze, aber sie stößt keine Flüssigkeit aus.«

Während Lisa auf diese imaginären Worte hörte, wetzten

die Fingerkuppen über die Knospe und entzündeten sie mit kleinen Klatschern und einem leichten Druck. Sie ließ die Finger rotieren und erregte sich wie verrückt, dann hielt sie inne. Die Finger verharrten über der Klitoris, bis die Zuckungen nachließen. Sie konzentrierte sich auf das Bild Davids, dann drückte sie wieder fest auf die Knospe.

Die Phantomstudenten befanden sich auch in einem Zustand hellster Aufregung. Lisa konnte sie in ihrer Vorstellung deutlich sehen. Die jungen Frauen hoben ihre Röcke und fingerten ihre eigenen pinkfarbenen Spalten, während die Männer ihre Hosen öffneten und sich zu reiben begannen.

Lisa stöhnte. Sie wähnte sich in zwei Welten – hier im Garten und dort an einer nicht näher bezeichneten Stelle mit Dr. David Maccabene. Er grätschte jetzt über die Couch und holte den Penis aus seiner Hose. Er stieß ihn kraftvoll in sie hinein. Er war lang und dick, und die Eichel leuchtete knallig rot. War es möglich, dass sie ihn ganz aufnehmen konnte? Kein Problem. Sie war so nass, geschwollen und geweitet, dass er leicht in ihrer Scheide versank.

Lisa keuchte bei dieser Vorstellung, und wieder spielte sie mit der fleischigen Perle am Eingang ihrer Spalte. Sie setzte die glitschige, zauberische Massage langsam fort. Sie warf den Kopf in den Nacken, während ihre Finger über die Klitoris huschten und dann fester mahlten.

»Ich kann nicht länger warten«, rief sie laut und wurde mit einem kurzen, heftigen Ausbruch ihrer Lust erlöst. Ein ekstatischer Schauer schüttelte ihren Körper.

»Großer Gott! Was machst du denn hier draußen ganz nackt? Zieh dir sofort was an!«

Eine entsetzte Männerstimme knirschte in das wunderbare Nachglühen ihres Orgasmus hinein und zerschmetterte ihn. Sie schlug die Augen auf und ruckte in eine sitzende Position. Rasch wischte sie ihre Finger am nassen Slip ab.

»Wie sieht es denn aus, was ich tue?«, fragte sie laut, schuldbewusst. »Ich sonne mich.«

Er schlenderte auf sie zu, ein kräftig gebauter Mann in einem cremefarbenen Popelinehemd und einer leichten grauen Hose. Die Krawatte hatte er gelockert, das Jackett über die Schulter geworfen. Er hatte helle Haare und blaue Augen. Er war Fußballspieler und Sportfanatiker. Zu Tode gelangweilt, hatte Lisa manches Fußballspiel über sich ergehen lassen müssen, meistens am Fernsehen, aber einige auch in den Stadien, wenn sie zitternd in der Kälte saß und die Fans um sie herum sie fast taub brüllten.

Er war kräftig und muskulös, aber Lisa fürchtete, dass er fett werden könnte, wenn er mit seinem Training nachließ und zu oft mit seinen Kameraden in den Pubs feierte – egal, ob Sieg oder Niederlage. Dort legte er den Grundstock zu einem Bierbauch. Aber ohne Paul wäre sie ganz allein, und davor fürchtete sie sich.

»Aber musst du dabei nackt sein? Kannst du nicht einen Bikini tragen oder so was? Jemand könnte dich sehen«, knurrte er und stellte sich breitbeinig vor sie. Trotz seiner Empörung konnte sie sehen, dass er erregt war – der Penis drückte gegen den Hosenstall.

»Oh, ja. Wer denn? Eine Möwe vielleicht?«, fragte sie sarkastisch, dann fügte sie hinzu: »Bitte, geh zur Seite. Du nimmst mir die Sonne.«

»Du solltest aufpassen. Was ist mit Hautkrebs?«, warnte er, aber sein Blick war auf ihre nackten Brüste gerichtet, die durch die regelmäßigen Besuche des Dachgartens ein goldenes Braun angenommen hatten.

»Ich habe mich dick eingecremt, und außerdem ist es mein Körper«, gab sie zurück, traurig, dass er sie nicht mehr erregte.

Es hatte eine Zeit gegeben, da hatte sie heiß auf ihn reagiert. Wohin wendet sich die Liebe?, fragte sie sich freudlos.

Ist es immer so, eine langsame Auflösung, je besser das Paar sich kennen lernt? Jetzt wurde sie geiler beim Träumen von einem Mann, den sie gerade erst getroffen und der sie ganz schön geärgert hatte.

Paul verweigerte ihr die Bitte und lehnte sich noch etwas näher zu ihr. Es glitzerte hell und lüstern in seinen Augen, und seine vollen, weichen Lippen waren leicht geöffnet. »Hast du es dir selbst besorgt?«, fragte er heiser.

Lisa errötete unter ihrer Bräune. »Nein«, log sie. Dies war ein Geheimnis, das ihr zu wertvoll war, um es mit jemandem zu teilen, der so gefühllos war.

»Das glaube ich aber doch«, tadelte er. »Du hattest eine Hand zwischen den Beinen. Du hast dich gerieben, was? Ich kann es riechen. Wie pervers!«

»Machst du es dir nie selbst?«, fragte sie und wunderte sich über ihren Mut. Irgendwas war an diesem Nachmittag geschehen, etwas Bedeutsames.

»Vielleicht als Teenager«, räumte er ein und tippte mit seinen breiten Fingern gegen ihre Nippel. »Aber das habe ich nicht mehr nötig, oder? Schließlich habe ich dich.«

»Willst du was trinken?«, fragte sie, um ihn abzulenken. So ein Angebot konnte er so gut wie nie abschlagen.

»Ja, gern. Ein kaltes Lager. Ich hatte einen schrecklichen Tag. Die verdammten Installateure sind nicht gekommen, und als sie endlich auftauchten, hatten sie die Hälfte der neuen Heizungen vergessen.«

Lisa zog BH und Slip an, als sie durch die Terrassentür ins Haus gingen, und sie bereitete sich darauf vor, einer Litanei von Dingen zuzuhören, die nicht geklappt hatten. Er hatte sie noch nicht gefragt, wie es ihr bei der Auktion ergangen war. Nachdem sie ihm ein Glas Bier und sich selbst ein Glas Orangensaft eingeschenkt hatte, trug sie die Drinks ins Wohnzimmer, wo er es sich auf dem Sofa bequem gemacht hatte.

Sie hatte jetzt Geduld mit ihm, selig nach dem mächtigen Gefühl ihres Orgasmus, dessen Echos noch durch ihr ganzes Sein hallten.

Er nahm einen tiefen Schluck aus seinem Glas und streckte einen Arm aus, womit er zu verstehen gab, dass sie sich neben ihn setzen sollte. Sie gehorchte, mehr aus Gewohnheit denn aus Verlangen, obwohl sie gern einen Schaft in sich gefühlt hätte, der die glitschigen Wände ihrer Vagina reiben und zu wohltuenden Empfindungen beitragen konnte.

»Ich hoffe, du hast nicht mit dir gespielt«, sagte er. Eine Hand griff nach ihrer Brust, fand den geschwollenen Nippel unter der Spitze und zwickte die Warze. »Das hast du nicht nötig. Du hast doch mich. Schau mal, mein Schwanz ist bereit für dich.« Er zog den Reißverschluss seiner Hose auf.

Der Penis schoss heraus wie eine Schlange, die sich zur vollen Größe streckt. Gemessen an seinen wuchtigen Körpermaßen war er nicht sehr beeindruckend. Lisa kannte ihre Aufgabe, nahm ihn in die Hand und strich mit den Fingern auf und ab. Sie drückte gegen die Eichel, auf der sich ein Tautropfen gebildet hatte.

Immer noch im Dunstschleier der eigenen Befriedigung verhaftet, beugte sie sich über ihn und öffnete den Mund. Sie spürte sofort sein Zurückweichen, dann griff er in ihre Haare und hob ihren Kopf. Seine feuchten Lippen quetschten ihre, und seine Zunge zwang sich in ihren Mund.

Obwohl sie wusste, dass sie ihre Zeit vergeudete, reagierte ihr Geschlecht. Die Klitoris begann wieder zu pochen. Paul bewegte den Phallus in ihrer Hand, und seine Hüften ruckten. Dann sagte er heiser: »Ich bin scharf. Lass uns ins Bett gehen.«

»Warum können wir es nicht hier tun?«

»Das Bett ist besser, und danach kann ich das Spiel des Tages sehen.«

Ein schneller Fick und dann Fernsehen. Seine Bedürfnisse waren einfach, und Lisa schämte sich des Grolls, der in ihr aufwallte. Nicht alles war seine Schuld. Sie wusste schon lange, dass sie weit auseinanderklaffende Vorlieben hatten.

Intellektuelle Filme waren nichts für ihn; er nannte sie ›Kopffilme‹ im Gegensatz zu den von ihm geliebten Actionfilmen. Er mochte das Gedudel von simpler Popmusik, während sie ein Opernfan war uns gern ins Theater ging. Er las nichts als die Tageszeitung, und dort vornehmlich die Sportberichte, und sie las gern Romane von weiblichen Autoren, die viel über das Paradoxon Mann/Frau zu sagen hatten. Sie spielte gern Scrabble. Er spielte lieber Poker um Geld mit seinen Kumpanen. Am Steuer drehte er schnell durch, während sie eine kühle Autofahrerin war.

Eine Freundin hatte ihn als ›Mann für Männer‹ beschrieben. Lisa fragte sich manchmal, ob sie seine Gesellschaft anregender empfunden hätte, wenn diese Bezeichnung wörtlich zu nehmen wäre. Martins Vermutung, dass Paul sich zu seiner wahren Sexualität noch nicht bekannt hatte, ließ sie schmunzeln. Sie wüsste gern, ob ein Körnchen Wahrheit darin lag. Diese Männertreue unter den Rugbyfans war schon verdächtig.

Sie konnte diese Gedanken nicht aus ihrem Kopf verbannen, als sie ins Bett gingen und der gewöhnlichen Routine folgten. Zuerst küsste er sie, und sie schmeckte das Bier in seinem Atem. Dann drückte er ihre Brüste. Bis dahin war sein Organ bereit, und er bestieg sie und presste sie in die Matratze. Nie verteilte er sein Gewicht auf Ellenbogen und Knie. Nein, sie musste von seiner Masse geplättet werden – eine Position, die ihr eine aktive Rolle unmöglich machte.

Sie lag da, während er den Penis in ihren Körper stieß und murmelte: »Du bist so saftig, Liebling. Ich mach dich scharf, was? Gutes Mädchen.«

Sie antwortete nicht, aber sie war versucht, ihn auf Normalmaß zu stutzen und ihm zu sagen, dass ihre eigenen Finger für die Nässe und einen donnernden Orgasmus gesorgt hatten. Ihre Gedanken wanderten, während er grunzte und pumpte. In ihrem Kopf hatte sie eine Einkaufsliste, mit der sie zum Supermarkt ging. Wenn ich aus der Tiefkühltruhe die gefrorenen Erbsen hole, wird er fertig sein, wenn ich Glück habe, dachte sie.

Ich kann ihn nicht heiraten, beschloss sie plötzlich in einem Ausbruch von Klarheit. Soll ich den Rest meines Lebens bei dieser Scharade mitmachen? Unmöglich!

Und doch reagierte ihr Körper auf das kraftvoll zustoßende Glied, das in ihre Tiefen drang. Manchmal brauchte sie mehr als ihre eigenen Finger, dann sehnte sie sich nach der Umarmung eines Mannes, der sie zu wilden, ihretwegen auch abwegigen Erlebnissen des Fleisches verführte. Sie lechzte danach, eine Zunge auf ihrer Klitoris zu fühlen, einen Mund auf ihren Nippeln oder einen Penis, der im genau richtigen Moment in sie eindrang, wenn sie kochte und heiß wie Lava war.

Ihre Leidenschaft flammte wieder auf, und sie mahlte ihre Scham gegen die Wurzel von Pauls Phallus, aber sie fand nicht den richtigen Winkel, um Druck auf die Klitoris auszuüben. Während sie sich darum bemühte, kam es ihm in einem aufwühlenden Moment, ehe er auf ihr zusammensackte und sie zermalmte.

Ihre Erregung starb abrupt. Die Enttäuschung durchflutete sie. Sie wollte schreien: »Runter von mir, du egoistisches Schwein!« Aber sie traute sich nicht, auch jetzt noch nicht.

Ich bin feige, dachte sie traurig, als Paul seufzend von ihr rutschte und sich auf den Rücken legte, einen Arm über den Augen. Ich bin zu unsicher, um ihm das Licht auszublasen.

Bald fing er an zu schnarchen, während sie ruhelos neben ihm lag und sich nach einem weiteren Orgasmus sehnte.

Einer war selten genug für sie, und wenn Paul sie nicht so rüde unterbrochen hätte, wäre sie beim Sonnenbaden zu neuer Lust gekommen.

Sie stützte sich auf einen Ellenbogen und starrte hinunter auf den schlafenden Mann. Ihr Herz zog sich zusammen, und sie empfand widerwillig eine Zärtlichkeit für ihn. Er sah jungenhaft aus; der Schlaf glättete seine Falten. Obwohl er ein erfolgreicher Geschäftsmann war, hielt sie ihn für unreif. Da lag das Problem. Es war, als ginge sie mit einem fummelnden Schuljungen ins Bett.

»Paul«, flüsterte sie und knabberte an seinem Ohr. »Paul, wach auf. Ich will mit dir reden.«

Er blinzelte sie an, verärgert über die Störung. »Was ist los?«

»Die Hochzeit«, begann sie und überlegte, wie sie ihm mitteilen konnte, dass sie sie absagen oder wenigstens verschieben wollte, bis sie einen Sextherapeuten besucht hatten – falls er jemals eine solche Invasion seines Privatlebens gestatten würde.

»Es ist alles geplant«, sagte er und gähnte tief. Er wandte sich von ihr ab und legte sich auf die Seite. »Schlaf ein. Ich bin kaputt.«

»Aber Paul, ich will nicht ... ich kann nicht ...« Sie brach ab und traute sich nicht. Konnte sie die Brücken hinter sich abreißen? Er war die letzte Verbindung zu ihrer Kindheit und zu ihrem Vater.

Er streckte einen Arm aus und nahm ihre Hand. »Es wird ein großes Fest werden, Liebste ... gute Publicity für die Firma, wenn wir nach Kingsmead ziehen. Ich habe die Kirche für Mitte August reserviert. Mutter arrangiert alles; das kann sie gut.«

Kann ich mir denken, dachte sie. Mutter hier, Mutter da. Beinahe hasse ich die Frau.

Oh, Gott, ich kann ihm das nicht antun, dachte sie seufzend. Der arme Kerl kann nichts dafür, dass er ein typischer Mann ist. Vielleicht bessert sich alles, wenn wir erst verheiratet sind. Aber als sie aufstand, um eine Tasse Kaffee zu brühen, hörte sie eine Stimme in ihrem Kopf. »*Wem willst du das denn erzählen?*«

Es hörte sich nach der Stimme von David Maccabene an.

Zweites Kapitel

»Wo zum Teufel bist du gewesen?«, fauchte Lady Fiona Cardwell, als sie vor den Ställen von ihrer braunen Stute abstieg. »Du bist ein unzuverlässiger Saukerl, David.«

Er grinste, keine Spur von Reue, stieß sich mit den breiten Schultern von einem Pfosten ab und schlenderte auf sie zu. »Ich dachte, dir gefällt, was der Saukerl mit dir anstellt«, sagte er und beugte sich zu ihr, um sie auf den Mund zu küssen.

»Ja, stimmt. Das ist ja der Ärger.« Sie nahm die Reitkappe ab und schüttelte ihre schulterlangen Haare.

David spürte, wie er hart wurde. Er wollte sie in den Stall führen, sie ins Stroh legen und es ihr besorgen. Diese Wirkung hatte sie immer auf ihn, sie mit den glatten hellbraunen Haaren, den graublauen Augen und dem wunderbaren Teint. Ihr Körper war eine verlockende Kreuzung zwischen langbeinigem Teenager und einem sirenenhaften Model mit feiner zierlicher Gestalt, die für eine aristokratische Engländerin so typisch war.

Er wusste, dass sie zwar all die richtigen Schritte gegangen war – Schulbesuch in Roedean, dann vereint mit einem Earl (die Verbindung war als Hochzeit des Jahres bezeichnet worden) –, dass sie aber die Moral einer Straßenkatze hatte und mit einer unersättlichen Libido gesegnet war – darin war sie ihm ebenbürtig.

»Ärgere dich nicht über das, was ich in der Zwischenzeit getan oder nicht getan habe, Fiona«, riet er ihr.

Ein Pferdepfleger führte die Stute in den Stall. »Ja, gut«,

sagte Fiona, »ich spare mir den Atem, du wirst sowieso tun, was du willst.« Ihre Augen blitzten, und ihr Mund schmollte.

»Ja, stimmt«, sagte er und hakte sich bei ihr unter, als sie auf die beeindruckende Fassade von Newstead Manor zugingen. Vor ihnen lagen eine doppelte Steintreppe und ein imposantes Portal zwischen zwei Säulen. »Aber jetzt bin ich hier, und wir sind immer noch Freunde, oder?« Wieder beugte er sich zu ihr und gab ihr einen Kuss auf die Wange, die sich warm und weich unter seinen Lippen anfühlte.

»Ach, sind wir das?«, gab sie zurück, löste sich von ihm und versetzte ihm einen Klaps mit der Peitsche. Der Schlag war hart genug, dass es brannte. »Warum warst du nicht zum Mittagessen da, wie wir verabredet hatten?«

»Das habe ich völlig vergessen«, gab er zu. »Ich habe bei einer Auktion die Zeit vertan. Ich wollte sehen, welche Narren für einen gefälschten Gainsborough viel Geld verlieren. Du weißt ja, wie das ist.«

Sie sah ihn forschend an und sagte: »Oh, ja, ich weiß, wie das ist, Liebling. Du kannst einfach nicht widerstehen, wenn es um Kauf oder Verkauf alter Sachen und um schöne Frauen geht. Hast du eine schöne Frau getroffen, du betrügerischer Bastard?«

Er zog eine Grimasse und lächelte sie schief an. »Du kennst mich zu gut. Ich kann dir nichts vormachen.«

»Ich rate dir auch nicht, es zu versuchen«, sagte sie kühl, als sie durch die Eingangshalle schritten, die so groß wie ein Ballsaal war. Sie betraten die Bibliothek, in die ein Diener schon ein Tablett mit Kaffee gebracht hatte. »Wir sind zu eng miteinander verbunden, Ich könnte dich ruinieren, wenn ich es mal ernsthaft versuchen würde. Dann wäre es mit deinen windigen Geschäften vorbei, mein Freund. Niemand würde noch etwas mit dir zu tun haben wollen.«

»Soll das eine Drohung sein?«, fragte er und sah sie an, eine Augenbraue gehoben.

»Natürlich nicht«, schnurrte sie und ließ sich auf einer der beiden gold-grün gepolsterten Couches zu beiden Seiten des italienisch anmutenden Marmorkamins nieder. Ihre Jodhpurs waren so erregend eng, dass David ihre Spalte und die runden Labien sehen konnte. Sein Penis schwoll an, und ihn juckte es, ihre Klitoris durch den Stretchstoff zu reiben.

»Nur eine winzig kleine Warnung, das ist alles«, fuhr sie fort, hob die Kaffeekanne und fragte: »Milch und Zucker?«

»Schwarz«, antwortete er und sah auf ihre schlanken Hände, als sie die dunkle Flüssigkeit in kleine Tassen mit Goldrand schenkte. Wahnsinnig elegante Hände, die ihn so geschickt masturbieren konnten. »Du kennst doch inzwischen meine Vorlieben.«

»Ich wollte es nur noch mal überprüfen«, sagte sie. »Du hättest in proletarische Angewohnheiten zurückfallen können, seit wir uns das letzte Mal getroffen haben.«

»Snob«, neckte er sie und labte seine Augen an ihrem Anblick. Wie eine böse kleine Fee saß sie da.

»Bauer«, gab sie lieb zurück.

»Und freust du dich nicht daran? Endlich ein Mann, der anders ist als Nigel und seine Konsorten, nicht wahr, Lady Fiona?«

»Das sprichwörtliche Raubein?« Sie zog die Arme aus ihrer Jacke, die sie zum Ausreiten trug. Ihre Nippel pressten wie zwei Zwillingsstöpsel gegen die cremefarbene Seide ihrer Bluse. Er wollte reinbeißen.

»Nicht ganz«, sagte er spröde und lächelte über ihre äußere Kühle, die einen Glutofen verdeckte. »Ich war auf der Uni.«

»Aber du hast die Instinkte eines Markthändlers, eines Mannes, der seine Kunden übers Ohr haut«, fuhr sie fort und legte sich auf die Couch. Unter schweren Lidern sah sie ihn an, während ihre Hände die Knöpfe der Bluse öffneten und den Blick auf ihre kleinen festen Brüste freigaben. »War Fletcher Robillard bei der Auktion?«, fragte sie und spielte mit ihren Nippeln, die wie Rosenknospen aussahen. »Hast du ihn in letzter Zeit gesehen?«

David spürte, wie Verärgerung in ihm aufstieg. »Willst du mir den Tag verderben?«

»Habt ihr eure Meinungsverschiedenheiten noch nicht beilegen können? Schade, denn er ist hinreißend, Liebling. Ich würde ihn gern besser kennen lernen.«

Davids gute Laune kühlte deutlich ab. Fiona wusste, wie sie ihn reizen konnte, wenn sie nur den Namen seines größten Widersachers erwähnte – der gerissene Kerl, der es oft schaffte, jene Stücke zu ersteigern, auf die David es abgesehen hatte.

»Nein, er war nicht da. Es gab nichts von Wert, deshalb konnte ihn die Versteigerung nicht reizen. Tanith war auch nicht da, was ich mehr bedauert habe.« Tanith war Fletchers Partnerin, eine Frau, von der er wusste, dass Fiona sie als Rivalin betrachtete. Sie sah ebenso blendend aus und war doppelt so unmoralisch, wenn das überhaupt möglich war.

»Gut«, stieß Fiona hervor. »Sie ist ein Tramp.«

David gluckste. »Das hört sich an, als magst du sie nicht.«

»Richtig. Aber du magst sie, was? Nur weil sie dicke Titten hat. Ich wette, das sind Implantate. Oder, David? Hast du sie schon mal gedrückt?«

Er wusste, wohin dieses Wortgefecht führte – direkt ins Schlafzimmer, das sie gelegentlich mit ihrem Mann, Lord Cardwell, teilte. Nicht oft, denn Nigel zeigte eine Vorliebe für sein eigenes Geschlecht. Das gab ihr die Freiheit, ihren eigenen Neigungen zu folgen – und davon hatte sie viele. Ihr Appetit ließ sogar David staunen: Ob Männer oder Frauen, spielte keine Rolle; wichtig war nur, dass sie gut aussahen, witzig waren und aus dem Durchschnitt herausragten.

Während er Fiona forschend betrachtete und zuließ, dass der Hunger nach Erleichterung in seine Lenden stieg, dachte er an Lisa Sherwin. Es war ihm ein Rätsel, dass sie seine Einladung zum Essen abgelehnt hatte, aber er würde am Ball bleiben. Sie war zweifellos eine Schönheit, aber er hatte die Verletzlichkeit unter ihrer Fassade gesehen und dass sie unglücklich war.

Er respektierte Frauen wegen ihres Intellekts ebenso wie wegen ihrer Körper und durchschaute manche Maske, wie er in seinem Gewerbe eine Fälschung eine Meile gegen den Wind erkennen konnte. Er folgte seinen Ahnungen und kam zum Schluss, dass Lisa Sherwin ihr volles sexuelles Potenzial noch nicht erreicht hatte. Daran wollte er was ändern.

Aber da war Fiona, die sich einredete, in ihn verliebt zu sein; jedenfalls behauptete sie das. David hatte schon peinliche Beispiele ihrer Eifersucht erlebt und erfahren müssen, dass sie nicht ganz vertrauenswürdig war, wenn man ihr in die Quere kam. Mehr als ein Rivale hatte die Folgen ihres Zorns zu spüren bekommen. Sie liebte wie verrückt für eine kurze Zeit, dann wandte sie ihre launenhafte Aufmerksamkeit etwas Neuem zu.

Für den Moment war er der Stern an ihrem Firmament. Es schien, dass sein lässiges Verhalten ihn in ihren Augen nur noch begehrenswerter machte, und er weigerte sich, ihretwegen seine Gewohnheiten zu ändern. Doch ihm war klar, dass er behutsam mit ihr umgehen musste. Ihre Beziehung gründete sich nicht nur auf eine Lust, die Betten krachen ließ.

Er hatte sie durch gemeinsame Freunde kennen gelernt, und obwohl sie nach einer halben Stunde schon beim Beischlaf waren, ging es bei ihnen um mehr. Als die erste Leidenschaft vorüber war, hatte Fiona erklärt, dass Geld wie Wasser durch die Finger rann. Nigel war großzügig, aber sie brauchte mehr. Er war häufig nicht da, und die Speicher von Newstead Manor waren bis obenhin voll mit Zeugen der Vergangenheit, begehrenswerte Altertümchen, die ein kleines Vermögen einbrachten, wenn man sie den richtigen Leuten anbot.

Sie hatte David gesagt, sie bräuchte seinen Sachverstand, um einige dieser vergessenen Familienschätze zu Geld zu machen. Sie trafen eine Vereinbarung, die ihnen beiden eine großzügige und scheinbar unerschöpfliche Einnahmequelle sicherte.

Er rief sich ins Bewusstsein, wie viel auf dem Spiel stand, und erhob sich aus dem Louis-quatorze-Sessel und ließ sich neben Fiona nieder. Eine Wolke ihres teuren französischen Parfums hüllte ihn ein, dazu kamen ihre eigenen ambrosischen Düfte, Leder und Pferdeschweiß. Es war eine zu Kopf steigende Mischung, die ihn an ihre privilegierte Herkunft erinnerte, nach der er sich immer gesehnt hatte.

Sie legte eine Hand auf sein Knie und grub ihre mandelförmigen Nägel in seine Haut. »Warum lasse ich mich nicht von Nigel scheiden und heirate dich?«, fragte sie in einem sinnlichen Flüsterton.

»Und das hier willst du alles im Stich lassen?«, fragte er und machte eine weite Handbewegung, die den ganzen Raum einschloss, die Bücher, die tiefen Teppiche, die schweren Brokatvorhänge und die vielen Porträts, Statuen und Kostbarkeiten, die in drei Jahrhunderten Wohlhabenheit angeschafft worden waren.

»Warum nicht?«, murmelte sie und ließ die Hand höher wandern, bis sie auf seinem ausgebeulten Schritt lag.

»Weil, Lady Fiona, du dich schon innerhalb der ersten Woche zu Tode langweilen würdest«, sagte er und fühlte, wie sein Penis anschwoll. »Du brauchst dieses Leben so nötig wie Essen und Trinken.«

»Nun, vielleicht jetzt noch nicht«, räumte sie ein. »Ich nehme an, dass Nigel und ich zuerst ein paar Sprösslinge produzieren müssen, damit die Linie fortgeführt wird. Dann würde ich auch eine höhere Abfindung erhalten.«

»Vernünftiges Mädchen«, sagte er, während sie ihn mit einem Finger quälte. »Kannst du Nigel denn dazu bringen?«

»Kein Problem«, antwortete sie mit einem geilen Lächeln. »Er ist bisexuell, mein Lieber. Er besorgt's mir, wenn ich ihn lasse. Was für ein entsetzlicher Gedanke – Mutterschaft! Nicht wirklich mein Ding. Aber die Pflicht ... Was meinst du, wäre es nicht ein irrer Spaß, wenn ich dein Baby bekomme und nicht seins? Er würde es nie erfahren. Was hältst du davon, dass dein Sohn in der mit dem Wappen der Cardwells geschmückten Wiege liegt? Sie stammt aus der Regency Zeit, und dein Sohn würde der nächste Earl sein.«

»Das kannst du nicht ernst meinen, Fiona.«

Sie ließ ein helles Lachen hören, und ihre Augen blickten boshaft-schelmisch. »Ich würde seiner Mutter gern so einen Streich spielen. Sie ist eine schreckliche alte Ziege.«

David spürte, wie die Länge ihres Beins sich an seinem rieb. Ihr Körper war noch heiß vom scharfen Galopp übers Moor und von der Lust, die das Reiben des Sattels in ihrem Delta ausgelöst hatte. Sein Kind ein Earl? Er musste zugeben, der Gedanke hatte was.

Jetzt rieb sie sich an ihm, und er konnte seinen Trieb nicht länger zurückhalten. Sein Schaft wurde größer und drückte unangenehm gegen seine Jeans. Seine Hoden schmerzten. Seit er Lisa getroffen hatte, war er erregt. Seine Jagdinstinkte verlangten, dass er sie einfing und besaß. Er war nicht zu Fiona gegangen, um sich wegen der versäumten Verabredung zu entschuldigen, sondern weil er wusste, dass sie ihn von seiner Frustration erlösen würde.

Das Licht der Nachmittagssonne fiel schräg durch die hohen, schmalen Fenster und strahlte Carrarapfeiler an, Stützbalken aus Zedernholz und die Büsten von früheren Cardwells, die als römische Imperatoren dargestellt und mit Lorbeer bekränzt waren. Fiona knöpfte seine Jeans auf und nahm seinen steifen Penis heraus. Sie spielte damit, als wäre er ein Spielzeug, eigens zu ihrem Entzücken erfunden.

Er ließ sie ungehindert forschen und spielen, lag träge auf dem Rücken, die dunklen Locken auf dem Kissen ausgebreitet, die langen Schenkel gespreizt, damit sie freien Zugang zu seinen Genitalien hatte. Sie nahm die Spitze seines Schafts in den Mund und saugte daran. Sie setzte die Zunge ein, als schmeckte sie einen besonders köstlichen Lutscher.

David fühlte, wie seine Hoden sich zusammenzogen, und die hereinstürzenden Sensationen begannen ganz oben am Rückgrat. Der Orgasmus war nahe. In einer Sekunde würde er in ihrer Kehle kommen. Warum nicht?, dachte er, solange das Denken noch möglich war. Sie liebt es, mich zu kontrollieren. Sie saugt und schlürft so aufregend wie ein gieriges kleines Tier. Ich kann nur hoffen, dass der Butler nicht mittendrin hereinplatzt, denn ich könnte jetzt unmöglich aufhören. Er würde warten müssen, bis ich mich erleichtert hatte und die Reste vom Kinn der Lady tropften.

Da war sie, diese schreckliche, wunderbare Erlösung. Er konnte fühlen, wie sie das Rückgrat entlanghetzte und in seinen Schoß brauste. Seine Hoden waren hart, und die Eichel war noch größer geworden und pumpte gegen ihren Gaumen. Ein atemraubender Orgasmus überfiel ihn, und er stieß ein zittriges Keuchen aus, während Fiona ihn trocken molk.

Sie ließ den Penis aus dem Mund fallen; er war jetzt schlaff und blieb doch noch ein wenig geschwollen. Sie hatte den größten Teil seines Samens geschluckt und wischte sich den Rest mit dem Handrücken vom Mund ab.

»Ich bin dran«, flüsterte sie, hielt aber seine Hand fest, als er den Reißverschluss ihrer Reithose öffnen wollte. »Nicht hier. Ich habe einen besseren Plan.«

Er kannte ihre närrische Natur und fragte sich, was sie wieder ausgeheckt hatte. Fiona liebte neue Wege für ihre sexuellen Aktivitäten – je ungewöhnlicher, desto besser. Sie nahm seine Hand und hastete mit ihm zur Tür hinaus, die Haupttreppe hoch, die Korridore entlang und dann eine weitere Treppe hinauf. Er kannte den Weg, denn er war ihn schon einige Male gegangen. Er führte zu den Speicherräumen.

Im Haus war es still, versunken in der Schläfrigkeit des späten Nachmittags. Das Personal war weit unter ihnen beschäftigt. Die Speicherräume befanden sich unter dem Dachgesims über den Schlafräumen des Personals. Das Licht war trübe, denn es fiel durch schmutzige und mit Spinngeweben verhangene Gaubenfenster, und es beschien das Gerümpel von mehreren Generationen. Viele Gegenstände, die nicht mehr gebraucht wurden, die aber zu wertvoll waren, um weggeworfen zu werden oder beim nächsten Kirchfest zu stiften.

Hinter ihnen fiel die Tür zu. »Hu! Pass auf, hier gibt es Gespenster«, neckte David sie in einer hohlen Friedhofsstimme. »Ich bin der Geist des bösen Lord Balfrey Cardwell, ein Serienkiller von 1680. Ich bin gekommen, dein Blut zu saugen und deine Knochen zu brechen, nachdem ich dich geschändet habe.«

»Hör auf damit, David!« Sie stieß einen Schrei aus, als er sie von hinten umfing und ihren biegsamen Körper fest gegen seinen zog. Die Beule in seiner Jeans wurde härter.

Er umfasste ihre Brüste mit einer Hand, und die andere Hand strich über ihre Rippen und fand den Saum ihrer Breeches, der zwischen den Schenkeln verschwand. Sie war klamm und heiß an dieser Stelle, und seine Finger pressten gegen das Material und rieben die Klitoris.

Sie ließ die Hüften kreisen und schwenkte ihren Po gegen seinen Schoß, dann befreite sie sich von ihm und rannte an Mobiliar vorbei, das unter einer dicken Staubschicht lag. Sie sah ein altes Spinnrad, ein großes Schaukelpferd, ein Puppenhaus, einen aufgerollten persischen Teppich, mehrere gekachelte Waschtische, chinesische Vasen, Messingornamente aus den Tagen, als die männlichen Cardwells in Indien gedient hatten, und unzählige Objekte, die das Blut eines erfahrenen Antiquitätenhändlers in Wallung gebracht hätten.

Es war wie Aladins Höhle und ein Anblick, der nur wenigen Menschen gewährt wurde, das war David bewusst. Bislang hatte noch niemand den geringsten Verdacht geschöpft, dass er und Fiona wertvolle Stücke versetzten. Nigel hatte sich nie die Mühe gemacht, eine Inventarliste anzulegen. Die Schätze auf dem Speicher waren längst vergessen. Fiona hatte sie entdeckt, als sie in einer Mischung aus Neugier und Habsucht das Haus durchstreift hatte.

»Schau mal, was ich vor ein paar Tagen gefunden habe«, sagte sie und blieb bei einer Truhe stehen, die halb unter Stoffen versteckt war. Sie hatte Messingecken und stellte ihres Alters und der Qualität wegen auch schon einen Wert dar. Fiona öffnete den Deckel. Der Geruch von Mottenkugeln ließ sie würgen. Ein Sonnenstrahl fiel auf glitzernde Tuche, samtene Umhänge, künstliche Edelsteine und Federn.

»Ist das nicht fabelhaft?«, flötete sie und holte einen Armvoll Stoffe aus der Truhe. »Ich schätze, einige Kleider sind hundert Jahr alt.«

»Ja, kann gut sein«, sagte er nachdenklich und hielt einen Frack hoch mit Revers aus Satin. Er zog ihn an und posierte vor einem mit Fliegendreck besprenkelten Pfeilerspiegel. »Wir könnten damit Geld machen, Fiona.« Er klopfte auf einen flachen runden Gegenstand, und er sprang auf und entpuppte sich als Zylinder aus Seide. »Eine wunderbare Erfindung«, fuhr er fort und setzte den Zylinder unternehmungslustig schief auf den Kopf. »Er steht mir gut, findest du nicht auch? Ich sehe wie der typische Galan aus, der am Bühneneingang auf seine Liebste wartet.«

» Jeans und Frack?« Sie musterte ihn von oben bis unten. »Wir verkaufen nicht, halt also deine gierigen Hände bei dir. Ich will mich nur neu einkleiden.«

Sie verschwand hinter einem Schirm und kam kurze Zeit später in einem kirschroten Korsett aus Satin heraus. Ihre Brüste erhoben sich über den Rand aus Spitze, und die Nippel waren so rot wie Himbeeren. Ihr Schoß und der feste Po waren mit langen Strumpfbändern eingerahmt, an denen weiße Seidenstrümpfe befestigt waren, während ihre Füße in hochhackigen Pantoffeln mit diamantenen Schnallen steckten.

Enge weiße Glacéhandschuhe bedeckten ihre Arme bis zu den Ellenbogen, und eine schwarze Federboa war um ihre Schultern geschlungen. Ein Karrenrad, üppig geschmückt mit Federn und Seidenrosen, saß auf ihren Haaren, die sie hochgesteckt und mit Schildpattkämmen befestigt hatte.

»Was sagst du dazu?«, rief sie und posierte lüstern mit einem erhobenen Bein, damit der helle Busch und die rosa Linien ihrer Labien, die silbrig-feucht glänzten, besser zu sehen waren.

»Sehr fesselnd«, sagte David. Sein Herz schlug schneller, und er war wieder hart.

Sie schritt auf ihn zu, schwang einladend die Hüften und sagte glühend: »Tun wir so, als wäre ich eine Hure.« Sie packte ihn am Arm. Sie hatte mehr Kraft, als man ihr zutraute.

»Was verlangst du denn?« Er ging auf ihr Spiel ein.

Sie betrachtete ihn, die Beine weit gespreizt, um ihre volle Pracht schamlos zu enthüllen. »Zieh den Frack aus, Maccabene«, befahl sie. »Über den Preis diskutieren wir später.«

Er legte den Frack zur Seite und zog sich das T-Shirt über

den Kopf. Fiona strich über seine dunkelbraunen Nippel. Sie richteten sich unter den Berührungen auf, und sein Penis zuckte. Sie fuhr mit der Hand über die dunklen Brusthaare und glitt die dünne Linie entlang, die vom Nabel nach unten führte.

»Wie viele Prostituierte hast du gehabt?«, fragte sie und verschwand aus seinem Blickfeld. Sie trat hinter ihn.

»Das kann ich nicht mehr zählen«, log er. In Wirklichkeit hatte er es nie nötig gehabt, für Sex zu zahlen.

»Nackt? Oder hast du dich nicht ausgezogen?«

»Das kam auf die Umstände an – ob es die ganze Nacht dauerte oder ob es nur auf die Schnelle ging, im Auto oder an eine Mauer gelehnt.«

»Haben sie Spaß mir dir gehabt?«

»Sie haben es fürs Geld getan. So sehen die Huren das. Sie haben etwas zu verkaufen, und die Freier zahlen.«

»Wie du, David. Du verkaufst an die Öffentlichkeit – genau wie die Hure. Stimmt das nicht?«

»Vielleicht, ja.« Er wusste nicht, worauf sie hinauswollte.

Er erschauerte, als er ihre Fingerspitzen auf seiner Wirbelsäule tanzen spürte. Die Haare auf seinen Armen richteten sich auf, und die Hoden zogen sich zusammen.

»Zieh deine Jeans aus«, sagte sie.

Er grinste kurz, schnallte den Gürtel auf und trat die Schuhe von den Füßen. Er trug weder Socken noch Unterhose. Die Jeans rutschte nach unten. Es war ein erregender Gedanke, es mitten unter all diesen Schätzchen zu treiben. Er wollte Fiona zu ihrer Erfindungsgabe gratulieren. Sie war wirklich eine bemerkenswerte Frau. Amoralisch und verrückt, aber das war Teil ihres Charmes.

Nackt stand er da, der Penis steif wie ein Stock und leicht nach oben gerichtet, während David sich fragte, was sich Fiona jetzt noch einfallen ließ. Als ein paar Sekunden verstrichen waren, konnte er nicht länger warten und fragte über die Schulter: »Nun, Hure, wie geht es weiter?«

Er fühlte, wie sie näher an ihn herantrat, und er zuckte zusammen, als etwas die festen Muskeln seines Hinterns penetrierte. Noch bevor er die Invasion akzeptieren konnte, war sie wieder verschwunden. Er hörte Leder durch die Luft zischen, dann spürte er einen glühenden Schmerz, als die Peitsche auf sein nacktes Fleisch schlug.

»Ich werde dir zeigen, was es heißt, mich mit der Peitsche zu schlagen«, stieß er wütend aus und fuhr herum. »Du willst es rau haben? Okay, sollst du haben.«

Fiona blieb keine Zeit zum Protestieren, denn David zerrte sie in eine Ecke zu einem eisernen Bettgestell mit einer durchgelegenen Matratze. Sie trat um sich und fluchte, und er legte sie über seine Knie. Ihr Po reckte hoch in die Luft. Er holte mit der flachen Hand aus und ließ sie mit Wucht auf ihre Backen klatschen.

Fiona jaulte auf, aber er hielt ihre Gelenke mit einer Hand fest und verpasste ihr wieder einen Schlag auf den Po und dann noch einen. Er erwärmte sich an seiner Aufgabe. Sein steifer Penis stieß in ihre Seite, als sie auf seinem Schoß lag, und obwohl Tränen über ihr Gesicht rannen und sie bei jedem Klatscher laut aufschrie, wusste er, dass sie wild erregt war.

»Nicht, David! Das reicht jetzt!«, schluchzte sie und lag schlaff da. Ihre Backen leuchteten rot, und auf ihrer Haut zeichneten sich die Umrisse seiner Finger ab.

Er hielt auch dann nichts von Zärtlichkeit, als er sie von seinem Schoß auf die Matratze warf. Sie lag auf dem Rücken und starrte ihn mit großen, tränennassen Augen an. Er legte sich neben sie. Sein Mund nahm sich ihre Nippel über dem Rand des Korsetts vor, er kaute, neckte, erregte, quälte und saugte, bis die Warzen anschwollen und dunkelrot wurden.

Sie zog an seinen Haaren und stieß melodische Stöhnlaute

aus, als seine Hände über den kirschroten Satin glitten. Seine Lippen drückten auf ihren flachen Bauch, dann drang die Zunge in den Nabel ein, ehe David weiter nach unten rutschte und ihre Liebeslippen teilte. Seine Finger streichelten über ihre empfindsame Haut, die sich wie Seide anfühlte. Er benetzte sie mit ihren Säften, dann massierte er ihr Innerstes. Sie krallte sich an ihm fest, als ob er ihre Backen noch vertrimmte, aber dann brachte er sie an den Rand eines Höhepunkts.

Ein paar Sekunden hielt er inne, und sie schrie protestierend und pumpte die Hüften, um diese verlockenden Berührungen wieder zu spüren. Jetzt war er über ihr, geduckt wie eine Katze auf dem Sprung. Er öffnete mit seinen Fingern die Labien und genoss den Anblick des rosigen Gewebes, des köstlichen Honigtaus und der braunen Härchen, die sich um seine Finger kräuselten.

Er drückte seinen Mund auf die Spalte und inhalierte den kräftigen Geruch ihrer Erregung – wie Vanille und Meeresmuscheln. Seine Zunge stieß scharf gegen die Klitoris, umspülte das kleine Organ, wischte über den Kopf und löste ein herzzerreißendes Stöhnen aus, das sich ihrer Kehle entrang. Sein Mund wurde noch agiler und saugte jetzt an den geschwollenen Lippen, ehe die Zunge in die Vulva tauchte und dann zurück zur Klitoris ging. Er suchte nach Wegen, ihr bisher unentdeckte Freuden zu bescheren.

Sie bebte am ganzen Körper, hielt seinen Kopf zwischen ihren Schenkeln fest und murmelte: »Hör nicht auf, David. Oh, Himmel, ja, das ist genau richtig. Ja, mach es so ... sauge mich, Darling. Lass mich kommen ... ah ... ah ...«

Ohne ihr den Zauber seines Mundes zu entziehen, griff er mit beiden Händen hoch, und seine Finger griffen in die spitzen Erhebungen ihrer Nippel. Plötzlich spürte er, wie Fiona geschüttelt wurde. Er wusste, dass sie das präorgasmische

Plateau erreicht hatte, und von dort gab es nur einen Weg – die völlige Hingabe, die absolute Glückseligkeit.

Er schwebte in einer dunklen Welt des Verlangens; er spürte Fionas harte Knospe unter seiner Zunge und nahm ihren Geruch wahr. Sie versteifte sich und keuchte, und ihre Hüften ruckten von der Matratze hoch. Im nächsten Moment schrie sie auf, als der Höhepunkt sie durchfloss.

Sie hielt sich schluchzend an ihm fest, und während sie noch geschüttelt wurde, stieß er seinen Phallus in ihre pulsierende Vagina. Sie hob die Beine an und schlang sie um seinen verschwitzten Rücken, die Arme um seinen Hals gedrückt. Er stieß in sie hinein, und seine Lust wurde intensiver, weil ihre Zuckungen seinen Penis quetschten und tiefer in ihren Körper zogen, als wollte sie ihn völlig absorbieren. Ihr Hunger inspirierte ihn, und ihre Lust spornte ihn an – er kam in einer harten wilden Explosion.

Später, als es auf dem Speicher dunkel wurde und sie auf der verblichenen Steppdecke dösten, drehte sie sich in seinen Armen, küsste ihn auf den Mund und sagte: »Komm, wir tun es noch mal.«

»Du wirst dazu keine Zeit haben, weil es bis zur Hochzeit nicht mehr lange dauert«, sagte Paul am anderen Morgen sehr bestimmt, als er mit Lisa am Frühstückstisch saß. In der sonnigen Küche duftete es vom Aroma der frisch gerösteten Kaffeebohnen.

»Aber Paul, ich möchte es tun. Ich habe genug Sachen, um zwei Stände damit zu füllen, und gestern habe ich eine Kiste mit Porzellan ersteigert. Du hast mich nicht mal gefragt, wie es für mich gelaufen ist«, wandte Lisa ein und strich Zitronenmarmelade auf Vollkorntoast. Sie stützte die Ellenbogen auf den Tisch und biss in die Toastscheibe.

»Tut mir leid, das hatte ich ganz vergessen«, knurrte er und legte die Zeitung beiseite. »Also, wie ich schon sagte, ich halte es für eine dumme Idee. Du strapazierst dich und verdienst nicht viel Geld. Ich dachte, du hättest genug zu tun.«

»Was denn? Soll ich wegen eines Brautkleids durch die Geschäfte laufen?«

»Die meisten Frauen halten das für aufregend«, antwortete er, und ein finsterer Blick legte sich über sein schroffes Gesicht.

Sie versuchte es noch mal. »Ich will es probieren, Paul, verstehst du das denn nicht? Der Flohmarkt an der Getreidebörse ist berühmt. Ich hatte Glück, einen Stand zu ergattern. Und du weißt, dass ich gern zu Versteigerungen gehe und Schnäppchen suche.«

Er seufzte schwer, stieß seinen Stuhl zurück und stand auf, groß, stämmig, dominant. »Wie du willst«, sagte er widerwillig, »aber mach mir keine Vorwürfe, wenn es schiefgeht.«

»Werde ich nicht, keine Sorge«, gab sie scharf zurück und dachte: Du wirst der Letzte sein, der erfährt, dass es ein Reinfall war. »Du arbeitest doch nicht? Es ist Samstag.« Sie klemmte ihre nackten Füße auf die Querstangen ihres Stuhls, und ihr kurzer Morgenmantel öffnete sich über den braunen Schenkeln.

»Tut mir leid, meine Liebe. Ich muss mich mit einem Mann treffen. Es geht um die Lieferung von neuen Duschen.«

»Siehst du?«, sagte sie tadelnd. »Du bist immer dabei, irgendwas auszuhandeln. Warum verstehst du nicht, dass ich das auch möchte?«

»Bei mir sind es harte Geschäfte, und unsere Zukunft hängt von ihnen ab«, erklärte er und sah auf sie hinunter, als wäre sie ein unvernünftiges Kind. »Du brauchst dich nicht um unser Einkommen zu kümmern.«

»Das möchte ich aber«, hielt sie dagegen. Dann erkannte

sie, dass es hoffnungslos war. Sie gab auf, bevor es zu einem großen Streit eskalierte. »Was ist denn mit heute Nachmittag? Wir könnten ein Picknick am See machen.«

»Geht nicht. Treffe ein paar Jungs im Fitnesscenter. Aber ich führe dich heute Abend aus«, sagte er großmütig. »Und morgen werden wir zum Barbecue erwartet. Mutter will mit uns die Gästeliste durchgehen. Bisher hast du nicht viele Leute zur Kirche oder zum Empfang eingeladen.«

»Ich kenne nicht viele Leute. Ein oder zwei von der Uni. Und Martin und Phil darf ich ja nicht einladen.«

»Ich habe dir doch gesagt, dass sie nicht zu den anderen Gästen passen«, sagte er bestimmt. »Mutter würde es peinlich sein.«

Ihre Irritation setzte wie von selbst ein, wenn er seine Mutter erwähnte. Lisa packte den Ärmel seines Bademantels.

»Okay, obwohl ich deine Haltung ihnen gegenüber nicht verstehe. Paul, wir müssen reden«, begann sie. Sie schöpfte Mut und fuhr fort: »Die Dinge laufen nicht gut zwischen uns.«

Seine Brauen schoben sich zusammen. »Was? Es ist doch alles in Ordnung, oder?«

»Ja ... Nein, nicht wirklich. Es geht um Sex.«

»Sex? Du kriegst doch genug, oder? Jede Nacht haben wir Sex. Was willst du denn noch?«

Oh, Mann, dachte Lisa, und ihr Mut sackte zusammen. Jetzt müsste ich mit dem alten Aberglauben aufräumen, dass Männer alles über Sex wissen. Aber wenn ich auch nur vage andeute, dass das nicht zutrifft, stelle ich seine Männlichkeit in Frage.

»Es ist nicht die Quantität, wovon ich rede, sondern die Qualität«, sagte sie schleppend. Es war, als müsste sie einen Felsbrocken einen steilen Hügel hinaufschieben.

Er fuhr sich mit einer Hand durch die Haare, bis sie sich

steil aufgerichtet hatten. »Das haben wir doch schon erörtert. Ich dachte, wir hätten das geklärt.«

»Wir könnten mal was Neues wagen«, schlug sie zögerlich vor. »Sex ist wie jede andere Aktivität auch – man muss sie lernen. Du würdest doch auch kein Auto ohne Fahrstunden fahren, nicht wahr?«

»Keine der Frauen, mit denen ich bisher zusammen war, hat sich beklagt«, sagte er verstimmt.

»Kann es sein, dass deine Affären deshalb keinen Bestand hatten?« Lisa wunderte sich über ihren Mut.

»Ganz sicher nicht«, antwortete Paul, und sein Gesicht war rot vor Ärger. »Es liegt an dir. Du bist ... nicht ganz normal.«

Das war der grausamste Vorwurf, den er ihr machen konnte, aber sie kannte ihn schon, deshalb reagierte sie viel ruhiger als beim ersten Mal. Sie hatte über das männliche Ego gelesen – ein delikates Ding, wie es schien.

»Im Gegenteil, ich bin sehr normal«, sagte sie, ihre Stimme recht kalt. »Warum lernen wir nicht zusammen? Ich habe kürzlich ein Buch gekauft, einen Führer für Verliebte. Da könnten wir eine Menge Ideen finden.«

»Ich brauche keine Ideen. Ich weiß, was ich zu tun habe«, sagte ihr Verlobter stur.

Lisa verlor plötzlich ihre Geduld; sie war so entrüstet, dass sie ihm am liebsten den selbstzufriedenen Ausdruck aus dem Gesicht geschlagen hätte. »Das stimmt nicht!«, rief sie und sprang auf. »Ich brauche ein längeres Vorspiel. Du willst sofort anfangen zu bumsen, kaum dass wir ausgezogen sind. Du fasst mal kurz meine Brüste an, was mich langsam in Gang bringt, aber dann bist du wie eine Dampflok schon in mir und wieder draußen. Du rollst auf die Seite und fängst an zu schlafen, während ich überlege, was ich den Rest der Nacht tun soll.«

Oh, verdammt, dachte sie, als die Worte heraus waren. Jetzt ist es vorbei.

Er stakste aufs Schlafzimmer zu und sagte über die Schulter: »Wenn es dir nicht gefällt, werde ich es nicht mehr tun.«

»Mach dich nicht lächerlich«, rief sie und lief ihm nach. »Wir sollen bald heiraten und geloben, dass wir zusammen bleiben, bis der Tod uns scheidet. Schau wenigstens mal rein in das Buch, mit dem wir unser Sexleben verbessern können. Das ist mir sehr wichtig.«

Er blieb an der Tür stehen und sah Lisa an, ehrlich verwirrt. »Ja, gut, wenn es dich glücklich macht«, knurrte er. »Aber von diesen abartigen Dingen will ich nichts wissen.«

Ihr Herz pochte schneller. Sie stellte sich auf die Zehenspitzen und küsste ihn. »Mehr will ich doch gar nicht, Paul ... wir versuchen ein paar neue Sachen. Komm, wir fangen gleich an.«

Sie ließ ihren Morgenmantel von den Schultern rutschen und ging unter die Dusche. Er folgte ihr langsam, offenbar noch nicht ganz sicher. Sie drehte die Hähne auf und stand unter den warmen Strahlen und hob das Gesicht der Wärme entgegen. Er stand unbeholfen neben ihr. Sie rieb sich das Wasser aus den Augen und griff nach dem Kastaniengel, drückte es auf ihre Handfläche und rieb Paul damit ein. Als sie seine Genitalien erreichte, war er hart.

Sie schäumte ihn großzügig ein, hob seine Hoden und rieb den Schaft von der Wurzel bis zur Eichel. »Siehst du«, schnurrte sie, entzückt von seiner Reaktion, »das bringt doch Spaß, oder?« Ihre Brüste schmerzten, und ihre Klitoris erhob sich aus der Kapuze.

»Ich komme zu spät zu meiner Verabredung«, grunzte er, obwohl sein Penis in ihrer Hand zuckte.

»Steck dir deine Verabredung an den Hut.« Aber als er versuchte, sie auf seinen Schaft zu heben und sie zu penetrieren, wich sie aus. »Revanchier dich zuerst bei mir. Schäume deine Hände ein und wasche mich zwischen den Beinen. Trau dich.«

Er tat, um was sie gebeten hatte, aber sie hatte das Gefühl, dass es ihm nicht wirklich Spaß machte. Unter den prasselnden Strahlen stand sie nah bei ihm und rieb ihre Scham gegen seine Finger, die sie immer mehr erregten. Würde er sie reiben, bis es ihr kam? Sie hoffte es, aber sie verspannte dabei, weil sie es sich zu sehr wünschte. Sie wusste, wenn sie allein wäre, hätte sie nach wenigen Sekunden schon ihre Erfüllung gefunden, mit ihren Fingern oder mit dem Seifenstück.

Sie konnte Pauls Ungeduld fühlen und wusste, dass er nichts anderes wollte, als sie schnell zu besitzen, um dann seiner Wege zu gehen. Ihr Schoß war schwer vor Verlangen, ihre Klitoris schmerzte, erigiert, aber vernachlässigt.

Warum sollte ich ihn befriedigen?, dachte sie rebellisch. Ich habe mir genug Mühe gegeben, ihm alles zu erklären. Sie wich in eine Ecke der Dusche aus und ließ ihn verdutzt stehen.

»Wollen wir nicht...?«, begann er.

»Nein«, sagte sie scharf, wusch den Schaum ab und trat aus der Dusche. Sie griff nach einem flauschigen weißen Badetuch und schlang es wie einen Schutzmantel um sich. »Du hast kein Wort verstanden. Geh jetzt schnell, damit ich mich in Ruhe selbst streicheln kann.«

Er sah so entsetzt drein, dass sie beinahe gelacht hätte.

Sie ging ins Schlafzimmer und ließ ihn unter der Dusche stehen. Sein Penis hing schlaff hinab.

Er folgte ihr und zog sich an, während sie ihre Haare trocken rubbelte und ihm zusah. Das Schweigen war wie eine dritte Person im Raum. Er hob seine Aktentasche und starrte Lisa an. Seine Augen blickten wie die eines geprügelten Hundes. Lisas Gewissen meldete sich, aber sie kämpfte gegen ihre Schuldgefühle an.

»Ich hole dich später ab«, sagte er, endlich mal unsicher.

»Okay«, gab sie gleichmütig zurück.

»Und ... Lisa?«

»Ja?«

»Mach das mit dem Flohmarktstand, wenn du willst.«

»Ja, das habe ich vor. Ich kümmere mich nachher um alles.«

Glaubt er, ich brauche seine Genehmigung? Sie schäumte fast vor Wut.

Aber innerlich war ihr nach Tränen zumute. Wir müssen das klären, sonst ist es besser, wenn wir uns trennen, dachte sie und fühlte sich ganz elend. Ich will nicht wirklich mit ihm brechen. Ich mag den Burschen. Er ist stark und verlässlich und loyal, und wenn ich nach seinen Regeln lebe, wird es mir an nichts fehlen – nur an Freiheit. Kann ich meine Unabhängigkeit wirklich aufgeben? Noch wichtiger: Kann ich mit diesem in mir tobenden Verlangen fertig werden, die wunderbaren und aufregenden Arten der Liebe kennen zu lernen?

»Valerie Garston am Apparat«, sagte die blonde Frau in den Hörer aus Porzellan und Messing, bei dem es sich um die Nachbildung eines Fernsprechers um die Jahrhundertwende handelte. Die Frau saß an der Frisiertoilette bei ihrem Make-up.

»Ich bin es, Mutter«, sagte Paul.

Valerie freute sich immer, wenn ihr Sohn anrief, deshalb klang ihre Stimme schon viel heller. »Wie geht es dir heute Morgen? Ist alles in Ordnung?«

»Ja, kann man so sagen«, antwortete er. Da war eine Störung in der Leitung, und sie nahm an, dass er aus dem Auto anrief.

Sie wartete, weil sie instinktiv wusste, dass sie bald mehr hören würde. »Du klingst ein bisschen gedrückt.«

»Es ist wegen Lisa.«

Das habe ich mir gedacht, dachte Valerie und widerstand

dem unehrenhaften Gefühl der Eifersucht. »Geht es ihr nicht gut?«

»Doch, doch. Aber sie gibt sich ein bisschen schwierig. Sie brabbelt weiter über den Stand auf dem Flohmarkt, den sie unbedingt haben will. Sie gibt die Idee nicht auf. Manchmal kann sie ziemlich stur sein.«

»Ich dachte, wir hätten ihr das ausgeredet«, sagte Valerie, tunkte die freie Hand in einen Topf mit Feuchtigkeitscreme und rieb sich damit das Gesicht ein.

»Scheint nicht so. Sie hat irgendwelchen Krimskrams bei Auktionen erworben und will am Mittwoch ihren Stand präsentieren.«

»Nun, mein Lieber, dann müssen wir das hinnehmen, nicht wahr? Sie wird bald unter der Arbeit stöhnen. Ich weiß nämlich, wie hart das ist. Ich habe einige Flohmärkte für unsere Kirchengemeinde organisiert, für wohltätige Zwecke natürlich, aber einen Beruf würde ich nicht daraus machen wollen.«

Lisa ist verrückt, dachte Valerie. Wie konnte sie mehr wollen, als sie bereits hatte? Sie war mit Paul verlobt und würde bald seine Frau sein! Valeries Beifall hätte sie nie erhalten; sie hatte sich eine sanfte, demütige Schwiegertochter gewünscht, die in ihrem Schatten bleiben würde.

»Das habe ich ihr auch gesagt, und ich habe sie auch daran erinnert, dass es vor der Hochzeit noch eine Menge zu tun gibt, aber sie lässt sich nichts sagen«, klagte er und jammerte fast – das klang wie Musik in Valeries Ohren.

»Habe Geduld, Paul«, riet sie ihm. »Das sind die Nerven einer Braut, nehme ich an. Schließlich ist es ein großer Schritt für eine wie sie – sie wird ihren Lebensstil ändern müssen. Keine Sorge, ich werde sie führen.«

»Hast du Zeit, beim Barbecue mit ihr zu reden?«, fragte er eifrig.

»Ich nehme mir die Zeit. Lass dir gesagt sein, das ist nur eine Nervensache bei ihr. Natasha und ich nehmen das in die Hand. Ein Einkaufsbummel wäre das Beste, schätze ich. Das Brautkleid und andere Dinge. Sie hat einen seltsamen Geschmack in Kleiderfragen, Darling. Eher wie eine Studentin. Es sieht immer so aus, als kämen ihre Kleider aus einem Secondhandladen. Und diese Zigeunerröcke und bunten Tücher und ihre Sandalen …«

»Ich muss aufhören, Mutter. Danke. Wir sehen uns morgen um sechs, okay?«

»Ja, schön, Darling.«

Valerie legte den Hörer mit dem Rosenmuster auf die Gabel und betrachtete sich kritisch im Spiegel. Ein leichtes verärgertes Zucken störte für einen Moment ihre sonst so ruhigen Züge. Sie fand es bedauerlich, dass Paul überhaupt heiraten wollte. Sie liebte ihre Tochter Natasha, aber er war ihr Leitstern, der Erstgeborene, ihr kluger Sohn, auf den sie so stolz war.

Als er ihr gesagt hatte, dass er Lisa heiraten wollte, hatte sie in den sauren Apfel gebissen. Er musste natürlich haben, was immer er haben wollte, aber sie hatte ihm schon ein Mädchen ausgesucht, das viel besser zu ihm passte. Doch er hatte in Mike, ihrem zweiten Mann, überraschend einen Verbündeten gefunden.

»Sie ist in Ordnung«, hatte er gesagt, nachdem Lisa ihnen vorgestellt worden war. »Ein helles Mädchen, Val. Du kennst sie doch seit Jahren, nicht wahr? Ist sie nicht mit Paul und Natasha zur Schule gegangen?«

»Ja, aber später haben sie sich aus den Augen verloren«, hatte Valerie langsam geantwortet. Sie fragte sich, ob sein Interesse etwas mit Lisas Aussehen zu tun hatte. Es gab keinen Zweifel, dass sie attraktiv war; vielleicht keine konventionelle Schönheit, aber doch auffällig. »Ihr Vater war exzentrisch. Er hat sich geweigert, sich unserem Gesellschaftskreis, den Foresters, anzuschließen.«

»Das war dumm von ihm«, sagte Mike achselzuckend. »Kein Wunder, dass er seiner Tochter kaum was vererbt hat.«

»Woher weißt du das?«

Er lächelte kurz, fasste sich an die Nase und meinte: »Es gibt nicht viel, was hier passiert, von dem ich nichts weiß.«

Mike. Valeries Augen verengten sich, und die Lippen öffneten sich leicht, als sie an ihn dachte. Er war fünf Jahre jünger als sie. Sie hatte ihn achtzehn Monate nach dem Tod ihres Mannes geheiratet. John Everard war stets zurückhaltend und langweilig gewesen, aber er war der Vater ihrer beiden Kinder, und sie hatte sich gesellschaftlich um ein paar Stufen verbessert, als sie ihn eingefangen hatte – schließlich war er der Mann gewesen, der ihren Vater als Maurer beschäftigt hatte.

Valerie war stolz auf das Erreichte, wenn sie an die frühen Jahre dachte. John hatte eine reiche Witwe aus ihr gemacht. Paul betrieb das Geschäft weiter, und Mike hatte sie mit einer anhaltenden Entschlossenheit gefreit, die ihre schlafende Sexualität geweckt hatte.

Sie hatte ihn als Mann mit starken Leidenschaften kennen gelernt, und nicht nur bei der Arbeit. Als sie das erste Mal Liebe gemacht hatten – kurz vor dem Termin auf dem Standesamt –, glaubte sie sich ins Paradies versetzt.

Angefeuert von ihren Erinnerungen, öffnete sie ihr burgundfarbenes Negligé aus Satin, nahm ihre vollen festen Brüste in beide Hände und wog sie auf und ab, wie sie manchmal auch Mikes Hoden wog. Sie liebte es, wenn sie fühlte, wie sich die Eier im runzligen Beutel bewegten.

»Nicht schlecht für eine Frau Ende vierzig«, murmelte sie und betrachtete sich von allen Seiten. Schwimmen und ihre Arbeit an den Geräten zahlten sich aus, dachte sie, aber ich muss das auch beibehalten.

Mike hat schon viele Frauengeschichten hinter sich. Dann rief sie sich in Erinnerung, dass er sich ohne sie kaum bewegen konnte, denn ihre Firmen hatten sich verbunden. Außerdem, redete sie sich ein, bin ich so gut wie unersetzlich, wenn ich die einflussreichen Männer aus der Gegend mit ihren Frauen so gut bewirte.

Aber Valerie hatte auch eine andere Seite, eine heimliche, lüsterne Seite, die sie mit niemandem teilte.

Ich bin durch und durch unanständig, dachte sie und erbebte bei diesem köstlichen Gefühl der Scham, das sie überkam, als sie ihren Morgenmantel auszog und auf den rosa Damastteppich fallen ließ.

Ihr Körper leuchtete. Sie hatte eine glatte Haut, die sanft gebräunt war. Ihre Brüste faszinierten sie, die Nippel wie große braune Augen, die im Spiegel ihr Starren erwiderten. Mit federleichten Berührungen glitten ihre Finger über die Brüste. Die Warzen stellten sich angenehm steif auf, noch fester und noch dunkler. Ihre Labien schwollen an, nass vor ungeduldigem Verlangen.

Sie öffnete die Schenkel und stand breitbeinig da. Ihr Blick wurde zu der Gabelung hingezogen, zum krausen Busch, der um einige Nuancen dunkler war als ihre Kopfhaare. Die senkrechte Linie ihrer Scham streckte sich und enthüllte die Blütenblätter der Labien, gekrönt vom glitzernden Juwel ihrer Klitoris.

Valerie strich mit den Händen über ihren Körper, an der Taille vorbei und über den runden Bauch, bis ihre Finger den Kontakt mit ihrem Delta aufnahmen. Sie keuchte und wollte mehr, viel mehr. Sie musste die Stelle finden, an der Mike so große Freude empfand. Sie neigte den Drehspiegel, drehte und bückte sich und sah dann die Innenseiten ihrer Schenkel und die festen Kugeln ihrer Backen.

Sie war entzückt von diesem Anblick; das daunenähnliche

Kissen ihrer Scham mit den beiden Hälften und der faszinierenden Knospe des Anus darüber. Sie verfolgte im Spiegel, wie ihre Hand zwischen den Backen auftauchte und den Eingang zu ihrem Geschlecht berührte.

Glitschige Flüssigkeit bildete sich und tränkte die Labien. Sie schob einen Finger in die Vulva und fühlte das samtene Gewebe. Sie stellte sich vor, was Mike empfinden musste, wenn er seinen Penis hin und her rieb. Ihr Finger war nicht dick genug; sie vermisste seinen großen dicken Schwanz und fügte noch einen Finger hinzu.

Das war schon besser, weil sie die vaginalen Wände besser massieren konnte, aber sie wusste – auch wenn sie mit einem Mann zusammen war –, dass sie auf diese Weise nie den Höhepunkt erreichen würde. Sie musste ihre Klitoris massieren.

Ihre Bewegungen wurden hastiger, angetrieben von ihrer Erregung. Sie nahm mit Spitze besetzte Kissen vom Messingbett und legte sie auf den Boden. Dann ließ sie sich nieder, Schultern in die Kissen gedrückt, und beobachtete sich im Spiegel, als sie sich, Beine gespreizt und Knie angehoben, ihren Gefühlen hingab.

Mit der linken Hand teilte sie die Labien. Erregt von der Würze ihres eigenen Dufts, verteilte sie ihn über die ganze Spalte und über die pochende Knospe. Mit dem langen Mittelfinger rieb sie das Miniaturorgan so hart sie konnte. Ihre Nippel schmerzten, und sie benutzte die freie Hand, um sie zu zwicken und zu streicheln. Sie nahm den Druck von der Klitoris, und die fast überbrodelnden Gefühle gingen leicht zurück.

Mit zartem Streicheln spielte sie mit der Kuppe der Klitoris, die sich aus der Kapuze erhoben hatte. Sie umkreiste sie neckend, ihre Berührungen leicht wie der Hauch einer Brise. Die Wellen erhoben sich tief im Rücken, sie überfluteten ihren Schoß, wichen zurück, nahmen neuen Anlauf und brachten sie ihrer Wonne immer näher.

Ihr Herz klopfte wie verrückt. Ihr Verlangen diktierte jetzt das Geschehen. Sie massierte die Klitoris kräftig und unbeherrscht, besessen von der Lust. Ihre Hüften hoben sich vom Teppich an, ihr Schoß bereit für näheren Kontakt mit ihren Fingern. In ihren Zehen begann ein Prickeln, das die Beine hochkroch und sich in ihrem Schoß sammelte. Sie begann zu zittern und wurde hinweggespült in einem gewaltigen Orgasmus, der sie keuchend zurückließ.

Sie brach keuchend zusammen und streckte die schlaffen Beine von sich. Ihr Finger lag auf der zitternden Knospe, denn die Kontraktionen zuckten noch durch ihre Vagina. Die Augen geschlossen und den Kopf auf die Seite gelegt, entspannte sie sich friedlich.

Nach einer kurzen Weile erhob sie sich, zog Slip und BH an, darüber eine geblümte Seidenbluse und eine teure maßgeschneiderte Hose. Sie warf einen letzten Blick in den Spiegel, bevor sie zum Friseur ging, und anschließend würde sie den Morgenkaffee bei der Bürgermeisterin einnehmen, eine Veranstaltung, deren Erlös zur Renovierung der Kirche verwendet wurde.

Drittes Kapitel

Mike Garston nahm die Grillzange und drehte die Steaks, die auf dem Rost über der glühenden Kohle brutzelten. Er konnte den Schweiß spüren, der sich in seinen gepflegten grauen Haaren festsetzte. Er war ein stämmiger Bulle von Mann mit einem kräftigen Hals; er sah gut aus mit seinen blauen Augen, in Fältchen eingebettet, und einem entschlossenen Mund, der in den Winkeln tiefe Kerben hatte.

Hinten konnte er das Geplauder der Gäste hören. Er grinste boshaft, als ihm auffiel, dass die Stimmen höher und weniger kontrolliert klangen, beeinflusst vom großzügigen Vorrat an Weinen aus dem Supermarkt.

Er kannte sich mit guten, edlen Weinen aus, aber er wollte sie nicht vergeuden, wenn er mit billigen Weinen davonkommen konnte. Er schätzte die jetzige Gesellschaft so ein, dass sie den Unterschied zwischen einem zehn Jahre alten Bonnes-Mares und einem australischen Burgunder aus dem Vorjahr nicht kannte.

Auch Valerie nicht, dachte er und sah sie auf der Terrasse stehen, wo sie bei den Tischen stand, die sich unter den Schüsseln und Körben bogen, und Hof hielt. Sein Penis zuckte in seinen weiten Bermudashorts, als er die stattlichen Kurven ihrer Brüste sah, die sich gegen das Mieder ihres marineblauen Leinenkleids drückten. Sie hatte sich als leicht erregbare Frau herausgestellt, was er von John Everards Witwe nicht erwartet hatte.

Seine Ehe hatte sich als vorteilhaft erwiesen. Er hatte seine Firma in die Everard Homes Ltd. eingebracht, und er und

Paul stellten mit ihrem Unternehmen eine einflussreiche Kraft in der Gemeinde dar. Sie schluckten mehrere kleine Firmen oder vertrieben sie vom Markt.

Valerie zu heiraten war alles andere als ein Opfer gewesen. Aber selbst jetzt, als er beim Anblick ihres üppigen Körpers mit der gepflegten Haut und der hungrigen Grotte zwischen den Schenkeln Lust gewann, verachtete er sie. Valerie war gewöhnlich, vulgär, aufgetakelt und ein Snob; sie genoss die Kaffeemorgen, bei denen es unter den Ehefrauen der Honoratioren unglaublich seicht zuging.

Er hievte die saftigen Steaks auf ein Rost, damit sie warm blieben, und öffnete eine Packung mit Beefburgern. Seine Sekretärin und Beraterin Maggie Turner stellte sich an seine Seite. »Soll ich Brot zum Fleisch legen, Sir?«

»Ja, und sage der Masse, dass die Fütterung im Zoo begonnen hat«, antwortete er bissig mit seiner tiefen Stimme. »Frage auch, wer Zwiebel oder Ketchup oder was auch immer will.«

»Ja, Mr. Garston«, murmelte sie. Sie war eine unterwürfige Frau, die er oft grausam quälte, aber sie war ihm ergeben und dankbar für die geringste Aufmerksamkeit, die er ihr zukommen ließ.

Er schaute ihr nach, wie eine Katze der Maus nachschaute. Ihn ärgerte, dass sie keine Lebensart hatte, aber wie ihr Hintern unter dem extrem kurzen Rock aus Jeansstoff wackelte und wie die vollen Brüste in den Körbchen hüpften, was man unter der weißen Bluse gut sehen konnte, das erregte ihn.

Als sie sich bückte, um einen sitzenden Gast anzusprechen, konnte Mike ihr rosa Baumwollhöschen sehen, das in die Kerbe gerutscht war. Es würde jetzt feucht sein, wusste er, denn ihre Säfte flossen schon, wenn sie dieselbe Luft atmete wie er.

Er wollte sie fingern, wollte fühlen, wie sie ihren Schoß gegen seine Beule presste, dann würde er sie auf die Knie bringen, damit sie ihn saugen konnte. Danach würde er sie wegschicken. Manchmal geschah das so in seinem Büro, wenn gerade mal nichts zu tun war und wenn er sich zu sehr langweilte. Es gab ihm ein sadistisches Vergnügen, sie frustriert zurückzulassen.

Und diese Leute, die auf der Terrasse flanierten und zum nahen azurblauen Swimmingpool schauten? Was waren ihre Ticks?, fragte er sich, während er den großzügigen Gastgeber spielte und sein Image als genialer, herzenswarmer Mann pflegte.

Er wusste, dass er populär war; er spendete für viele gute Zwecke und spielte Santa Claus zu Weihnachten auf der Kinderstation des Krankenhauses. Er war auch ein eifriges Mitglied der Schauspieltruppe von Deverel. Die Amateure führten nicht nur Schauspiele auf, sondern auch leichte Opern. Sein klangvoller Bariton und seine blitzsaubere Darstellung des Piratenkönigs in *Die Piraten von Penzance* hatten ihm Beifall in der *West Deverel Gazette* eingebracht.

Oh, ja, alle bewunderten Mike Garston, dachte er lächelnd. Er war ein großartiger Kerl. Das Salz der Erde.

Die Sonne war noch heiß, obwohl die Bäume lange Schatten über Terrasse und Pool warfen. Ein paar Teenager tummelten sich im Wasser. Die Mädchen zeigten stolz ihre knospenden Brüste, und die Jungen prahlten mit ihren Kunststücken, beherrscht vom Testosteron. Die Luft erzitterte vom sexuellen Erwachen.

Die Älteren saßen auf weißen schmiedeeisernen Stühlen unter gestreiften Schirmen oder standen um die Bar herum, hinter der ein Kellner Drinks einschenkte. Sie wurden jetzt lauter; jeder Anschein von Vornehmheit war unter dem Einfluss des Alkohols davongeflogen. Die Frauen kreischten vor Lachen, während die Männer sich über politische Themen, Geschäfte oder Fußball erhitzten.

Bossa-Nova-Klänge drifteten mit der warmen Brise heran, und einige Paare tanzten zum sinnlichen Beat.

Das Haus, ein umgebauter Bauernhof, erhob sich hinter der Terrasse. Pflanzen wuchsen in verzierten Trögen und Steinurnen, und viele verschiedene Efeus rankten sich an den alten Mauern hoch. Der Rasen war glatt und kurz geschnitten; dafür sorgte ein Gärtner.

Die Mondsichel, die wie ein Phantom den ganzen Tag blass am Himmel gestanden hatte, erstrahlte jetzt hell, nachdem die Sonne gesunken war. Es würde ein herrlicher, romantischer Abend werden, und Mike überlegte mürrisch, ob er sich betrinken sollte. Das würde seine Gefühle betäuben und das rasende Verlangen eindämmen, das der Anblick Lisas an Pauls Arm hervorgerufen hatte. Sie waren gerade erst eingetroffen, und er gestand sich ein, dass er ungeduldig auf diesen Moment gewartet hatte.

Er zeigte ein väterliches Grinsen und schlug Paul auf die Schulter. Dann gab er Lisa einen flüchtigen Kuss auf die Wange, und sein Penis zuckte in seinen Shorts, als er ihren Duft einatmete. Der Duft von Haaren und Haut erinnerte ihn an Geißblatt und Jasmin und an jugendliche Liebe im Kornfeld. Es war eine beunruhigende Mischung.

»Ich bin froh, dass ihr es geschafft habt«, sagte er strahlend. »Nehmt ein Steak und holt euch ein Bier. Ich würde den Wein nicht trinken, Lisa, meine Liebe. Ich mixe dir eine Margarita. Übernimmst du mal, Paul? Prima, danke. Im Kühlschrank haben wir noch eine Menge Steaks. Ah, schau, da kommt deine Mutter, Sie wird dir helfen.«

Ihm gelang es, Lisa in einen ruhigeren Teil des Gartens zu lotsen, nachdem er sich mit zwei hohen Gläsern für den Tequila-Cocktail bewaffnet hatte. Sein Blut raste und drängte zu seinem Schoß. Es war unmöglich, seinen Penis zu bändigen.

»Wie geht es dir?«, fragte er und drängte sie, neben ihm auf einer Bank Platz zu nehmen. »Ich schätze, Val gönnt dir keine Ruhe. Sie ist schrecklich aufgeregt wegen der Hochzeit.«

»Ich weiß«, sagte Lisa. Mike hörte einen Anflug von Widerwillen in ihrer Stimme. »Aber ich bin mit anderen Dingen beschäftigt.«

»Ja?« Er schlug die Beine übereinander, um die angriffsbereite Schlange einzufangen.

»Erinnerst du dich, dass ich mal darüber gesprochen habe, Antiquitäten zu verkaufen?« Sie saß entspannt neben ihm, und ihr nackter Arm berührte beinahe seinen. Die hellen Haare auf seiner Haut richteten sich auf.

»Ja, ich erinnere mich. Ich fand das eine gute Idee«, sagte er und rutschte noch ein wenig näher. Sein Schenkel lag neben ihrem.

Sie trug einen dünnen halbdurchsichtigen Rock aus Baumwolle. Er konnte den kupferfarbenen Schimmer ihrer sonnengebräunten Beine sehen und das dunkle Dreieck an ihrem Scheitelpunkt ausmachen. Die Schlange in seinem Schritt drückte gegen die Schenkel, die sie gefangen hielten, und eine Träne bildete sich in dem einen Auge.

Ihre Haare glitzerten golden und rahmten das herzförmige Gesicht mit Löckchen und Flechten ein. Der tiefe ovale Ausschnitt ihres kurzen Tops gestattete ihm einen ungestörten Blick auf das Tal ihrer Brüste. So hoch und fest und jung. Er konnte sehen, dass sie keinen BH trug. Die braunen Nippel stießen gegen den engen Stoff.

Mike befand sich in Pein. Er durfte sich nur vorsichtig bewegen. Wenn er seinen Penis zu sehr reizte, würde er explodieren. Gleichzeitig lechzte er verzweifelt danach, Lisa in den Arm zu nehmen. Er wollte mit ihr an einen privaten Ort verschwinden und seine schmerzende Waffe in ihre Scheide versenken. Er beneidete Paul mit einem glühenden Gefühl, das ihm noch den Verstand raubte. Jetzt verachtete er dieses Muttersöhnchen, diesen eingebildeten Einfaltspinsel, der diese erstaunliche, intelligente und empfindsame Schönheit eingefangen hatte.

Sie lächelte Mike an, die Augen so glänzend wie Diamanten, als sie sagte: »Ich bin froh, dass jemand zustimmt. Ich dachte schon, dass Paul Recht hat und ich meine Zeit verschwende.«

»Ganz sicher nicht«, sagte Mike entschieden und traute sich, ihre Hand in seine zu legen. »Du kannst dich darauf verlassen, dass ich dir helfe. Ich meine, schließlich bin ich dein Stiefvater in spe, der dich an deinem großen Tag zum Altar führt.«

Sie lachte und zog ihre Finger nicht zurück. »Danke, Mike, ich weiß das zu schätzen, denn ich vermisse meinen Dad sehr.«

»Natürlich vermisst du ihn. Es tut mir leid, was passiert ist. Der betrunkene Fahrer ist nicht hoch genug bestraft worden. Ruf mich an, wenn du Rat brauchst. Ich helfe dir nur zu gern. Halte dich weiter an Vals Pläne. Ich kann es kaum erwarten, bis du ein Mitglied der Familie bist.«

Ja, es war großartig, dachte er, und in seinem Kopf drehten sich wilde Pläne. Es würde großartig sein, sie unter seine Kontrolle zu bringen. Sie würde sich bei ihm anlehnen. Wenn sie sich mit Paul stritt, würde sie zu ihm kommen, und er würde sie trösten. Er würde ihr Verbündeter, und er würde um sie werben, bis sie ihn als Geliebten akzeptierte.

»Mike! Wo bist du?« Valeries laute Stimme drang in seine Träume.

»Ich komme!«, rief er zurück und zog Lisa mit sich. »Vergiss nicht«, flüsterte er. »Wenn du mich brauchst, bin ich für dich da.«

Er verlor sie danach aus den Augen, aber sobald er Valerie entwischen konnte, zerrte er Maggie ins Sommerhaus und verlangte barsch: »Saug mich!«

Es war ungewohnt, so früh aufzustehen – im Morgengrauen. Lisa lud ihren letzten Karton und schloss die Hecktür des Vans. Später werde ich bestimmt erst in letzter Minute hinfahren, dachte sie, aber dies war ihr erstes Mal, und sie hatte schreckliches Lampenfieber.

In der Stadt war es still. Sie sah niemanden bis auf den Briefträger, aber als Lisa die Getreidebörse erreichte und die Kirchenuhr sieben schlug, veränderte sich alles. Es herrschte ein geschäftiges Treiben.

»Sehen Sie zu, dass Sie da sind, wenn die Türen öffnen«, hatte ihr der Organisator geraten. Er hatte ihr unter den grauen dichten Brauen zugezwinkert. »Ihr Dad war immer ein früher Vogel. Er hat nie etwas verpasst, wenn er es auf was Bestimmtes abgesehen hatte. Auf diese Weise hat er auch Ihre Mutter bekommen. Die schönste Frau, die ich je gesehen habe. Und Sie sind ihr wie aus dem Gesicht geschnitten.«

Schön, noch einen Verbündeten zu haben, dachte Lisa, und Mike kam ihr in den Sinn, während sie einen Parkplatz suchte. Sie achtete darauf, niemandem den Platz wegzunehmen. Sie wollte sich so früh keine Feinde schaffen.

Bevor sie alles auslud, ging sie in das alte Gebäude. Der untere Teil wurde von der Stadt für Veranstaltungen wie zum Beispiel den Flohmarkt vermietet, oder für Ramschverkäufe und die jährliche Blumenschau. Lisa war der Stand 16 zugewiesen worden, der ziemlich hinten lag. Die besten Stände lagen gleich bei der Tür und waren längst vergeben.

Sie versuchte so zu tun, als gehörte dies zu ihrer täglichen Routine, und begab sich an die Arbeit. Sie spreizte eine Chenille über den Tisch, dann hob sie den ersten von mehreren Kartons auf den Tisch. Sie bemerkte interessierte Blicke, ließ den Karton unter dem Tuch halb verschwinden und holte den Rest.

Die Blicke wurden intensiver, als sie auszupacken begann, und andere Standmieter kamen heran. Das war verwirrend. Sie verließen ihre halb fertigen Tische und schlichen sich heran, zuerst zwei oder drei, dann über ein Dutzend – wie Wespen um ein Marmeladenglas.

»Du bist neu hier, was?«, fragte eine Frau mit runzligem Gesicht und drahtigen Haaren. Sie nahm ein Tischtuch mit Spitzenrand in die Hand und hielt es ins Licht. »Ich habe mich auf Leinen spezialisiert, aber es muss perfekt sein. Keine Risse, kein Verschleiß, kein Stopfen.«

»Das alles trifft auf dieses Tischtuch zu«, sagte Lisa und erinnerte sich daran, es auf dem Tisch der väterlichen Großmutter bei festlichen Gelegenheiten gesehen zu haben. Gerüchte besagten, dass die Spitze von einer französischen Ahnfrau gefertigt worden war, bekannt für ihre hervorragende Arbeit.

»Oh, ich weiß nicht«, sagte die Frau zweifelnd. »Siehst du hier, wo es gefaltet ist? Papierdünn ist es da! Wie viel willst du dafür?«

»Fünfundzwanzig Pfund«, sagte Lisa unerschrocken und erinnerte sich, irgendwo gelesen zu haben, dass es nicht klug war, zu wenig zu verlangen.

Die Frau sah so empört aus, als hätte Lisa fünfhundert gefordert. »Das kann ich dir unmöglich geben, meine Liebe«, sagte sie und zog die Mundwinkel nach unten. »Ich muss ja auch noch Gewinn machen. Was sagst du zu zehn?«

Lisa sah sich in der Klemme, und sie konnte nicht klar denken, weil die anderen in ihren kostbaren Kartons nachguckten. Sie hatte gehofft, dass sie alle Sachen attraktiv ausstellen konnte, bevor sie mit dem Verkauf begann. Aber zehn Pfund? Damit hätte sie den Stand schon mal bezahlt ...

»Das Tischtuch ist viel mehr wert«, sagte eine gedämpfte Stimme am Nachbartisch. Lisa sah hoch und ins lächelnde Gesicht einer Frau in mittleren Jahren; eine schlanke, gut gekleidete Lady mit schöner Haut und blassgoldenen Haaren. »Die Spitze ist ganz exquisit.«

»Nun, das ist alles, was ich bieten kann«, sagte die Leinenhändlerin und zog davon.

»Verkaufen Sie nichts zu billig«, riet Lisas Nachbarin und stand von ihrem Faltstuhl hinter ihrem schön geordneten Tisch auf.

Lisa fiel auf, dass sich die anderen Händler verdrückt hatten, als diese Frau sprach, und nun konnte sie endlich ihre Ware so ausstellen, wie sie es sich vorgenommen hatte.

»Ich habe das noch nie gemacht«, erklärte sie, »aber ich hoffe, dass ich von nun an regelmäßig dabei bin.«

»Ich bin schon lange dabei. Antiquitäten sind mein Hobby. Man könnte auch sagen, dass sie eine Leidenschaft sind. Ich bin in der beneidenswerten Position, dass ich nicht unbedingt Geld verdienen muss, aber ich komme jede Woche her. Sie haben ein paar sehr schöne Stücke.« Sie streckte die Hand aus. »Ich heiße Daphne Nightingale.«

Lisa drückte die dargebotene Hand, aber ihre eigene fühlte sich plump an im Vergleich zu den delikaten Knochen und der kühlen, weichen Haut. »Ich bin Lisa Sherwin.« Ihr Gesicht färbte sich rosa vor Freude. »Glauben Sie wirklich, dass ich was Wertvolles zu verkaufen habe?«

Daphne nickte. Ihre blauen Augen, von braunen Wimpern gerahmt, blickten über Lisas Tisch. »Ja, meine Liebe«, sagte sie. »Sie haben etwas Seltenes, nämlich Geschmack. Man wird damit geboren. Viele dieser selbsternannten Experten verstehen nichts von Antiquitäten. Sie sind nur daran interessiert, das schnelle Geld zu machen. Wenn Sie nichts dagegen haben, helfe ich Ihnen bei der Preisgestaltung.«

»Oh, ja, bitte«, rief Lisa. »Ich habe nämlich keine Ahnung. Ich habe solche Märkte zwar schon besucht, aber hatte noch nie einen eigenen Stand. Ihre Hilfe ist mir hochwillkommen.«

»Gut. Lassen Sie mir die Etiketten da. Es wäre lieb, wenn Sie zur Kantine gehen und mir eine Tasse Tee bringen. Ohne Zucker, bitte«, sagte Daphne und griff nach einem Kugelschreiber. »Ich passe auf Ihre Sachen auf und halte die Wölfe fern. Die Besucher werden erst um neun Uhr dreißig hereingelassen, wir haben also noch Zeit genug.«

Sie blieb an einer Tischseite stehen, auf die Lisa einen geschnitzten Schirmständer gestellt hatte. Darin befanden sich ein mit Spitze abgesetzter Sonnenschirm, einige Golfschläger, ein Hammer zum Croquetspiel, ein Spazierstock mit einem reich verzierten Griff, zwei kurze Reitpeitschen und eine lange Kutscherpeitsche.

Daphne zog die Kutscherpeitsche heraus und betrachtete sie versonnen. »Woher haben Sie denn diese Schätzchen?«, fragte sie, und ein Ausdruck der Abwesenheit belegte ihre feinen Gesichtszüge. Dann nahm sie eine der Reitpeitschen in die Hand und ließ sie durch die Luft sirren. Sie nickte, als freute sie sich, dass sie noch biegsam war.

»Ich weiß nicht ... hier was und da was. Die meisten Gegenstände stammen aus den Häusern von verstorbenen Verwandten, nehme ich an. Fast alles gehörte meinem Vater«, sagte Lisa, verwundert über die Frage. Für sie hatten die Dinge nicht wirklich einen Wert, auch wenn sie alt waren.

Daphne kam aus den fernen Regionen, in denen sie geschwebt hatte, wieder zurück und sagte mit einem Lächeln: »Die geben wir nicht billig ab. Jemand wird es sich etwas kosten lassen, diese Dinge zu besitzen. Gehen Sie jetzt, und bringen Sie mir den Tee.«

»Wird gemacht.« Lisa nahm ihre Geldbörse mit, nicht zu verwechseln mit der Bauchtasche, die sie sich um die Taille geschnallt und mit Kleingeld gefüllt hatte.

Sie schaute zurück auf ihren Stand und sah, dass Daphne sich die einzelnen Stücke genau ansah, ehe sie den Preis notierte. Lisa war froh, so eine Freundin gefunden zu haben. Sie hatte was Vertrauenswürdiges an sich; wenn man Markthändler war, hatte eine solche Qualität wahrscheinlich Seltenheitswert.

Ein Mädchen mit Sommersprossen stand hinter der Theke und bediente fleißig die Leute mit Tee, Kaffee und verschiedenen Kuchen. Sie war pummelig und lebhaft, trug einen Minirock um die breiten Hüften und ein enges Top, das die schweren Brüste noch hervorhob. Sie lächelte gern und hatte für jeden ein freundliches Wort.

»Du bist neu hier, nicht wahr?«, fragte sie Lisa.

»Ja, stimmt.«

»Ich hoffe, es läuft gut für dich.«

»Danke.«

Lisa balancierte zwei Tassen Tee und ein Päckchen mit Shortcakes auf einem Plastiktablett zurück zu Daphne.

Die Zeit verging bemerkenswert schnell, während Lisa ihren Stand noch einmal gestaltete und dann noch ein weiteres Mal. Sie war verdutzt über die hohen Preise, mit denen Daphne einige Gegenstände ausgezeichnet hatte. Daphne ging zu ihrem eigenen Stand zurück, und kurz nach neun schlenderten die ersten Leute herein. Martin kam vorbei, um ihr viel Glück zu wünschen. Später besuchte Mike sie mit derselben Mission.

Lisa hatte kaum eine Minute für sich. Leute blieben stehen, nahmen Gegenstände in die Hand, feilschten, kauften was oder gingen weiter. Ihre Bauchtasche wurde bald angenehm schwer. Bald wusste sie, wonach die Kunden suchten. Dies war ein Antikmarkt, kein Ramschverkauf, und wer nur kleines Geld ausgeben wollte, verlor bald das Interesse und ging weiter. Die wirklichen *aficionados* suchten Gegenstände, um ihr Haus zu verschönern, oder sie suchten bestimmte Objekte, die zu ihrer Sammlung passten.

Nach einer Stunde setzte eine Flaute ein. Lisa lehnte sich an ihren Tisch und merkte, dass Rücken und Beine schmerzten, aber ihr Selbstbewusstsein ließ sie die Schmerzen vergessen. Der Tisch sah ziemlich abgegrast aus. Die Pfundmünzen wogen schwer in der Bauchtasche, aber sie hatte auch viele Fünfer und Zehner und sogar einen Zwanziger.

Ich könnte jetzt nach Hause gehen, dachte sie. Ich habe schon jetzt einen ordentlichen Gewinn eingefahren, aber ich habe auch nicht viel einkaufen müssen; hauptsächlich habe ich angeboten, was mein Vater gehortet hatte. Ich brauchte nur über den Speicher zu gehen. Wenn ich mit diesem Gewerbe fortfahren will, werde ich das heute verdiente Geld bei Auktionen ausgeben.

»Haben Sie einen schönen Tag?«, fragte David Maccabene, der gerade in ihr Blickfeld trat.

Sie schluckte, und ihr Herz raste, dann brachte sie heraus: »Ja, es ist großartig. Es macht Spaß.«

»Ich hoffe, Sie lassen sich von anderen Händlern nicht über den Tisch ziehen«, fuhr er fort und warf einen Blick auf ihre Waren.

»Sie haben es versucht, aber die Lady neben mir hat mir geholfen.« Sie schalt sich wegen der nervösen Aufregung, die wie ein Tornado über sie hinwegfegte.

Er war viel zu attraktiv, was für ihn nicht gut war und für sie auch nicht. Die Barriere des Tisches zwischen ihnen störte sie, denn am liebsten hätte sie sich an David geschmiegt. Sie schien desinteressiert zu sein, aber sie prägte sich sein schönes Gesicht ein, betrachtete heimlich die langen Beine und den agilen Körper. Er trug eine andere Jeans, genauso eng, aber neuer. Der Stoff war dunkelblau und noch nicht verschlissen. Ein Hemd mit einem Großvaterkragen hatte er über der kupferfarbenen Brust geöffnet, und die Ärmel hatte er bis zu den Ellenbogen hochgekrempelt, sodass man seine sehnigen, behaarten Arme sehen konnte. Sie fragte sich, wie er reagieren würde, wenn sie sich über den Tisch lehnte und den Reißverschluss seiner Jeans aufzog. Würde sein Penis herausspringen und vor Verlangen pulsieren?

Warum war er überhaupt hier?, fragte sie sich und seufzte laut. Bei mir lief alles gut, und ich hatte sogar meine Frustration vergessen, aber jetzt überfällt sie mich wieder schlimmer als vorher.

»Mir gefallen die Zinnfiguren«, sagte er, nahm eine in die Hand und musterte sie. »Die Viktorianer waren verliebt ins Detail, nicht wahr? Was für ein feiner Kerl! Schauen Sie sich seine Rüstung an und die Löwenmähne an seinem Helm. Er ist ein Barbar, schätze ich, und der andere ist ein Christensklave.«

»Die beiden zusammen kosten zweihundert Pfund«, sagte sie überflüssigerweise, denn er hatte schon das Preisetikett gesehen. »Ich kann sie nicht einzeln abgeben, weil sie sonst im Wert verlieren.«

»Kein Rabatt für einen Freund, der hofft, dass er bald mehr sein kann?«, fragte er, und der Blick in seinen Augen ließ ihre Nippel unter dem T-Shirt hart werden. Er starrte sie an, und eine heiße Röte legte sich über ihr Gesicht.

»Daphne hat die Figuren ausgezeichnet«, begann sie und musste gegen den Impuls ankämpfen, ihm die beiden Krieger zu schenken – eine seltsame Anwandlung für die gewiefte Händlerin, die sie werden wollte.

»Sie irrt sich selten. Eine sehr kenntnisreiche Lady.« Er grinste übers ganze Gesicht, und sie glaubte, dass er in ihr lesen konnte wie in einem Buch.

»Kennen Sie sie?«, stammelte Lisa. Sie wollte reden, um ihre Gefühle besser kontrollieren zu können. Sie wollte nicht zugeben, dass sie verrückt vor Lust war.

»Dieses Vergnügen habe ich schon gehabt«, antwortete er und rief in die Lücke zwischen den Ständen: »Guten Morgen, Mrs. Nightingale.«

»Guten Morgen, Mr. Maccabene«, gab sie zurück. »Feilschen Sie nicht mit ihr. Der Preis ist fair. Das sind zwei wunderbare Figuren, völlig unbeschädigt. Zinn ist heutzutage sehr gefragt, aber das wissen Sie ja selbst.«

»Ja, ich weiß, aber ich möchte diese beiden Figuren für mich privat haben«, sagte er und versprühte seinen Charme. »Ich will sie nicht weiterverkaufen.«

Daphne schaute dem Geplänkel zwischen ihm und Lisa mit kühler Distanz zu, dann drehte sie sich um und bediente einen jungen Mann, der besonderes Porzellan zum Geburtstag seiner Mutter suchte.

»Ich nehme sie«, sagte David plötzlich.

Sie war wie vom Donner gerührt. Er feilschte nicht!

»Sie nehmen sie?«, rief sie.

»Ist das so ungewöhnlich? Ich bin auch ein Sammler. Und ich wohne in einem Haus, nicht in einer Auktionshalle. Ich umgebe mich gern mit schönen Dingen und schönen Menschen. Wie Sie, Miss Sherwin. Kann ich Sie meiner Sammlung hinzufügen?«

»Ich bin nicht Teil des Handels«, antwortete sie frostig, aber ihr Puls raste, als er sich zu ihr beugte und sie mit Tigeraugen ansah.

»Habe ich das gesagt?« Er sah sie vorwurfsvoll an. »Der Himmel bewahre mich, Miss Sherwin! Wie wäre es heute Abend mit einem Essen?«

»Ich habe Ihnen schon gesagt, dass ich verlobt bin.«

»Geben Sie ihm einen Tritt. Sie wissen, dass Sie das wollen.«

»Ach? Sie bilden sich eine Menge ein.«

Ihre Hormone befanden sich in einem Tumult, und alle Instinkte drängten sie, sich vor ihn auf den Boden zu legen, damit er sie wild und laut und hemmungslos nehmen konnte. Ihre Vagina schmerzte vor Verlangen, und ihre Klitoris pulsierte, und beide Rebellen weigerten sich, auf die kühle Stimme ihrer Vernunft zu hören.

David nahm eine Rolle mit Geldscheinen aus der Gesäßtasche, zog einige Scheine ab und reichte sie ihr. »Zählen Sie nach, das müssten zweihundert Pfund sein.« Ihre Finger berührten sich, als er ihr die Geldscheine gab. Er hielt eine Weile ihre Hand und kitzelte ihre Handfläche mit seinem Mittelfinger. Es war eine intime Berührung, und sie stellte sich vor, dass er auf diese Weise ihre Klitoris rieb.

Hitze überschwemmte sie. Sie lechzte nach seinen Berührungen. Sie wünschte, sie hätte eine Assistentin dabei; eine vernünftige, zuverlässige Person, die jetzt die Scheine zählen und ihm sagen konnte, ob der Betrag stimmte oder ob er sie übers Ohr hauen wollte. Ich hoffe, er nimmt die Zinnfiguren, haut ab und lässt sich nie wieder sehen, dachte sie.

»Soll ich sie einpacken? Vielleicht in einen Karton?«, fragte sie mit zittriger Stimme und bückte sich.

»Nein, nicht nötig. Stimmt das Geld?« Er strahlte sie an. »Was suchen Sie denn?«

»Zeitungen ... irgendwas zum Einpacken«, stotterte sie.

Und dann war er plötzlich da, ging neben ihr in die Hocke, halb verdeckt durch das Tuch. Oh, Himmel, jetzt sitze ich in der Falle, dachte sie, alarmiert und erregt zugleich.

Seine Finger waren wieder auf ihren. Er klaubte die Geldscheine aus ihrem Griff und sagte: »Stecken Sie Ihr Geld weg, bevor Sie irgendwas anderes tun. Hier laufen einige Bösewichter herum.«

Er öffnete ihre Bauchtasche und verstaute die Scheine,

dann blieb seine Hand auf dem Gurt in der Taille liegen. Sein Gesicht näherte sich ihrem; lächelnde grüne Augen und feste Lippen. Gebannt starrte sie in sein Gesicht. Seine Berührung bewegte sich von der Taille zur Spitze einer Brust. Sanft streichelte er über die empfindliche Warze.

Er hielt inne, lächelte und sagte: »Werden Sie jetzt ›Hilfe! Sexuelle Belästigung‹ rufen, Miss Sherwin?«

Sie brachte kein Wort heraus. Sie kniete vor ihm, fast zwischen seinen Schenkeln, und ihre Sprache blieb einfach weg. Um sie herum die Rufe und das Gezeter des Marktes. Sie konnte die Füße vorbeigehender Leute sehen, aber ihr kam es so vor, als befände sie sich mit David auf einer Bergwiese. Sie erinnerte sich an ihre Tagträumerei, in der sie ihn als Arzt gesehen hatte. Ihr Bauch verkrampfte. Ihr Slip war nass im Schritt. Sie war froh, dass sie einen Rock trug, sonst wäre die Nässe im Schritt der Jeans versickert.

Sein Mund kam näher, so nahe, dass sie seine Bartstoppeln sehen und seine Haare riechen konnte. Sie hob eine Hand und hätte fast dem Verlangen nachgegeben, ihre Finger in seine schwarzen Locken zu versenken. Er berührte sie nicht noch einmal, und ihre Nippel fühlten sich verlassen. Jetzt hockte er einfach da und wartete darauf, dass sie den nächsten Schritt unternahm. Sie hob ihr Gesicht und näherte sich seinem. Ihre Haut prickelte, und zwischen ihren geheimen Lippen sammelte sich Flüssigkeit.

Er würde sie küssen. Sie wusste es.

»David? Bist du da?«, fragte eine strenge weibliche Stimme.

»Ja, Fiona, ich bin hier«, sagte er, ohne sich zu bewegen. Er zwinkerte Lisa verschwörerisch zu.

»Komm raus«, rief sie befehlend.

»Noch einen Moment. Miss Sherwin und ich sind uns gerade handelseinig geworden«, sagte er völlig unaufgeregt. Er sah Lisa an und flüsterte: »Ich hole Sie um sieben Uhr ab.«

»Wissen Sie denn überhaupt, wo ich wohne?«, fragte sie, zu verdutzt, um sich mit ihm zu streiten.

»Oh, ja. Das habe ich schon lange herausgefunden.«

Er richtete sich zu seiner beeindruckenden Größe auf und streckte die langen Glieder. Lisa brauchte länger, weil sie auch zögerte, der Frau entgegenzutreten, die ihn so herrisch gerufen hatte.

Als sie schließlich unter dem Tisch hervorkroch, starrte sie in wütende blaugraue Augen in einem perfekten weiblichen Gesicht. Beim Anblick dieser lässig-eleganten Frau kam sie sich sofort schmuddelig, unanständig und bedeutungslos vor.

Sie registrierte das Designerkleid in der natürlichen Schattierung der Rohseide, die hellen Strümpfe, die dunkelbraunen Schuhe der allerbesten italienischen Qualität, die bernsteinfarbenen Perlen und einen Ehering, den sie hinter einem glitzernden Saphir und einem diamantenen Verlobungsring trug.

Erleichterung mischte sich in ihre Unruhe. Die Frau war verheiratet. Aber dann folgte die Erkenntnis, dass sich ein Mann wie David davon nicht abschrecken ließ.

»Die Figuren?«, platzte Lisa heraus.

»Ich nehme sie, wie sie sind«, sagte David, und der vergnügte Blick seiner Augen war kaum zu ertragen. »Das ist Lady Fiona Cardwell. Fiona, das ist Lisa Sherwin.«

Fiona nickte eiskühl, dann hakte sie sich besitzgierig bei ihm unter und sagte: »Darling, bist du fertig? Ich will unbedingt, dass du mich zum Essen ausführst. Ich bin sicher, dass es hier nichts gibt, was dich interessiert.« Sie sah Lisa an.

David ignorierte sie. Er starrte zum Eingang, den Kopf gehoben wie ein Schlachtross, das den Kampf riecht. Seine Stimme klang hart, als er sagte: »Schau mal, wer da hereinschneit!«

Lisa folgte seinem Blick und sah einen großen, schlanken Mann, der in Begleitung einer Frau an den Ständen vorbeischlenderte. Hier und da blieb er stehen; die Leute wollten ihn in ein Gespräch verwickeln. Er schien bekannt zu sein, aber nicht gerade beliebt. Sein Kopf ragte über die Menge hinaus. Er war fast so groß wie David und sah auch fast so gut aus. Sein schwarzes Haar war von der hohen Stirn streng zurückgekämmt und im Nacken zusammengebunden. Er hatte eine Adlernase, schmale Lippen und den wilden, konzentrierten Blick eines Raubvogels.

»Wie wunderbar! Ich habe gar nicht damit gerechnet, ihn hier zu sehen«, rief Fiona und verlor etwas von ihrer Überlegenheit.

»Und sie«, sagte David. »Was für einen phantastischen Arsch sie hat!«

»Wer fragt denn nach Tanith? Fletcher ist es, für den man sterben könnte«, gab Fiona zischend zurück.

Lisa hörte die dunklen Untertöne ihres Wortwechsels. Was ging hier vor? Sie hatte geglaubt, an einem ganz normalen Markt teilzunehmen, bei dem jeder auf seine Geschäfte aus war, aber plötzlich schien es ein brodelnder Sumpf voller sexueller Spannungen zu sein.

Fletcher und seine Begleiterin bummelten auf sie zu. Sein breitschultriger Körper und die geschmeidigen Gliedmaßen steckten in einem schwarzen Polopullover und in schwarzen Chinos. Er strahlte eine finstere Sinnlichkeit aus, und Lisas Haut begann zu kribbeln.

Die Frau zog die Augen aller auf sich. Es war nicht nur das flammend rote Haar, das einen unverdienten Heiligenschein um ihren Kopf schuf, und es lag auch nicht allein an ihren strahlenden blauen Augen oder an der cremigen Haut. Es mochte eher an ihrer gebieterischen Haltung liegen.

Die obere Hälfte ihrer beeindruckenden Brüste quoll in

den tiefen Ausschnitt ihres eng geschnürten schwarzen Mieders aus Lack. Ihre wohlgeformten Schenkel waren nackt unterhalb des Fransensaums ihrer abgeschnittenen Jeans, so kurz und eng, dass ihre weiblichen Merkmale wahrscheinlich jedes Mal sichtbar wurden, wenn sie sich bückte.

Fionas Oberlippe wölbte sich, als sie sagte: »Hallo, Tanith.«

Die Rothaarige nickte, dann starrten sich die beiden an. Wären sie Katzen gewesen, wären sie umeinander herumgegangen, die Schwänze hoch in die Luft gereckt.

»Hallo, Fiona. Handeln Sie? Ich dachte, das wäre nicht Ihr Stil«, sagte Tanith mit seidener Stimme und sah dann David an.

»Wir schauen uns nur um«, erwiderte Fiona und drückte Davids Arm stärker.

»Haben Sie etwas gesehen, was Ihnen gefällt?«, erkundigte sich Tanith und musterte David, als wäre er ein Deckhengst. Ihr Blick verweilte auf seinem Schritt.

»Vielleicht«, sagte Fiona und nahm Fletchers Attribute in Augenschein. Er bewegte sich mit dem Anmut und der Geschmeidigkeit eines Tänzers. Unter dem Armani-Pullover streckten sich die Muskeln.

Er lächelte überlegen, nahm ihre Hand und küsste sie. »Lady Fiona. Lange nicht gesehen«, schnurrte er, und seine Stimme klang wie ein Streicheln ihres Rückens.

David entzog Fiona den Arm und wandte sich wieder an Lisa. Die Zinnfiguren standen noch auf dem Tisch, und Fletcher nahm eine Figur in die Hand. »Sie sind verkauft«, sagte David scharf.

»Schade«, meinte Fletcher seufzend und sah Lisa an. »Ich habe Sie hier noch nicht gesehen.«

»Es ist mein erster Versuch«, sagte sie, völlig aufgelöst in der Gegenwart dieser sehr verschiedenen attraktiven Männer.

»Ich verstehe.« Er streckte die Hand aus. »Willkommen im Gewerbe. Ich bin Fletcher Robillard.«

»Lisa Sherwin.« Sie legte ihre Hand in seine. Ihre Nerven zuckten, als sie seinen kühlen Druck spürte.

Er ließ ihre Hand los und begann sich für den Inhalt des Schirmständers zu interessieren. Er betrachtete die Golfschläger und auch den Croquethammer, aber dann zog er die Peitsche heraus. Er ging ein paar Schritte zurück und hob seinen Arm. Die lange Lederschnur pfiff durch die Luft.

Viele der umstehenden Leute zuckten zusammen, riefen irgendwas oder kicherten nervös. Lisa zitterte, und die feinen Härchen auf ihren Armen richteten sich auf. Fletcher lächelte vage, die Augen so kalt wie das Eismeer. Dann nahm er eine der kurzen Peitschen in die Hand, musterte den silbernen Griff und den winzigen roten Lederkeil an der Griffspitze.

Fragend hob er eine Augenbraue. »Wem hat sie gehört?«

»Mir nicht«, antwortete Lisa hastig. »Ich reite nicht … okay, als kleines Mädchen hatte ich Reitstunden, aber die musste ich aufgeben, weil sie zu teuer waren. Ich hätte auch kein Pferd mit der Peitsche geschlagen. Ich finde das grausam.«

»Ich meinte auch nicht das Peitschen von Pferden«, sagte er und wandte ihr sein gut geschnittenes Gesicht zu. Die harten Linien um seine Lippen wölbten sich ein wenig, als er die Peitsche in die rechte Hand nahm und leicht in die linke Handfläche schlug.

»Ich habe den Schirmständer auf dem Speicher gefunden«, erklärte Lisa. »Die Peitschen und die anderen Sachen lagen in Kartons. Ich dachte, der Ständer wäre ideal, um die einzelnen Gegenstände zu präsentieren.«

»Sie haben ein Auge für die richtige Präsentation«, sagte er, und obwohl er sich nicht bewegt hatte, schien es Lisa, als wäre er ihr so nahe getreten, dass sie fast erstickte. »Ich kaufe den Ständer und den Inhalt, wenn der Preis stimmt.«

»Sie sind alle ausgezeichnet«, sagte sie und spürte Unterströmungen, die nichts mit einem normalen Gespräch zu tun hatten. Sie hatte das unbehagliche Gefühl, dass Fletcher ein geheimnisvolles Spiel trieb.

Er holte ein Spazierstöckchen heraus und balancierte es in einer Hand, dann prüfte er das Preisschild und griff wieder nach einer Peitsche. Lisas Gedanken waren getrübt von Bildern sinnlicher Verführungen. Seine bloße Anwesenheit beschwor Szenen herauf, in denen ein Mann oder gar zwei und dazu noch eine Frau sie in die raffinierten Künste der erotischen Leidenschaften einführten.

Fletcher war ein Mann, den Paul hassen würde. Es tat ihr gut, sich vorzustellen, wie verärgert ihr Verlobter sein würde, wenn sie sich mit Fletcher abgab.

»Versuchen Sie nicht, den Preis zu drücken«, sagte Daphne und ließ Fletcher nicht aus den Augen. »Er ist angemessen. Die Peitsche allein würde auf manchen Märkten so viel kosten.«

»Und was wollen Sie über Peitschen wissen, Mrs. Nightingale?«, fragte er sarkastisch.

In Daphnes Augenwinkeln bildeten sich viele kleine Falten, als sie Fletcher amüsiert betrachtete. In ihren klugen Augen lag ein großer Erfahrungsschatz. »Unterschätzen Sie mich nicht, Mr. Robillard«, riet sie ihm. »Gewisse abwegige Gelüste, die das Phänomen des Schmerzes und des Vergnügens betreffen, sind nicht von Ihrer Generation erfunden worden. Sie werden seit Jahrhunderten praktiziert, wahrscheinlich seit die Menschen von den Bäumen gekommen sind und den aufrechten Gang entdeckten. Das ist das Problem mit der Jugend. Sie glaubt immer, dass nichts Bemerkenswertes vor ihrer Zeit passiert ist.«

»Ich erweise Ihren fortgeschrittenen Jahren die Ehre«, antwortete er mit einer ironischen Verbeugung, dann wandte er sich wieder an Lisa. »Der Preis ist ziemlich hoch, Miss Sherwin. Wenn ich Ihnen einen glatten Preis für alles nenne, geben Sie dann ein wenig nach?«

Lisa suchte Daphnes Blick, die lächelte und nickte und rief: »Wenn Ihr Angebot realistisch ist, Mr. Robillard.«

Es war eine beträchtliche Summe, und Lisa war ganz benommen und überschlug rasch, was er abgezogen hatte. Sie ließ ihn aber nicht so einfach davonkommen. Seine Lippen wurden zu schmalen Strichen, als sie feilschten. Sie hatte das Gefühl, das Richtige getan zu haben: Er hätte sie verachtet, wenn sie so leicht zu überreden wäre.

So aber kribbelte es ihr am ganzen Körper, was nicht nur an der Freude des Feilschens lag, sondern mehr noch an diesem Individuum mit den schmalen Hüften und den grauen Augen, das sich ihr langsam näherte. Er türmte sich vor ihr auf, und sie wurde kurzatmig. Er roch nach einem feinen, teuren Rasierwasser, und sie spürte, wie er hart wurde, als er sich gegen ihre Seite drückte.

Und warum sollte er nicht erregt sein?, dachte sie voller Selbstvertrauen, das sie plötzlich empfand. Ich bin attraktiv, oder nicht? David scheint mich sexy zu finden. Sie hätte Fletchers Schaft gern mit ihren Fingern umschlungen und durch die schwarze Hose gerieben.

Dies war so ein köstlicher Gedanke, dass sie fast ihre Fähigkeit zu feilschen verlor. Sie wich einen Schritt von der Versuchung zurück und kämpfte um die Kontrolle über ihr unberechenbares Fleisch. Nach ein paar Minuten hatten sie sich schließlich geeinigt, und Fletcher zahlte bar, genau wie David es getan hatte.

Tanith und Fiona rangen um Davids Aufmerksamkeit, aber Lisa nahm aus den Augenwinkeln wahr, dass er sie neugierig musterte. Offenbar hatte er ihr Handeln verfolgt, und jetzt wollte er hören, was Fletcher und sie sprachen. Sie lächelte, und ihre Stimmung wuchs noch.

Dann kam Tanith näher, um Fletchers Erwerb zu begutachten. Ihre scharlachroten Lippen lächelten Lisa ohne Bosheit an. Obwohl es so schien, als hätten sie und er eine Art stilles Einvernehmen, fehlte ihr das Gift der Eifersucht, das Fiona verströmte.

»Was treiben Sie so?«, fragte sie plaudernd und setzte sich mit einer Backe auf eine Tischecke. Ein Bein stand auf dem Boden, das andere schwang in der mit Spitze gesäumten *espadrille,* einem typisch spanischen Sommerschuh mit hohem Keil.

»Ich habe das College besucht, aber jetzt bin ich wieder zu Hause«, erklärte Lisa. »Ich interessiere mich für Antiquitäten und dachte, ich sollte es mal auf dem Markt versuchen. Ich habe Geschichte studiert, und jetzt muss ich mir einen Job suchen.«

»Wie würde es Ihnen gefallen, für Fletcher und mich zu arbeiten? Wir sind Partner und haben verschiedene Ladenlokale. Wir brauchen dringend eine Assistentin. Das Mädchen, das wir bisher hatten, erwartet ein Baby.«

Lisa schaute sie an, überrascht und die Miene voller Fragen. Ein bestimmter Klang in Taniths Stimme und der Blick ihrer Augen ließen sie zögern. Das Angebot war verlockend, und oberflächlich betrachtet schien es ideal. Der umwerfende Mann und die brillante verführerische Frau wollten sie als Mitarbeiterin. Sie würde sie fast jeden Tag sehen, würde ihnen Kollegin und Freundin sein.

»Ich werde ernsthaft darüber nachdenken«, sagte sie. Die Dinge entwickelten sich schnell.

»Hier ist unsere Telefonnummer«, sagte Tanith und reichte ihr eine Visitenkarte.

Der Markt schloss um vier Uhr, und nachdem Lisa die übrig gebliebenen Dinge zurück in den Van gebracht hatte und nach Hause gefahren war, wusste sie, dass sie sich beeilen musste, wenn sie um sieben Uhr fertig sein wollte.

Sie fühlte sich schuldbewusst und rebellisch und sprudelte über vor Aufregung. Sie hatte sich selbst bewiesen, dass sie es konnte. Das Abenteuer des Tages hatte sich als Spaß und als profitabel erwiesen. Sie hatte neue Menschen kennen gelernt und ihren Horizont geweitet. Das alles würde Paul nicht gefallen.

Aber er würde sie an diesem Abend sowieso nicht sehen. Er war in wichtigen Angelegenheiten unterwegs, und alles war sehr geheim, und sie als Frau hatte keinen Zugang zu diesen Dingen. Sie hielt die Geheimniskrämerei für albern, aber Paul nahm sie sehr ernst.

Sie ging durch die Wohnung und riss alle Fenster auf. Ihre Gedanken waren beschäftigt – in dem einen Moment freute sie sich ungemein auf die Verabredung mit David, und im nächsten wurde sie von Schuldgefühlen und Sorge ergriffen. War sie dabei, den größten Fehler ihres Lebens zu begehen? Wie konnte sie das Paul erklären?

Dann übernahm die neue Frau in ihr die Kontrolle und erinnerte sie, dass er zu einem Essen mit Geschäftspartnern ging, also war es nicht schlimm, wenn sie das auch tat. Natürlich wusste sie, dass ihr Essen völlig anders verlaufen würde – das war es ja, worauf sie sich so freute. David weckte ihre sexuelle Neugier und sprach ihren Sinn für Rebellion an. Sie befand sich in einem Käfig, und er hatte ein Stück weit die Tür geöffnet. Der Rest war ihre Sache.

Sie ließ sich in die Badewanne sinken, legte sich zurück und schmiedete Pläne. Sie würde den Job bei Fletcher und Tanith übernehmen und sich als höchst effizient erweisen. Vielleicht konnte sie sogar eine Partnerschaft mit ihnen eingehen. Während sie sich diese blendenden Aussichten vorstellte, genoss sie das Streicheln des warmen duftenden Wassers, und sie teilte die Schenkel, damit kleine Wellen über ihre Labien schwappen konnten. Wie winzige Finger drangen sie in ihre Spalte ein.

Fletcher. David. Tanith mit den großen Brüsten und den verführerischen Augen.

Am Morgen war sie zum Markt gegangen und hatte auf Ablenkung gehofft und auf eine Chance, unabhängig zu sein. Und auf einer hoch schwebenden Wolke hatte sie den Markt verlassen. Ihr Körper wurde heiß bei der Erinnerung. Sie strich mit den eingeschäumten Händen über ihre Brüste, und die Nippel schwollen provozierend an. Sie kniff in die zusammengezogenen Knospen.

Sie hielt eine Hand auf der Brust, rieb mit dem Handballen über den linken Nippel und zwickte den rechten mit den Fingern, während die andere Hand nach unten wanderte. Ihre Haut fühlte sich glatt an, die Bräune bildete einen angenehmen Kontrast zum weißen Schaum. Das braune Dreieck ihrer Schamhaare war nass und kräuselte sich. Sie teilte die Labien und glitt mit einem Finger hinein. Dreifache Sensationen – Nippel und Klitoris pochten gemeinsam.

Sanft leckende unsichtbare Zungen streichelten sie. Kleine Wellen drangen in sie ein und breiteten sich durch Schoß und Bauch aus. Lisa entspannte sich und schloss die Augen. Der Puls in ihr hob sich wie die Flut nach der Ebbe. Sie wusste, es würde nicht mehr lange dauern. Das Verlangen war zu stark, der Hunger zu intensiv. Ihre Sinne schwammen, und plötzlich versank sie im Strudel der Vergessenheit.

Sie stieß einen bebenden Seufzer aus und wachte in der Realität auf. Die Zeit lief ihr weg. Sie wusch sich schnell, dann stieg sie aus der Wanne. Wasser tropfte auf die Badematte, während sie ihre nassen Haare shampoonierte.

Was sollte sie anziehen? Auch wenn David sich gern lässig kleidete, würde er alle guten Restaurants der Gegend kennen. In ein Badetuch geschlungen und ein Handtuch als Turban auf dem Kopf, ging sie mit wachsendem Unbehagen zum Kleiderschrank. Das weiße Kleid mit der Passe aus Spitze? Zu mädchenhaft. Der Hosenanzug? Zu formell. Nichts gefiel ihr, obwohl sie sich bisher in diesen Kleidern gut gefühlt hatte.

Ganz hinten im Kleiderschrank fand sie ein River-Island-Kleid von vor zwei Sommern. Es war aus schwarzer Baumwolle gefertigt, es war kühl und nicht zu formell. England schwitzte unter einer Hitzewelle, und es wäre vernünftig gewesen, nackt zu gehen. Das fast durchsichtige, fließende Kleid mit der Knopfleiste war die nächstbeste Lösung. Nachdem sie ihren Körper mit einer Feuchtigkeitscreme eingerieben und sich mit Parfum eingesprüht hatte, zog sie einen schwarzen BH und den passenden Tanga an, ehe sie sich das Kleid überwarf.

Ich sehe jungfräulich aus, befand sie, als sie vorm Spiegel stand. Was für eine Lüge. Ich glühe immer noch nach dem Orgasmus. Ich kann meine Säfte noch riechen, obwohl ich mich gründlich gewaschen habe. Würde David den Duft auch wahrnehmen?

Sie trug Make-up auf, kämmte die Haare zurück und befestigte sie mit einer samtenen Spange. Sie stellte eine Ballettproduktion von *Dracula* an und fragte sich, ob David klassische Musik mochte. Die Musik, jetzt laut und bedrohlich, dann wieder weich und verführerisch, durchdrang die Wohnung, und Lisa labte sich an den Klängen, deshalb dauerte es eine Zeit, ehe sie bemerkte, dass jemand auf die Klingel drückte.

Sie stellte die Musik leiser und öffnete die Tür. David stand da und hielt sich am Türrahmen fest. Lächelnd sagte er: »Die Musik gefällt mir. Von wem ist sie?«

»Ein neuer britischer Komponist. Es ist das Leitmotiv des Balletts zu Dracula.«

»Sie erinnert mich an Prokofiew und ein bisschen an Bartok«, sagte David.

Sie war erstaunt und entzückt und konnte kaum glauben, dass sie endlich einen Musikfreund gefunden hatte.

»Das stimmt. Es ist eine erstaunliche Arbeit. Sie haben die Horrorgeschichte auf die Bühne gebracht, und es ist gelungen, dass die Musik sinnlich, aufregend und Furcht erregend ...«

»... und erotisch«, warf er ein und sah sie unter seinen schwarzen Augenbrauen an.

Sie errötete. »Oh, ja, sehr erotisch.«

»Wo wird es aufgeführt? Vielleicht können wir zusammen hingehen?« Er blieb auf der Türschwelle stehen.

Lisa wollte ihre Arme um seinen Hals schlingen und ihn küssen. »Es dauert noch bis zum nächsten Jahr«, sagte sie. »Aber sie werden bald Romeo und Julia herausbringen. Die nächstgelegene Aufführung wird irgendwo im Norden sein.«

»Ich werde das herausfinden und Karten besorgen. Werden Sie mit mir kommen?«

»Das würde ich gern, aber ...« Die Begeisterung in ihrer Stimme erstarb, als sie an Paul dachte.

»Ihr Verlobter hätte was dagegen?«

»Ja, richtig. Aber kommen Sie doch herein. In weniger als einer Minute bin ich fertig.« Sie bückte sich und holte ihre Sandalen unter der Couch hervor.

»Hübsche Wohnung«, sagte er, Charmeur alter Schule mit zerzausten krausen Haaren, einer mit Sinn fürs Ballett.

»Ja«, sagte sie und griff nach ihrer Handtasche.

Bisher waren sie noch nie so lange allein gewesen, und die Intimität der Situation brauste über sie herein wie eine Flutwelle. Das Schlafzimmer war ganz in der Nähe. Ein paar Schritte, und sie wären da, auf ihrem Bett, und sie sah, wie sie sich die Kleider vom Leib rissen und sich vereinigten.

»Sind Sie bereit?«, fragte er, und seine Stimme holte sie in die Wirklichkeit zurück.

Er fuhr sie zu einem alten Pub, The Dove. In einem Alkoven, von der großen Theke getrennt, aßen sie zu Abend. Der Pub war mit Eichentischen und Bänken eingerichtet; der Boden war uneben und die Decke mit den dicken schwarzen Balken niedrig. Es gab eine große Kaminecke, in der im Winter die großen Scheite knistern würden.

»Es war ein Gasthaus seit vierzehnhundertund«, erklärte er, zündete sich eine dünne Zigarre an und sah Lisa durch den blauen Dunst an.

Ein Kellner räumte ihren Tisch ab und servierte Kaffee.

»Das Essen war wunderbar«, sagte sie. Der Geschmack des Salade niçoise würde noch lange in ihrer Erinnerung bleiben, zusammen mit den frischen knusprigen Brötchen und dem sündhaft kalorienreichen Nachtisch.

Er sah zufrieden aus. »The Dove ist in allen guten Führern erwähnt. Ich dachte, es würde Ihnen gefallen.«

»Wirklich? Ich meine, Sie kennen mich doch kaum.« Sie verlor ihre Scheu und fühlte sich wohl in seiner Gesellschaft.

Sein Bein berührte ihres auf der Bank, und in ihrem Schoß bildete sich ein Verlangen, das sich wie eine Feder spannte.

Er wandte sich ihr zu und schaute sie an. Er hob einen Finger und strich ihn über ihre Lippen. »Da war ein kleiner Fleck von Schokolade«, murmelte er und steckte den Finger in seinen Mund, um den Schokorest abzulecken. »Und da ist noch einer.«

Dieses Mal hielt sie seinen Finger zwischen den Lippen fest und stieß mit der Zungenspitze gegen den Nagel. Der Ballen seines Daumens lag auf ihrer vollen roten Unterlippe. Sie ließ die Zunge darüberflattern, während sie ihre Hüften leicht bewegte. Er rutschte näher heran und rieb sein Bein an ihres.

Er zog seine Hand zurück. »Sollen wir gehen?«

Als er sich erhob, konnte sie in seiner engen Jeans die Konturen seiner Erektion sehen. Ein kleiner Triumph erfüllte sie.

Draußen hatte sich der Himmel im Westen rot gefärbt, und der Mond erhob sich in einem goldenen Dunst, bewacht von leuchtenden Sternen im Gefolge.

»Möchten Sie mein Haus sehen?«, fragte er, als er den Landrover startete.

»Ja, gern.« Sie wünschte, sie hätte das letzte Glas Wein abgelehnt.

Sie nahm ihn nur zu bewusst wahr, wie er neben ihr saß, die kräftigen Hände am Lenkrad, das Gesicht in dem eigenartigen Licht zwischen Sonnenuntergang und Dunkelheit. Der Daumen in ihrem Mund war nur ein Vorbote von etwas Größerem und Festerem gewesen: Es war sein Schwanz, den sie saugen wollte.

Er wohnte zwei Meilen von The Dove entfernt und lenkte das Auto auf einen unordentlichen Hof, von dunklen Außengebäuden umgeben. Er schritt um den Landrover herum, damit er ihr vom Sitz helfen konnte. Seine Finger schlossen sich um ihre und ließen sie nicht mehr los. Er führte sie auf einen langen, niedrigen Bau zu, der wie eine Scheune aussah. Er steckte einen Schlüssel ins Schloss und öffnete eine Eichentür, schwarz vom Alter.

Wandleuchten zuckten an, und Lisa sah, dass sie sich in einer Halle mit einer Balkendecke und mit Paneelen an den Wänden befand. Es gab eine Wendeltreppe, die auf einer Galerie endete, und einen riesigen Raum, zu dem er sie führte. Es roch nach altem Holz und nach Bienenwachs. Es war ein Raum, der ihr die Sprache raubte. Die Einrichtung bestand aus mehreren Stilen, und trotzdem fühlte sie sich wohl und stimuliert zugleich. Es gab so viel zu sehen und so viele seltene und wunderbare Gegenstände zu bewundern, von den alten Bokhara-Teppichen auf dem Boden und den persischen Gebetsmatten an den Wänden bis zu den Jagdszenen und Landschaftsbildern, den Töpferwaren und Glaskunstwerken sowie den Waffen und Helmen und den kompletten Regalien eines Samurai-Kriegers.

»Kaffee?«, fragte er und brachte sie zur Erde zurück.

»Bitte.« Plötzlich war sie ganz nüchtern und kam sich bei so viel Sachverstand sehr, sehr klein vor. Er musste sich wie kaum ein Zweiter in Antiquitäten auskennen.

Die Küche gab einem das Gefühl, auf einem Bauernhof zu sein, aber doch mit moderner Technologie ausgestattet. Lisa folgte ihm nicht, sondern wanderte herum und starrte alles staunend an. Es freute sie, als sie die Zinnfiguren in der Laibung des Fensters entdeckte. Er hatte es wirklich gemeint, als er sagte, dass er sie für sich haben wollte.

»Haben Sie keine Angst, dass bei Ihnen eingebrochen wird?«, fragte sie, als er mit einem Tablett zurückkam.

»Ich habe ein zuverlässiges Sicherheitssystem. Der Einbau war teuer, aber er hat sich gelohnt.«

Sie setzten sich auf einen Diwan, auf dem Keilkissen und Nackenrollen in kräftigen Farben lagen. Der türkische Kaffee war dick, stark und süß. David schenkte aus einer seltsam gedrehten Kanne ein, die wie ein kleines Minarett aussah.

»Sie sind weit gereist?«, fragte sie.

»Das hätte ich mir gewünscht«, antwortete er mit einem schiefen Grinsen. »Trotz all dieser Dinge, die Sie sehen, bin ich nicht reich.«

»Im Gegensatz zu Lady Fiona«, sagte sie langsam und wunderte sich, warum sie es für nötig hielt, diese Frau zu erwähnen.

Er lächelte breit. »Sehr im Gegensatz.«

»Kennen Sie sie gut?«

Er stellte seine Tasse ab, zog Lisa in seine Arme und sagte: »In Wirklichkeit willst du wissen, ob ich sie bumse. Die Antwort ist ja – aber nicht in diesem Moment. Ich bin hier mit dir, und du bist es, die ich will. Vergiss Lady Fiona.«

»Du bist ehrlich, das muss ich dir lassen«, murmelte sie und wurde schwach, als sie seine Lippen auf den empfindlichen Ohrläppchen und in ihrem zarten Nacken fühlte.

»Ich werde dich nie täuschen oder betrügen, Lisa«, sagte er.

Aber das war es ja gerade: Sie war dabei, Paul untreu zu sein. Diesen Gedanken fand sie nicht sehr verlockend: Ihr Verrat war voll gerechtfertigt durch seine vorsätzliche Vernachlässigung ihrer Bedürfnisse.

Davids Lippen drückten sich auf ihren Mund, und seine Zunge erforschte die Kurven ihrer geschlossenen Lippen, bis sie sich nicht länger zieren wollte und sie öffnete, sanft, weich, nass und nachgiebig unter seiner verführerischen Berührung. Sein Kuss war eine Erfüllung, lang, tief und inspirierend. Er ließ sich Zeit und genoss langsam jeden Millimeter vom nassen Gewebe ihres Mundes, und während er sie küsste, umfasste er ihre Brust mit einer Hand und spielte mit dem Nippel durch die Baumwolle.

Sie erschauerte, verloren in einer Welt der Sensationen. Die Beachtung, die er ihrem Mund und den Brüsten schenkte, ließen sie bereit werden, ihn zu empfangen. Er hielt sie noch, gab ihre Lippen frei und legte sich zurück. Er knöpfte seine Hose auf und zog den Reißverschluss nach unten. Er nahm ihre Hand und führte sie dahin, wo er sie am liebsten hatte. Sie schloss ihre Finger um seinen Schaft.

Er war in der Relation wie der Rest von ihm – groß genug, um sie bis zum Äußersten auszufüllen, oder vielleicht sogar zu groß, um ihn ganz ohne Schmerz aufzunehmen. Sie war willens, das auszuprobieren.

Sie begann ihn zu streicheln, während seine Blicke ihr Gesicht streichelten und seine Hände ihren Mund und danach ihre Brüste berührten. Er entblößte sie, indem er ihr Kleid und den BH zur Seite schob. Sie beugte den Kopf und zog die Vorhaut über die Eichel, die sie mit ihrem Speichel nässte, ehe sie den salzigen Tropfen, der auf der Spitze glitzerte, mit der Zunge aufleckte. Sie wollte mehr davon und brauchte ihn dringend in ihrer nassen weiblichen Tiefe.

Seine Augen verloren den Fokus, und sein Penis wurde härter und größer gegen ihre geöffneten Lippen. Sie konnte die Adern an der Unterseite des Schafts fühlen, und der zuckende Rhythmus seiner Hüften verriet ihr, dass er fast schon da war.

Er griff mit einer Hand in ihre Haare, hielt sie fest und flüsterte: »Noch nicht. Ich will dich sehen, wenn du kommst.«

Er öffnete ihre Knöpfe und zog ihr Kleid aus, dann hakte er den BH auf und schob den winzigen Slip hinunter, während sie den Po anhob, um ihm zu helfen. Jetzt war sie nackt, und die ehrliche Bewunderung in seinen Augen machte sie stolz auf ihren Körper.

»Himmel, bist du schön«, murmelte er.

Seine Finger streichelten die Kurven ihrer Brüste. Er verharrte bei den Nippeln, saugte sie dann nacheinander. Es war ein herrliches Gefühl, und im selben Takt pulsierte ihre Klitoris. Er wusch ihre Nippel mit seiner nassen Zunge, dann leckte er sich hinunter zu ihrem Bauch, kreiste um den Nabel und reiste weiter zum Flaum ihrer Scham.

Seine Finger spielten mit den kurzen Härchen und erforschten ihre geheimen Falten, ehe er sie wie eine Blume öffnete und den harten Knopf fand, in dem sich der Sitz ihrer Lust befand. Sie hielt die Hand auf seinem Glied und rieb es zärtlich, wobei sie sein Streicheln ihrer Klitoris imitierte. Sie wollte ihre immense Lust mit ihm teilen.

Er stieß mit der nassen Zunge gegen die Knospe, saugte sie in den Mund, leckte und schleckte sie, er streichelte sie, bis heiße Wellen in ihr aufstiegen, sie stiegen auf und zogen sich zurück, dann stiegen sie wieder auf, jedes Mal höher als vorher.

Die schäumenden Wellen wogten auf, brachen zusammen und trugen sie höher und höher, und sie schrie auf, als sie auf seiner Zunge kam. Er hielt sie auf dem hohen Plateau, saugte sie sanft und brachte sie langsam nach unten, ehe er seinen harten Schaft in ihren zuckenden Schoß stieß und das ekstatische Glücksgefühl mit ihr teilte.

Viertes Kapitel

Ein anderer Mittwoch, ein anderer Markttag erfolgreich abgeschlossen. Aber von David war seit jener schicksalhaften Nacht vor einer Woche nichts zu sehen. Nur ein Zettel, der unter Lisas Tür durchgeschoben worden war: *Bin in Frankreich zum Einkaufen. Wir sehen uns bald.*

Natürlich war Paul noch da. Aber Lisa hatte seine sexuellen Annäherungsversuche mit der Ausrede zurückgewiesen, dass es die falsche Zeit im Monat war. Das genügte. Wie die meisten Männer seines Typs war Paul abergläubisch und verängstigt vom geheimnisvollen weiblichen Zyklus.

»Er lebt im Mittelalter«, sagte sie zu Martin, dem sie die Geschichte mit David anvertraut hatte. »Bei ihm war es die ideale Ausrede, denn in diesen Zeiten kommt er mir nie zu nahe. Ich glaube, wenn ich mal ein Kind gebären sollte, muss ich es in einer abgelegenen Hütte zur Welt bringen und wochenlang dableiben, und anschließend wird er die Hütte abbrennen.«

»Unrein, unrein!«, rief Martin grinsend.

»Ich kann mir nicht vorstellen, dass David so reagieren würde. Aber ich will versuchen, ihn mir aus dem Kopf zu schlagen. Er hätte wenigstens so anständig sein können, mich anzurufen. Ich bin eine Närrin. Was habe ich denn erwartet?«

»Du hättest gar nichts erwarten sollen«, sagte Martin altklug. »Dann wärst du auch nicht enttäuscht worden.«

»Das hört sich gut an, aber es bedeutet, dass ich mich auf niemanden verlassen kann«, stöhnte sie. Mit einem Wedel staubte er die Regale ab, und sie half ihm, die einzelnen Gegenstände wieder an ihren Platz zu stellen.

»Eine unrealistische Haltung«, fuhr er fort und hob die Schürze eines Teddybären. »Ich bin froh, dass sie eine Unterhose trägt.«

»Und sogar eine mit Rüschchen«, ergänzte Lisa lächelnd. Er heiterte sie immer auf und brachte sie zum Lachen.

»Das hoffe ich doch, sonst verärgert sie die anderen, obwohl ich vermute, dass die meisten schwul sind. Sieh doch nur den da in seinem Matrosenanzug. Er sieht einfach tuntenhaft aus.« Er redete über das Spielzeug, als wäre es lebendig.

»Ich hasse es, wenn man mich draufsetzt. Ich komme mir wie eine Idiotin vor. Er hatte Sex mit mir, dann ist er abgehauen. Und dann ist da noch die zickige Fiona. Ist sie mit ihm gefahren? Es tut weh, Martin, es tut schrecklich weh.«

»Ich fürchte, so etwas lässt sich nicht vermeiden, Mädchen«, sagte er, dann fiel er über seine Schildpattkatze her, die sich im Fenster von der Sonne bescheinen ließ. »Geh weg da, Alfie! Dieses Tapisseriekissen ist für den Verkauf bestimmt und nicht für deinen Hintern!« Er nahm Alfie in die Arme und tröstete sie, und Lisa dachte, dass er einen wunderbaren Vater abgeben würde.

»Sorgen, lieben, begehren, das gehört zum Menschen«, fuhr er fort und strich Alfie an der kitzligen Stelle unter dem Kinn. »Du kannst Enttäuschungen nicht vermeiden. Das weiß niemand besser als ich, meine Liebe. Ich war da und ...«

»Aber dann will ich es das nächste Mal gar nicht erst versuchen«, unterbrach sie ihn.

»Ich weiß, aber wenn du in deinem Herzen keinen Platz reservierst für gute Zeiten, wirst du sie gar nicht erst erkennen, wenn sie vor dir liegen. Du fühlst dich schlecht, weil dich jemand enttäuscht hat? Dann gönne dir etwas Besonderes. Oscar Wilde hat gesagt: ›Sich selbst zu lieben ist der Beginn einer lebenslangen Romanze.‹«

»Ich wusste nicht, dass du ein Philosoph bist«, gab sie zurück. »Wo hast du das denn her?«

»In einer Klinik ... Suffentwöhnung«, antwortete er. Sein leichter Ton verdeckte die schmerzvolle Erfahrung.

Sie drückte ihn impulsiv an sich, Alfie eingeschlossen. Er war wirklich ein knuddeliger Typ. »Tut mir leid«, sagte sie, »ich habe das nicht gewusst. Mir ist aufgefallen, dass du nie trinkst, aber ich dachte, es hätte was mit deinem Gewicht zu tun oder weil du dir deinen Teint nicht versauen willst.«

»Ja, das auch.«

»Es tut mir leid«, wiederholte sie.

»Schon gut. Ich verschweige es ja nicht, aber es ist auch nichts, was du von den Dächern schreist. Es war auch keine verlorene Zeit; ich habe mich besser kennen gelernt.«

Lisa lächelte. Allmählich fühlte sie sich besser.

»Und es war auch keine Zeitverschwendung, David zu vögeln, oder? Dir ist es doch gekommen?«

»Oh, ja«, seufzte sie, voll von Erinnerungen.

»Halte dich daran fest. Und es muss dir Freude gebracht haben, dich an Paul zu rächen. Ich wette, du hast deine Krallen ausgefahren. Wirst du es ihm sagen?«

»Noch nicht«, antwortete sie und rührte langsam in ihrem Tee. Sie hatten sich in den Lagerraum zurückgezogen, und Alfie war beleidigt seiner Wege gegangen, den Schweif hoch in der Luft.

»Aber du wirst es ihm sagen?«

»Mal sehen, was weiter passiert.«

Sie war entschlossen, vorsichtig zu sein. Es stand zu viel auf dem Spiel. Nicht nur ihr innerer Frieden, sondern auch ihr neues Geschäft. Der Stand rentierte sich. Es war dringend erforderlich, dass sie wieder eine Auktion besuchte.

Martin zündete sich eine Zigarette an und sagte, die Augen schelmisch glänzend: »Erzähle mir von David. Ich will jedes Detail hören. Was hat er getan? Wie wohnt er? Und hat er ein Mordsding?«

Lisa errötete. »Ja, tatsächlich, das hat er.«

»Ist er beschnitten oder *au naturel?* Hat er ein Kondom benutzt? Hat er dich zum Orgasmus gebracht? Du weißt, dass du es mir sagen kannst.«

Ihr war, als unterhielte sie sich mit der besten Freundin. »Er ist nicht beschnitten. Ja, wir waren vorsichtig, obwohl er sagt, dass er sich hat testen lassen und dass alles in Ordnung ist. Ich selbst habe mich nicht testen lassen, aber ich glaube, das sollte ich, obwohl ich mir nicht vorstellen kann, dass Paul auswärts spielt, oder?«

Martins Augen verzogen sich zu Schlitzen. »Ich weiß es nicht. So was kann man nie sagen. Männer sind spontan. Sie kriegen einen Ständer und müssen ihn irgendwo unterbringen. Sie denken nicht.«

»Vertraust du Phil denn nicht?«

»Soweit wie ich ihn werfen kann«, sagte Martin und hob die Teekanne. Sie hatte die Form eines kleinen Hauses. »Noch eine Tasse?« Er schenkte ihr ein, als sie nickte. »Aber, mein Liebling, ich habe ihm unmissverständlich gesagt, wenn ich herausfinde, dass er fremdgeht, schneide ich ihm die Eier ab.«

»Und du würdest das tun.«

»Darauf kannst du dich verlassen.«

Der in den Augen aufblitzende Ärger erinnerte sie daran, dass er eine Kraft war, mit der man rechnen musste. Sie würde ihm nicht gern in die Quere kommen, und Phil dachte wohl auch so. Martins Zorn reichte vermutlich aus, dass Phil auf dem Pfad der Tugend blieb.

»Morgen bin ich zum Tee eingeladen«, sagte Lisa, um das Thema zu wechseln.

»Wo? Kann ich mit dir gehen?« Martin liebte es, neue Menschen kennen zu lernen und ihnen zu imponieren.

»Diesmal nicht. Später vielleicht. Erinnerst du dich, dass ich dir von Daphne Nightingale erzählt habe?«

»Ja. Was für ein grandioser Name! Soll ich mich in Martina Nightingale umbenennen? Passt viel besser zu meinen Travestie-Auftritten.«

»Halt den Mund und hör mir zu. Sie wohnt in der Nähe der Mall in Cranshaw House.«

»Angesehene Wohngegend. Nobel. Du solltest uns mal miteinander bekannt machen, damit ich herausfinde, was sie von dir will. Ich mache mir Sorgen um dich, Lisa.«

»Das weiß ich doch, Martin. Danke.«

»Ich schicke Arnaldo mit dem Wagen«, hatte Daphne gesagt.

Lisa dachte über diesen Arnaldo nach, während sie sich auf Daphne vorbereitete. Sie hatte einen Mann gesehen, der Daphne am Morgen geholfen hatte, die Waren auszuladen und kurz vor Schluss wieder aufgetaucht war und die nicht verkauften Stücke in einen relativ neuen weißen Mercedes trug. Er war offenbar nur eine Gestalt im Hintergrund, und Daphne hatte ihn nicht vorgestellt.

Es war ein Sommertag wie aus dem Bilderbuch gewesen, hell und wolkenlos, und Lisa hatte auf dem Dachgarten gefaulenzt, aber dann hatte sie sich sputen müssen, um bis halb fünf angezogen zu sein. Sie entschied sich für eine dünne, enge Bluse und für einen langen Rock. Sie ging sparsam mit dem Make-up um und ließ ihre Haare frei um das glühende, von der Sonne geküsste Gesicht schwingen.

Sie schlüpfte gerade in die Sandalen, als die Türglocke

anschlug. »Okay, ich komme!«, rief sie und rannte die Treppe hinunter.

Sie riss die Tür auf und blieb verdutzt stehen. Ein Mann stand in der Tür. Er nahm seine Mütze ab und fragte mit deutlichem Akzent: »Miss Sherwin?«

»Ja«, sagte sie, verdutzt, weil er nicht derjenige war, den sie erwartet hatte. Er sah in seinem schwarzen Anzug so formell wie ein Bestatter aus. Der Mann, der bei Daphne gewesen war, hatte Jeans getragen.

»Ich bin Arnaldo Fabroni. Mrs. Nightingale schickt mich.« Er trat zur Seite. Sein Blick blieb auf ihren Brüsten haften, dann schaute er an ihr vorbei in den Flur.

Ihr Herz schlug schneller, ausgelöst von seinen bewundernden Blicken. Jetzt merkte sie, dass ihre Nippel sich am cremefarbenen BH rieben, was man durch die dünne Bluse sehen konnte.

Er stand ihr gegenüber, und sie sah seine ausländischen Gesichtszüge deutlicher als auf dem Markt; breite Schultern und eine olivfarbene Haut, strahlende braune Augen und welliges dunkles Haar. Er war älter, als Lisa gedacht hatte; über vierzig.

Sein einreihiger Anzug war maßgeschneidert, das Jackett verdeckte die bis obenhin geknöpfte Weste. Der Schnitt betonte seine schmale Taille, und die enge Hose umschloss die mageren Hüften und die nicht unbeträchtliche Ausbuchtung hinter dem Reißverschluss. Sein weißes Hemd unterstrich noch den dunklen Teint. Seine schwarze Krawatte war eng am Hals gebunden, und erst jetzt gewahrte Lisa, dass er eine Uniform trug.

Er lächelte sie plötzlich an, und ihre Scheu schwand. Er hatte ein charmantes Lächeln, das die Augen leuchten ließ und das ganze Gesicht veränderte; es zerstreute die mediterrane Melancholie, die es im Ruhezustand beherrschte.

Lisa war es nicht gewohnt, von einem Chauffeur gefahren zu werden, und als sie hinter sich die Tür zuzog und zum Auto ging, kam es ihr so vor, als wäre sie Teil eines Films aus den dreißiger Jahren. Sie erwiderte das Lächeln des Fahrers und begleitete ihn zum Wagen, und dann erlebte sie eine weitere Überraschung: Da stand ein dunkelroter alter Bentley mit seinen klassischen Linien.

Arnaldo öffnete die Beifahrertür und trat zurück, damit sie einsteigen konnte. Lisa erwischte Martin und Phil, die neugierig durch das Ladenfenster schauten. Martin grinste und hielt beide Daumen hoch.

Mit dem luxuriösen Gefühl, dass echtes Leder unter ihrem Po quietschte, achtete Lisa darauf, dass der Rock ihre Schenkel bedeckte. Sie sah Arnaldo zu, als er auf den Fahrersitz rutschte. Seine Schultermuskeln spielten unter dem weichen Stoff des Jacketts. Seine Hände umfassten das Lenkrad. Der Wagen setzte sich schnurrend in Bewegung und glitt davon, und im Innern roch es nach Sandelholz und Kalbsleder.

Daran könnte ich mich gewöhnen, dachte Lisa. Er fährt mich herum, bedient mich von hinten und vorn...? Ja, die Vorstellung gefiel ihr. Sie würde irgendwo in einem vornehmen Haus wohnen und nach ihm klingeln, wenn sie sich heiß fühlte. Nichts Bindendes, keine Verpflichtung. Sie gab den Ton an.

»Arnaldo«, würde sie sagen, »ich will eine Massage. Benutze das parfümierte Öl, das der Scheich gerade aus Arabien geschickt hat.«

Und wenn sie dann auf der gepolsterten Liege im vorzüglich eingerichteten Schlafzimmer lag, freute sie sich in köstlicher Erwartung auf das Gefühl seiner arbeitenden Hände auf ihrem Körper.

»Ist es so richtig, Madame?«, würde er fragen. Jetzt trug er keine Uniform, sondern nur ein kurzes Handtuch um die Hüften.

Er würde sich über sie beugen, und seine eingeölten Hände würden jeden noch so kleinen Schmerz wegmassieren. Das Handtuch würde rutschen, und dann befand sich seine Erektion auf einer Höhe mit ihrem Gesicht. Sie brauchte nur die Lippen zu öffnen und die Zunge auszustrecken, um die Spitze zu berühren, und wenn sie etwas näher rutschte, konnte sie den dicken Kopf in der warmen nassen Mundhöhle aufnehmen.

Seine Hand würde an den Innenseiten ihrer Schenkel entlanggleiten, und sie würde sie langsam spreizen. Seine Finger würden durch ihren Flaum reiben, die Tore zu ihrem geheimen Garten öffnen und ihre Klitoris unter der Kapuze hervorlocken. Dann würde er mit den Fingern in sie eindringen und kräftig pumpen. Hitze flutete wie schmelzende Lava durch sie, und sie gab einen maunzenden Laut von sich.

»Ist alles in Ordnung, Miss Sherwin?«, fragte Arnaldo, und sie wurde aus ihrer Träumerei gerissen und sah, dass er sie im Rückspiegel beobachtete. Seine Augen waren hellwach und glänzten lüstern.

Die Röte färbte ihre Wangen. Sie klammerte sich an ihre Handtasche und drückte sie fest gegen ihren Schoß. Sie hielt sich bedeckt, als fürchtete sie das Unmögliche, dass er nämlich den Tumult ihrer Genitalien sehen könnte.

»Oh, ja, alles perfekt«, gab sie frostig zurück.

Er lächelte wieder, ein wissendes Lächeln, das sie innerlich noch mehr ins Chaos stürzte. »Wir sind fast da«, sagte er.

Ich wäre auch fast da gewesen, dachte sie. Wie wenig weißt du eigentlich? Oder vielleicht weißt du alles, schöner, sexy Arnaldo.

Ihre Dusche hätte sie sich sparen können. Der Flaum um ihr Geschlecht war nass, und Schweiß sammelte sich zwischen ihren Brüsten und befeuchtete die mit Spitze versehenen Körbchen. Ihre Klitoris pochte zwischen den geschwollenen Labien, und sie war sicher, dass sie den Geruch der eigenen Erregung wahrnehmen konnte, der sich gegen Puder, Duschgel und Shampoo durchsetzte.

So ein starker, wilder Geruch. Nichts konnte ihn überdecken. Er war listigerweise von der Natur eingerichtet worden, um den Mann anzulocken, um seine Erektion zu ermutigen und sicherzugehen, dass er das Weib befruchtete. Eine echte Falle.

The Mall war eine im Schatten liegende Fußgängerzone, und von dort führte eine Allee mit Einfamilienhäusern im Edwardschen Stil ins Wohngebiet. Zäune aus Kunstschmiedeeisen umgaben die großen Gärten und sicherten auch die hinteren Gebäude ab; früher waren sie mal Wagenschuppen gewesen, jetzt waren es Autogaragen oder Ställe, wenn die Besitzer sich Pferde erlauben konnten.

Lisa kannte die Gegend gut, weil sie oft durch die Straße spaziert war und überlegt hatte, was sie tun würde, wenn sie in der Lotterie gewänne. Sie würde eines dieser Häuser kaufen; ja, das stand ganz oben auf ihrer Prioritätenliste.

Still, friedlich, abgeschieden und eingehüllt in Wohlhabenheit und Privilegien, so stellte sich Cranshaw House dar und döste in der späten Nachmittagssonne. Der Bentley rollte durch die von Sensoren kontrollierten Tore und blieb vor den Stufen der Haupttreppe stehen. Unter den Rädern knirschte der Kies. Lisa hatte kaum die Hand nach dem Türgriff ausgestreckt, da war Arnaldo schon da und hielt ihr die Tür auf.

Unter einem muschelförmigen Säulengang geleitete er Lisa die breiten Stufen zur Haustür hoch. Die Tür hatte Messingbeschläge und Glaspaneele mit Art-nouveau-Darstellungen von Pfauen mit gefächerten, aufgerichteten Schwanzfedern. Von einem Vestibül ging es in eine geräumige Halle, dunkel und kühl, der Boden aus kleinen Mosaiksteinen, die Wände mit einer William-Morris-Tapete, mit Bilderleisten und einer hohen Stuckdecke.

Das Haus war zu einer Zeit gebaut worden, als man glaubte, das Britische Empire würde ewig dauern. Es war solide gebaut, ein bisschen übertrieben angelegt, aber doch sehr beeindruckend. Türen unter geschnitzten Tragbalken gingen von beiden Seiten der Halle ab, und Korridore verschwanden weiter hinten in der Dunkelheit. Eine breite geschwungene Treppe führte nach oben. Durch ein hohes Fenster auf dem Treppenabsatz fiel die glühende Abendsonne herein und schuf lebhafte grüne, zitrusgelbe und blutrote Muster auf die Holzarbeiten.

Ein Hunger griff nach Lisa, ein neidisches, lechzendes, habgieriges Verlangen nach diesem Haus. Arnaldo schien irgendwie dazuzugehören, dieser kühle, höfliche Diener, der einem Kostümfilm entsprungen sein könnte. Der perfekte Gentleman.

»Hierher, bitte«, sagte er in seinem leisen, honigsüßen Akzent. Er öffnete rechts eine Doppeltür aus Zedernholz.

»Ah, da sind Sie ja, meine Liebe«, sagte Daphne und erhob sich aus der Tiefe eines Ohrensessels, der zu den Terrassentüren zeigte. Von dort hatte man einen Blick auf den samtenen grünen Rasen, der von Lorbeer und Rhododendren begrenzt wurde.

Ein Wassersprenger warf einen nebligen Sprühdunst über eine lebensgroße Steinnymphe, die von einem geilen Satyr umarmt wurde. Seine behaarten Ziegenbeine drückten sich gegen ihre Pobacken, zwischen denen der Phallus des Satyrs steckte. Seine Hände umfassten die Brüste der Nymphe; die Nippel drückten sich zwischen seine Finger. Der Ausdruck der Nymphe ließ auf extreme Ekstase schließen. Sie hatte die Augen verdreht, und ihr Mund war weit geöffnet.

»Gefallen sie Ihnen?«, murmelte Daphne. Sie stand dicht neben Lisa. Ihre Haut gab den blumigen Duft eines teuren Parfums ab. »Schön, nicht wahr? Mein Mann hat die Figuren aus Italien mitgebracht. Sie verschönerten einmal die Gärten eines Medici-Prinzen. Mein Mann hat auch Arnaldo mitgebracht. Er ist schon seit Jahren bei mir, nicht wahr, *caro?*«

Sie lächelte ihn an, und der Blick, den sie tauschten, war elektrisierend.

»Die Figuren sind wunderschön.« Lisa nickte. Eine Mischung aus Erregung, Furcht und ungewisser Erwartung nagte an ihren Eingeweiden. »Aber nicht so, wie ich es erwartet habe.«

Daphne sah sie intensiv an. »Nichts ist so, wie man es erwartet. Setzen Sie sich, meine Liebe. Arnaldo wird uns den Tee servieren.«

Lisa setzte sich auf den Rand eines schwarz gebeizten Stuhls mit einem vergoldeten Lederrücken und sah sich im Zimmer um. Sie war seltsam nervös. »Es ist alles so perfekt«, murmelte sie. »Sie wissen so viel über Antiquitäten, dass ich mir ganz unbedarft vorkomme.«

Daphne ließ ein klirrendes Lachen hören. »Das geht alles auf meinen Mann zurück, und er hat das Haus mit Sack und Pack geerbt. Es war seit seiner Errichtung im Jahr 1900 nichts mehr verändert worden. Er hat neue Leitungen legen lassen und die Zentralheizung modernisiert. Er war Amerikaner und konnte das feuchte englische Klima nicht ertragen.«

Lisa bemerkte eine Veränderung bei Daphne. Sie hatten sich erst zweimal getroffen, immer in der Atmosphäre des Marktes, und jetzt schien sie ganz anders zu sein – entspannt und fast ein wenig verspielt. Trotz ihres Alters war sie eine Schönheit, und sie hatte ihre Figur gehalten. Sie trug eine austernfarbene Seidenhose mit weiten Beinen und dazu ein passendes Jackett – weiße Ärmel und ein tiefer Ausschnitt, mit Spitze abgesetzt. Ihre Haare waren in einem losen Knoten im Nacken zusammengefasst.

Gesicht, Hals und die schlanken Hände waren leicht gebräunt, und ihre Augen leuchteten und hüteten einen Schatz an weltlichen Weisheiten. Lange bernsteinfarbene Ohrringe baumelten zu beiden Seiten des Gesichts und betonten die feine Knochenstruktur. Eine Schnur aus demselben fossilen Harz lag zwischen ihren Brüsten.

»Haben Sie in Amerika gelebt?«, fragte Lisa, als Arnaldo ein Tablett mit feinstem Porzellan, einem Kuchen und einer Platte mit hauchdünn geschnittenen Gurkensandwiches hereinbrachte.

Sie bemühte sich, die Stimme ruhig zu halten, denn in ihrem Bauch rumorte es, als er sich zu ihr beugte und eine Serviette reichte. Es war unmöglich, das wilde Zucken zu kontrollieren, das durch ihre Lenden raste, als sie seinen interessierten Blick auffing und den Duft seines Rasierwassers einatmete.

»Danke, Arnaldo«, sagte Daphne und griff nach der silbernen Teekanne aus der georgianischen Zeit. Er ging nicht aus dem Zimmer, sondern stellte sich in die Nähe des Fensters, der Rücken steif und die Arme über dem Brustkorb gekreuzt.

Daphne reichte Lisa eine Tasse und bot den Kuchen an.

»Nein, danke«, sagte sie, »ich versuche, die süßen Sachen zu meiden.«

»Sehr klug«, stimmte Daphne zu, entschied sich für ein Sandwich und sah Lisa wieder an. »Ich versuche das auch, aber es ist sehr schwer. Sie haben eine wunderbare Figur, meine Liebe, etwa wie meine, als ich jung war, und Ihre Augen haben so eine ungewöhnliche Farbe … fast violett. Mein Mann hätte Ihre Schönheit sehr geschätzt.«

»Das ist lieb von Ihnen, aber ich bin ganz gewöhnlich. Lebt er noch mit Ihnen zusammen?«, fragte Lisa und nippte gehemmt an ihrem Tee.

Aus irgendeinem Grund, den sie nicht greifen konnte, fühlte sie sich unbehaglich. Daphne betrachtete sie auf eine spekulative Weise, und sie war sich der Nähe Arnaldos bewusst. Sie fühlte seine Blicke in ihrem Rücken; eine prickelnde Sensation, die sich ihr Rückgrat entlanghangelte.

»Er ist vor ein paar Jahren gestorben«, antwortete Daphne, die dünne Teetasse in den Fingern mit den pink lackierten Nägeln. »Er war viel älter als ich. Doppelt so alt, als wir heirateten.«

»Wirklich? Ich kann mir ein Leben mit einem alten Mann nicht vorstellen«, sagte Lisa. Sie war voller Neugier auf Daphne, auf das Haus und auf das Geheimnis, von dem sie überzeugt war, dass es sie umgab.

Daphne sah sie nachdenklich an, dann senkte sie die Stimme und sagte vertraulich: »Es war erhellend, gelinde gesagt.«

»Wie haben Sie ihn kennen gelernt?« Lisa fand, dass solche persönlichen Fragen unhöflich waren, aber sie hatte das Gefühl, dass Daphne reden wollte.

»Als der Zweite Weltkrieg ausbrach«, begann Daphne, die Augen verschleiert, »fürchteten meine Eltern um meine Sicherheit und schickten mich zu meinem Patenonkel Walter Nightingale nach New York. Ich habe sie nie wieder gesehen. Nicht lange nach meiner Abreise wurden sie bei einem Luftangriff getötet.«

»Wie schrecklich für Sie. Meine Eltern sind auch beide tot, deshalb kann ich gut verstehen, was Sie fühlten«, sagte Lisa, lehnte sich impulsiv zu ihr und berührte Daphnes schlanke Hand in ihrem seidenen Schoß.

Sie fühlte Daphne zittern, dann griff sie Lisas Hand und drückte sie überraschend kräftig. »Das weiß ich«, sagte sie.

»Das wissen Sie?« Lisa war verdutzt. Ein Teil von ihr wollte sich wieder zurücklehnen, aber ein anderer Teil wollte ganz nah bei dieser interessanten Frau bleiben.

»Ihre Geschichte ist mir nicht unbekannt. In der Auswahl meiner Freunde bin ich sehr vorsichtig«, fuhr Daphne fort, eine sonderbare Intensität in der Stimme. »Ich habe nur wenige ... nur Arnaldo. Wir leben allein hier, und ich ermutige keine Besucher. Wir mögen das so, nicht wahr, Arnaldo?«

»Ja, Madame«, antwortete er.

Lisa konnte sich nicht mehr zurückhalten und schaute über die Schulter zu ihm. Er stand noch in dieser Position da und wartete auf Anweisungen seiner Herrin. Lisa hatte ein Bauchgefühl, dass sie von den nächsten Anweisungen betroffen war.

»Er tut alles für mich ... und ich meine alles«, sagte Daphne, und ihr Griff um Lisas Hand wurde noch stärker. »Ich fühle mich zu Ihnen hingezogen, und ich hoffe, Sie gestatten mir, Ihnen zu helfen.«

»Auf welche Weise?« Alarmglocken schrillten in Lisas Kopf an. Jedes Wort von Daphne schien eine verborgene Botschaft zu enthalten.

»Ich könnte Ihnen was über Antiquitäten beibringen und vielleicht auch über das Leben. Aber das entscheiden nur Sie.«

»Was wollen Sie als Gegenleistung von mir?«, stammelte Lisa, verwirrt von Daphnes intensivem Starren und von Arnaldos Nähe.

»Dass Sie mein Wissen auf eine Weise nutzen, die mir nicht mehr vergönnt ist. Ich hatte kein Kind, Lisa, und diesen Mangel empfinde ich heute. Es gibt so vieles, was ich Ihnen beibringen kann. Dinge, die ich an eine Jüngere weitergebe. Ja, Lisa?«

Lisa hob verwirrt die Schultern. »Ja, ich lerne gern, besonders über den Handel auf den Märkten. Aber ich bin mit Paul verlobt, und ihm gefällt nicht, dass ich arbeite.«

»Ich habe Ihren Ring gesehen. Macht Paul Sie glücklich? Lieben Sie ihn?«

»Ich bin mir nicht sicher«, gestand Lisa und drehte den Ring an ihrem Finger. »Er gibt mir Sicherheit, und er erinnert mich an die Tage, als mein Vater noch lebte.«

»Das ist kein Grund, ihn zu heiraten. Ich glaube, dass Sie ihn nicht wirklich wollen. Gibt es einen anderen?«, fragte Daphne.

Lisa zögerte, David Maccabene zu benennen; sie schämte sich zuzugeben, dass sie Sex mit ihm hatte, denn sofort danach war er abgehauen. Außerdem schienen sich Daphne und er zu kennen, und Lisa fürchtete, die ältere Frau könnte sie vor David warnen.

»Ich bin irgendwie in diese Heiratspläne geschliddert. Pauls Mutter hat alles arrangiert und die halbe Stadt eingeladen. Besser gesagt die Leute, die sie für würdig genug empfindet. Sie ist ein Snob ersten Ranges«, sagte Lisa verbittert.

Daphne schüttelte den Kopf. Die Strahlen der untergehenden Sonne bildeten einen Heiligenschein um ihren Kopf. »Bisher haben Sie mir noch keinen Grund für Ihre Zustimmung zur Hochzeit genannt«, sagte sie langsam. »Ich kenne mich aus mit überhasteten Eheschließungen und langem Bereuen. Tun Sie es nicht, meine Liebe. Ist er ein geschickter Liebhaber?«

»Nein!«, rief Lisa spontan.

»Dann sagen Sie die Hochzeit ab. Mein Mann war ein erfahrener und geschickter Liebhaber, und dies hat uns zusammengehalten, obwohl ich nicht sagen kann, dass ich glücklich mit ihm war. Aber er war erfinderisch, und Sex war nie langweilig. Er hat mich kontrolliert, mich beherrscht. Wissen Sie, wie es ist, einen Meister zu haben?«

»Nein. Ich glaube auch nicht, dass mir das gefallen würde. Ich möchte unabhängig sein, von Paul ... von allen Männern.« Lisa hatte die Stimme gehoben, und sie war entsetzt, als sie heiße Tränen in den Augen spürte. »Ich möchte so sein wie Sie. Frei, das zu tun, was ich will und wann ich es will. Sie haben Ihr eigenes Geschäft, und das ist auch mein Ziel. Haben Sie immer schon mit Antiquitäten gehandelt?«

»Nein. Walter war der Sammler. Ein reicher Mann, der seinen Marotten frönen konnte. Das war auch der Grund, mich zu heiraten. Ich war eine seiner Marotten. Vielleicht die wichtigste, aber ganz sicher die teuerste«, sagte sie trocken. Die korallenroten Lippen wölbten sich zu einem nachdenklichen Lächeln. Dann gab sie Arnaldo ein Zeichen. »Mehr heißes Wasser, bitte.«

»Ja, Madame«, sagte er, verbeugte sich und verließ das Zimmer.

»Haben Sie ihn geliebt?«, fragte Lisa. Sie beugte sich vor, und ihr Rock öffnete sich oberhalb der Knie und gab den Blick auf ihre toastbraunen Beine frei und auf die Füße, die in Sandalen steckten.

Daphne breitete die Arme aus. »Ich habe Ihnen ebendiese Frage gestellt, aber was ist Liebe? Ein überstrapaziertes, abgedroschenes Wort. Walter war ein einflussreicher Mann; ein Geschäftsmann, der mich von meinem dreizehnten Jahr an dominiert hat. Er war unverheiratet und hatte keine Kinder. Ich füllte diese Lücke, und er war so stolz auf mich. Ich ging auf die besten Schulen, lernte die interessantesten Leute kennen, die alle zu New Yorks exklusiven Vierhundert gehörten, auch wenn der Krieg alles durcheinandergerüttelt hatte.«

»Aber?«, warf Lisa ein. »Da muss jetzt ein Aber kommen.«

»Ja, ich fürchte, es gab dieses Aber. Ich lehnte ihn ab und

alles, was er repräsentierte. Ich sehnte mich nach England zurück, aber er hatte mich unter Kontrolle. Er war mein Vormund. Deshalb bin ich abgehauen.«

»Wohin?« Lisa war gefesselt und verlor jedes Unbehagen. Sie wollte mehr hören.

Arnaldo kehrte mit einem Krug mit heißem Wasser zurück. Er stellte ihn aufs Tablett und zog sich wieder an seinen Platz am Fenster zurück, aber nicht, bevor er Lisa oder den offenen Rock über den Beinen angestarrt hatte. Sie hatte ein Bein über das andere geschlagen, wodurch er die Innenseiten ihrer Oberschenkel und den Streifen des cremefarbenen Slips sehen konnte, der sich über ihre geheimen Lippen streckte.

»Wollen Sie wissen, was mir widerfahren ist?«, fragte Daphne.

»Oh, ja, bitte.«

»Ich hatte ein Talent für Tanzen und Singen. Er hatte mich ermutigt, das Talent zu entwickeln, damit er mich seinen Freunden vorführen konnte. In vielen Nächten musste ich auftreten, wenn er eine Party gab. Da beschloss ich, mir meinen Lebensunterhalt damit zu verdienen. New York ist eine große Stadt, in der man leicht verloren geht, besonders in der Zeit, von der ich spreche. So lange her. Eine andere Zeit. Eine andere Welt.«

»Wie mutig Sie waren. Ich glaube, ich hätte das nicht geschafft«, murmelte Lisa. Die Sonne ging langsam unter, und im Zimmer wurde es grau.

»Man braucht Mut, wenn der Teufel fährt«, zitierte Daphne ein Sprichwort. »Und Walter war ein Teufel. Ich war sechzehn, und er wollte meine Unschuld. Ich war wild entschlossen, sie ihm nicht zu überlassen. Ich träumte davon, mich zu verlieben und mich meinem Liebsten hinzugeben. Und doch hat Walter mich fasziniert. Er sprach alles an, was in meiner

Natur dunkel und pervers war. Ich fürchtete mich davor; ich fürchtete mich, was es mit mir anstellen würde, wenn es erst einmal freigelassen war.«

»Sie haben ihn also verlassen?«

»Ich bin untergetaucht, habe meine Haare gefärbt und mir einen anderen Namen zugelegt. Er hat achtzehn Monate gebraucht, bis er mich fand.« Daphnes Mund verzog sich zu einem harten Strich, und ihre Augen wurden zu Feuersteinen. »Ich dachte, ich hätte meinen Märchenprinz gefunden, aber es stellte sich heraus, dass er ein Zuhälter war. Ja, in solcher Gesellschaft war ich gezwungen zu leben. Ich arbeitete in einem Kabarett auf der schäbigen Seite der Stadt. Ich sank so tief, nachdem der vermeintliche Prinz mich verlassen hatte, dass ich sogar in Stripläden arbeitete. Er hatte mein Herz gebrochen. Mir war egal, wer meinen Körper benutzte, solange sie mich bezahlten.«

Lisa saß wie versteinert da, zu schockiert, um etwas zu sagen, während sie diesem unglaublichen Geständnis zuhörte.

»Ich endete schließlich in einer Peepshow«, fuhr Daphne fort. »Jede Nacht kreiste ich meinen nackten Körper vor einem großen Fenster in einer schmalen Kabine. Männer starrten mich durch verschmierte, beschlagene Scheiben an. Sie konnten mich zwar nicht anfassen, aber sie holten sich einen runter, jeder in seiner privaten Welt, getrennt von den anderen. Es waren traurige kleine Männer, die durch die verwahrlosten Straßen schlichen, um mich und die sechs anderen Mädchen zu finden. Wir arbeiteten in Schichten. Gescheiterte Männer, Verrückte, Besessene – wer weiß das schon? Mir war das egal, solange ich am Ende der Schicht mein Geld erhielt.«

»Sie waren also nicht wirklich eine Prostituierte?«, fragte Lisa schließlich, und ein langsames, schweres Ziehen durchdrang ihre Lenden. Sie stellte sich vor, wie sie hinter Glas vor verschiedenen Männern hüpfte, ihre Brüste umfasste, die Nippel rieb und mit einer Hand in ihre Schamhaare griff.

»Nicht wirklich. Niemand hat mich angefasst – nur manchmal ein anderes Mädchen, wenn das Management fand, dass eine lesbische Szene die Freier aufgeilen würde. Die Kabine war gedämpft beleuchtet, und es setzte sinnliche Musik ein. Ich konnte die Männer draußen nicht sehen, weil das Glas ein Spiegel war, aber ich wusste, dass sie draußen standen. Sie waren anonym, aber ich nicht.«

»War es Ihnen nicht peinlich?«, wisperte Lisa.

»Peinlich? Nein. In der Dunkelheit, die meine Seele angefressen hatte, suhlte ich in meiner Macht. Da draußen mochten mir fünf oder sechs Männer zuschauen, die Hände zwischen ihren Schenkeln, um ihre Eier zu streicheln oder ihre Schwänze bis zum Orgasmus zu reiben.«

Es war seltsam, so eine damenhafte Person derart rüde reden zu hören, was zu den unheimlichen Gefühlen beitrug, die Lisa beschlichen.

Das Zimmer war jetzt fast dunkel, und Arnaldo schaltete eine Tischlampe ein. Sie hatte einen Bronzefuß und einen undurchsichtigen Glasschirm, an dem kleine Perlen wie Fransen hingen. Daphnes Gesicht zeigte Erleichterung, ihr Teint sanfte Wärme, und ihre Falten glätteten sich. Sie schien wieder das kleine Mädchen zu sein, wie sie so dasaß, verloren in ihren Erinnerungen.

Lisa war bei ihr, und ihre lebhafte Phantasie malte den verliesartigen Keller aus, in dem Frauen die Lüste und Träume ihrer Kunden bedienten. »Natürlich nicht nur Frauen«, fuhr Daphne fort. »Auch gut aussehende Männer. Für alle wurde gesorgt – junge, alte, reiche und auch nicht so reiche Kunden. Jede noch so abwegige oder verbotene Lust wurde erfüllt. Wir lebten in Goldfischgläsern zur Unterhaltung dieser traurigen Versager, die nie das Glück von Liebe und Sex mit willigen Partnern erfuhren. Sie mussten sich ihre Befriedigung kaufen.«

»Hassen Sie Männer?«, fragte Lisa, ihre Brustwarzen hart gegen das Top gedrückt, und der Steg ihres Slips rutschte zwischen die Labien. Ihre Gier nach Arnaldo wurde immer unerträglicher.

Daphne lächelte heiter. »Ich hasse sie nicht. Nicht mehr. Früher habe ich sie mal gehasst, aber Walter hat mich davon geheilt. Er hat mir meine Seele zurückgegeben.«

»Aber ich dachte, Sie hätten ihn auch gehasst.«

»Meine Liebe, Sie sind noch jung. Eines Tages werden Sie verstehen, dass es viele Facetten der Liebe gibt – und auch des Hasses. Die Dinge sind nicht immer schwarz oder weiß. Es gibt viele Grauschattierungen dazwischen und viele Arten, den Sex zu genießen.«

»Aber es hat Ihnen nicht gefallen, sich diesen Männern zu zeigen, oder?«

Ich würde das auch genießen, dachte Lisa, und heiße Wellen der Scham und des Verlangens überschwemmten sie.

»Manchmal ja. Ich habe Ihnen gesagt, dass es mich manchmal überwältigt hat. Haben Sie nie vor Zuschauern masturbieren wollen?« Daphnes Frage ließ die Hitze von Lisas Wangen hinunter in den Sumpf ihres Deltas sinken. Ihr Lustknopf pochte.

»Ich weiß nicht«, raunte sie und wusste, dass sie log.

»Ich bin sicher, dass das auch bei Ihnen so ist«, sagte Daphne und strich mit einer Hand über Lisas Knie. So kühl auf ihrer warmen Haut. »Ich habe manchmal meine geschwollenen Nippel gedrückt und eine Hand auf meine Spalte gelegt. Dann lehnte ich mich vor und fühlte das kühle Glas an meinen Brüsten. Die Freier konnten sich an meinen dunklen, erregten Nippeln ergötzen. So nah und doch so weit weg.«

»Sie haben sie gequält?«

»Ich habe sie ein bisschen geneckt. Sie sollten leiden vor Geilheit. Vielleicht brachten sie mir ihr milchig-weißes Opfer dar, mir, der unberührbaren Göttin.«

»Wie und wo hat Walter Sie gefunden?«, flüsterte Lisa und konnte nicht verhindern, dass sie eine Hand an die Brüste hob. Sie quetschte die steinharten Warzen durch BH und Bluse.

»Genau da. Ich habe nicht gewusst, dass er ein Voyeur war, und wenn er keine Situation herbeiführen konnte, um seiner Leidenschaft zu frönen, dann ging er in Peepshows. Das Schicksal hat es so gewollt, dass er eines Abends vor meine Kabine trat. Ich hatte natürlich keine Ahnung, dass er da war, aber er konnte meine Brüste sehen und meinen weit gespreizten Schlitz. Er sah mich, erkannte mich und wollte mich.«

»Nach der Show wurde ich ins Büro des Managers gerufen. Ich dachte, dass er mich rügen wollte, weil ich in seinen Augen nicht ordentlich gearbeitet hatte. Ich fürchtete schon, er würde mich rauswerfen. Die Miete für mein mieses Zimmer in einem Keller war überfällig, und mein Kühlschrank war leer. Ich hatte es satt, arm zu sein. Und da stand Walter, makellos in Zylinder und Frack. Er war in der Oper gewesen.«

»War er wütend auf Sie?« Lisas Herz schlug schneller, und das Blut raste durch ihre Venen.

»Nein. Er war eher besorgt als verärgert. Er lud mich zum Essen ein, und wir unterhielten uns. Oder genauer – er redete, und ich stopfte mich voll. Solche Leckereien hatte ich seit fast zwei Jahren nicht mehr gesehen. Er hatte Champagner zum Feiern bestellt, und ich trank eine Menge. Danach gingen wir zu seinem Haus in der Nähe des Central Parks. Es war so ein gutes Gefühl, dass ich dachte, ich käme nach Hause. Dort, in seinem Schlafzimmer, legte er mich übers Knie und versohlte mir den Po.«

»Wie man ein unanständiges Kind bestraft.«

Daphne lachte, der lange Hals streckte sich, und die Ohrringe schwangen hin und her. »Oh, nein! Nicht wie ein Kind! Er bestrafte mich, wie ein Meister seine Sklavin züchtigt. Es war meine erste Erfahrung mit Dominanz, und ich empfand sie als süße Erleichterung. Die scharfen, brennenden Klatscher linderten meine Schuldgefühle und hoben meine Libido. Walter war ein Experte in der feinen Kunst von Schmerz und Lust. Er schlug auf meine nackten Backen, bis sie brannten wie Feuer. Dann rieb er seine Hände mit einer duftenden Salbe ein und massierte die Schmerzen weg. Seine Finger glitten in meine Spalte, rieben die geschwollenen Pussylippen und fanden die kleine Perle der Lust. Er spielte damit, bis ich so heftig kam, dass ich einen Moment lang das Bewusstsein verlor. Ich hätte nie gedacht, dass man so einen heftigen Orgasmus erleben kann.«

»Hatte er Sex mit Ihnen?«

»Nicht sofort. Er benutzte meine Brüste wie eine Vagina, presste sie zusammen und formte einen Tunnel, in dem er sein mächtiges Glied hin und her rieb, bis er ejakulierte. Am nächsten Tag musste ich zu seinem Arzt, um überprüfen zu lassen, ob ich mir irgendeine Krankheit eingefangen hatte. Erst als der Arzt mich ein paar Tage später für sauber erklärt hatte, fing Walter mit seinen Heiratsplänen an. Ich war gerade achtzehn. Erinnern Sie mich, dass ich Ihnen einige Fotos zeige, die damals aufgenommen wurden. Ich glaube, Sie werden sie sehr stimulierend finden.«

Daphnes Gesichtszüge erröteten bis zu den Wangenknochen. Ihre Augen leuchteten wie Saphire. Sie knöpfte das Seidenjackett auf, und ihre Brüste hoben sich Lisa entgegen, eingepackt in einen schwarzen BH, die Nippel durch Schlitze entblößt. Braun, hart und aufgeblasen schienen sie Lisa fragend anzusehen.

Lisa konnte sich nicht rühren, überwältigt von dem, was sie gehört hatte und nun sah. Wie auf ein Stichwort kam Arnaldo heran und stellte sich hinter seine Herrin. Er ließ die Hände über ihre Schultern gleiten und streichelte sie durch die Seide, dann griffen die Finger zu den nackten Spitzen ihrer Brüste. Er nahm eine Warze zwischen Daumen und Zeigefinger und zog sie weiter aus dem BH. Daphne schloss die Augen und legte den Hinterkopf gegen Lisas Arm.

Während er Daphnes Nippel rieb, traf sich sein Blick mit Lisas, und als sie rasch wegschaute, lächelte er und zeigte seine weißen Zähne.

Daphne gab einen langen Seufzer von sich und schlug die Augen auf. Arnaldo fuhr fort, ihre Brüste zu streicheln, nahm sie beide in die Hände und strich mit den Daumen über die Warzen.

»Willst du, dass er das auch mit dir macht?«, fragte Daphne.

»Ich weiß nicht ... Er gehört dir, nicht wahr?«

Daphne gluckste und machte ein Hohlkreuz, damit Arnaldo den BH leichter öffnen und von den Brüsten ziehen konnte. Sie waren deutlich geschwollen.

»Ich habe dir gesagt, Lisa, ich will dir meine Erfahrungen beibringen. Das ist ein guter Anfang. Gerade mit ihm.«

»Aber das könnte ich nicht«, protestierte Lisa.

»Vielleicht eine Massage? Er ist diplomierter Masseur.«

Mein Traum von der Hinfahrt, dachte Lisa und geriet in Panik. Wer ist diese Frau? Irgendeine Hexe? Sie scheint meine Gedanken lesen zu können.

Wie in Trance fühlte sie, wie sie von ihrem Sitz gehoben wurde, Daphne auf der einen, Arnaldo auf der anderen Seite. Sie wurde aus dem Zimmer und die Treppe hinaufgeführt. Ihre Schritte wurden von einem dicken Teppich gedämpft.

Vor ihr erstreckte sich ein langer Flur, und beschirmte Wandleuchten waren auf Gemälde in vergoldeten Rahmen gerichtet. Es waren außergewöhnliche Gemälde im klassischen Stil; sie zeigten Paare bei der sexuellen Vereinigung. Einige zeigten Männer und Frauen, andere Männer mit Männern oder Frauen mit Frauen. Alle waren schön, erregend und lüstern.

»Walters Sammlung, aber nur ein Teil davon«, sagte Daphne. Ihr Jackett stand immer noch offen.

Vor einer Tür hielten sie an. Arnaldo drückte die Klinke. Lisa wurde über die Schwelle und in ein Zimmer geführt, das ihr den Atem raubte. Das Licht war gedämpft, und vor den Fenstern hingen kostbare Brokatvorhänge mit Girlanden verziert und mit Fransen versehen. Die Vorhänge ließen sich an Kordeln bewegen, die an schweren Quasten hingen.

Üppige und leuchtende Farben herrschten im Zimmer vor; das Himmelbett war aus Messing und hatte Schmuckplatten aus blauer Emaille und einen Baldachin, der von einer Krone gehalten wurde. Die Stoffbahnen waren mit Spitze abgesetzt. Die Läufer waren Perser, und die Ottomane und ein üppig gepolstertes Sofa waren mit einem Paradiesvogelstoff bezogen. In Spiegeln mit Rahmen aus geschnitztem Laubwerk konnte man die einzelnen Szenen verfolgen.

»Hier sind wir unter uns, Darling«, sagte Daphne und führte Lisa zum Bett. »Bist du bereit, dass wir dir Lust bescheren?«

Das war eine so ungewöhnliche Frage, dass es Lisa die Sprache verschlug. Daphne nahm das Schweigen als Zustimmung und gab Arnaldo ein Zeichen. Er knöpfte Lisas Bluse auf und hob sie über ihren Kopf. Er trat zurück und betrachtete Lisas Nippel, die sich unter dem Stoff aufgerichtet hatten. Er streckte eine Hand aus und drückte die Warze, dann ließ er die Handfläche über der harten Erhebung kreisen.

Lisa krümmte den Rücken und drückte die Brüste heraus.

Die Lust sammelte sich in ihrem Schoß. Sie schwenkte die Hüften und stöhnte. Arnaldo wandte sich dem anderen Nippel zu und kratzte durch die Spitze an ihm. Ihre freie Hand tauchte hinab zum Saum ihres Rocks und zog ihn hoch bis zur Taille.

Arnaldos Finger pressten in die Spalte, die ihr Geschlecht teilte. Ihr Slip war schon nass. Er fand den glühenden Fleischknopf und rieb ihn geschickt.

Lisa keuchte und trieb ihren Venushügel gegen sein verlockendes, quälendes Streicheln. Ihr Meeresduft erhob sich aus der Hitze zwischen ihren Beinen, und sie konnte ihn auch wahrnehmen, er war stärker und kräftiger, und sie wurde erfüllt von der Sehnsucht, mit ihm auf diesem Bett zu liegen.

Er zog seine Hand zurück, und Lisa stand da mit ihren schmerzenden Nippeln und der pulsierenden Knospe.

»Machst du bei unserem kleinen Spiel mit?«, fragte Daphne.

Lisa nickte. Sie war bereit, allem zuzustimmen, solange jemand dieses heftige Verlangen stillte, das in ihr pochte. Sie brauchte Küsse, Streicheln, einen Mund auf ihrer Klitoris und Finger oder Schaft in ihrer Vagina. Die Gier tobte in ihr, lustvoll und zügellos. Sie brannte vor Frustration. Sie presste gegen ihren klammen Schoß und erinnerte sich an die Männer, die dem Mädchen im Goldfischglas zugeschaut hatten. Sie wollte sich entblößen, sie wollte ihre Klitoris vor Zuschauern zum Orgasmus reiben.

Lisa konnte Arnaldos Erektion sehen, die unter der schwarzen Hose ein Zelt errichtete. Dieser Beweis seiner Erregung ließ das Feuer, das schon in ihr tobte, noch höher lodern. Er stand vor ihr, öffnete ihren Rock und ließ ihn zu Boden rutschen. Dann, so dicht bei ihr, dass sie seinen verborgenen Penis an ihrem Bauch spürte, langte er um sie herum und hakte ihren BH auf. Er zog ihn an den Armen hinunter und ließ ihn neben den Rock fallen.

Sie wollte die Arme vor den Brüsten verschränken und eine Hand schützend vor den Schoß legen, aber dann ließ sie beides bleiben. Sie befand sich im Griff einer solchen fleischlichen Hitze, dass ihre Nacktheit sie nicht störte. Arnaldo zog jetzt sein Hemd aus und enthüllte einen erstaunlich schönen muskulösen Torso. Seine glatte Haut war kupferbraun. Die Arme waren stark behaart, und auch auf der Brust gab es eine wollene Matte, durch die weinrote Kreise seiner kleinen Nippel leuchteten. Die dunklen Haare setzten sich in einer dünnen Linie zum Nabel fort, und als er seinen Gürtel öffnete und die Hose rutschte, sah sie ein krauses Dickicht am Unterbauch.

Lisa war fasziniert. Selbst David hatte nicht die Fähigkeit, sie so zu berühren wie dieses prächtige Individuum. Arnaldo hatte das Aussehen eines Filmstars. Er war ein typischer attraktiver italienischer Mann, der sich seiner Männlichkeit sehr bewusst war und darin aufging.

Inzwischen hatte Lisa die Anwesenheit Daphnes vergessen, die dastand und zuschaute, die Zungenspitze verspielt zwischen den leicht geöffneten Lippen. Arnaldo schlang seine Arme um Lisa und zog sie an sich, und seine Brusthaare rieben sich an ihren erigierten Nippeln. Seufzend schmolz sie dahin und rieb ihren Schoß gegen seine Härte. Sie öffnete ihre Lippen, um seinen Kuss zu empfangen, und wurde fast schwach vor Emotion. Ihre Sinne schwammen, als sie seinen wunderbaren Duft einsaugte, eine Kombination eines klassischen Parfums und seines eigenen Körpergeruchs.

Er drängte sie zum Bett. Sie stieß mit den Kniekehlen gegen die Matratze, und sie setzte sich hin und schaute ihm mit weit geöffneten Augen zu. Er setzte sich neben sie, zog Schuhe und Socken aus und schob seine Hose über die schlanken Schenkel. Seine Schlange hob den Kopf, ein massives Ding, das sich aus dem haarigen Nest erhob. Er führte ihre Hand hin und sagte: »Berühren Sie mich, Miss Sherwin.«

Sie streckte scheu die Hand aus und schloss sie um sein Glied. Mit Daumen und Zeigefinger konnte sie ihn nicht ganz umspannen. Sie spürte, wie er gegen ihre Hand pochte. Der Schaft war weich wie Seide, und sie strich mit den Fingern über die purpurne Eichel.

Arnaldo saugte scharf die Luft ein, dann löste er sich aus ihrem Griff und zog sie vorwärts. Er sank zwischen ihre Schenkel, zog behutsam ihren Slip aus und warf ihn achtlos auf den Boden.

Sie entspannte sich, warf die Arme über den Kopf und gab sich Arnaldo völlig hin, überzeugt davon, dass er sie nicht enttäuschen würde. Seine Lippen flatterten über ihren gesamten Körper, von den Nippeln bis zur Taille, dann um den Nabel herum, und schließlich küsste er ihr Delta. Er strich mit den Fingern über ihre Labien und in den Saft, der sich in ihrer Vulva gesammelt hatte. Sie spreizte die Schenkel weiter und hielt die geschwollenen Lippen auseinander.

Seine Haare kitzelten ihre Schenkel, als er den Kopf senkte und ihre Knospe mit der Zungenspitze fand. Er saugte daran, leckte sie und spielte daran. Er glitt mit zwei Fingern in sie hinein, drückte und quetschte und rieb das glitschige Gewebe.

Sie packte seinen Kopf und presste ihn an sich. Sie spürte, wie sich die süße Hitze aufbaute. Sie begann in den Zehenspitzen, setzte sich über die Beine fort und drang in ihren Schoß ein. Fast sofort wurde sie von einem Orgasmus geschüttelt, der sie zu einem lauten Aufschrei zwang.

Arnaldo ruckte zwischen ihre Schenkel, und während sie noch zuckte, versenkte er seinen Schaft in ihr. Er küsste sie, als er ihre Wärme penetrierte. Seine Lippen und die Zunge schmeckten nach ihren eigenen Säften. Sie schlang die Beine um seine Taille und zog ihn näher und härter in sich hinein.

Sein starkes Glied füllte ihre Höhle und stieß an die Gebärmutter an.

Es kam ihm schnell. Ihre inneren Muskeln zogen sich zusammen, als sie fühlte, wie sein Penis noch größer wurde und zu zucken begann. Dann hörte sie ihn aufschreien, als er einen aufrüttelnden Orgasmus erlebte.

Daphne lag bäuchlings auf der gepolsterten Bank, nackt wie am Tag ihrer Geburt. Arnaldo hatte sie großzügig mit Öl eingerieben und massierte jetzt jeden Zentimeter ihres Körpers.

»Was hältst du von Miss Sherwin?«, fragte sie träge.

»Wie Sie gesagt haben, ist sie sehr schön und ideal für Ihre Zwecke, Madame.« Er rieb die Verhärtungen entlang der Wirbelsäule fort.

»Hast du daran gedacht, den Camcorder einzustellen?«, fragte sie. »Ah, dann werden wir es ja sehen. Wir schauen es uns später an. Ich freue mich schon darauf, Lisa wieder beim Orgasmus zu sehen und wie dein Hintern auf und ab geht. Du hast einen wunderschönen Arsch, Arnaldo.«

»Danke, Madame.«

»Ich danke *dir*, Arnaldo.«

In der Zwischenzeit war er bei ihren Pobacken angelangt. Er knetete den schlanken Rumpf, den Po und die Rückseiten ihrer Oberschenkel, dann wieder ein wenig höher. Er ölte ihren Anus ein und ließ einen Finger sanft dagegenspielen. Daphne atmete tief ein.

Eine tiefe Flamme entzündete sich in Daphnes Mitte und erhöhte noch die Erregung, die sie schon gespürt hatte, seit Lisa im Haus war. Als Arnaldo sie nach Hause fuhr, hatte sie sich alte Fotos angeschaut. Jedes einzelne brachte Erinnerungen an längst vergangene Tage. Sie legte fest, welche Bilder sie Lisa bei ihrem nächsten Besuch zeigen würde.

Hatte sie Walter geliebt? Ganz sicher hatte sie ihn vermisst, als er gestorben war. Niemand hatte sich so um sie gekümmert wie er, weder vorher noch nachher. Sie war seine Sklavin gewesen, aber die Unterwerfung war freiwillig gewesen. Er mochte sie beherrscht haben, aber sie hatte ihn kontrolliert und mit seiner Lust gespielt. Und ihre Phantasien übertrafen noch seine, wenn es um sexuelle Abwechslungen ging.

Und ich genieße es immer noch, selbst heute, wenn die meisten Frauen glauben, dass sie es hinter sich haben. Dafür danke ich dir, Walter. Du hast mir beigebracht, wie man sich die Sehnsucht erhält. Die Jungen tun so, als hätten sie den Sex erfunden. Dabei wissen und verstehen sie so wenig.

Arnaldos Finger wanderten weiter und streichelten die Labien. Sie spreizte die Schenkel, und er massierte noch mehr Öl in ihre geschwollene Spalte. Als er ihre Klitoris berührte, explodierte ein Regenbogen von Farben in ihrem Kopf. Er trat hinter sie, und sie spürte seine Schenkel an ihren Backen und dann den dicken, heißen Kopf seines Schafts.

Er schob eine Hand unter sie, und seine Finger ließen sich auf der steifen kleinen Knospe nieder. Er verstärkte die Reibung und drang dann mit einem harten Stoß in sie ein.

Daphne stöhnte auf, als sie die volle Wucht seiner Penetration spürte. Arnaldo zog an der Klitoris und quetschte sie zwischen seinen Fingern, womit er Daphne zu einem Orgasmus brachte, der sie unkontrolliert schüttelte.

Dann konzentrierte er sich auf seine eigene Erleichterung und pumpte heftig in sie hinein. Sie hob und senkte die Hüften und ritt auf seinem Schwanz. Mit einem bellenden Schrei schoss es aus ihm heraus.

Im Nachglühen lag er quer auf ihr, dann erhob er sich, richtete seine Kleider und schlang ein Badetuch um Daphnes Leib. Sie lächelte ihn schläfrig an, als er sie ins Schlafzimmer und hinüber aufs Himmelbett trug.

»Sollen wir einen trinken, Arnaldo?«, schnurrte sie, katzenhaft in ihrer Befriedigung. »Bring uns ein Tablett und komm ins Bett, mein Liebling. Wir schauen uns das Video unserer lieben jungen Freundin Lisa an.«

Fünftes Kapitel

Einer von Mikes Lieblingsplätzen war The Fleece and Firkin. Der Pub lag im Dorf Little Deverel, also weit genug weg, dass Valerie nicht mal plötzlich da auftauchen konnte.

»Ein Treffen mit den Thespians«, teilte er beim Frühstück mit. »Wir müssen das Pantomimenspiel für Weihnachten organisieren. Solche Dinge kann man nicht früh genug anpacken, besonders in diesem Jahr, wegen der Hochzeit und dann noch wegen unseres Urlaubs auf Teneriffa.«

»Ich bin froh, dass du gebucht hast«, sagte Valerie, schenkte ihm Kaffee nach und fuhr fort: »Ich liebe die Kanaren. Es ist alles so sauber und zivilisiert. Und nur nette Leute fliegen hin.«

Sie war noch nicht angezogen und trug ein weites Negligé aus jagdgrünem Polyester, farblich passend zu Wasserkessel und Toaster. Sie hatte in einer Frauenzeitschrift gelesen, wie modern diese Farbe war, deshalb hatte sie viel Geld ausgegeben, um ihre Küche damit auszustaffieren. Ihre bisherigen Töpfe und Pfannen hatten ausgedient und endeten in einem Wohltätigkeitsladen, während sie sich neue in der modernen Farbe anschaffte.

Der Umbau des alten Bauernhofs war erst vor fünf Jahren abgeschlossen worden, aber schon jetzt sehnte sie sich nach einem Haus in Kingsmead. Ihr gefielen die kostspieligen Häuser im traditionellen Stil, die Mike und Paul errichteten. Wie sie schon oft gesagt hatte, schwärmte sie für Dinge, die nur antik aussahen, aber die echten Antiquitäten wollte sie nicht.

Flohmärkte und Alträucher ließen sie kalt. In ihrer Kindheit waren sie die Rettung ihrer hart arbeitenden Mutter gewesen, aber heute würde sich Valerie genieren, dort gesehen zu werden. Die Leute könnten ja denken, sie könnte sich nichts Neues leisten.

Sie hatte im Großen und Ganzen erfolgreich versucht, ihre bescheidenen Anfänge zu verdrängen. Ihren Geschwistern ging sie aus dem Weg. Nachdem sie ihre Eltern in ein Altersheim abgeschoben hatte, war sie heimlich erleichtert gewesen, als sie dort kurz nacheinander gestorben waren.

»Du wirst also erst spät nach Hause kommen?«, fragte sie Mike, lehnte sich zurück und streckte sich lüstern.

Sie spannte ihre Arme über die Seitenlehnen ihres Stuhls und bildete ein Hohlkreuz, sodass ihr langer Hals und die Brüste betont wurden. Das tiefe V des Ausschnitts war mit Nylonspitze umrahmt.

»Ja, fürchte ich«, antwortete er, ging seine Post noch einmal durch und bemerkte, fast ein bisschen überdrüssig, die animalische Attraktion, die sie in warmen, wilden Wellen ausströmte.

Valerie hungerte wie eine läufige Hündin nach Sex, und sie erwartete von ihm, dass er ihn bot. Er bot ihn auch, aber oft nur, indem er sich den festen, geschmeidigen Körper von Lisa Sherwin vorstellte oder auch die ausladenden Pobacken von Maggie, die nach Sex lechzte, aber keine Zuneigung verlangte.

»Was soll ich denn den ganzen Abend anstellen?«, fragte Valerie schmollend und warf mit einer kurzen hastigen Bewegung den Kopf zur Seite. Im Morgenlicht sah es so aus, als hätte sie sich eine messingfarbene Strähne machen lassen.

Sie war noch nie ohne Make-up zum Frühstück gekommen. Sie hatte das Gesicht gepudert, aber Mike bemerkte die feinen Linien um ihre Augen und die aufgedunsene Haut darunter. Er seufzte, denn er war mit einer Latte aufgewacht, nachdem er geträumt hatte, mit Lisa geschlafen zu haben. Eine Resterektion war geblieben und drückte gegen Shorts und graue Sommerhose.

Valerie bemerkte sie, und ein entzücktes Lächeln hob ihre karminroten Lippen. »Darling!«, rief sie, rückte ihren Stuhl näher und drückte die halbsteife Rute irgendwo zwischen Schritt und Bauch. »Du bist unanständig, aber das gefällt mir. Hast du gestern Nacht nicht genug bekommen?«

Er drückte die Hüfte ihrer Hand entgegen und sagte grinsend: »Ich könnte nie genug von dir bekommen, Val.«

Das alte, abgefahrene Klischee, dachte er. Und sie glaubt es oder tut wenigstens so. Aber in solchen Dingen erkannte sie die Wahrheit selbst dann nicht, wenn sie ihr ins Gesicht starrte.

Sie schob einen Finger unter seine Hose, öffnete den Knopf und zog den Reißverschluss auf, dann holte sie seinen Schaft heraus. Mit leuchtenden Augen und einem geilen Lächeln sah sie, wie er wuchs. Die Vorhaut zog sich zurück, und der rote Helm kam heraus.

»Ich sollte gehen«, murmelte er halbherzig. »Ein paar potenzielle Käufer wollen das Musterhaus besichtigen.«

»Es dauert gerade mal eine Minute«, raunte sie, lehnte sich über ihn und ließ einen Schwall Speichel auf seine Glans fallen, dann polierte sie die glänzende, empfindliche Spitze.

Ihr Negligé fiel auseinander, und die großen Brüste schwangen, volle Brüste mit weiten Aureolen, auf denen sich gerunzelte Nippel erhoben, dick wie Haselnüsse. Mike konnte die Hitze ihrer Erregung riechen, die vom Schenkeldreieck hochstieg. Es war ein zu Kopf gehender Geruch, und zusammen mit ihrem erfahrenen Streicheln seines Penis war es ihm unmöglich, jetzt trotzdem zu gehen.

Er spürte den vertrauten ziehenden Schmerz in den Hoden

und den schweren Puls, der den Schaft durchlief. Valerie begann schneller zu atmen, beugte sich tiefer über ihn, entschlossen, ihn trocken zu melken. Er wusste, was sie dachte: Wenn ich ihn aussauge, wird er heute keine andere Frau brauchen.

Obwohl sie ihn nie beschuldigte, war er sicher, dass sie etwas argwöhnte. Deshalb verwischte er seine Spuren. Es passte in seine Pläne, dass er mit ihr verheiratet blieb, besonders jetzt, da Lisa seine Stief-Schwiegertochter wurde. Ein bisschen kompliziert, aber er fand, dieser Titel hatte etwas Verbotenes, Inzestuöses an sich und ließ seinen Penis pochen.

»Oh, Val, das ist großartig«, murmelte er, seine Hand in ihren Haaren. Ihre zwanghafte Lust, ihn ejakulieren zu sehen, erhöhte noch seine Erregung. Er konnte das Zusammenbrauen in den Hoden spüren. Valerie rieb ihn härter und schneller, dann überwältigte ihn die ekstatische Erlösung, und die milchigen Strahlen schossen über ihre Hände.

»Herrlich«, seufzte sie und massierte die Reste auf ihre nackten Brüste. »So warm, so cremig ...«

Mike ließ sich nach hinten sinken. Sein Penis schlaffte ab. Sie zuckten beide zusammen, als sein Handy piepte. Er zog es aus seinem Jackett, meldete sich grimmig, schob es zurück und zog den Reißverschluss seiner Hose hoch.

»Ich muss gehen, meine Liebe«, sagte er, erhob sich und drückte eine von Valeries harten Nippeln. »Bis später.«

Valerie sah ihm nach, und als sie sicher war, allein zu sein, legte sie sich auf den Rücken, öffnete die Schenkel und tunkte einen Finger in ihre Vulva. Sie zog die nasse Fingerspitze langsam und sinnlich heraus, teilte ihre Labien und schmierte ihre Nässe über die Klitoris. Als sie sich massierte, stellte sie sich vor, dass es die Hand eines Mannes war.

Mehrere Gesichter tauchten vor ihrem geistigen Auge auf, Gesichter von Männern, die ihr gefielen. Ihr Anwalt, der immer so höflich und sanft war. Oder ihr Tennistrainer, halb so alt wie sie und mit einem zerklüfteten Gesicht. Sie hatte sich oft heimlich gewünscht, seinen Penis aus den weißen Shorts zu holen und zu saugen. Ihre erhitzte Phantasie war für manche Masturbationsvorlage gut.

Ihre Lust stieg, ihre Knospe pochte schmerzlich. Sie schob zwei Finger in sich hinein und behielt mit der anderen Hand das rhythmische Streicheln ihrer Klitoris bei. Sie stieß ihren Schoß hoch in die Luft.

»Oh, oh ...«, murmelte sie, ließ die Hüften kreisen und konzentrierte sich auf ihre Knospe.

Mit geschlossenen Augen visualisierte sie ihr köstliches Lustzentrum, entzündet und geschwollen. Sie fühlte, wie es unter ihren Fingern trommelte und die Erlösung verlangte. Manchmal konnte sie den Moment der Krise hinauszögern und eine Stunde oder länger mit sich spielen, aber nicht an diesem Morgen.

Gestern Abend hatte Mike ihre Lust auf krude Weise gelockt, aber nicht befriedigt. Er gab sich nicht immer die Mühe, sie zum Höhepunkt zu bringen, und sein Penis war manchmal ein Instrument der Frustration und nicht der Freude. Jetzt rieb sie sich wütend, bis die Wellen der Leidenschaft sich zu einem Crescendo erhoben. Der Orgasmus schlug wie ein Blitz bei ihr ein; sie stieß sich hoch und sackte zurück, und ihr ganzer Körper wurde geschüttelt.

The Fleece and Firkin war gut besucht, aber Mike hatte ›seinen‹ Tisch in einer abgeschirmten Ecke vorbestellt. Dieser Teil des Gasthauses war wenigstens fünfhundert Jahre alt, und im Gegensatz zu seiner Frau erfreute sich Mike an uralten Balken, an Schnitzwerk und an Natursteinen. Ihm gefiel die Atmosphäre einer echten Poststation, wo Kutschen früher in den Innenhof fuhren, wo die Pferde gewechselt wurden, während die Reisenden die Gelegenheit hatten, dem Ruf der Natur zu folgen, Erfrischungen zu sich zu nehmen und zu schlafen.

Seine Begeisterung wurde von seiner Begleiterin geteilt. Joyce Murray, die Frau des Brigadegenerals. Sie war auch Mitglied der Planungskommission des Stadtrats und die Hauptdarstellerin in der Produktion von *Aladin.* Sie spielte den Gegenpart von Mike in der Pantomime.

»Wo glaubt denn Valerie, wo du jetzt bist?«, fragte sie und lächelte Mike an, die Speisenkarte in der Hand.

»Ich habe ihr nichts vorgemacht. Ich habe gesagt, ich müsste die Pantomime mit den Darstellern besprechen«, antwortete er, dann zwinkerte er ihr zu. »Ich habe nur nicht gesagt, dass du die einzige Darstellerin bist, die ich treffe.«

Joyce sah ihn durch die modische, getönte Brille an. Sie gab ihr etwas Geheimnisvolles. Mike fand, dass sie schöne Augen hatte, weit auseinander und ausdrucksstark. Abgesehen davon hatte sie jenseits der Bühne nichts Auffälliges an sich, aber wenn sie die Bretter betrat, ging ein bemerkenswerter Wechsel in ihr vor. Fast konnte man glauben, dass ihre Brille eine Maske war, und wenn sie sie abnahm, erblühte eine andere Joyce; selbstbewusst, kühn und manchmal verworfen, wenn die Rolle es verlangte.

Das hatte Mike wie ein Faustschlag getroffen, als sie das erste Mal zusammen auf der Bühne gestanden hatten. Sie probten damals für das ambitionierte Stück *Les Liaisons Dangereuses.* Mike hatte die beste Männerrolle ergattert, die des arroganten Vicomte de Valmont, und Joyce war seine skrupellose Mätresse, die Marquise de Merteuil, in dieser Erzählung von Lust, Verführung und Rache aus dem achtzehnten Jahrhundert.

Es war in dieser Zeit, dass sie der gegenseitigen sexuellen Anziehung nachgegeben hatten, wie Hefe war die Beziehung zwischen ihnen aufgegangen. Sie rieben ihre Genitalien aneinander, wann immer sich eine Chance ergab, in leeren Umkleidekabinen, hinten im Kirchensaal, den sie für die Proben nutzten, oder auf der Rückbank seines Autos oder in ihrem Haus, wenn Raymond Murray nicht da war. Das Feuer hatte sich nach der ersten hektischen Lust abgekühlt, aber die Glut flackerte immer wieder auf, wenn die Laienschargruppe Deverels wieder an einer Produktion arbeitete.

Wie jetzt.

Ein Kellner stand bereit, und Mike bestellte. Während sie warteten, schenkte er Joyce ein Glas Chardonnay ein. Ihr Tisch befand sich in einem Alkoven, der für Intimitäten wie geschaffen schien, obwohl sie einem leisen Geräuschpegel von Stimmen, klirrendem Porzellan, dem Klimpern von Besteck und der Berieselung populärer Klassikmelodien ausgesetzt waren.

Joyce trug ein blaues Baumwollkleid und weiße Laufschuhe mit flachen Absätzen sowie eine dazu passende Handtasche. Ihre hellen naturgewellten Haare waren nur schlicht frisiert. Ihre ganze Erscheinung war damenhaft und diskret, aber Mikes Phallus regte sich, als er sich fragte, ob sie irgendwas unter dem Kleid trug. Früh in ihrer Beziehung hatte er erfahren, dass sie gern mal ohne Höschen ging, aber er konnte nie ganz sicher sein, bis er es überprüft hatte.

Er rutschte auf die Bank neben sie. Unter dem Sichtschutz des rot-weiß karierten Tischtuchs schob er eine Hand zwischen ihre Knie, hob ihr Kleid an, strich über die Innenseiten ihrer Schenkel und fand heraus, dass ihre dünnen Strümpfe *hold ups* mit Spitze waren. Ihre Beine standen dicht nebeneinander, aber als er sich dem Hafen ihrer Weiblichkeit näherte, fanden seine Finger keine Barriere. Weder Seide noch Baumwolle noch Lycra standen zwischen ihm und dem Objekt seiner Begierde.

»Du trägst kein Höschen«, murmelte er ihr ins Ohr.

Joyce rührte sich nicht. Sie hatte die Hände zusammengefaltet auf den Tisch gelegt. Ihr Blick fixierte die Wandpaneele vor ihr, aber Mike konnte den kleinen Puls sehen, der an ihrem Hals flatterte.

Mike strich mit seinem Finger über ihre Schenkel und stieß gegen die dicht geschlossene Spalte, kaum mehr als eine vertikale Linie zwischen den weichen Härchen ihres Schambergs. Er drückte die Fingerkuppe oben gegen ihren Schlitz. Joyce atmete scharf die Luft ein, gab sonst aber kein Zeichen von Unruhe zu erkennen.

Er beharrte, und sein Finger penetrierte tiefer und drückte gegen die zarte Klitoris, bis er ihre Wurzel aufgespürt hatte. Sie schwoll an, und auch ihre Labien schwollen an, und sie hielt die geheime Tür nicht mehr ganz geschlossen. Ihre Schenkel öffneten sich ein wenig.

Mike saß auf dem Außenplatz auf der Bank, sodass Joyce vom Rest des Raums verborgen war, denn seine breiten Schultern blockierten mögliche Blicke. Er hob seine andere Hand, berührte einen Nippel und rieb ihn durch die blaue Baumwolle. Er hörte Joyce zischen, und er fühlte, dass sich ihre Beine ein wenig weiter öffneten. Er hielt die stete Bewegung des Fingers auf dem Sitz ihrer Lust bei. Ihr Nippel erhob sich wie eine kleine Nuss unter seiner Hand. Kleine Schweißtropfen bildeten sich auf Joyces Oberlippe, und ihre Brille beschlug.

Er war besessen von der Idee, sie zum Orgasmus zu bringen, noch bevor der Kellner ihr Essen brachte. Sein Finger war trocken auf ihrer Klitoris, deshalb drang er tiefer und tunkte den Finger in die Lache aus Honigtau. Er schmierte ihn über das empfindliche, geschwollene Juwel. Fast sofort hörte er ihren hechelnden Atem, und außerdem hoben sich ihre Hüften seiner Hand entgegen.

Sie errötete und keuchte und zuckte. Er konnte ihr Herz pochen hören, als sie vom Orgasmus überwältigt wurde. Er lächelte, küsste ihr Gesicht, dann die Lippen und fühlte sie weich und willig unter seinen, als wollten sie Echos der Bereitschaft der unteren Lippen sein.

Der Kellner servierte das Essen. Mike bewunderte Joyce, die völlig unschuldig dasaß, als wäre nichts geschehen. Sie war gut erzogen, eine echte Lady des Mittelstands – im Gegensatz zu Valerie, deren Streben, diesen Zustand zu erreichen, auch dann nicht erfüllt wurde, wenn sie bis hundert lebte. Er war dankbar für das Tischtuch, denn es verdeckte die beachtliche Beule in seiner Hose.

»Warum warst du nicht bei unserem Barbecue?«, fragte er und reichte Joyce eine Schüssel mit saftigen neuen Kartoffeln, in Butter geschwenkt und mit gehackten Kräutern garniert.

»Wir waren nicht da. Raymond wollte, dass ich ihn zu einem entsetzlich langweiligen Regimentswiedersehen begleite. Als er sich früh in den Ruhestand versetzen ließ, hatte ich gehofft, dass wir mit der Armee nichts mehr zu tun haben würden, aber das war wohl nichts.« Sie nahm einen Bissen der Hühnerpastete auf die Gabel, eine Spezialität des Pubs; die Pastete schmolz einem im Mund.

»Bist du schon lange verheiratet?« Mike erkannte, dass er außer ihren sexuellen Vorlieben kaum etwas von Joyce wusste.

»Ich bin seine zweite Frau. Seine Kinder sind älter als ich. Ihre Mutter starb – an Langeweile, nehme ich an. Die arme Frau hat vermutlich gedacht, der Tod wäre ihr einziger Fluchtweg.«

»Ziemlich drastisch«, murmelte Mike und füllte ihr Glas nach.

»Man wird so, wenn man mit Raymond zusammenlebt. Oh, er ist nicht ganz so schlimm, und er hat auch nichts dagegen, dass ich arbeite. Er ist großzügig und ganz süß, und schließlich werde ich auch nicht jünger.«

»Und er schauspielert auch gern.«

Joyce lachte. »Er kann es nicht erwarten, in sein Frauenkostüm für die Pantomime zu schlüpfen, und fragt mich täglich, wann die Kostüme der Witwe Twanky endlich eintreffen. Manchmal habe ich meine Zweifel ... Weißt du, unser Sexleben war nie prickelnd. Er hat einfach kein Interesse.«

»Ist doch gut so«, wisperte er und schlang einen Fuß um ihr Bein. »Dann habe ich umso mehr von dir.«

Nachdem sie gegessen hatten, labten sie sich noch am Dessert – Ananaspudding mit Schlagsahne –, dann lehnte sich Mike zurück und zündete ein Zigarillo an, während sie den Kaffee tranken. Das war der Moment, in dem Mike auf den wirklichen Anlass des Treffens zu sprechen kam.

»Ich sorge mich um etwas und hätte gern deinen Rat«, begann er, langte über den Tisch und nahm ihre Hand.

Sie sah ihn mit diesen dunklen Augen an. »Hat es was mit der Pantomime zu tun?«

»Oh, nein. Es geht um das Mädchen, das mein Stiefsohn bald heiraten will. Lisa Sherwin. Ihr gehört ein Haus auf der High Street, ein großes altes Gebäude mit einem Ladengeschäft. Sie lebte in der Wohnung über dem Geschäft.«

»Ist es im Kataster eingetragen?«

»Das glaube ich doch.«

»Und wo liegt das Problem?«

»Es braucht ausgiebige Reparaturen. Andere Leute mögen das nicht erkennen, aber ich als Fachmann sehe das.«

Joyce runzelte die Stirn. »Könnte es eine Gefahr für die Öffentlichkeit sein?«

»Ja, möglich.«

»Nun, dann müssen wir uns das mal ansehen. Hat sie irgendwelche Arbeiten vornehmen lassen, die nicht genehmigt waren?«

Mike lachte leise, drückte ihre Finger und sagte: »So wie du das sagst, hört sie sich nach einer Kriminellen an. Weißt du, ich werde mir das Haus mal genau unter die Lupe nehmen, dann berichte ich, was fehlt. Kann ja auch sein, dass ich mich getäuscht habe.«

»Ja, mach das, Mike, und sage mir Bescheid.«

Er sah ihr in die Augen. »Und jetzt?«

»Es ist eine warme Nacht«, flüsterte sie. »Highfell Woods wird im Mondschein gebadet.«

»Gehen wir«, stöhnte er, schnipste mit den Fingern und beglich die Rechnung.

»Er hatte Sex mit mir«, sagte Lisa und faltete die Beine unter sich, als sie sich auf der Couch in Martins und Phils Cottage am Ortsrand von West Deverel einrichtete.

»Wer?«, fragte Martin und blieb in der Tür zur Küche stehen, eine Schürze über den Jeans. Es duftete herrlich nach Roastbeef, Kartoffeln und Yorkshirepudding.

»Arnaldo.«

»Glückliches Mädchen! Du meinst doch den dunklen, leckeren Typen mit der Chauffeursmütze?«

Selbst jetzt konnte sie nicht fassen, was an diesem Abend der Enthüllungen alles herausgekommen war.

Martin hatte Lisa eingeladen, am Samstagabend zu ihnen zu kommen und auch zu übernachten. Das war nicht das erste Mal, dass er das angeboten hatte. Phils Zustimmung stand fest; er war mit allem einverstanden, was Martin in die Wege leitete.

Paul war von der Idee nicht begeistert gewesen. Lisa hatte das Gefühl, dass er die Botschaft langsam begriff.

»Ja, gut, wenn du bei diesen Schwuchteln bleibst«, sagte er ungehalten, »dann werde ich nach dem Spiel bei Mutter vorbeischauen.«

»Ja, mach das«, stimmte sie voller Ironie zu, aber das bemerkte er nicht. »Sie wird dich mit offenen Armen empfangen.«

»Wir können über die Hochzeit reden«, sagte er. »Ich muss zum Vikar. Wir müssen auch gemeinsam hin, damit wir wissen, wie die Zeremonie abläuft. Wir sollten bald damit beginnen.«

»Was für eine Farce!«, rief sie. »Wir gehen beide nicht in die Kirche.«

»Sei nicht so eine Nervensäge, Lisa. Das haben wir doch alles schon erörtert.«

Sie hatten verbittert gestritten, und Lisa war froh, dass sie ihre Tasche packen konnte. Pünktlich stand sie vor Martins Tür. Es gab nichts, was Martin lieber tat, als für seine Freunde zu sorgen, vor allem, wenn sie an irgendeinem Trauma litten.

Im Cottage war es still. Es hatte dringend einen Anstrich gebraucht, als Martin und Phil es mieteten, und sie hatten in ihrer freien Zeit daran gearbeitet. Jetzt waren sie fast fertig. Die Zentralheizung wurde von einem Ofen im Wohnzimmer beschickt, der mit Holz gefüttert wurde. Die dicken Mauern und die kleinen Fenster trugen zur warmen Gemütlichkeit bei. Das Cottage hatte ein Reetdach, und die Schlafzimmer in der oberen Etage hatten schräge Wände. Hinter einer Tür neben dem riesigen Kamin ging es die Treppe hoch.

Im Wohnzimmer liefen schwarze Balken über die Decke,

und die angebaute Küche war mit allen modernen Geräten ausgestattet. In einem angeschlossenen Raum gab es Kühltruhe, Waschmaschine und Trockner. Alles befand sich in einem außerordentlich guten Zustand.

»Ihr seid viel ordentlicher als ich«, bemerkte Lisa, nippte an einem Glas Bristol Cream und schob Alfie von sich, der ihren Schoß in Besitz genommen hatte. Er reiste überall hin mit Martin und sprang ins Auto, sobald die Tür geöffnet wurde.

»Ich bin der Ordentliche«, stellte Martin klar und warf Phil einen Blick zu. »Er ist ein Chaot.«

»Und du bist ein penibler Meckerer«, gab Phil gutmütig zurück.

Als sie am Küchentisch saßen, vor sich das Roastbeef, komplett mit Meerrettichsauce und üppiger dunkler Bratensauce, forderte Martin: »Nun komm schon, Lisa. Lass uns den Tratsch hören. Was für eine Frau ist Miss Nightingale?«

»Nicht, wie ich erwartet habe. Aber das trifft fast auf alles zu, wie sie gesagt hat.«

Lisa hatte sich noch nicht festgelegt. Sie war noch zu erstaunt von dem, was sie im Cranshaw House gehört hatte. Nachdem Arnaldo mit ihr Liebe gemacht hatte, war Daphne gleich bei ihr gewesen und hatte ihr lieb und zart beim Anziehen geholfen. Ein wenig später hatte Arnaldo sie nach Hause gefahren, wieder ganz der rücksichtsvolle Chauffeur.

Sie hatte wenig geschlafen und sich von einer Seite auf die andere geworfen, während sie jeden Moment des aufregenden Besuchs noch einmal erlebte. War es das, was Daphne von nun an von ihr wollte? Alles andere als eingeschüchtert, hätte Lisa gegen eine Wiederholung nichts einzuwenden.

»Hört, hört«, sagte Martin, nachdem sie zwischen Bissen des vorzüglichen Essens die ganze Geschichte erzählt hatte. »Noch ist sie ein unbeschriebenes Blatt, und Arnaldo ist ihr Gigolo.«

»Ich habe immer einen Gigolo haben wollen«, warf Phil ein, hob ein Glas Rotwein an die Lippen und lächelte Martin zu. »Ich kannte mal einen Burschen, der das Spielzeug einer reichen Frau war. Er hatte es gut getroffen bei ihr. Sie kaufte ihm eine Menge Geschenke – Sportwagen, Golduhren, Schmuck, Seidenhemden, italienische Schuhe und Designerklamotten. Er hat sich die Zuwendungen mit seinem Freund geteilt. Was gibt es eigentlich zum Nachtisch?«

Martin trug Apfelstrudel mit Vanillesauce auf. »Ich fürchte, es ist das einzige Dessert, das ich kann. Mutter hat's mir beigebracht.« Dann wandte er sich ernst an Lisa. »Bist du denn noch befreundet mit Mrs. Nightingale?«

»Ja. Ich mag sie, und sie ist so klug. Und Arnaldo ist ein großartiger Liebhaber.«

»Du sammelst so deine Erfahrungen, was?« Martin gluckste. »Da ist Paul, obwohl wir den wohl bald vergessen können, dann David Maccabene und jetzt noch dieser Schönling. Ich bin neidisch.«

»Im Moment will ich darüber nicht nachdenken. Machen wir den Abwasch, dann sehen wir, was die Kiste zu bieten hat.«

»Wie wär's mit einem Spiel Scrabble?«, fragte Phil.

»Beides«, rief Martin. »Es ist schön, dich hier zu haben, Lisa.«

»Und ich finde es schön, dass ich hier sein darf«, antwortete sie ernst.

Als Lisa am Montagmorgen ihre Wohnung betrat – einen Tag später, als sie geplant hatte –, fand sie eine gekränkte Stimme Pauls auf dem Anrufbeantworter.

Sie hörte die Nachricht ab. Das gute Gefühl, das sie mit Martin und Phil aufgebaut hatte, wurde verscheucht. Sie ließ das Band zurücklaufen und hörte sich Paul ein zweites Mal an, und danach fand sie, dass es höchste Zeit war, ihre Position zu stärken. Wenn sie unabhängig sein wollte, musste sie ein regelmäßigeres Einkommen haben als durch ihre Verkäufe auf dem Markt. Also nahm sie ihren ganzen Mut in beide Hände und drückte die Nummer, die Tanith ihr gegeben hatte.

»Hallo?« Taniths süße Stimme.

»Ich bin's, Lisa Sherwin. Wir haben uns auf dem Markt kennen gelernt. Erinnern Sie sich?«

»Natürlich erinnere ich mich.« Eine unausgesprochene Frage hing in der Luft.

»Sie haben gesagt, ich sollte Sie anrufen ... Sie sagten, dass Sie eine Assistentin brauchten.«

»Ah, ja. Wann möchten Sie kommen?«

»Heute?«

»Ja, so gegen halb drei. Ich freue mich darauf. Bye.«

Es gab nur wenige Situationen in Lisas Leben, in denen sie sich wünschte, sie hätte ein besser aussehendes Auto. Sosehr sie ihren alten Van auch liebte, sie wartete auf den Tag, an dem sie ihn der Schrottpresse übergeben und ein neueres Modell kaufen konnte.

Ha, darauf kannst du lange warten, dachte sie. Du kannst kaum die Versicherung für diese Karre bezahlen, und du steckst bis zur Halskrause in Schulden.

Ich möchte gern reich sein, nicht unbedingt stinkreich, sondern so reich, dass man lächelnd über die Runden kommt.

Eine andere Stimme widersprach. Das ist gelogen, und das weißt du!

Sie nickte sich selbst zu. Ich will nicht nur stinkreich sein, sondern abgrundtief unanständig stinkreich!

Sie drehte die Visitenkarte in ihrer Hand. Die Adresse lautete Hawkhurst Abbey, Dunscombe. Die Hügel von Deverel waren von Dörfern und Weilern besprenkelt, und Lisa nahm an, dass es eines dieser Dörfer sein musste. Sie breitete die Straßenkarte aus, ging die einzelnen Wege durch und fand Dunscombe in einer Entfernung von fünf Meilen. Sie kreiste den Ort mit einem roten Kuli ein.

»Komm schon, Mavis«, sprach sie ihren Van an. »Du schaffst das schon. Zuerst wollte ich dich ja waschen, aber dann hätte man die zahlreichen Lackschäden noch besser gesehen.«

Es war ein warmer Tag, obwohl die Sonne sich hinter Wolken verbarg. Als Lisa zum Tanken anhielt, sprach der Tankwart von Regen. Sie kannte die Straßen nicht, die sich um die Hecken wanden. Sie war froh, als sie das Schild ›Dunscombe 1 Meile‹ sah. Sie fuhr die schmale Straße entlang, an einigen Geschäften und an einem Pub vorbei, über einen gepflasterten Platz, an einer normannischen Kirche vorbei, dann rechts das Schild mit dem Hinweis ›Hawkhurst Abbey‹.

Noch einmal eine halbe Meile über einen schmalen Pfad, bis sie in eine Sackgasse geriet. Vor ihr ragten üppig verzierte Eisentore auf, die von steinernen Pfeilern gehalten wurden, auf denen Adler im ewigen Wachtdienst standen.

Hilfe, dachte Lisa, das sieht alles so gespenstisch aus.

Sie stieg aus und versuchte, die Tore zu öffnen, aber sie ließen sich nicht bewegen. Dann sah sie die Sprechanlage und drückte auf den Knopf.

»Ja?«, kam eine krächzende Stimme.

»Hier ist Lisa Sherwin. Ich möchte zu Miss Marlow.«

Die Tore rollten zurück, und Lisa fuhr hindurch.

Vor ihr lag eine lange Auffahrt, die von Pappeln gesäumt wurde, und dann sah sie das Haus vor sich, halb Landhaus, halb Sakralbau. Ein Ehrfurcht gebietendes Gebäude.

Valerie würde so ein Haus hassen, dachte Lisa und grinste vor sich hin. Vielleicht sollte ich Paul vorschlagen, nach der Hochzeit in einem solchen Haus zu wohnen, dann würden wir vor ihren Besuchen sicher sein.

Nach der Hochzeit? Habe ich nicht beschlossen, dass sie nicht stattfindet?, fragte sie sich. Ist das nicht der Grund, warum ich ihm gegenüber so kalt bin? Und habe ich nicht genug von seinem selbstsüchtigen, tollpatschigen Lieben?

Himmel, so kann man es nicht einmal nennen, fuhr sie in Gedanken fort. Ihm geht es nur darum, seinen Schwanz in mich reinzustecken, damit er seine Lust befriedigen kann. Obwohl er zu arrogant ist, um etwas Neues zu probieren, sollte er sich eine Gummipuppe mit verschiedenen Öffnungen kaufen, in die er sein Organ rammen konnte. Er brauchte keine echte Frau aus Fleisch und Blut und mit eigenen Gefühlen und Wünschen.

Lisa blieb noch einen Moment sitzen und blickte durch Mavis' von toten Mücken gespickte Windschutzscheibe zum Haus. Es hatte die Würde und die Pracht eines Landsitzes aus der Zeit James I. Breite Fenster mit Längspfosten, in Terrassen angelegte Balustraden und Gartentreppen. Es hätte ein angenehmes Bild sein können, aber auf der einen Seite stand ein grauer, verbotener Klotz, ursprünglich als Kloster gebaut, der spätere Ergänzungen überschattete.

Schließlich stieg sie aus und wandte nicht den Blick vom mächtigen Gebäude mit seinen Geheimnissen und dem seltsamen Hauch der Melancholie. Ein Duft stieg ihr in die Nase, eine Kombination von hunderten von Herbsten – der Geruch des Verfalls – und Kräutern aus verschiedenen Ländern.

Das Haus schien von einem dreifachen Ring des Schweigens umgeben zu sein: die hohen Mauern, das stille Wasser des Grabens und der Park mit seiner stillen Armee der Bäume.

Die Stille wurde plötzlich durchbrochen. Die Haustür wurde weit geöffnet, und eine wahnsinnig dünne Gestalt stand im Eingang, der an ein Mausoleum erinnerte. Der Butler?, fragte sich Lisa und ging ein paar Schritte auf die Tür zu. Das androgyne Wesen war völlig in Schwarz gekleidet, das Gesicht ausdruckslos und mit einer weißen Maske bedeckt.

»Miss Sherwin?«, fragte das Wesen. Man konnte nicht einmal hören, ob es sich um Mann oder Frau handelte – oder ob es irgendwas dazwischen war.

»Ja«, sagte Lisa, und am liebsten hätte sie sich umgedreht, um abzuhauen.

»Miss Marlow wartet auf Sie. Bitte, folgen Sie mir.«

Sie folgte ihr durch die Tür und durch eine mit Paneelen gefüllte Halle mit Gemälden und schwerem Mobiliar, mit Rüstungen, antiken Waffen und Speeren. Der Kamin war so groß, dass man darin stehen konnte.

Vor einer Eichentür blieben sie stehen. Das Wesen klopfte leise.

»Komm rein«, sagte eine Stimme.

Das Wesen trat zur Seite, damit Lisa hineingehen konnte.

»Danke, Lee, du kannst gehen«, sagte die Person, die sich erhob, um Lisa zu begrüßen.

Die roten Haare konnte man erkennen, die Stimme und die glänzenden blauen Augen auch, aber abgesehen davon hatte sich Tanith Marlow verkleidet.

Einen Moment lang glaubte Lisa, es könnte ein schlanker junger Mann sein, der die Dandykluft aus einer früheren Zeit trug – vielleicht aus dem Jazz Age. Sie trug einen hervorragend maßgeschneiderten Frack, und ihre Haare lagen glitschig am Kopf an, was die hohen Wangenknochen, die leicht schräg stehenden Augen und den weiten scharlachfarbenen Mund betonte.

»Setzen Sie sich«, wies sie Lisa an und machte eine Bewegung mit der langen Zigarettenspitze aus Jade. »Wir halten hier nichts von Förmlichkeiten. Mr. Robillard ist nicht da, deshalb müssen Sie mit mir vorliebnehmen. Darf ich Ihnen einen Drink anbieten?«

»Nichts Alkoholisches. Ich muss noch fahren«, sagte Lisa und ließ sich in die Tiefen eines mit Samt bezogenen Chesterfields sinken, dessen Knöpfe tief in den Stoff schnitten.

»Wie langweilig. Aber gut, nehmen wir Kaffee.«

Tanith schritt auf ihren langen, eleganten Beinen hinüber zum Kamin und zog an der Klingelschnur. Sie schaute in einen von mehreren verzierten Spiegeln, strich mit einer Hand über die gegelten Haare und sah Lisa aus verengten Augen an.

»Ist das ein Kostüm? Für eine Party vielleicht?«, fragte Lisa und konnte nicht verstehen, warum Tanith an einem so warmen Tag so heiße Kleidung tragen sollte.

Tanith schüttelte den Kopf und setzte sich neben sie. »Es amüsiert mich, mir vorzustellen, wie es für einen jungen Mann in den lauten Zwanzigern gewesen sein muss. Ich hätte den Weltkrieg verpasst und würde die hektische Welt der schnellen Autos, der nächtelangen Partys und der sündigen Mädchen genießen. Ich liebe die Mode, die sie damals trugen. Sie auch?«

»Ja, die Mode der Frauen war sehr feminin, überall Perlen und Fransen und Rüschchen.«

»Gefalle ich Ihnen in diesem Aufzug? Bin ich ein gut aussehender Mann?«, fragte Tanith und sah sie intensiv an.

Lisa schluckte und war überrascht, dass ihr Körper reagierte. Sie fühlte, wie sich ihre Nippel verhärteten und wie ihr Höschen feucht wurde.

»Ein sehr gut aussehender Mann«, murmelte sie.

»Das finde ich auch«, sagte Tanith zufrieden und strich mit den Händen an ihren Flanken entlang. Dann nahm sie eine maskuline Position ein, setzte sich auf die Sofalehne, ließ einen Fuß auf dem Boden und das andere Bein schwingen.

Lisa erinnerte sich, dass sie so auch auf dem Marktplatz auf ihrem Tisch gesessen hatte, und an den kurzen Blick auf ihr Geschlecht. Lisa presste ihre Schenkel zusammen, was Druck auf die anschwellende Knospe ausübte.

In diesem Moment betrat Lee das Zimmer. »Kaffee«, befahl Tanith, dann erhob sie sich und steckte eine neue Zigarette in die elegante Spitze. Sie griff nach einem Tischfeuerzeug aus Onyx.

»Ich hoffe, Sie verübeln es mir nicht, dass ich frage«, sagte Lisa, als Lee gegangen war, »aber ist Lee ein Mann oder eine Frau?«

Tanith lachte und wippte auf den niedrigen Absätzen ihrer geschnürten Lackschuhe. »Ich zeige es Ihnen gleich.«

»Ich wusste nicht, was ich mitbringen sollte«, begann Lisa und rang mit sich, kühl und vernünftig zu bleiben. »Ich habe noch nie für jemanden gearbeitet und weiß deshalb auch nicht, was die richtigen Bewerbungsunterlagen sind.«

»Keine Sorge. Ich bin sicher, dass Sie geeignet sind«, sagte Tanith und schlenderte wieder zu ihr. »Wir sind hier keine Sklaventreiber ... jedenfalls nicht im gebräuchlichen Sinn des Wortes. Kommen Sie zunächst auf Probe.«

»Ist das Ihr Ernst?«, rief Lisa und wusste nicht genau, ob sie erfreut oder besorgt sein sollte. Dies war ein seltsamer Haushalt.

»Natürlich.«

»Wollen Sie das nicht mit Mr. Robillard besprechen?«

Tanith sah sie durch den blauen Dunst an, dann hob sie die Schultern und sagte: »Ich spreche heute Abend mit ihm, und Sie können morgen mit ihm sprechen. Ich bin sicher, dass er Ihnen auch eine Chance geben will.«

Der Duft frisch gerösteten Kaffees kündete Lees Ankunft

an. Er wurde von einem weiteren Klon begleitet, der eine identische Maske trug. Als das Tablett auf dem Tisch stand, sagte Tanith: »Schnall ab, Lee. Miss Sherwin ist neugierig, was dich angeht.«

Lange, dünne, blasse Hände fassten den Reißverschluss am Hals des einteiligen Hosenanzugs an. Beim Aufziehen öffnete sich der Stoff über der Brust, deren Nippel mit dicken goldenen Ringen gepierct waren. Ein weiterer Ring steckte im Nabel, und als der Penis ans Licht kam, leicht nach oben gebogen, glänzte ein Ring in der Vorhaut.

Tanith nahm den Penis in die Hand und rieb ihn auf und ab, von der Spitze bis zur Wurzel. Lee stand reglos da, aber der Phallus war gewachsen, und die Wölbung nach oben hatte zugenommen.

Sie zog den Reißverschluss noch ein wenig tiefer und enthüllte die dunkle Kerbe von Lees Backen. Sie hob seine Hoden an und hielt sie in der Hand. Sie waren zu groß und fielen über den Rand; prachtvoll, gefüllt und bereit, sich vom Inhalt zu trennen.

Lee regte sich nicht und sagte nichts. Tanith winkte Lisa zu. »Wollen Sie ihn mal näher erkunden?«

Was ging hier eigentlich vor? Lisa konnte die bizarre Szene, die sich vor ihren Augen abspielte, nicht einordnen. Aber sie ging fast gegen ihren Willen zu Tanith, getrieben von Neugier und Lust. Lees heiße Länge schlüpfte in ihre Hand, die Haut sanft wie Samt, und in den dicken Adern schlug ein Puls. Das kleine Auge in der Spitze glänzte von den Tränen. Zu ihrer eigenen Überraschung konnte Lisa nicht widerstehen und streckte ihre Zunge heraus, um den Tropfen einzufangen. Er schmeckte frisch und salzig, wie Meereswasser. Der goldene Ring seiner Vorhaut fühlte sich warm auf ihrer Zunge an.

Sie erlaubte dem Schaft, ihre Hand zu reiten, vor und zurück, getrieben von ihrem eigenen Wollen, nicht von seinem. Lee bewegte keinen Muskel.

Tanith stellte sich vor den anderen Diener. »Glauben Sie, dass er auch ein Mann ist?«, fragte sie Lisa.

»Ich kann es nicht sagen«, murmelte sie, verschlungen von ihrer quälenden Hitze, die Erlösung verlangte, hervorgerufen vom pulsierenden Verlangen, das sie in Lees Schaft spürte.

Tanith griff nach dem Reißverschluss, der den anderen Körper verbarg, und zog ihn mit einem metallischen Zischen nach unten. Die Lücke klaffte auseinander, aber kein männliches Organ sprang heraus. Das Kleidungsstück war wie ein Bühnenkostüm gearbeitet; ein paar Züge an einem anderen Reißverschluss, und das untere Teil fiel ab, dann blieb nur ein kurzes Mieder am Körper. Jetzt sah man das Geschlecht; die rosa Labien glänzten und waren geschwollen, und die dicke Lustknospe hatte sich stolz erhoben. Eine Frau mit blasser Haut stand da, ebenso reglos wie Lee.

Tanith hob eine Peitsche mit kurzem Griff vom Sofa und ließ sie über die Backen der Frau krachen. Sie bäumte sich auf, sagte aber immer noch nichts. Lisa sah zu, und ihre Hand ließ Lees Schaft los. Träumte sie? Ihr Leben hatte nichts mit dem zu tun, was sie hier sah.

»Versuchen Sie es mal«, sagte Tanith und stieß den Griff in Lisas Hand.

Tanith schob ihre Finger zwischen die Schenkel der Frau und hob sie fast von den Füßen. »Das gefällt dir wohl, was, Frankie? Soll ich dich zum Orgasmus bringen, oder soll ich das Lisa überlassen?«

Sie ließ Frankie stehen, nahm einen Stock aus einer großen chinesischen Vase und ging hinüber zu Lee. Sie stieß den Stock gegen seinen Mund, ein roter Schlitz unter der Maske, und sagte: »Küss die Rute!«

Er gehorchte und verbeugte sich vor ihr. Lisa sah zu, entsetzt, aber erregt. Sie konnte nicht glauben, dass das hier wirklich geschah. Offenen Mundes starrte sie auf das Bild vor sich, dann streckte sie eine Hand aus und berührte Frankies Brüste – sie konnte sich einfach nicht beherrschen. Nie zuvor hatte sie eine andere Frau berührt und auch nie gedacht, dass sie das mal tun wollte. Aber jetzt wollte sie. Unbedingt.

Die Frau hatte kleine Brüste mit winzigen Knospen. Frankie stand starr wie eine Statue da, aber sie konnte ein gedämpftes Stöhnen nicht unterdrücken, als Lisa in die Nippel kniff.

Eine andere Frau lustvoll maunzen zu hören als Reaktion auf ihre Berührung schickte heiße Pfeile in Richtung von Lisas Schoß. Sie erlebte Frankies Erregung, als wäre es ihre eigene.

Dann zuckte sie zusammen, als sie es sirren und klatschen hörte: Die Rute landete auf Lees Hintern.

»Bück dich, Sklave, und spreize deine Schenkel«, kommandierte Tanith. Lee beugte sich vor und stützte sich auf ausgestreckte Arme, die Handflächen auf den bronzenen Einlegearbeiten des Tisches.

Tanith hatte ihn offenbar so arrangiert, dass Lisa die in die Luft gereckten Backen und die dunkle Avenue dazwischen sehen konnte. Ein scharlachfarbener Striemen hatte sich sofort auf der rechten Backe abgezeichnet. Sein Schaft war steif wie ein Brett.

Seine schlanken Beine bebten leicht, aber er gab keinen Protestlaut von sich, als die Rute wieder und wieder in sein Fleisch biss. Tanith achtete darauf, dass sie ihn jedes Mal an einer anderen Stelle erwischte, sodass die Haut wie ein rotes Gitter aussah.

Lisa war wie an den Sitz gefesselt, erschrocken und doch erstaunt von der andauernden Härte seines Glieds. Sie hatte gedacht, dass es bei den Schmerzen abschlaffen würde, aber es wuchs noch und zuckte bei jedem Schlag.

Sie konnte sein rasches Atmen hören, was ihn als lebendes Wesen auswies, während die totenbleiche Maske die eines leblosen, unbeseelten Harlekins war. Der Stock hob und senkte sich, und plötzlich zuckte Lee, und sein Samen schoss wie eine Fontäne aus ihm heraus.

Tanith warf den Stock weg, und Lee kroch zu ihr und drückte den Mund auf ihren Spann. Sie akzeptierte die Huldigung mit einem leisen Lächeln im Gesicht.

Sie sah Lisa an und hob eine Augenbraue. »Wollen Sie Frankie nicht züchtigen? Sie wird enttäuscht sein. Sie haben doch gesehen, welche Ekstase es Lee gebracht hat.«

»Ich kann nicht«, rief Lisa. Sie hatte Angst vor dem Unbekannten, aber in ihrem Innersten wusste sie, dass sie es mehr als alles andere wollte.

Tanith bedachte sie mit einem nachdenklichen Blick, dann nahm sie die Peitsche und ließ den Lederriemen durch die Finger gleiten. »Sie sind entweder sehr clever oder köstlich naiv, Lisa«, sagte sie und fügte hinzu: »Ich finde, Sie passen gut zu uns. Kommen Sie morgen vorbei. Und jetzt goodbye.«

Sie trat an Lisa heran und küsste sie auf den Mund. Das Gefühl war elektrisierend und sanft und versprach eine Menge.

Der Kuss erschütterte Lisa. Dabei war es fast ein keuscher Kuss gewesen; sie hatte die Augen geschlossen gehabt. Und doch war er so aufregend, als hätte Tanith die Zunge eingesetzt.

Lisa zog sich mit einem Keuchen zurück, verwirrter denn je. Der stark duftende Raum, die eigenartige Bekleidung der Anwesenden, dieses seltsame Gefühl, mitten in einer Fantasygeschichte zu sein, alles das spielte sich in ihren Gedanken wie ein Traum ab. Sie stand benommen auf und ging hastig aus dem Raum. Sie fand den Weg allein durchs Haus. Sie atmete erleichtert auf, empfand aber auch einen Hauch von Bedauern, als sie die Haustür öffnete und ins Freie trat.

Sie raste nach Hause, konfus und voller Lust, aber erst im Schlafzimmer fing sie an, das Feuer in ihren Lenden zu löschen, indem sie ihre eigenen empfindsamen Teile heftig und schnell manipulierte.

Später, als sie den Anrufbeantworter abhörte, fand sie zwei Nachrichten vor. Die erste lautete: »Hi, hier ist David. Ich bin zurück. Können wir uns sehen? Hast du morgen Abend schon was vor?«

Es folgte ein zweiter Anruf. »Lisa, hier ist Mike. Da gibt es was zu besprechen. Es geht um dein Haus. Ich habe heute Abend frei. Und du? Ruf mich an.«

Sechstes Kapitel

Lisa stand in einem Stadium der Unentschlossenheit unter der Dusche. Sie brauchte einen Rat. Nicht Mikes Rat – sie hatte ihn nicht zurückgerufen, und auch nichts Davids, obwohl er eine attraktivere Alternative gewesen wäre. Es war noch zu früh am Morgen für Martin und Phil, also konnte sie auch von ihnen keinen Rat einholen.

Das Problem war Hawkhurst Abbey und seine Bewohner. Sollte sie den Job annehmen oder nicht? Sie hatte teils Angst und war teils neugierig; extrem geschockt und absolut fasziniert – und in ihrem ganzen Leben war sie noch nicht so sexuell erregt gewesen. Wer hätte gedacht, dass es im verschlafenen Deverel solche ungewöhnlichen Menschen gab? Nicht zu vergessen Daphne Nightingale und Arnaldo.

Die Strahlen der Dusche taten ihr gut. Sie stellte sich vor, während eines Wolkenbruchs im tropischen Regenwald zu sein. Der exotische Duft, der vom Gel aufstieg, mit dem sie ihren Körper einschäumte, trug zu ihrer Illusion bei.

Ich will weglaufen, dachte sie, während das Wasser zwischen ihre Brüste rann. Dicke Tropfen hingen an den gerunzelten Nippeln, bevor sie hinuntertropften und sich in ihrem Nabel versammelten. Sie fühlten sich wie freche winzige Finger in ihren Schamhaaren an und drangen in die Spalte zwischen den Beinen.

Ich bin es satt, dass alle mich schikanieren, dachte sie und hob das Gesicht zum warmen Regen. Zum Beispiel Paul und seine Familie. Ich weiß, dass dieses Haus fast zusammenfällt, aber es wird ein Vermögen kosten, es zu reparieren. Ist es das, was Mike mit mir besprechen will? Er hatte sie einmal besucht, und jeder konnte sehen, dass das Dach eine Katastrophe war, die Ziegel lose und die Mauerkappen brüchig. Wenn ich es im jetzigen Zustand verkaufen müsste, würde ich nur einen Teil des wirklichen Werts erhalten, dachte sie.

Aber ich will nicht verkaufen, beschloss sie. Es ist meine Zuflucht, mein Zuhause. Ich kann hierhin zurück, wenn ich das Abenteuer Amazonas hinter mir habe.

Wie jetzt zum Beispiel. Hier stehe ich unter der Dusche, und die Klingel schrillt. Wer zum Teufel besucht mich so früh? Sie drehte das Wasser ab und schlang sich ein Badetuch um.

Valerie stand da.

»Oh, das tut mir leid«, begann sie, und Lisa wusste genau, dass sie absolut nichts bereute. »Warst du in der Badewanne?«

»In Brasilien«, antwortete Lisa und gewahrte den vagen Ausdruck von Missbilligung, den Valerie immer draufhatte, wenn sie zusammen waren. »Aber schon gut. Komm herein.«

Valerie trat durch die Tür und fragte stirnrunzelnd: »Brasilien? Wovon redest du? Manchmal kommst du mit den seltsamsten Dingen heraus.«

Lisa hatte keine Lust, ihr das zu erklären. Valerie würde es auch nicht verstehen.

Sie drückte die Tür zu und fragte: »Was kann ich für dich tun?«

»Oh, nichts, meine Liebe. Ich kam gerade vorbei und wollte mal reinschauen«, log Valerie und sah sich kritisch im Zimmer um. »Oh, Himmel, du hast dich aber mit viel Krimskrams eingedeckt, was?«, rief sie aus. »Ich schätze, seit dein Vater gestorben ist, hast du nichts mehr entsorgt. Ich kann dir dabei helfen. Der Woodlanders Wohltätigkeitsladen ...«

»Mir gefällt es so, wie es ist«, unterbrach Lisa sie brüsk und räumte ein paar Bücher von einem Stuhlsitz. »Setz dich doch. Eine Tasse Tee?«

»Ich bleibe nicht lange, meine Liebe, danke.« Dann setzte sich Valerie, überkreuzte die Beine in der beigefarbenen Hose von der Stange und fuhr fort: »Paul und ich haben übers Wochenende lange miteinander gesprochen. Er ist beim Vikar gewesen, und ihr beide habt einen Termin am kommenden Samstagabend bei ihm.«

»Wirklich?«, rief Lisa von der Küche aus, wo sie sich einen Tee braute. Dann kam sie zurück, eine Tasse in der Hand.

»Ja, wirklich, und ich finde, es ist höchste Zeit, dass wir dein Hochzeitskleid aussuchen. Du lässt dir viel Zeit damit.«

»Ich hoffe nur, ein wunderschönes gebrauchtes Kleid zu finden, Elfenbeinseide vielleicht mit antiker Spitze«, sagte Lisa und wusste, dass diese Aussage auf Valerie wirken musste wie ein rotes Tuch auf einen Stier.

Valeries Gesicht färbte sich rosa, und ihr wuchsen Stielaugen. »Das kannst du doch nicht machen!«, rief sie. »Das geht nicht! Was würden die Leute sagen?«

»Ehrlich, es ist mir egal, was die Leute sagen«, gab Lisa zurück und dachte: Ich habe sie alle satt, sie, Paul und die ganze Chose.

»Nun werde mal vernünftig, Lisa«, drängte Valerie mit hörbarer Mühe, die Ruhe zu bewahren. »Natasha und ich fahren am Mittwoch nach Bristol. Komm mit uns, dann besuchen wir das Geschäft mit den Brautmoden. Als Brautführerin will sie sich auch ein schickes Kleid aussuchen. Ich hatte an etwas Himmelblaues gedacht, weil es ja eine Sommerheirat ist. Aber es hängt davon ab, was wir für dich aussuchen. Deshalb wäre es gut, wenn du dich entscheiden könntest. Wir müssen an vier Brautjungfern denken und an zwei kleine Blumenmädchen.«

Keiner hatte Lisa gefragt, ob sie Pauls unscheinbare Schwester als Brautführerin haben wollte. Sie mochte Natasha und bedauerte sie, weil sie bei ihrer Mutter immer in Pauls Schatten gestanden hatte. Sie hatte einen langweiligen und wenig strebsamen Mann geheiratet, der auch irgendwas mit der Familienfirma zu tun hatte.

Lisa wusste auch nichts von den anderen Teilnehmern, die aus Valeries Freunden und Bekannten ausgesucht worden waren. Sie selbst hatte keine engen Freunde außer Martin und Phil, aber die beiden waren ja tabu.

Jetzt war eigentlich der Zeitpunkt da, um über ihre Abneigung zu sprechen und ihre Zweifel zu äußern. Aber sie fand es nur fair, dass sie vorher noch einmal mit Paul sprach.

»Am Mittwoch geht's bei mir nicht«, sagte sie, griff nach einem Handtuch und rubbelte ihre Haare trocken.

»Warum nicht Mittwoch?«, fragte Valerie und rang um ihre Selbstsicherheit.

»Der Flohmarkt.«

Valerie stieß einen entsetzten Schnaufer aus. »Das ist doch Unsinn! Lisa, du kannst den nicht über deine Hochzeit stellen!«

Lisa sah sie durch einen Vorhang ihrer Locken an und sagte: »Doch, kann ich, tu ich. Damit verdiene ich mein Geld.«

Valerie sprang auf die Füße. »Willst du Paul nicht heiraten?«

»Das ist eine Frage zwischen ihm und mir, findest du nicht auch?«, sagte Lisa kalt.

»Ich kann dich nicht verstehen. Es ist die Chance deines Lebens. Du wirst nie wieder einen Mann wie ihn finden«, erklärte Valerie laut.

»Ich habe nicht gesagt, dass ich ihn nicht will. Ich habe nur gesagt, dass ich am Mittwoch nicht mit euch zum Einkaufen kommen kann.«

Je hitziger Valerie wurde, desto kühler wurde Lisa. Valerie schien das Zimmer in ihrem leichten Hosenanzug zu füllen, der etwas zu stramm auf den Hüften saß. Dabei war es bestimmt ein neuer Kauf, ebenso wie die Bluse und die Schuhe mit den halbhohen Absätzen.

»In letzter Zeit ist er nicht sehr glücklich«, sagte sie anklagend, die Augen unter den Mascara-Wimpern hart auf Lisa gerichtet. »Ich weiß nicht, was zwischen euch los ist, aber es ist höchste Zeit, dass du vernünftig wirst. Es sind nur noch ein paar Wochen bis zur Hochzeit, und du tust so, als wäre das alles nicht so wichtig.«

»Natürlich ist es das! Lebenswichtig! Mein ganzes Leben könnte ruiniert werden«, fauchte Lisa zurück. »Und seins auch, wenn wir die falsche Entscheidung treffen. Überlasse es uns, Valerie. Wir sind alt genug und durchaus in der Lage, das Richtige zu tun.«

Valerie stakste zur Tür, jeder Zentimeter ihres soliden Körpers vermittelte zornige Entrüstung. »Also gut. Aber sage nicht, dass ich dich nicht gewarnt habe«, erwiderte sie wütend.

Es lag ihr auf der Zunge zu fragen, ob Mike mit ihr über das gesprochen hatte, was er mit ihr erörtern wollte, aber irgendwas im Hinterkopf signalisierte Vorsicht. Die Dinge standen schon schlecht genug zwischen ihr und der Schwiegermutter in spe.

Der arme alte Paul, dachte sie. Die Frau ist ein Drachen.

»Keine Sorge«, sagte sie und hielt die Tür auf. Valerie rauschte davon. »Ich nehme an, dass ich Paul heute sehen werde.«

»Versuch ihn nicht noch mehr aufzuregen. Er ist ein sehr beschäftigter Mann«, war Valeries letzter Kommentar, ehe sie die Treppe hinunterrannte.

Lisa schlenderte zurück ins Wohnzimmer. Der Besuch war zwar eine Störung gewesen, aber er hatte auch ihre durcheinandergebrachten Emotionen geordnet. Sie brauchte den Job bei Tanith und Fletcher, ob sie ihre Hochzeitspläne weiterverfolgte oder nicht, sie brauchte ein gewisses Maß an Unabhängigkeit. Paul würde ächzen und sich winden, und seine Mutter würde einen Riesenärger veranstalten, aber wenn sie den Job übernahm, hatte sie ein geregeltes Einkommen.

Auf ihrem Weg nach Hawkhurst Abbey hielt sie bei Daphne an und fragte sich, ob sie auch ohne vorheriges Telefonieren willkommen war. Arnaldo öffnete die Tür und ließ sie ins Haus ein. Er trug hautenge Bluejeans und ein Hemd mit aufgerollten Ärmeln, und er sah unmöglich attraktiv aus.

Lisas Rückgrat prickelte, und ihr Bauch zog sich zusammen. Sie musste sich eingestehen, dass sie nicht nur angehalten hatte, um Daphne zu konsultieren, sondern auch, um ihn wiederzusehen.

»Ich habe das Auto gewaschen«, erklärte er und lächelte breit. »Madame ist im Garten und kümmert sich um die Blumen. Ich sage ihr, dass Sie hier sind.«

Er verschwand, und Lisa wartete. Sie gab sich der Stille im Haus hin und fand es schwer zu verstehen, dass Valerie alte Gegenstände ablehnte.

Arnaldo kehrte zurück, sah sie mit seinen dunklen glänzenden Augen an und sagte: »Madame fragt, ob Sie ihr draußen Gesellschaft leisten möchten, Miss Sherwin.«

Sie bewegten sich beide nicht und starrten sich an. Plötzlich hatte er beide Hände unter ihrem Rock und streichelte die seidenweiche Haut ihrer Schenkel. Seine vollen Lippen fielen hungrig über ihre her, die sich sofort öffneten. Seine lange Zunge bewegte sich geschickt und schlängelnd in ihrer nassen Mundhöhle.

Sie löste sich von ihm, gerade lange genug, um zu keuchen: »Wir können nicht! Jemand könnte uns sehen!«

Er stieß ein kehliges Lachen aus und zog sie wieder an sich, drückte sie gegen die Wand, bis sie den Sockel im Rücken spürte. Er hatte körperlich gearbeitet und war erhitzt. Unter den Achseln und auf dem Rücken bildeten sich große dunkle Kreise. Er roch nach Sonne und Rasierwasser und nach Leinen und Baumwolle.

Lisas Hand strich über seinen Schritt, und ihre Finger zeichneten die Umrisse seiner Beule nach, die sich in seiner Jeans gebildet hatte. Er streichelte über die Innenseiten ihrer Schenkel, und das weite Baumwollhöschen gab ihm leichten Zugang zu ihren Geheimnissen.

Er beugte den Kopf und drückte ihre Brüste. Sie fühlte die klamme Wärme seines Atems, als sich die Lippen durch die weiße Bluse um ihren Nippel schlossen. Er saugte daran, und ihre Brustwarze wurde hart und spannte sich.

Er wandte sich der anderen Brust zu und hinterließ einen runden feuchten Fleck, durch den sich der Nippel abzeichnete. Er hielt eine Hand auf ihrem Schenkel und öffnete mit der anderen Hand die kleinen Knöpfe, um ihre Brüste zu entblößen.

Ihre Haut glühte dunkel, ein wunderbarer Kontrast zu ihrem schneeweißen Kleid. Er mampfte an beiden Warzen und saugte die Aureolen in den Mund.

Lisa wimmerte. Ihre Hand rieb immer noch seinen Schaft, der in der Hose verborgen war, doch er war wach und bereit. Ihre Brüste brannten, und die Schmerzen echoten in der Knospe ganz oben in der Spalte. Arnaldo hielt ihre Backen gepackt, streichelte sie, bewegte sich auf ihr feuchtes Fell zu und rieb die Finger über den Steg ihres Slips.

»Er ist so groß«, flüsterte sie in seinen Mund. »Ich will ihn in mir fühlen.«

»Noch nicht ... nicht ganz«, raunte er und küsste ihren Nacken. Die Berührung seiner Lippen führte dazu, dass sich die Härchen auf ihren Armen aufrichteten. »Ich will, dass du zuerst vor Wonne schreist, bevor ich in dich eindringe.«

Schauer liefen ihr über den Rücken, und sie konnte kleine

Schluchzer der Lust nicht unterdrücken, als Arnaldo seine Finger in sie schob. Aber sie wollte seine Berührung auf der Klitoris, die vor unbefriedigter Lust pochte.

Sie griff seine Hand und rief: »Fass mich an! Berühr mich! Ja, genau da!«

Seine Finger strichen über den gespannten Kopf ihrer ultraempfindlichen Knospe. Heiser fragte er: »So? Mache ich es richtig?«

»Mach sie nass«, verlangte sie.

Er teilte die feuchten Härchen, die ihre Labien umgaben, tunkte in ihre Säfte und kehrte zur Klitoris zurück. Sie zuckte zusammen, als sein Finger sie fand, aber dann entspannte sie sich, als er eine sanfte Massage begann, die sie zum Orgasmus bringen würde. Er kündigte sich schon an, zögerte sich aber durch die seltsame Umgebung und durch Arnaldos pulsierenden Schaft in ihrer Hand hinaus.

Sie war ungeduldig und besorgt für den Fall, dass irgendwas ihren Aufstieg unterbrechen könnte. Sie ließ Arnaldos Penis los und hob die Hände an ihre Brüste. Ihr Instinkt übernahm das Programm; sie quetschte die prominenten Nippel, zwirbelte sie zwischen den Fingern und streichelte und rieb sie, bis sie eine verzweifelte Lust in sich spürte, die von der Klitoris geteilt wurde.

Jetzt hatte sie den Punkt ohne Wiederkehr erreicht. Ganz egal, was jetzt geschah, nichts würde ihren Orgasmus noch aufhalten können. Sie befand sich auf der Achterbahn und stieg immer höher zur ultimativen Spitze ihrer Gefühle. Ihr ganzer Körper wurde geschüttelt, und keuchend stieß sie ihre Scham gegen Arnaldos Hand. Seine Finger zitterten gegen ihre pochende Knospe.

Mit einem gequälten Schrei erreichte sie den Zenith, dann explodierte ihr Orgasmus in einem Blitz von tausend Sternen. Sie fühlte sich fallen, fast zerstört von der Kraft ihrer Lust.

Arnaldo beugte die Knie. Er richtete sich langsam auf und steuerte sich in ihre zuckende Tiefe. Er umfasste Lisas Po, hob sie an und versenkte seinen Penis noch tiefer in ihr. Sie schlang die Beine um seine Taille und hielt ihn umklammert; sie ritt ihn angestrengt und wrang die letzten Funken der Lust aus sich heraus.

Arnaldo war kräftig und hielt sie mühelos im Gleichgewicht, aufgespießt auf seinem Schaft, aber ihre zuckenden Hüften erwiesen sich als zu viel für seine Kontrolle, und so stieß er wild zu und ergoss sich in ihren spasmischen Körper.

Lisa ließ langsam die Beine sinken, und sein Schaft schlüpfte aus ihr hinaus, weicher, aber noch halb steif. Sie war erschöpft und barg ihren Kopf an seine Brust. Sie hörte seinen Herzschlag und sein hastiges Atmen. Er hielt sie zart umschlungen und küsste ihre Braue.

Applaus plätscherte vom Flur herein.

»Sehr gut! Ich liebe es, wunderschöne Menschen bei der Liebe zu sehen. Es gibt nichts, was großartiger ist«, rief Daphne und klatschte in die Hände, als sie aus dem dunklen Treppenhaus trat, ein Korb mit einer Schere und einem Strauß Rosen im Arm.

Arnaldo wandte den Kopf, und Lisa sah sie scheu an. »Mrs. Nightingale«, begann sie, gerötet von sexueller Hitze und Verlegenheit.

»Daphne, bitte«, unterbrach sie, und ihre Augen zwinkerten in ihrem wunderbaren Gesicht. »Ich bin froh zu sehen, dass Arnaldo Sie befriedigt. Mich befriedigt er auch. Eine herrliche Ergänzung für jeden Haushalt. Ich bin froh, dass Sie vorbeigekommen sind. Vor dem nächsten Mittwoch wollte ich Sie noch einmal sehen. In einem Privathaus in Salisbury findet ein bedeutender Verkauf statt, und ich glaube, wir sollten dabei sein. Es findet erst am Freitag statt, aber ich finde, wir sollten uns die Stücke schon einen Tag vorher ansehen.«

»Ich glaube, ich kann mir das nicht leisten«, sagte Lisa bedrückt.

»Lassen Sie das mal meine Sorge sein«, antwortete Daphne lässig. Es schien, dass die Szene, die sie eben hatte sehen müssen, sie überhaupt nicht irritiert hatte.

Arnaldo steckte seinen Penis ein und knöpfte den Hosenstall zu. Lisa zupfte an ihrem Slip, zog ihren Rock nach unten und knöpfte die Bluse zu. Daphne wandte sich Arnaldo zu. »Bringen Sie eisgekühlte Limonade in den Garten, bitte.«

Der Garten war ein bezaubernder Ort. Ein sehr alter Maulbeerbaum breitete seine Äste über ein Viertel des Rasens aus, und in einer Nische der hinteren Mauer stand eine Statue der Venus Aphrodite. Die Hand der Göttin, die ihre Brüste vor lüsternen Blicken bewahren sollte, war längst gefallen – der Arm war amputiert. Flechten wuchsen über die pralle Scham, was wie eine Behaarung aussah.

Blumen blühten in Kübeln und Steinurnen, und es gab noch eine Fülle anderer Dinge: Aus Blei gefertigte Posaunenengel, Zisternen, zerbrochene Marmorsäulen, klassische Bänke und andere Beutestücke.

»Ich kaufe diese Sachen bei Auktionen, wenn sie zu einem vernünftigen Preis angeboten werden«, erklärte Daphne. »Die Leute mögen solche Gegenstände, um ihren Garten zu verschönern.«

»Ja, stimmt«, sagte Lisa, dann fügte sie düster hinzu: »Aber nicht Valerie Garston. Sie will antike Sachen nur, wenn sie neumodische Kopien sind.«

»Wie schrecklich«, sagte Daphne. »Und wer ist sie?«

»Pauls Mutter.«

»Ich verstehe. Paul ist Ihr Verlobter, im Bett ein Versager.«

»Das ist er. Ich wollte mit Ihnen über das Jobangebot von Robillard und Tanith sprechen. Ich war in Hawkhurst Abbey und habe mich mit Tanith Marlow getroffen.«

»Die rothaarige Sirene. Und?« Daphne schaute sie aus dem purpurnen Schatten ihres breitrandigen Sonnenhuts an.

»Nun, sie hat zwei bizarre Diener, und ihr Verhalten ihnen gegenüber war höchst ungewöhnlich. Sie hat sie ausgepeitscht, und es hat ihnen gefallen. Der Mann namens Lee ejakulierte sogar, während sie ihn mit der Rute bearbeitete.«

Arnaldo kam aus einem Säulengang, der einen Balkon stützte. Er trug ein Tablett mit Gläsern und einem Krug und setzte es auf einen runden gusseisernen Tisch vor einer Gartenbank. Er verbeugte sich und zog sich zurück.

»Das ist nicht so seltsam, meine Liebe«, sagte Daphne, als sie zwei Gläser mit der blassgoldenen Flüssigkeit gefüllt hatte. Die Eiswürfel klimperten. »Es gibt viele verschiedene Wege, wie man sexuelle Befriedigung erreicht. Erinnern Sie sich, dass Mr. Robillard die Peitschen bei Ihnen gekauft hat?«

»Ja, natürlich. Ich habe mich erschrocken, als er die Peitsche laut knallen ließ«, sagte sie und schauderte.

Daphne lachte. »Aber es hat Sie beeindruckt, auch wenn es für Sie eine neue Erfahrung war. Wie mag jemand reagieren, der den Kuss des Leders braucht, um seine sexuelle Lust zu erleben? Ich habe Ihnen gesagt, dass Walter mein Lehrmeister war. Vielleicht wird Robillard Ihrer.«

»Das kann ich mir nicht vorstellen. Ich will nicht ausgepeitscht werden«, rief Lisa und fragte sich, warum sie es für notwendig hielt, das so nachdrücklich vorzubringen. »Tanith trug einen alten Frack, und ihr Personal ... nun, ich habe solche Wesen noch nie gesehen. Sie trugen identische schwarze enge Hosenanzüge und Masken. Weiße Masken wie Harlekine. Ein Mann und eine Frau – sehr unheimlich.«

»Sie spielen gern, meine Liebe. Jeder spielt gern, nicht wahr? Und jeder trägt ab und an eine Maske, aber wir glauben, das wahre Gesicht zu sehen«, erläuterte Daphne. Sie hob wieder den Krug. »Nehmen Sie noch etwas Limonade. Arnaldo stellte sie selbst aus den Früchten her. In der Küche ist er fast so geschickt wie im Schlafzimmer.«

Lisa legte ihre Hand über ihr Glas. »Nein, danke. Was meinten Sie, als Sie sagten, dass jeder gern spielt?«

»Masken, meine Liebe. Sich verstellen, sich verkleiden. Ihre Mrs. Garston zum Beispiel. Ist sie so, wie sie zu sein scheint? Und Ihr Verlobter? Wem können Sie trauen, dass er Ihnen sein wahres Gesicht zeigt? Und zeigen Sie Ihr wahres Gesicht?«

Dies war ein sehr beunruhigendes Gespräch, und Lisa fand sich in einem Morast der Unsicherheit wieder. »Das stimmt«, räumte sie dann ein. »Wir alle haben eine Seite, die wir in der Öffentlichkeit nicht zeigen.«

»So ist es. Tanith war nur ehrlicher und hat Ihnen erlaubt, eine ihrer Seiten zu erleben. Ehrlicher als Mrs. Garston, schätze ich.«

»Da waren auch noch andere Dinge. Ihr Kleidung ließ sich mit Reißverschlüssen so öffnen, dass die Scham entblößt werden konnte, und Lee hatte die Nippel und den Bauchnabel gepierct sowie einen Ring in der Vorhaut, während Frankie, das Mädchen, sauber rasiert war und kleine Ringe da unten trug.«

Daphne hob die Schultern. »Das ist nichts Neues. Man sagt, dass Königin Victorias Ehemann einen Vorhautring hatte. Es gibt ein bestimmtes Penispiercen, das sich Prince Albert nennt. Das Piercing von Nippeln und Genitalien soll die sexuellen Gefühle noch verstärken. Man kann Ketten an ihnen befestigen oder Gewichte. Es gibt viele Spielzeuge, um die Lust zu erhöhen oder die zur totalen Unterwerfung unter den Willen eines anderen Menschen führen. Außerdem sind sie Schmuck. Ihre Ohren sind doch auch gepierct, nicht wahr?«

»Ja, aber das ist doch was anderes«, rief Lisa, aber dann musste sie an die Ringe in Martins Ohren und Augenbraue denken. Hatte er auch die Vorhaut gepierct?

»So sehr viel anders ist das nicht«, sagte Daphne, dann stand sie auf und streckte eine Hand aus. »Jetzt, meine Liebe, möchte ich, dass Sie sich ein paar Fotos anschauen. Vielleicht helfen sie Ihnen beim Verstehen der privaten Welt, in der Schmerzen und Lust sich vermischen. Vielleicht helfen sie Ihnen auch bei der Entscheidung, ob Sie sich auf Tanith Marlow und Fletcher Robillard einlassen.«

Die Jalousien waren teilweise heruntergelassen im Salon, aber das Licht filterte durch die Spalten herein. Es war, als ginge man unter Wasser – grün, durchsichtig und geheimnisvoll. Auf einem Tisch lagen mehrere gebundene Alben.

Daphne setzte sich auf ein exklusives Ruhebett aus Walnuss und klopfte auf den Platz neben sich. Sie schlug eines der Alben auf. Ein verstaubter, muffiger Geruch stieg den Frauen entgegen. Die Hintergründe und die Kleidung ließen darauf schließen, dass die Fotos etwa fünfzig Jahre alt waren. Die ersten Bilder, die Daphne ihr zeigte, waren von einem jungen Mädchen mit einem Ausdruck von Langeweile und Gleichmut.

»Das bin ich«, erklärte sie mit einem wehmütigen Lächeln und strich über das Foto. »Das Bild wurde kurz nach unserer Hochzeit aufgenommen.«

Sie posierte auf einem üppig geschmückten Bett. Die junge Daphne war der Traum jedes sinnlichen Mannes mit ihrem Schmollmund und dem geringschätzigen Blick ihrer schwerlidrigen Augen, die trotzig in die Kamera schauten.

Sie trug ein knappes Hemdchen, und die Träger glitten von ihren schmalen Schultern. Ihre Brüste waren rund wie Äpfel und hatten spitz zulaufende Warzen. Der Spitzensaum des Hemds bedeckte kaum das Delta der gespreizten Beine, und man sah das verführerische Dreieck seidiger Haare. Schwarze Strümpfe bedeckten die Beine bis zu den Knien, gehalten von mit Rüschchen besetzten Strapsen, und eine Hand umfasste eine Brust, während die andere Hand an ihren Schoß griff. Ein Finger steckte bis zum ersten Glied in ihr.

Lisa gab keinen Kommentar von sich, aber die sinnlichen, schlüpfrigen Fotos erhitzten sie. Schnell blätterte sie um.

Auf diesem Bild hatte Daphne einen Fuß auf einen Hocker gelegt. Sie beugte sich vor, um einen Schuh mit hohen Absätzen anzuziehen. Sie schaute provozierend über die Schulter, als wollte sie den Voyeur erwischen, der ihr unter den kurzen Rock starrte, wo die prallen Labien zu sehen waren.

Auf dem nächsten Bild ruhte sie auf bestickten Kissen auf dem Bett, und der Rock war bis zu den Hüften hochgezogen. Man sah ihren flachen Bauch und die weichen Härchen, die von den elastischen Strapsen eingerahmt wurden. Sie hielten die Seidenstrümpfe, die ihre lieblichen, weit geöffneten Beine bedeckten.

Die Kamera war genau dazwischen platziert und gab ein detailliertes Bild ihrer Labien und der großen, gut entwickelten Klitoris. Das Licht glitzerte auf der silbrigen feuchten Spur der geschwollenen Lippen.

Daphne drehte die Seite um, und Lisa hielt keuchend die Luft an, denn sie sah eine Nahaufnahme der Genitalien des Models. Es war ein Foto, das ihren offenen Schoß zeigte. Sie saß da, die Hüften nach vorn gestreckt, einen verträumten Ausdruck auf dem Gesicht. Ihre Augen waren fast geschlossen, und ihre Zunge stieß zwischen die geöffneten Lippen. Ihre Finger fassten an ihr Geschlecht und hielten Lippen wie Blütenblätter auseinander und rieben den Stempel im Herzen der Blume.

»Ihr Mann wollte, dass Sie so posierten?«, flüsterte Lisa. »Die Fotos waren für seine private Sammlung gedacht, nicht wahr?«

Daphne griff nach einem weiteren Album. »Nein, sie waren nicht ausschließlich für sein Vergnügen gedacht. Er zeigte sie oft seinen intimen Freunden. Und das war nicht alles. Schauen Sie sich das hier an.«

Lisa sah Daphne in der Pose der Steinnymphe im Garten, und ein großer, bärtiger Mann hielt sie gepackt, sein Penis in ihrem Anus. Ein anderer Mann beugte sich über sie und packte sie bei den Fußknöcheln.

»Das hat er gestattet? Er hatte nichts dagegen, dass Sie mit einem anderen Mann posierten?«, rief Lisa, und sie spürte, wie der gespaltene Pfirsich ihres eigenen Geschlechts Säfte abgab.

»Meine Liebe, das war Walter«, sagte Daphne lächelnd.

»Ah, ich verstehe ... aber ich glaube nicht, dass ich es begreife«, murmelte Lisa und dachte: Dieser stämmige, übergewichtige Kerl dringt ins Rektum der zierlichen Daphne ein? Sie musste einfach die Frage stellen: »Hat das wehgetan?«

»Sie meinen bei der Sodomie? Oh, nein, nicht seit man mir beigebracht hat, wie es geht. Haben Sie nie ...?«

»Nein, nie«, unterbrach Lisa sie, den Blick gesenkt.

»Aber Sie haben darüber nachgedacht? Sich gefragt, wie es sich anfühlt?«

»Vielleicht.«

»Ich werde mit Arnaldo sprechen. Vielleicht wird er es Ihnen zeigen, wenn Sie bereit sind, es zu probieren.« Daphnes Augen glänzten vergnügt.

Sie blätterte weiter und sagte: »Walter hat auch mit der Filmkamera experimentiert. Erinnern Sie mich, dass ich Ihnen ein paar Rollen zeige, die ich auf Video habe übertragen lassen. Er plante einen pornographischen Spielfilm, aber er ist nicht dazu gekommen.«

Lisa starrte auf die Seiten, die Daphne aufgeschlagen hatte, und ihr Puls begann zu rasen wie bei Lees Züchtigung. Jetzt sah sie seltsame Bilder. Frauen, die angekettet waren oder sich nackt und hilflos über einen Hocker beugten. Einige trugen Knebel zwischen den Lippen, und andere trugen Augenbinden. Dunkle Striemen markierten ihre Körper auf Schenkel und Pobacken. Walter, in schwarzes Leder gekleidet, hielt eine Peitsche in der Hand.

»Wir hatten ein Verlies für solche Aktivitäten in unserem Haus in New York«, sagte Daphne. »Nur Menschen mit ähnlicher Anschauung wussten davon. Nach außen hin war Walter ein Pfeiler der Gesellschaft, Mitglied des Kirchenrats und des Magistrats. Ich nehme an, dass Robillard auch ein Verlies hat, aber das werden Sie herausfinden, wenn Sie für ihn arbeiten.«

»Für ihn arbeiten? Oh, Daphne, soll ich?« Lisa fürchtete sich. Sie empfand Entsetzen, als sie die Bilder gesehen hatte, und doch war ihr das Gefühl der Erregung bewusst, das über ihre Haut kroch und sie innerlich erzittern ließ.

»Ich glaube, Sie sollten wenigstens mit ihm reden. Sie brauchen das Geld, nicht wahr? Es wäre besser, das zu tun, was er und Tanith von Ihnen erwarten, als sich einer Hochzeit auszuliefern, von der Sie wissen, dass sie nicht richtig für Sie ist.«

Hawkhurst Abbey lag still in der Nachmittagssonne, fest verankert mit der Erde, als stünde es schon seit einer Hand voll Jahrhunderte da. Lisa ließ Mavis nahe beim Eingang stehen und ging die Stufen zur Tür hoch. Sie stand offen.

Sie wartete einen Moment, dann packte sie den nachlassenden Mut und zog am Messinggriff, um die Glocke zum Schwingen zu bringen. Die Glockentöne tief im Innern des Hauses erschreckten sie. Zuerst war der Widerhall zu hören, aber dann schwanden die Töne. Niemand kam.

»Verdammt! Wo sind sie?«, fragte sich Lisa stumm.

Sie betrat den Vorraum, dann die Halle und rief: »Hallo! Ist da jemand? Ich bin's, Lisa!«

Nichts. Nur das gewaltige Ticken einer großen und verzierten Standuhr durchbrach die Grabesstille.

Lisa ging auf die Uhr zu und überprüfte ihre Kenntnisse. »Der Körper ist Walnuss mit Blumenintarsien. Sie hat Messingzeiger und einen sich drehenden Mond. Aus welcher Zeit? Vielleicht George III.?«

»Das ist nicht gut genug. Du solltest die Zeit genauer datieren und auch den Namen des Herstellers kennen«, hörte sie David Maccabene sagen – irgendwo in ihrem Kopf. »Okay. Nenne mir den Wert.«

»Zwölftausend Pfund?«, fragte sie auf gut Glück. Sie musste an ihre viel zu alte Ausgabe von *Millers Antique Preisführer* denken, den sie erstanden hatte, als die öffentliche Bibliothek Bücher preiswert verkaufte.

»Das träumst du auch nur«, neckte er sie. »Vor zehn Jahren vielleicht, aber heute musst du fast das Doppelte hinlegen.«

Lisa vermisste David plötzlich so dringend, dass es schmerzte. Ich werde ihn anrufen, wenn ich nach Hause komme, versprach sie sich, aber zunächst war da das Geheimnis, dass die Abtei nun der Marie Celeste glich.

Sonnenstrahlen, in denen der Staub tanzte und die Mücken kreisten, fielen durch die hohen gewölbten Fenster. Lisa schaute in einen dunklen Durchgang und fragte sich, ob es wirklich ein Verlies gab. Obwohl sie sich vor Neugierde fast kratzen musste, war sie nicht mutig genug, die düsteren Keller mit all den Spinnen zu erforschen. Stattdessen ging sie auf die Haupttreppe zu, die so aussah, als müsste man sie erklettern, statt nur hinaufzugehen.

»Hallo!«, rief sie, aber sie erhielt keine Antwort.

Sie hielt sich am geschnitzten Treppengeländer fest und ging langsam hoch. Sobald jemand auftauchte, würde sie stehen bleiben, nahm sie sich vor. Das Haus schien zu lauschen und zu warten. Lisa trat in einen Flur, von dem zu viele Türen abgingen. Und es gab zu viele Kreuzungen. Und andere Treppen, die nach oben führten. Überall hingen kostbare Gemälde oder Ornamente, und es standen viele wertvolle Möbelstücke herum.

Es gab keinen Zweifel: Tanith und Fletcher beherrschten ihr Geschäft.

Dann hörte Lisa ganz leise Musik, verträumt und entfernt – Tanzmusik, aber kein Rock oder Hip-Hop und auch keine Ballsaalmusik, aber Letzterer kam sie näher als den beiden anderen. Irgendwo spielte ein Tango-Orchester. Lisa folgte dem Klang.

Ihre Füße nahmen den Rhythmus auf. Sie hatte immer schon lateinamerikanische Musik geliebt; ein Bastardkind Spaniens und des Dunklen Kontinents, geboren aus Eroberung und Sklaverei. Ballettszenen kamen ihr in den Sinn, die Tangosequenzen aus *Das Goldene Zeitalter* von Schostakowitsch sowie *Fassade* von William Walton. Seit Jahren schon sehnte sie sich danach, den Tango zu lernen.

Der Klang führte sie in einen Korridor, der in einer Sackgasse endete. Die Musik kam aus einem Raum hinter einer geschwungenen Nische, wo das Fensterglas aus in Blei gerahmten Rautenscheiben bestand. Lisa klopfte an die Tür, dann drückte sie den Türgriff mit dem Löwenkopf.

Die Musik wurde lauter, obwohl Lisa die Quelle nicht sehen konnte. Sie schien sie von allen Seiten zu umgeben, aber ihr blieb keine Zeit zum Staunen, denn sie wurde sofort vom Raum selbst gefangen genommen.

Er war so prächtig wie der Rest des Gebäudes, hatte aber eine intime, feminine Atmosphäre. Es gab kein Bett, nur eine Couch mit einem Kopfteil nahe beim Fenster, dann einen offenen Kamin, eingefasst in Marmor, mehrere kleine vergoldete Stühle sowie einen Frisiertisch aus Mahagoni mit einem Drehspiegel. Auf dem Tisch lag eine gedrechselte Decke, mit edler Spitze gesäumt. Eine Haarbürste, eine Puderschüssel mit einem Puff aus Schwanendaunen, verschiedene Gläschen mit Kosmetika, Fläschchen mit Parfum, ein Sprayer und ein Kasten, der mehrere Stifte mit Theaterschminke enthielt, standen auf dem Tisch. Es war, als wäre Lisa in der Zeit zurückgeflogen; jeder Gegenstand war wertvoll und sprach jeden Sammler an.

Die Wände wurden von Einbauschränken eingenommen, und Lisa begriff, dass sie sich in einem Ankleidezimmer befand, wie Ladys und Gentlemen sie damals in der guten alten Zeit hatten. Lisa berührte den Spiegel auf der reich verzierten Tür eines Schranks, die einladend aufschwang.

Ihre Finger berührten Samt und Spitze, Chiffon und Pelze, Mäntel und Umhänge sowie mit Perlen versehene Abendkleider. Damenhüte belegten mehrere Regale über Kopf, und Schuhe standen auf Gestellen auf dem Schrankboden. Aus den Kleidern wehte ihr ein Parfum entgegen, das sie an getrocknete Rosen erinnerte; und dann der Geruch von Mottenkugeln. Aber manchem Kleid haftete noch schwach das Aroma von hunderten von Festbällen an.

Lisa kannte sich in Kostümen der verschiedenen Epochen aus. An der Universität hatte sie eine Studie darüber angefertigt und war auch zu mehreren Filmproduktionen des Colleges als Kostümberaterin engagiert worden. Sie kannte den Wert der echten Stücke, und diese hier waren echt. Der Inhalt dieses Schranks allein war auf dem freien Markt ein Vermögen wert.

Ein flüchtiger Blick in die anderen Schränke verriet ihr, dass es weitere Kostüme aus früheren und späteren Epochen gab, Kostüme für Männer und Frauen. Nach ihrer oberflächlichen Schätzung überspannte die Sammlung einen Bogen von einhundert Jahren.

Ihr besonderes Interesse lag bei der Frauenmode der Zwanziger Jahre, der Epoche, die dem Tango den Höhepunkt an Popularität gebracht hatte. Rudolph Valentino hatte atemlose weibliche Kinofans mit seinem Tanz in *Die vier apokalyptischen Reiter* fast zum Orgasmus gebracht. Auf dem Frisiertisch hatte Lisa ein großes gerahmtes Foto von ihm gesehen.

Er ist keiner, der ein Mädchen von heute anmachen würde, dachte sie. Mit diesen schrägen, stark geschminkten Augen, dem schmalen Mund und dem Seitenscheitel seiner glänzenden, öligen schwarzen Haare sah er eher etwas schmierig aus. Wie ein Gigolo. Seltsam, dass er der Traum von Millionen Frauen gewesen war. Einige nahmen sich gar das Leben, als er auf dem Höhepunkt seiner Popularität an einer Bauchfellentzündung starb.

Die Kleider stellten eine gewaltige Versuchung dar, und die Musik lockte sie in eine sinnliche Träumerei. Bestimmt würde niemand ihr verübeln, wenn sie mal was anprobierte? Die Auswahl fiel ihr schwer. Ein fließendes damenhaftes Kleid oder eher ein kurzes, in dem sie die Neue Frau symbolisieren konnte, die sich über Konventionen hinwegsetzte und die liberale Frau gab?

Ihre Finger zitterten vor Eifer, als sie Rock, Bluse, BH und Slip auszog. Nackt ging sie auf den ersten Schrank zu und rieb sich gegen die Seide. Ihre Haut reagierte sofort auf die Berührung mit den luxuriösen Stoffen.

Halb verborgen in einem seidigen, aromatischen Wald, kniff sie in die Nippel, damit sie sich aufrichteten, und berührte dann ihre intimste Region. Die krausen Schamhaare waren heiß und feucht. Sie spielte mit den braunen Härchen, dann setzte sie ihre Knospe in Brand. Ein paar schnelle Striche weckten den kleinen Tyrannen, aber Lisa musste sich erst anziehen. Ihre Erregung wuchs noch bei dem Gedanken, sich in diesen sinnträchtigen Kleidern betrachten zu können.

Sie schlüpfte in die wollüstige Umarmung einer Hemdhose aus einem eau-de-Nil-Satin, umsäumt von Ekrüspitze, und genoss das Gefühl der trägen Sinnlichkeit. Dieser ›Alles-in-einem‹ erinnerte sie an ein Korsett, aber die *camiknickers* waren viel bezaubernder und verführerischer. Der weite Schlüpfer schloss den Schoß mit winzigen Perlmuttknöpfen ab.

Sie posierte vor dem Spiegel und war entzückt vom Anblick ihrer Nippel, die sich unter dem Stoff aufrichteten, und der dunkle Schatten ihres Schamdreiecks schimmerte durch. Als sie sich dort streichelte, fühlte sie den kuscheligen Pelz und war ein wenig besorgt, weil ihre Säfte den Steg schon nässten.

Was geschah, wenn sie so ein seltenes Wäschestück versaute? Aber ihre Kontrolle schwand rasch, und ruheloses Verlangen drehte sich in ihr wie eine Spirale und löste das Fließen ihrer Säfte aus. Die pulsierende Gier nach Befriedigung verdeckte andere Überlegungen.

Aus einer Schublade holte sie fleischfarbene Strümpfe aus purer Seide heraus. Sie rollte sie vorsichtig zusammen und zog sie bis über die Knie, wo sie von roten Satinstrapsen gehalten wurden.

Sie sahen liederlicher aus als Strumpfhalter, fand Lisa. Irgendwie schlampiger, geiler. Sie zog eine weitere Schublade auf und hielt den Atem an.

In einem Nest aus glattem Papier lag die Nachbildung eines Penis, komplett bis zum letzten Detail. Sie war aus Ebenholz geschnitzt und mit silbernen Art-déco-Motiven verziert. Lisa spürte, wie ihre Knie schwach wurden, und die Nässe zwischen ihren Schenkeln verstärkte sich noch.

Ein Dildo. Ein falscher Phallus zur Beschaffung solitärer Lust oder zum Teilen mit einem experimentierfreudigen Partner. Es stimmte also, dass es nichts Neues unter der Sonne gab. Sie hatte oft über Vibratoren und Dildos nachgedacht und war einige Male kurz davor gewesen, sich einen zu kaufen, aber dann war sie zu scheu gewesen, einen Sex-Shop zu betreten. Ein Versandgeschäft wäre die Alternative gewesen, aber irgendwie hatte sich das nie ergeben.

Nichts konnte sie jetzt davon zurückhalten, dieses erregende Objekt auszuprobieren. Sie hob es aus dem Papierbett und strich über die glatte Struktur. Der Dildo war etwa fünfundzwanzig Zentimeter lang und so dick, dass Zeigefinger und Daumen ihn nicht umspannen konnten. Er war größer und dicker als jeder menschliche Penis, den sie je gesehen hatte. Die Kälte begann in ihrer Hand zu tauen, während sie leicht auf und ab rieb.

Würde so ein gewaltiger und harter Penis ihre Vagina penetrieren? Würde sie ihn aufnehmen können?

Sie führte ihn an die Lippen und badete ihn in ihrem Speichel, dann saugte sie ihn in den Mund. So hart, fremd und seltsam. Sie vermisste die natürliche Wärme und die Beschaffenheit eines männlichen Penis. Aber im Gegensatz dazu würde dieses Teil völlig unter ihrer Kontrolle sein; ein Ding, das sie nach ihrer ureigensten Lust verwenden konnte.

Aber zuerst wollte sie die Kleider anprobieren – auch um sich noch eine Weile zappeln zu lassen, bis sie die ultimative Freude erlebte, den Dildo in ihr Zentrum zu schieben. Widerwillig, aber zitternd vor dem, was kommen würde, legte sie ihn auf den Anziehtisch.

Sie kramte wieder im Schrank und holte einige Paare von Schuhen heraus, und jedes Paar war eine Wonne. Einige waren zu klein für sie, aber sie fand ein Paar aus Goldglacé mit hohen, spulenförmigen Absätzen, offenen Seiten und Riemchen, die den Spann kreuzten.

Mit diesen Schuhen an den Füßen wuchs sie in die Rolle der aufsässigen Rebellin der Zwanziger Jahre hinein. Der Spiegel warf ihr Bild als schamloses Flittchen zurück, das sich in seiner Wäsche auch noch bewunderte, die Beine gespreizt in den glitzernden Schuhen, und zwischen Schlüpfersaum und Strumpfende gab es eine Menge nackte Haut zu sehen.

Ihre Haare waren zu modern. Es hätte eine Bubikopffrisur sein müssen und die Seitenschnitte wie Dolche an die Wangenknochen angelegt. Es würde bestimmt irgendwo Perücken geben in dieser fabelhaften Sammlung, dachte sie, aber fürs Erste strich sie die Haare zurück und band sie in einen lockeren Knoten, den sie mit Nadeln sicherte. Dann fand sie ein schwarzes Samtband mit einer Straußenfeder, das sie als Stirnband trug.

Seufzend beugte sie sich zum Spiegel und trug Make-up auf. Schwere blaue Lidschatten, dickes Mascara und Rouge für die Wangen. Jetzt war sie eine Puppe mit geschwungenen Lippen. Vielleicht eine aufsässige Puppe oder gar eine Gangstermolly. Beide Typen entsprachen ihrer Stimmung.

Sie hatte sich schon für ein Kleid entschieden – eine jadegrüne Tunika, die vor Fransen und Perlen schimmerte, als sie sie über den Kopf zog. Die Tunika hatte keine Taille und reichte bis kurz unter die Knie. Sie ließ ihre Arme frei und hatte einen tiefen viereckigen Ausschnitt. Eine lange Kette aus Zuchtperlen und breite Armreifen, und Lisa war bereit, mit jedem gut aussehenden Mann den Tango zu tanzen.

Die Musik spielte weiter, und sie tanzte vor dem Spiegel, aber sie brauchte die Arme eines Mannes um sich herum, damit er sie durch die schwierigen Passagen mit geschickter Fußarbeit führen konnte. Sie wollte, dass er sie kontrollierte und beherrschte. Davids Gesicht schob sich vor ihr geistiges Auge, und ihre Lenden lechzten. Arnaldo war ein wunderbarer Liebhaber, aber sie mochte Davids Humor und Wärme und seine gewagten Geschäfte, von denen sie nie wusste, ob sie legitim waren. Ihre Begegnung war viel zu kurz gewesen.

Sie hörte auf zu tanzen, betrachtete ihr fremdes Aussehen

aber weiter im Spiegel. Sie hob den mit Fransen besetzten Rock und glitt mit einer Hand in das weite Hosenbein der *camiknickers*. Dann begann sie ihre delikaten Labien zu streicheln. Sie war besessen vom Gedanken, sich beim Masturbieren zuzusehen, auch wenn sie sich kurz fragte, was zum Teufel über sie gekommen war. Sie setzte sich auf einen Stuhl, den sie direkt vor den Spiegel gestellt hatte. Mit zitternden Fingern öffnete sie die kleinen Knöpfe im Schritt. Der Stoff teilte sich, und sie starrte auf die dunkle Furche.

Sie streckte ihre Beine und spreizte sie, und die Labien öffneten sich und glitzerten weich und dunkelrosa. Mit einem Finger wischte sie über die Klitoris, leicht wie die Flügel eines Schmetterlings, und sie spürte, wie sich ihre Kehle zuzog und in ihrem Bauch ein Zucken einsetzte. Sie rutschte tiefer, damit sie den Schoß höher recken konnte, und erforschte ihr verborgenes Selbst; die enge Öffnung des Anus, die Kerbe zwischen den Backen, die so sanft zu ihrer Vulva glitt. Aber immer kehrten die Finger zu ihrer Knospe zurück, der empfindsamen Stelle, wo die Antwort auf ihre Lust lag.

Die ganze Zeit richtete sie den Blick immer wieder mal auf den schwarzen Dildo. Sie wartete geduldig darauf, dass er sie bediente. Ihr Herz schlug wie eine Trommel, als sie danach griff, die Spitze mit der Zunge anfeuchtete und an der Basis festhielt. Dann schob sie ihn in ihre Spalte.

Zuerst rieb sie den glatten, glitschigen Kopf über ihre Klitoris, die als Reaktion zu hüpfen begann. Ein spektakuläres Gefühl. Dann liebkoste sie die Labien mit dem glänzenden schwarzen Ding. Als die Vulva ungeschützt war, ließ sie den Dildo seine forschende Reise in die tiefe Öffnung antreten.

So groß, so kalt; nicht zu vergleichen mit dem Schaft eines Mannes, aber auf manche Art besser. Sie konnte den Winkel festlegen und gleichzeitig mit den Fingern über die geschwollene Klitoris streichen. Sie schob den Dildo tiefer und noch einmal tiefer. Der Spiegel zeigte ihr, dass immer mehr von dem schwarzen Ding in ihr verschwand. Sie fühlte, wie es sich in ihr vergrub, wie ihre samtene Passage sich an den Eindringling presste und noch nasser machte, damit die Penetration süß und schmerzlos verlief.

Zwei Gegenden der Sensationen: ihre Klitoris und der monströse Phallus, der sie völlig ausfüllte. Sie gab ihm noch einen Stoß mit auf den Weg, und sie quietschte, als er gegen ihre Gebärmutter drückte. Dort ließ sie ihn verharren, während sie die Klitoris schmierte und hastig rieb, taub und blind für alles außer der ersehnten Befriedigung. Das Gefühl erhob sich, durchflutete ihr ganzes Sein von den Zehen bis zum Gehirn, und als sie ihre entzündete Knospe rieb, glitt sie auf der glatten schwarzen Oberfläche ihres hölzernen Liebhabers auf und ab.

Zu ihrem Erstaunen fand der Dildo Stellen, von denen sie gar nicht wusste, dass es sie überhaupt gab. Ihre Klitoris hatte jetzt die Kontrolle übernommen, eine geschwollene Knolle, von der Lisa zuckend zum Orgasmus gebracht wurde. Sie wurde von einer wilden Lust verzehrt, die sie laut aufschreien ließ.

Ihre Vagina zuckte um den Dildo. Welle auf Welle der Sensationen brach über sie herein. Sie fiel auf den Stuhl zurück, die Augen geschlossen, hielt aber einen Finger auf der Knospe und ließ den falschen Penis an seinem Platz, bis die letzten Zuckungen verklungen waren.

Sie öffnete die Augen, und das Zimmer schwang zurück in den Fokus. Langsam holte sie den Dildo aus ihrem Tal. Er glänzte mit ihren silbrigen Essenzen, und sie wischte sie alle ab, bevor sie ihn zurück in die Schublade legte.

Obwohl die Musik noch lief, war ihr nicht mehr nach Tanzen zumute. Ihr Körper zitterte, aber die Zuckungen ließen allmählich nach. Sie wusste, dass sie etwas erlebt hatte, was es nur einmal im Leben gab, etwa wie der Verlust der Jungfernschaft. Von nun an würde sie es wiederholen wollen und einen Dildo benutzen, wenn sie einsam und ohne Mann war oder auch nur eine Abwechslung von ihren Fingern brauchte.

Nachdem sie die geborgten Kleider abgelegt und ihre Sachen wieder angezogen hatte, hing sie alles weg oder legte es in die Schubladen zurück. Sie schloss die Kleiderschränke, ging aus dem Zimmer und schloss leise die Tür hinter sich. Auf dem Flur fand sie ein Stück Papier und schrieb eine Nachricht an Fletcher Robillard. Sie bat ihn, sie anzurufen.

Es war noch sonnig draußen, und sie war überrascht, dass so wenig Zeit vergangen war. Sie legte den Gang ein und fuhr mit Mavis von Hawkhurst Abbey fort.

»Das Mädchen ist eine Naturbegabung«, sagte Fletcher, und sein Penis steckte noch in Taniths Anus.

Er ruckte vor und zurück und verlor sich in der Ekstase. Die Turbulenz seiner Erleichterung wogte in ihm und erreichte auch sie. Tanith keuchte, hielt ihre Hand zwischen die Schenkel und erarbeitete sich einen Orgasmus, bei dem ihre Backen gegen seinen Bauch klatschten.

Einen Moment lang hafteten die beiden aneinander, dann zog er seinen Penis heraus und trocknete ihn an einem Taschentuch, das sein Monogramm trug.

Tanith warf ihre Locken zurück, zog den Rock hinunter und sagte: »Ich habe dir doch gesagt, dass sie gut sein würde. Und sieht sie im Kostüm nicht großartig aus?«

Das Ankleidezimmer, das sie im Trickspiegel sahen, lag verlassen da, aber sie hatten Lisa vom Apartment nebenan beobachten können.

Beide hatten sich dem Anlass entsprechend gekleidet. Taniths Kleid war eine traumhafte schwarze Kreation. Lang, tief ausgeschnitten, ärmellos und mit Ziermünzen versehen, hatte es einen Rock, der die Seiten offen ließ.

Fletcher trug ein makellos maßgeschneidertes Jackett, das vor siebzig Jahren in Mode gewesen war. Nach der Ejakulation hatte er schnell wieder seine Balance gefunden. Jetzt hielt er Tanith seine Hand hin. »Die Musik, meine Liebe. Es ist Zeit, dass wir in den Ballsaal gehen. Der Tango ruft uns, stark wie Sex, fast so stark wie das Leben selbst – ich muss auf den Ruf antworten.«

Siebtes Kapitel

»Es tut mir leid, dass ich Sie verpasst habe, Lisa … ich darf Sie doch Lisa nennen?« Fletchers tiefe, kultivierte Stimme klang verführerisch durchs Telefon.

»Es war mir ziemlich unangenehm«, sagte sie. Ihr Körper reagierte sofort. Trotzdem dachte sie: So leicht soll er mir nicht davonkommen.

»Ein Missverständnis. Ich bereue das sehr. Kommen Sie zum Essen, dann besprechen wir das Geschäftliche.«

Lisa stand noch im Bann des Ankleidezimmers mit den Zeugen der Vergangenheit. Sie war erst kurz vorher in ihrer Wohnung eingetroffen, als das Telefon geläutet hatte. Schon auf dem Heimweg war sie zu einer Entscheidung gelangt.

»Ja, nichts dagegen. Ich muss Ihnen gestehen, dass ich mich bei Ihnen umgesehen habe. Ich war beeindruckt von der wunderbaren Sammlung Ihrer Kostüme, die ich im ersten Stockwerk gefunden habe. Ich nehme an, Sie wissen, dass Sie sie mit einem Riesenprofit verkaufen könnten? Es gibt immer mehr Partygäste, die solche alten Kleider suchen.«

»Ich weiß«, sagte Fletcher. »Möchten Sie sich auf diesem Gebiet spezialisieren? Ich könnte Ihnen dabei helfen.«

»Danke«, sagte sie, aufgeregt von den hitzigen Erlebnissen des Nachmittags.

»Wann möchten Sie zum Essen kommen? Heute Abend?«

»Ich fürchte, das geht nicht«, sagte sie und dachte: Ich muss Paul sehen und mit ihm reden.

»Morgen?«, beharrte Fletcher.

»Das ist der Markttag.«

»Aber nicht am Abend. Sagen wir zwischen halb acht und acht?«

»Ja, fein.«

»Soll ich Sie abholen?«

Panik ergriff sie. Wenn sie mit Mavis fuhr, konnte sie gehen, wann immer sie wollte – besonders, wenn sie glaubte, dass eine Flucht der beste Ausweg war.

»Nein, danke. Ich werde selbst fahren.«

»Ich freue mich auf Sie. Und Tanith auch. Auf Wiedersehen, Lisa.«

»Auf Wiedersehen.«

Als sie den Hörer auflegte, fragte sie sich, was es war, was sie an Fletcher faszinierte. Sogar durchs Telefon spürte sie die Faszination. Sie hatte ihn erst einmal gesehen. Er hatte eine mysteriöse Aura, die ihn umgab.

Ihre Kleider fühlten sich heiß und beengend an. Spontan zog sie sich bis aufs Höschen aus und schlang einen hellen, farbigen Sarong um sich, ehe sie barfuß zu ihrem Dachgarten ging. Sie setzte sich an den Pool, und dort begegnete sie Alfies bösen Blicken. Seine Pfoten hatte er unter sich begraben, während er geduldig auf seinem Beobachtungsposten lag.

Lisa freute sich nicht auf den Abend. Sie musste Paul anrufen und die Kisten für den nächsten Markttag zusammenstellen. Der Gedanke, mit Daphne auf Einkaufstour zu gehen, hob ihre Laune, obwohl es ihr nicht gefiel, dass sie sich nicht einmal die Reise erlauben konnte. Mit etwas Glück würde sie morgen auf dem Markt was verkaufen, aber bestimmt nicht genug.

Sie schloss die Augen, ließ sich von der Stille vereinnahmen und wurde dann von der Türklingel gestört. Es überraschte sie nicht ganz, dass David vor der Tür stand.

»Wie schön, dich zu sehen«, sagte sie schlicht, obwohl ihr

das Herz im Halse schlug. »Hast du eine profitable Reise gehabt?«

»Nicht schlecht«, sagte er verschlossen, dann fragte er: »Hast du deinen Verlobten schon in die Wüste geschickt?«

»Nein.«

Er ging hinein, und es war, als wäre er nie weg gewesen. Lisa wollte sich in seine Arme werfen und ihn ins Schlafzimmer zerren. Er sah gut genug zum Anknabbern aus. Er war lässig gekleidet, auch wenn die Jeans von Versace und die Truckerjacke von Levi's stammten. Er war größer, als sie ihn in Erinnerung hatte.

»Deine Frisur ist anders«, sagte sie. Die Haare auf dem Schädel waren kürzer, und seine Koteletten waren länger.

»Gefällt es dir?« Das Licht spiegelte sich in seinen grünen Augen.

»Ja.«

Natürlich gefällt es mir, hätte sie gern gesagt. Ich mag alles an dir, auch wenn du ein ungetreuer Geliebter bist. Ohne nachzudenken, fragte sie: »Wie geht es Lady Fiona?«

Er grinste charmant und ohne Reue. »Okay, als ich sie das letzte Mal gesehen habe. Sie war nicht mit mir in Frankreich.«

»Nein?« Sie war erleichtert und fragte sich: Glaube ich ihm – und spielt es überhaupt eine Rolle?

Er legte eine Hand auf ihre Schulter, schaute nachdenklich auf Lisa hinab und sagte: »Wer allein reist, reist am schnellsten. Es war ausschließlich eine Geschäftsreise. Ich möchte, dass du in die Scheune kommst und dir ansiehst, was ich mitgebracht habe. Ich habe das Gefühl, dass es dir gefallen wird.«

»Spielt meine Meinung eine Rolle?«

»Ja, natürlich«, sagte er, ließ die Hand sinken und schaute sich im Zimmer um. »Ich mag deine Einrichtung. Hast du sie gekauft?«

»Vom Vater geerbt.« Ihre Schulter fühlte sich kalt an ohne das Gewicht und die Wärme seiner Hand.

»Er ist ein Mann mit Geschmack«, sagte er.

»War er. Er ist tot.«

»Das tut mir leid. Kürzlich?«

»Im vergangenen Jahr.«

»Du stehst also allein? Keine Mutter, keine Geschwister?«

»Nein.«

»Nur Paul, den Verlobten?«

»Ja, stimmt.«

Sie fühlte sich in die Defensive gedrängt und war nicht bereit, ihm weitere Informationen über sich anzuvertrauen. Nur für eine Weile, als ihre Körper sich auf dem Diwan seines Studios vereinigt hatten, hatte sie davon geträumt, dass ihm das etwas bedeutete. Aber dann hatte er sie ohne ein Wort im Stich gelassen und war seinen Geschäften gefolgt.

Das hatte sie verletzt, und sie hatte entschlossen versucht, ihn aus ihrem Herz zu schneiden. Erfolglos natürlich, und da stand er jetzt und schmeichelte sich bei ihr ein, so natürlich und leicht, dass sie fast glauben musste, er sorgte sich um sie.

Er nickte und sagte: »Ich habe von Anfang an gefühlt, dass du Freunde brauchst.«

Darauf gab es nichts zu antworten. Sie sah ihm zu, wie er eine bemalte Bronze- und Elfenbeinfigur auf einem Alabastersockel kritisch musterte. Seine Augen leuchteten vor Bewunderung.

»Ein sehr schönes Stück«, sagte er. »Was für ein hübsches Mädchen. Art déco. Schau nur die Perlen auf dem Mieder an, den Kopfschmuck und den wirbelnden Rock und die gestreiften Schuhe. Schade, dass die Arbeit keine Signatur hat. Wenn es eine hätte, wäre sie eine Menge wert.«

Hitze überwältigte Lisa; sie stieg aus den inneren Tiefen hoch in ihr Gesicht, als sie an ihr schamloses Verhalten am

Nachmittag erinnert wurde; da hatte sie ein ähnliches Kostüm getragen wie die Figurine.

»Ich würde mich nicht von ihr trennen«, sagte sie, dann ging sie in Richtung Küche und fragte: »Möchtest du ein Bier?«

»Ich würde lieber mit dir Liebe machen«, antwortete er ehrlich, und Lisa sah die dicker werdende Beule in der Jeans.

»Liebe machen oder einen schnellen Fick?«, fragte sie mit neu angeeignetem Zynismus.

Seine Augen verdunkelten sich, und der Mund wurde eine harte Linie. »Ich denke nicht mit solchen Begriffen an dich«, sagte er scharf. »Ficken, das ist für Leute wie Fiona. Ich hoffte, dass uns mehr verbindet.«

»Nach zwei Treffen? Nun hör aber auf, Mr. Maccabene!«, rief sie, entschlossen, sich nicht von ihm blenden zu lassen.

»Drei, wenn du den Tag mitzählst, als wir uns bei der Auktion gesehen haben.«

»Als du mich gezwungen hast, mehr auszugeben, als ich geplant hatte«, fauchte sie ihn an, denn es ärgerte sie immer noch.

»Alte Gewohnheiten legt man nicht so schnell ab«, murmelte er, dann streichelte er über die Seite ihres Gesichts und grinste verwegen. »Ich kann dir nicht versprechen, dass ich das nie wieder tue, wenn wir beide etwas haben wollen. In der Liebe und im Krieg ist alles fair.«

»Und bei Auktionen?«

»Absolut.«

Oh, verdammt, dachte sie, als er seinen Arm um sie legte und sie gegen seine Härte und die Hitze seines Körpers drückte. Wie kann ich ihm widerstehen, wenn jeder Tropfen meines Blutes wie Lava kocht? Ich will ihm nicht widerstehen. Ich will, dass er mit mir Liebe macht, bis ich nicht mehr klar denken kann.

Warum sich lange zieren?, dachte sie plötzlich und sagte schnell: »Sollen wir ins Bett gehen?«

Er nickte zur Tür. »Da?«

»Ja.«

»Soll ich dich wie eine jungfräuliche Braut über die Schwelle tragen?«, fragte er lächelnd.

»Ich glaube, das ist weder nötig noch angebracht«, gab sie zurück, aber trotzdem entzückte es sie, als er sie plötzlich auf Armen trug. So etwas wäre Paul nie eingefallen.

Er roch gut, und sie spürte seinen frischen Atem, als sein Mund sich über ihrem schloss. Sie erinnerte sich an diesen Mund, und ihr eigener öffnete sich, saugte an seiner Unterlippe und streichelte über die Oberlippe. Dann stieß sie ihre Zunge zwischen seine Zahnreihen. Seine fleischige Zunge war bereit, mit ihrer einen nassen, glitschigen Tanz der Lust zu beginnen.

Sie bewunderte seine Kraft und sein Geschick, als er die Tür mit der Schulter aufstieß und sie dabei immer noch küsste. Er trat ins Schlafzimmer und legte Lisa auf die Bettdecke.

»Du Macho«, neckte sie.

»Morgen werde ich darunter leiden«, sagte er lachend.

Sie schlang ihre Arme um seinen Hals, und ihre Finger spielten mit seinen dichten Haaren im Nacken, während er über ihr kniete, die Schenkel auf der Höhe ihrer Hüften, und ihr unergründlich in die Augen sah.

Alles Lachen war aus seinem Gesicht verschwunden, als er sich auf die gestreckten Arme stützte und sagte: »Ich bin mit dir noch nicht im Bett gewesen. Lass es uns richtig tun.«

Er richtete sich auf, zog seine Jacke aus, zerrte das Hemd aus dem Hosenbund und legte es auch ab. Sein Körper war breit und gut mit Muskeln bestückt; seine Haut hatte die Farbe warmer Oliven, und sein Brustkorb trug einen Pelz.

Lisa, die ihn bewunderte, ließ ihren Sarong an. Aus einem Grund, den sie nicht definieren konnte, schreckte sie davor zurück, mehr von sich zu enthüllen. Er hatte ihr Reich betreten, und das sollte zunächst einmal genügen.

Dies war ihre Höhle, ihr heiliger Ort für Schlaf und Nachdenken. Es war auch ein Ort, um Liebe zu machen, aber bisher war nur Paul hier gewesen. Kein anderer Mann hatte ihr Bett geteilt. Paul hatte das nicht wirklich zu schätzen gewusst, und er hatte auch nie etwas darüber gesagt, wie sie das Zimmer eingerichtet und verziert hatte. Sie hatte die besten Stücke ihrer Sammlung hier ausgestellt. Die Vorhänge waren aus Chintz, und die Wände waren pfirsichfarben angemalt und mit gerahmten Drucken nackter Frauen viktorianischer Künstler behangen. Sehr feminin, sinnlich und romantisch.

David sah sie an und trat sich die Schuhe von den Füßen. Langsam rutschte die Jeans. Er trug nichts darunter, und sie fragte sich, ob er das immer so hielt oder ob er für sie hatte vorbereitet sein wollen. Sie war fast so nervös wie beim ersten Mal, aber jetzt war er nackt, und sie befanden sich auf ihrem Territorium.

Sie setzte sich aufs Bett und gestattete sich den Augenschmaus, ihn anzustarren. Er war groß, muskulös und fit, nicht durch irgendwelche Übungsprogramme im Fitness-Studio, sondern durch harte Arbeit. Dadurch hatte er sich eine schmale Taille, einen flachen Bauch und muskulöse Schenkel angeeignet. Er war ein unabhängiger maskuliner Mensch, aber ihm fehlte die Aggression gegenüber Frauen, die sie von Paul kannte.

Lisas Blicke kehrten zum dunklen Nest zurück, aus dem sein Penis heraussprang.

Er war völlig hemmungslos, stand vor ihr, die Hände in die Hüften gestemmt, die Beine leicht gespreizt, sodass sie sich alles von ihm ansehen konnte. Es gab nichts Hastiges an der

Art, wie er sich ihr näherte und neben sie ins Bett stieg. Sie hatte das Gefühl, dass er jeden Moment genoss und sich absichtlich viel Zeit nahm. Sie bewunderte sein Geschick, denn seine gemächliche Art trieb seine Lust noch an.

Ihre Hände griffen nach ihm. Sie rollte sich auf die Seite, spielte mit den Fingern in seinen Brusthaaren, zwickte die braunen Nippel, ging über den harten, festen Bauch und tiefer hinunter in das Nest, das seine Genitalien beschützte.

Sie lag da, umfing seinen Schaft und erkundete ihn mit der Fingerspitze. Die Haut war so weich und der Schaft ganz hart; die Vorhaut war nach unten gezogen und gab den Blick auf die geschwollene Eichel frei. Lisa berührte sein Skrotum und genoss das schwammähnliche Gefühl der Hoden. Sie war stolz, dass er ihr diese Symbole der Männlichkeit anvertraute, aber es war sein Schaft, der sie anzog wie ein Magnet, die kräftige stählerne Härte, den berstenden Kopf und den kristallklaren Tropfen im Schlitz.

»Nicht zu schnell«, stöhnte er an ihren Lippen. »Ich komme in einer Minute, und ich will nicht, dass es schon zu Ende ist. Wir haben unsere versäumte Zeit nachzuholen.«

Er befreite sich aus ihrem gierigen Griff und löste den Knoten ihres Sarongs. Er fiel auseinander. Sie lag auf dem Rücken und ließ David gewähren. Ihr gebräunter Körper lag entblößt vor ihm, abgesehen von der leichten Baumwolle, die ihren Venushügel bedeckte.

Ihr Höschen war klamm von der vorangegangenen Erregung, und eine heiße Welle des Verlangens ließ ihren Honigtau wieder schneller fließen.

Sein Blick glitt über ihre vollen Brüste mit den Aureolen und den harten Spitzen. Er sah ihre goldene Haut, die schmalen Schultern und die schlanken Beine. Seine Erektion zuckte. Lisa wartete; ihr Herz schlug schneller, und als seine Finger ihre Nippel zwickten, wölbte sie den Rücken, um seine Hände auf diesen Stellen zu halten. Sie keuchte, als er ihre Brustwarzen quetschte und mit den Daumenballen rieb. Wie von selbst teilten sich ihre Schenkel, und an den Seiten des Höschens glitzerten braune Härchen mit hellen Tropfen.

David lehnte sich über sie, und sie fühlte die Wärme seines Atems auf den Zitzen, bevor sie von der Zunge berührt wurden. Dann war alles ausgeschaltet, alles bis auf die akute Wonne, als er zu saugen und zu nuckeln begann.

Sie hielt die Hände von seiner Männlichkeit weg, obwohl der aufrecht stehende Stab verführerisch genug war, eine Nonne in ihrem Gelübde wankelmütig werden zu lassen. David hatte Recht mit seinem Hang zur Langsamkeit. Auch sie wollte es auskosten. Das Blut pochte in der bebenden Klitoris, und sie hätte am liebsten laut aufgeschrien.

Sie war besessen vom schamlosen Verlangen, David ihre geheimen Schätze zu zeigen, und hakte die Daumen in den Bund ihres Höschens. Im nächsten Moment war sie völlig nackt. Sie hob ihr Knie, drückte es mit einer Hand zur Seite und spreizte das andere Bein weit ab. Er sollte einen ungehinderten Blick auf ihr Delta haben. Die reifen, geschwollenen Lippen waren deutlich zu sehen, und die Perle lugte steif hervor.

David setzte die Spiele mit ihren Nippeln fort, dann glitt er an ihr hinunter und presste seine Lippen auf die seidige Haut ihrer inneren Schenkel. Seine Haare wischten über ihre Spalte. »Leck mich«, wimmerte sie.

Er fing an, die Zunge über ihre Knospe huschen zu lassen, und die Sensationen schossen durch sie hindurch. Sie konnte ihr eigenes teures Parfum riechen und das tangähnliche Aroma ihrer Leidenschaft. David hörte nicht auf und begann mit einem stetigen Rhythmus; ein sanftes Lecken, dann ein kräftiges Züngeln und schließlich seine Finger an ihren Nippeln.

Sie wimmerte lauter und stieß ein Geheul aus, das sich

immer höher schraubte, fast im Gleichklang mit seiner Zunge auf der Klitoris. Ihr Körper wurde geschüttelt und von Lust gepackt. Sie wand sich in Ekstase, als der Höhepunkt sie überfiel.

Mitten in ihrer Glückseligkeit schrie sie so laut wie nie zuvor: »Fick mich, David!«

Er hob den Kopf und steckte die beiden Daumen dahin, wo bisher seine Lippen und Zunge gewirkt hatten, rechts und links von ihrer vibrierenden, harten Knospe. Dann kniete er sich zwischen ihre Schenkel, und sie langte nach seinem Penis und führte ihn zu ihrem gierigen Portal.

Er packte ihre Schenkel und penetrierte sie langsam, und dabei schaute er ihr die ganze Zeit in die Augen, bevor er nach unten sah und verfolgte, wie der Penis in ihr verschwand. Die Wurzel rieb gegen die Klitoris, und seine Schamhaare vereinten sich mit ihren.

Sie streckte die Arme aus und wollte ihn an sich ziehen, damit er sich auf sie legen konnte, aber er widersetzte sich. »Nein, Lisa, ich möchte sehen, wie du auf das, was ich mache, reagierst.«

Er griff an ihre Fersen, hob die Beine hoch und legte sie über seine Schultern. Dann begann er mit langsamen Bewegungen, rein und raus. Ihre inneren Muskeln zogen sich zusammen und entspannten sich und passten sich seinen Stößen an. Sie war unerträglich erregt und schaute zu, wie er sein strammes Glied bis zur Spitze herauszog und die braune Länge von ihren eigenen Säften glitzerte. Es blieb dort nur einen Herzschlag lang, keine Sekunde länger, dann glitt es wieder hinein und entzog sich ihrer Sicht, als sich die Körper wieder vereinten.

Davids Gesicht war gespannt und auch ein bisschen verkrampft. Er hatte die Lippen zurückgezogen, sodass sie seine weißen Zähne sehen konnte. Er legte die Hände auf ihre

Brüste und befingerte die erregten Nippel. Seine Hüften bewegten sich und trieben den Penis in kurzen Hüben vor und zurück.

Ihre Brüste hüpften, als seine Stöße härter kamen, und sie ruckte ihren Körper gegen seinen. Sie wollte, dass er seine Kontrolle verlor und wild in ihr kam. Nur für diesen kurzen Augenblick gehörte er ganz ihr, dieser starke fähige Mann, der sonst auf niemanden angewiesen war. Aber während des Wahnsinns seiner Ejakulation brauchte er sie.

Sie spürte, wie er in kräftigen Schüben kam, wie sein Penis pulsierte und zuckte wie eine von ihm getrennte Einheit, die an den Lenden befestigt war. Er keuchte und schüttelte sich, dann sackte er zusammen und blieb auf ihr liegen, immer noch mit ihr verbunden, sein Gesicht in ihren Locken geborgen.

Lisa lag ausgestreckt auf dem Rücken und genoss es, ihn zu fühlen, seine Haare zu riechen und ihre gemeinsamen Säfte. Im Gegensatz zu Paul gelang es ihm, sie nicht zu zerquetschen. Die beiden Männer waren so unterschiedlich, dass man fast glauben konnte, sie kämen von zwei verschiedenen Planeten. David erholte sich rasch von seiner Anstrengung, löste sich von ihrem Körper, nahm sie aber kuschelnd in die Arme.

»Mmm, das war wirklich großartig«, sagte er, und sie hatte keinen Zweifel daran, dass es ernst gemeint war.

Sie seufzte befriedigt und döste glücklich vor sich hin, als das Telefon schrillte. »Verdammt«, murmelte sie.

»Überlass das dem Anrufbeantworter«, riet David schläfrig und strich mit einer Hand über Brüste und Rippen.

»Besser nicht«, sagte sie, richtete sich auf und griff nach dem Hörer neben ihrem Bett. »Lisa Sherwin«, meldete sie sich, wenn auch ein bisschen zittrig, denn David setzte seinen Zauber an ihren Nippeln fort.

»Hier ist Paul«, hörte sie, und sie fühlte sich spontan schuldig. »Mutter hat mir gesagt, dass sie dich besucht hat.«

»Ja, und?« Lisa hoffte, dass sie verbindlich klang, aber das fiel ihr schwer, weil ihr Geliebter mit einem Finger in ihren empfindsamen Tunnel einfuhr.

»Sie macht sich Sorgen, Lisa. Sie sagt, du weigerst dich, für die Hochzeit einkaufen zu gehen.«

»Ich habe ihr erklärt, dass ich morgen nicht mit ihr kommen kann. Ich bin mit meinem Stand an der Getreidebörse«, antwortete sie und schwenkte die Hüften als Reaktion auf Davids lustvolles Reiben. Er näherte sich der Klitoris.

»Wir müssen reden. Jetzt. Ohne weiteren Aufschub.« Er sagte das auf seine harte, schnarrende Art, vor der seine Mitarbeiter zurückschreckten.

»Ja, okay. Wann?« Lisa wollte weg vom Telefon und hin zu David.

»Heute Abend. Ich komme vorbei.«

»Wäre es nicht besser, wenn wir uns in einem Pub treffen?«, meinte sie und wollte hier nicht allein mit ihm sein. Es behagte ihr nicht, dass er sie derart belagern könnte, bis sie einer Sache zustimmte, die sie eigentlich nicht wollte.

»Nein. Erwarte mich um acht.« Paul legte auf.

»Der Freund?«, fragte David. Er lag auf dem Rücken und zog sie über sich; ihre nasse Spalte etwa in Höhe seines Nabels.

»Ja«, flüsterte sie schlecht gelaunt. »Ich muss ihn sehen.«

»Und mit ihm Schluss machen?«

Sie fühlte, wie sein Schaft wieder wuchs und in die Kerbe ihrer Pobacken drängte. Sie öffnete sich weiter und wollte, dass er jeden Teil von ihr in Besitz nahm, auch diese verbotene Stelle, wo sie noch jungfräulich war.

»Ich glaube ja, aber es ist verdammt schwer«, antwortete sie. Ihre Hand ruhte flach auf seinem Brustkorb. Sie zwickte seine Brustwarzen.

»Setz dich drauf«, raunte er und betrachtete sie durch halb geschlossene Lider. »Ich will fühlen, wie du mich reitest.«

Lisa hob ihren Po ein wenig an, und sein Speer drückte gegen ihre Vulva und brauchte keine Hilfe, den Weg zu finden. Er penetrierte sie, und Lisa saß auf ihm, hob sich, ließ sich fallen. Sie genoss die Sensationen, von ihm gepfählt zu werden, und sie genoss auch, dass sie die absolute Kontrolle ausübte.

David hielt ihre Fesseln fest, was ihr beim Auf und Ab half. Sie hatte den Rücken durchgestreckt und den Kopf in den Nacken geworfen. Ihre Finger fanden die Klitoris, die vom letzten Höhepunkt noch geschwollen war und jetzt schnell reagierte. Lisa spürte, dass Davids Penis noch ein bisschen härter wurde.

»So ist es gut«, keuchte er. »Mach das, bis es mir kommt.«

Die Ekstase packte sie, und sie ritt ihn wild, denn sie wollte ihn über die Klippe bringen. Das Bett wurde zum Schlachtfeld, als sie beide versuchten, den anderen zum Höhepunkt zu bringen.

Als sie ihre Klitoris rieb, berührten ihre Fingerspitzen seine Schamhaare und dann auch seinen Schaft, wann immer sie sich erhob. In diesem Moment war sie nur auf ihren Orgasmus aus – und auch auf seinen. Wären Paul oder Valerie gerade ins Zimmer getreten, hätte sie nichts anderes tun können, als ihr Ziel zu erreichen.

Sie kam vor David und fiel nach vorn. Er schrie auf, als sein Samen aus ihm schoss. Wie ein Rakete durch ihren ganzen Körper und in ihr Gehirn. Sie lagen ein paar Sekunden keuchend da, dann wälzte sie sich erschöpft von ihm. Nur am Rande nahm sie wahr, dass er ihre Hand in seine nahm, dann spürte sie die Wärme seiner Lippen, als er sie küsste.

Sie gingen zusammen unter die Dusche und spielten unter dem prasselnden Wasser wie ausgelassene Delfine. Sie rubbelten sich gegenseitig trocken, dann zogen sie sich an und setzten sich zu einem Kaffee in die Küche.

»Wirst du mit ihm fertig?«, fragte er und sah sie ernst an.

»Ich weiß es nicht«, antwortete sie ehrlich.

»Soll ich bleiben, damit ich dir helfen kann, ihn in den Wind zu schießen?«

»Nein. Er könnte um sich schlagen.«

»Glaubst du, ich könnte mich nicht wehren?«

»Doch, aber ich will nicht, dass du da hineingezogen wirst.«

»Kann ich dich sehen, wenn er weg ist?«

Lisa schüttelte den Kopf. »Ich glaube, das wäre nicht gut. Es kann spät werden.«

»Wirst du mit ihm schlafen?« David hörte sich wütend an.

»Ich habe es nicht vor, aber er kann sehr fordernd sein.«

»Ich glaube, dann bleibe ich lieber.«

»Nein. Ich rufe dich morgen nach dem Markt an.«

»Kann ich dich morgen Abend sehen?«

»Ich bin bei Tanith und Fletcher zum Essen eingeladen.«

Im roten Schimmer des Sonnenuntergangs nahm sein Gesicht einen dämonischen Ausdruck an; grüne Augen, die bedrohlich glitzerten, und seine Stimme klang scharf, sodass ihr Herz schneller schlug, als er fragte: »Wieso verbündest du dich mit dem Feind, Lisa?«

»Weil der Feind mir einen Job angeboten hat«, lautete ihre knappe Antwort.

Er stand auf und sagte: »Ach so. Nun, ich wünsche dir Glück. Du wirst es brauchen, wenn du mit den beiden gemeinsame Sache machst.«

»Das bleibt abzuwarten«, sagte sie. Sie wollte noch einige Fragen stellen, aber irgendwas hielt sie zurück.

Sie ging mit ihm zur Tür, und er nahm sie in die Arme und

hob sie fast von den Füßen. »Gehst du zum Verkauf nach Rathbone?«

»In der Nähe von Salisbury? Daphne hat mich eingeladen, aber ich glaube, das ist eine Nummer zu groß für mich.«

Er küsste sie; es war ein langer, intensiver und inniger Kuss, der einen Hauch von Besitzanspruch verriet, dann sagte er: »Wir sehen uns da.«

»David«, sagte sie und schaute ihn fragend an.

»Ja?«

»Überbiete mich nicht wieder bei der Versteigerung.«

Er strich mit einem Finger über einen Nippel und lächelte spöttisch. »Mal sehen.«

»Darauf läuft es also hinaus? Du willst mich nicht heiraten.« Paul saß auf der Couch, ein Glas Bier in der Hand. Er schüttelte langsam den Kopf. »Ich kann es nicht glauben, Lisa.«

»Glaube es«, riet sie ihm. Sie hörte sich selbstsicher an, aber innerlich war sie ein Wackelpudding. »Ich werfe dir nichts vor. Wir passen nur nicht zusammen.«

Seine blauen Augen verengten sich, und die Wut, die er bisher kontrolliert hatte, kam zum Vorschein. »Du hast einen anderen Kerl, nicht wahr? Du schläfst mit einem anderen.«

Es war schwer, überzeugend zu lügen, wenn sie trotz eines heißen Bads noch Spuren von Davids Geruch an sich entdeckte, aber sie probierte es trotzdem und sagte laut: »Du irrst dich, Paul.« Dann ging sie aus der Defensive in den Angriff über. »Himmel! Männer! Sie können nicht begreifen, dass man frei sein will, ohne dass der Nächste schon bereitsteht, ihren Platz einzunehmen.«

»Aber meistens ist es so«, murmelte er und leerte sein Glas.

»In meinem Fall nicht.«

»Allein kommst du nicht klar.«

»Doch«, widersprach sie und wünschte, sie wäre so überzeugt, wie sie klang.

Er sah sich im Zimmer um – die Risse in den Wänden, an der Decke die feuchte Stelle, die wie die Landkarte von Afrika aussah, dann sagte er schonungslos: »Diese Bude fällt auseinander. Ich wollte sie renovieren, bevor wir sie verkaufen.«

»Da hast du es schon wieder!«, rief sie aufgebracht und sprang auf die Füße. Sie fühlte sich stärker, wenn sie auf ihn hinabschauen konnte. »Du planst wieder für mich. Ich habe dir gesagt, dass ich nicht verkaufen will.«

»Das wirst du aber müssen, wenn du dich von mir trennst«, drohte er düster. »Die Planungsbehörde der Stadt könnte das Gebäude als unsicher einstufen.«

Angst ergriff sie. So etwas hatte sie befürchtet. »Das würden sie nicht tun, oder? Haben sie ein Recht dazu?«, fragte sie leise.

Paul stand auf, seine stämmigen Schultern zwischen ihr und ihrem Fluchtweg. Er blickte auf sie hinunter. »Sie wären im Recht, wenn sie beweisen können, dass die Struktur nicht mehr gesund ist. Die Front könnte instabil sein, und abbröckelnde Teile könnten Passanten verletzen. Du müsstest Schadensersatz leisten ...«

»Schon gut, schon gut. Halt jetzt den Mund, denn die weiteren Folgen kann ich mir selbst ausmalen«, rief sie wütend.

Besorgt ging sie auf dem abgetretenen Teppich hin und her. Der weite Rock wogte gegen ihre Beine. Sie hatte mit Bedacht etwas Vernünftiges zum Anziehen ausgesucht, weil sie Paul nicht im Geringsten ermutigen wollte. Aber der Abend war zu warm, um die Arme zu bedecken oder um einen Pullover zu tragen, und so hoben und senkten sich ihre Brüste mit jedem heftigen Atemzug, und die Nippel drückten sich gegen das dünne schwarze T-Shirt.

Zu ihrem Entsetzen sah sie den gewissen Blick in seinen

Augen, der ihr sagte, dass seine Lenden reagierten, und obwohl sie an ihm vorbeiwollte, packte er sie am Arm und zog sie an sich heran. Sein Atem roch nach Bier.

»Hör zu, Lisa. Wir können uns doch einigen, nicht wahr? Ich verschiebe die Hochzeit, wenn du meinst, dass es dir zu schnell geht. Das ist doch fair, oder? Mutter wird ausflippen, aber damit werde ich fertig.«

»Deine Mutter wird mich umbringen wollen«, sagte Lisa voraus. »Sie kann mich ohnehin nicht ausstehen.«

»Das stimmt nicht«, behauptete er und strich mit einer Hand über ihren Po, dann drückte er ihre Hand gegen die Beule in seiner Hose.

Lisa wollte ihr Knie heben und in seine Weichteile rammen, aber sie sah gerade den feuchten Fleck an der Decke und die Risse in den Wänden, und Verzweiflung machte sich in ihr breit. Sie konnte es sich nicht erlauben, ihn zu verärgern.

»Möchtest du noch ein Bier?«, fragte sie mit einem gezwungenen Lächeln.

»Habe ich dazu je nein gesagt?« Er kniff noch einmal in ihren Po und ließ dann ihren Arm los.

Lisa floh hastig in die Küche und öffnete den Eisschrank. Sie wollte Zeit gewinnen, um ihre Gedanken zu ordnen. Zu ihrem Schrecken hörte sie Paul, der ihr gefolgt war. Seine Hände umfassten ihre Taille und schoben sich weiter in die Hitze ihres Schritts.

»Vergiss das Bier«, sagte er heiser und hob ihren Rock.

Lisa gefror. Sie verharrte in der gebückten Haltung, eine Bierdose in der Hand. Sie fühlte Pauls Penis, der über den Steg ihres Höschens rieb.

»Hör auf damit«, sagte sie deutlich, obwohl die Wut sie zu ersticken drohte.

Er gluckste und stieß ihr Höschen zur Seite. Er tastete die Labien ab und drückte den Penis dagegen. »Ach, komm doch, Lisa«, bedrängte er sie, und seine undeutliche Sprache verriet ihr, dass er einen Pub besucht hatte, bevor er zu ihr gekommen war. »Du hast gesagt, du willst eine andere Stellung. Bück dich etwas tiefer, Liebling ... du sollst eine andere Stellung kennen lernen ... Bring meinen alten Mann an Ort und Stelle.«

»Ich sagte, du sollst damit aufhören«, fauchte Lisa.

Sie schwang herum und schlug die Bierdose gegen seinen Bauch. Er grunzte, und ungläubiges Staunen legte sich auf sein Gesicht.

»Du Luder!«

»Hast du es jetzt begriffen?«, schrie sie, wild entschlossen, sich gegen jeden Angreifer zu verteidigen.

»Lisa«, murmelte er und zog sich zur Tür zurück. »Das wirst du bereuen.«

»Vielleicht. Aber dann war es meine Entscheidung. Raus jetzt!«

Ich bin voll gegen die Wand gefahren, dachte Lisa, als sie zum Abendessen nach Dunscombe fuhr. Aber ihre vorherrschende Emotion war Erleichterung.

Sie hatte das Telefon abgestellt, nachdem Paul gestern Abend höchst aufgebracht das Haus verlassen hatte. Sie hatte schlecht geschlafen und von herrschsüchtigen Verwaltungsmenschen geträumt, die wie Valerie aussahen und verlangten, dass sie sofort auszog und in ein neues Haus nach Kingsmead zog.

Auf dem Markt war viel los gewesen, aber ihre Ware wurde knapp, deshalb hatte sie auch keinen hohen Gewinn gemacht.

»Keine Sorge«, hatte Daphne sie getröstet. »Denken Sie an den Verkauf am Freitag. Ich kann es nicht erwarten zu sehen, was sie dort anbieten. Das ist der Spaß in unserem Gewerbe. Man kann nie sagen, welche Überraschungen auf einen warten.«

Es wird Spaß sein, wenn man das Gewerbe als Hobby betreibt, dachte Lisa, als sie sich Hawkhurst Abbey näherte, aber nicht, wenn es die einzige Einnahmequelle ist und ich von der Hand in den Mund lebe.

Es war noch hell – das rot gefärbte Licht eines Sommerabends. Ein fast unwirklicher Himmel mit allen Schattierungen, die man mit Feuer assoziiert, und die Sonne selbst als orangefarbener Ball am Horizont. Purpurne Wolken zogen sich zusammen.

Sie erreichte das Haus mit den phantastischen Türmen und den verschraubten Kaminkappen, die sich gegen den Himmel abhoben. Die Lichter wurden in den großen Erkerfenstern reflektiert und leuchteten wie Blut.

Lee öffnete die Tür und ließ sie eintreten.

Sie hörte wieder die Tangomusik. Spielten sie jemals etwas anderes? Die Musik wurde lauter, als sie Lee durch eine Reihe von Türen folgte, bis sie sich schließlich in einem Ballsaal wiederfand.

Vergoldete und verzierte Pfeiler verschwanden im Dunkel. Sie waren so entworfen, dass sie Palmen ähnelten, und mittendrin lebensgroße Figuren von nackten Sklavenmädchen, die an Truhen gekettet waren. Die Wände waren scharlachrot gehalten, die Vorhänge in Schwarz. Die düsteren Farben wiederholten sich in gewaltigen Spiegeln unter dem gedämpften Schein von Art-déco-Deckenlampen.

Es gab auch Gipsstatuen; Frauen mit riesigen Brüsten, kurzen Röcken, stämmigen Beinen und hochhackigen Schuhen sowie Männer mit übergroßen Penissen und geschwollenen Hoden; und es gab Gemälde, Kopien von Franz von Stuck mit seinem listig lächelnden Pan, der gegen Faune kämpfte, sowie die schöne, fatale Sphinx mit ihrem schrecklichen Kuss.

Ein Paar glitt über die glänzende See des Parkettbodens. Das waren Tanith und Fletcher, die in ihren Tanz so vertieft waren, dass sie Lisas Gegenwart noch nicht bemerkt hatten.

Die Musik kam aus dem wie eine Blüte geformten Horn des altmodischen Uhrwerk-Grammophons. Frankie stand daneben, bereit, den Tonarm sofort aufzunehmen und wieder einzuhängen, sobald die Platte abgelaufen war. Zwei weitere Paare sahen ihnen von ihren vergoldeten Stühlen an kleinen runden Tischen zu; sie nippten Cocktails und rauchten türkische Zigaretten. Die Frauen benutzten schlanke elegante Spitzen. Alle waren in der Mode des Jazz-Zeitalters gekleidet.

Lisa errötete vor Verlegenheit, als sie erkannte, dass sie bei ihrem letzten Besuch nicht über irgendeinen Museumsfundus an alten Kleidern gestolpert war – die Kleider wurden offenbar bei bestimmten Anlässen getragen. Ihr Blick fiel auf die hagere Valentino-Kopie, die das Tanzpaar genau beobachtete und es ab und zu anhielt und einen Schritt oder eine Schrittfolge zeigte, die Arme um Tanith gelegt, während Fletcher nickte und zuschaute.

Es war natürlich Fletcher, aber so hatte Lisa ihn noch nie gesehen. Er hatte sich in einen dunklen Gangster verwandelt, vielleicht ein Mitglied der Cosa Nostra, das sich mit illegalen Drogen, Alkoholschmuggel, Glücksspiel und Prostitution beschäftigte. Ein breitrandiger schwarzer Filzhut war tief über ein Auge gezogen, ein weißer Schal um den Hals geschlungen, und der dunkle Maßanzug betonte die schlanke Taille und die hageren Hüften.

Er fing Tanith auf, als der Lehrer sie schwungvoll an ihn weitergab. Ihr mandarinenfarbiges Kleid wirbelte hoch und enthüllte schwarze Strümpfe, die von orangefarbenen Strapsen gehalten wurden.

Sie war voller Anmut. Korrekt die Position der Füße, die in schwarzen Schuhen mit Bändern um die Knöchel steckten. Ihr Rücken war nackt bis zur Taille, und Fletcher legte seine Hand auf bloße Haut. Er lehnte sich leicht zurück und stützte sie auf seinen Schenkeln. Sie schleppte ihre Beine hinter sich her, während er ihr Gewicht aufnahm. Er begann wiegende Bewegungen, geleitet vom Gefühl der Musik. Sie hatte den linken Arm um seinen Hals geschlungen, während ihre rechte Hand in seiner lag, die er fest auf seiner Brust hielt.

Sie hob ein Bein und klammerte es um seine Hüfte. Sie mahlte ihre rot behaarte Scham gegen ihn. Er starrte in ihr Gesicht, dann schob er seinen Schoß vor und rieb sie zwischen den Beinen. Er gestattete ihr nicht zu kommen, tänzelte um sie herum und glitt dann mit ihr auf den Boden.

Der Tanz war wahnsinnig sexy: Der Mann bestimmte, die Frau folgte. Oberschenkel berührten sich, Hände, Brüste und Gesichter.

Lisa fühlte ein pulsierendes Pochen in ihrem Zentrum, und es fiel zusammen mit dem Takt der Musik. Sie presste die Schenkel zusammen und begann ein sanftes, erregendes Reiben. In diesem Moment kam Valentino auf sie zu, verbeugte sich und sprach in einem sehr dicken englischen Akzent.

»Möchten Sie tanzen? Normalerweise würde ich das gar nicht fragen. Ich würde Sie von meinem Tisch aus anstarren und mit dem Kopf zur Tanzfläche zeigen. Sie würden lächeln und nicken oder weggehen, was davon abhängt, ob ich Ihnen gefalle oder nicht.«

»Ich dachte, Sie könnten Argentinier sein«, sagte Lisa und streckte ihre Hand aus. Sie wollte unbedingt in den Rhythmus des Tangos finden.

»Ja, bin ich«, sagte er und lächelte breit. »Ich heiße Eduardo. Meine Eltern stammen aus Buenos Aires, aber ich bin in

England geboren und aufgewachsen. Sie besitzen ein Restaurant in Richmond.«

»Und Sie lehren Tango?«

»Ja, richtig. Ich habe den Tango von meinem Vater gelernt. Er ist ein Maestro und weltweit anerkannt. Mr. Robillard will, dass ich Ihnen den Tango beibringe.«

Er war sexy und jung, und Lisa kannte bereits die Vorzüge eines Latin Lovers. Die Hand, die ihre hielt, fühlte sich glatt und warm an. Er trug einen Smoking, die Haare lagen glatt am Kopf, und er gab einen kräftigen, moschusartigen Duft von sich.

Die Schallplatte war zu Ende, und Tanith und Fletcher rannten ihr entgegen. Fletcher beugte sich hinunter und küsste Lisa auf die Wange; eine vertrauliche Geste, die sie überraschte und ihr nicht unangenehm war. Es war, als hätte er schon die Kontrolle über sie. Aber noch arbeite ich nicht für ihn, mahnte sie sich.

»Sie werden den Tango lernen, Darling«, sagte er, und seine grauen Augen bohrten sich in ihre. »Das ist für unsere Partnerschaft unbedingt erforderlich.«

»Ich habe nichts dagegen. Ich wollte den Tanz immer schon lernen. Ich weiß wenig über Gesellschaftstänze – abgesehen davon, was wir in der Schule gelernt haben«, sagte sie und tadelte sich stumm wegen ihrer schwatzhaften Art. Es gelang Fletcher, ihr Blut in Wallung zu bringen.

»Sie werden das schaffen«, antwortete er mit einem zynischen Lächeln. »Aber zuerst müssen Sie sich entsprechend kleiden. Es macht einen großen Unterschied, ob man die richtigen Kleider trägt. Ich weiß, dass Sie wunderbar aussehen, denn ich habe das schon genießen dürfen.«

»Wann?«, fragte Lisa, die Wangen heiß vor Panik.

»Neulich, als Sie die herrlichen Sachen im Ankleidezimmer gefunden haben.«

»Da haben Sie mich gesehen? Wie denn?«, stammelte Lisa und wünschte, die Erde würde sich auftun und sie verschlucken.

»Ist doch egal, wie«, sagte er, dann schlang er einen Arm um ihre Taille, und die andere Hand begann die Kerbe zwischen den Backen zu streicheln.

»Ich will Sie wieder beobachten, deshalb will ich auch, dass Sie alles tun, was Sie an diesem erwähnten Nachmittag getan haben.«

Achtes Kapitel

Cocktails! Was für eine wunderbare Erfindung, dachte Lisa und gluckste hilflos vor sich hin.

Sie hatte irgendwo gelesen, dass man sie im Ersten Weltkrieg erträumt hatte. In der Nachkriegszeit hatten sie sich verbreitet, weil sie ideal für die tote Zeit zwischen Nachmittagstee und Abendessen waren. Diese Zeit hatten sie zutreffend ›Cocktailstunde‹ genannt.

Lee, der als Barmann arbeitete und einen originalen Shaker in grüner Emaille benutzte, bot unterschiedliche Getränke mit erfinderischen Namen an. Jedes Glas war mit einer aufgespießten Kirsche verziert. Schon bevor sie zum Essen ging, fühlte sich Lisa ein wenig berauscht.

Kronleuchter hingen von den Dachsparren des Ballsaals. Fletcher thronte auf einem Sessel am Kopf des Tisches, Lisa auf einer Seite daneben und eine platinblonde Frau namens Carol auf der anderen Seite. Auch sie trug ein Kleid aus dem Fundus, blaue Seidenpyjamas mit einer verschlungenen silbernen Schlange über der linken Brust. Die Tunika war bis zur Hüfte aufgeknöpft und zeigte die vollen Kugeln, die jedes Mal hüpften, wenn sie sich bewegte, aber Fletcher schaute sie nicht an. Seine Aufmerksamkeit war auf Lisa gerichtet.

Tanith saß ihm gegenüber und ließ sich von Eduardo anschmachten, aber er hatte Konkurrenz in einem fetten, kahl werdenden Mann namens Andrew, der mit dem Argentinier stritt und behauptete, auch ein erfahrener Tangotänzer zu sein. Mit Trophäen, die das bezeugten.

Eine andere Frau, als Babs bekannt, stark geschminkt und

die Haare in einem strengen Bubikopf, paradierte ihren hageren Körper in Goldlamee mit Fransen. Ihr Begleiter Jamie, ein paar Jahre jünger als sie, hatte glänzende, schmierige Haare, Manschettenknöpfe aus Amethyst und einen schwarzen Smoking mit seidenen Revers. Sein gut geschnittenes Gesicht wurde durch einen verdrießlichen Ausdruck beeinträchtigt.

Lisa wusste nicht, was sie zu den neuen Erfahrungen sagen sollte; allein deshalb war sie dankbar für die Cocktails. Sie wusste auch nicht, ob die anderen Gäste ihre richtigen Namen angegeben hatten oder nur ein Pseudonym, das nur an diesem Abend galt – wie sie auch ihre Kostüme nur an diesem Abend trugen.

Lee und Frankie servierten das Essen. Sie trugen Masken. Ihre *catsuits* waren über Brüsten und Scham geöffnet, durchaus eine Einladung zum Berühren. Ein Gang folgte dem nächsten, präsentiert auf dem feinsten Porzellan und begleitet von guten Weinen; ein Burgunder, so rot wie Blut, und ein Sauterne, so blass wie Zitronenöl, und dann noch der süße, prickelnde Champagner.

Das Dessert geriet zum Triumph, eine verwegen-dekadente Zusammenstellung mit Pfirsich in Brandysauce, serviert mit Schlagsahne und bestreut mit gehackten Mandeln. Es folgte mehr Champagner, der aus gekühlten Kübeln kam und schäumend in kristallenen Flöten gereicht wurde.

Obwohl sie zuerst sehr schüchtern gewesen war, hob sich Lisas Selbstbewusstsein, als sie die bewundernden Blicke sah, die ihr galten. Angeregt vom Alkohol und erfüllt mit dem prickelnden Gefühl, etwas erreicht zu haben, erlaubte sie sich das Eingeständnis, dass sie eine schöne Frau war.

Sie hatte sich für ein schwarzes Abendkleid aus Jerseyseide entschieden, das fast bis auf die Knöchel fiel und den Blick auf ihre Satinschuhe mit den hohen Absätzen freigab.

Sie hatte sie in einem Anfall von Extravaganz zum Abschlussball des Colleges gekauft, aber leider hatte sich kein Prinz sehen lassen – trotz des trägerlosen BHs, der sich verführerisch um ihre Brüste schmiegte.

Heute Abend hatte sie lange über die Frage der Unterwäsche nachgedacht, nicht welche, sondern ob überhaupt. Sie hatte sich für die gewagte Variante entschieden und war nackt unter dem sinnlichen Stoff, der ihre Schenkel streichelte und ihren Schoß liebkoste. Ihre Brüste schwollen an, und die Nippel waren ständig erregt, was an der gleitenden Jerseyseide lag.

Ihre Haare hatte sie hochgesteckt und mit einem samtenen Band gesichert, das ein paar Locken zu beiden Seiten des Gesichts frei ließ. Schließlich hatte sie in ihrem billigen Schmuck gestöbert und eine Halskette aus schwarzem Bernstein mit passenden Ohrringen gefunden.

»Ich erinnerte mich daran, dass Sie lieblich ausgesehen haben«, sagte Fletcher und starrte sie mit seinen unvorstellbar kalten Augen an, »aber mir war nicht klar, wie umwerfend Sie sind. Ich gratuliere Ihnen, Lisa. Glauben Sie, dass es Ihnen Spaß machen wird, mit mir zu arbeiten?«

»Das nehme ich an«, brachte sie heraus, erstaunt, dass er noch nicht über die Bedingungen sprach oder die Dinge abfragte, die ein Arbeitgeber gewöhnlich wissen will.

»Ich lasse einen Vertrag aufsetzen. Wann möchten Sie anfangen? Wie wäre es mit Montag?«, fragte er, und ohne seinen Blick zu wenden, schlüpfte er eine Hand durch die Öffnung über Frankies enthaarte Scham und fasste an die goldenen Ringe der Labien.

Frankie stand neben Fletchers Sessel und gab nicht zu erkennen, ob ihr die Invasion gefiel oder nicht. Sie stand so bewegungslos da, als wäre sie aus Wachs.

»Ja, gut, Montag«, sagte Lisa. Es war ihr unmöglich wegzusehen, denn sie war fasziniert davon, wie Fletchers lange kräftige Finger mit Frankie spielten.

»Sie fühlt sich so glatt an. Möchten Sie auch rasiert und gepierct sein?«, fragte er sie unvermittelt mit lauerndem Blick.

»Ich habe nie darüber nachgedacht«, antwortete Lisa leise, obwohl er sich keine Mühe gab, die Stimme zu dämpfen.

»Nein?« Er hob eine Braue. »Noch nicht der Versuchung nachgegeben, einen Blick in Magazine zu werfen, wenn sie eine Reportage übers Piercen brachten? Haben Sie sich noch nicht gefragt, wie es wäre, wenn Ihre Zunge gepierct wäre? Oder Ihre Klitoris? Das kommt am seltensten vor und ist wohl eher den Piercingfans vorbehalten. Wenn man Schmuck in der klitoralen Kapuze trägt, ist man konstant stimuliert. Sie könnten die ganze Zeit einen Orgasmus haben, selbst wenn Sie über die Straße gehen.«

»Ich glaube nicht, dass das etwas für mich ist«, wehrte Lisa ab, obwohl ihre Knospe zu prickeln anfing, als er davon erzählte.

Er hob die Schultern. »Vielleicht überraschen Sie sich selbst. Sie könnten ja mit der Enthaarung beginnen. Vielleicht werde ich das arrangieren ... Auf der anderen Seite ist Ihre Pussy wunderbar, so wie sie ist. So ein schöner dichter Busch. Bald werde ich mit den Fingern durch die Härchen gleiten.«

Seine Stimme erregte sie ungemein, ein pures Gefühl, das ihre Eingeweide traf und ihre Säfte fließen ließ. Die Härchen, von denen er eben erst so liebevoll gesprochen hatte, wurden nass. Er sah so gut aus mit seiner Adlernase, den dunklen Augenbrauen, dem Kinngrübchen und dem sinnlichen Mund, der zum Küssen einlud. Sie hätte gern gewusst, wie viele Frauen seine Lippen auf ihren schon gespürt hatten, und auf ihren Nippeln und Deltas, und wie viele er mit Mund und Zunge zur Ekstase gebracht hatte.

Lisa schätzte, dass es eine Legion sein musste, junge, nicht so junge, reiche und arme Frauen, aber alle würden eine bestimmte Qualität haben müssen, damit sein Appetit geweckt wurde.

Die anderen schauten zu, wie er Frankie masturbierte, während sie ihre eigene Lust verfolgten. Tanith nippte am Mokkatässchen mit dem aromatischen türkischen Kaffee, scheinbar unbewegt, als Eduardo versuchte, mit den Fingern in ihr Kleid zu fassen und ihre Nippel zu zwicken.

Eine von Andrews feisten Händen verschwand in der Region ihres Schoßes, und sein abwesender Ausdruck ließ vermuten, dass er sich mit der anderen Hand selbst befriedigte. Babs hatte Jamies Hosenstall geöffnet und seinen langen gebogenen Penis herausgeholt, den sie einer Fellatio unterzog. Carol stieß ihre Hand in den Bund der Pyjamahose und begann ihren Schoß zu reiben.

Die Atmosphäre im Ballsaal hatte sich verändert, fast narkotisierend in seiner Wirkung. Lisas Körper pulsierte als Reaktion auf das, was sie hörte und sah. Erregende Schauer ließen ihre Nippel noch mehr anschwellen und nach Berührung flehen. Sie wollte fühlen, wie Fletcher ihre Spalte anfasste, auf dieselbe Weise, wie er Frankies streichelte.

Jeder Zentimeter ihrer Haut prickelte vor Verlangen. Ihre Beine reagierten empfindlich auf die Bewegungen der schwarzen Strümpfe, als sie die Schenkel verschränkte. Das erhöhte den Druck auf die Knospe, die sich aus den geschwollenen Falten der Labien erhoben hatte.

Sie blickte auf und konnte Frankies Klitoris sehen, die wie ein kleiner fetter Daumen aus dem Schlitz hervorlugte, den die nassen geschwollenen Lippen bildeten. Frankies Körper zitterte, aber sie hielt ihre aufrechte Haltung bei und schaute weder nach rechts noch nach links, und offenbar durfte sie auch nicht nach unten schauen, dabei war sie bestimmt neugierig zu sehen, was Fletcher mit ihr anstellte.

Seine Finger stießen die Klitoris an, aber er sah zu Lisa, als wollte er sie mit den stahlgrauen Augen aufspießen. »Was fühlen Sie, wenn Sie Frankie kurz vorm Orgasmus sehen?«

»Heiß ... es schmerzt ... ich brauche selbst einen Orgasmus«, stammelte Lisa.

»Erzählen Sie mir, was zwischen Ihren Beinen geschieht«, sagte er und beschleunigte das Reiben von Frankies roter Knospe.

»Meine Klitoris pocht«, keuchte sie und griff nach unten, um eine Falte ihres Kleids in ihre Spalte zu stecken. Dann würde sie sich reiben.

»Nein, Lisa«, befahl er, während ein unterdrücktes Stöhnen aus Frankies Mund drang. »Sie sollen keine Befriedigung erhalten, bis ich es Ihnen erlaube. Reden Sie über Ihre Frustration. Ich will sie auch fühlen.«

Lisa erstarrte; eine Hand blieb dicht über der Scham liegen. Der Schmerz wurde zur Pein. Sie hatte noch nie so gesprochen, aber jetzt schien es ganz natürlich zu sein. »Ich bin nass«, gestand sie, ihr Gesicht so rosa wie ihre Labien. »Meine Vagina öffnet sich wie ein hungriger Mund. Aber es ist meine Knospe, die nach Gnade schreit. Ich will da gerieben werden, hart und glitschig.«

Fletcher grinste, und seine scharf geschnittenen Lippen hoben sich hämisch.

»Soll ich das tun?«, fragte er im Flüsterton. »Oder wäre es Ihnen lieber, dass Tanith ihr Geschick an Ihnen ausprobiert? Sie ist bereit dazu, das kann ich Ihnen versprechen. Oder wollen Sie lieber für Ihre Lust leiden? Beichten Sie Ihre tiefsten, dunkelsten und perversesten Phantasien, und ich werde sie Ihnen erfüllen.«

Daphnes Fotos schoben sich vor ihr inneres Auge. Das erniedrigte Mädchen, das vom Meister gefesselt worden war, und die anderen, die sich auf die Reitpeitsche freuten und auf die Einengungen durch die Ketten.

Plötzlich war sie wieder in der Gegenwart. »Es gibt nichts, was ich will«, erklärte sie und lachte hohl auf. »Ich bin schrecklich normal.«

»Das ist nicht das, was ich gesehen habe«, sagte er und unterbrach sein Reiben bei Frankie. Er zog seine Hand zurück und wischte sich die Finger an einer Damastserviette ab.

Ein abgewürgtes Schluchzen drang aus Frankies Kehle, und ihre Hüften pumpten in die Luft. Tränen der Enttäuschung glitzerten wie Diamanten in den Augenschlitzen ihrer Maske. Fletcher gab ihr einen Klaps auf den Po, und sie kniete sich hin und küsste seinen Fuß, bevor sie sich aufrichtete und ging.

Weiter unten am Tisch sah Lisa die aufrecht sitzende Tanith eine Zigarette rauchen. Eduardo war unter dem Tischtuch verschwunden, und Lisa nahm an, wenn sie mal nachschaute, würde sie ihn auf den Knien sehen, sein Gesicht zwischen Taniths Schenkel gedrückt. Andrew hatte schon das Tischtuch gehoben, den Körper verrenkt, um besser sehen zu können.

Fletcher erhob sich und klatschte in die Hände. Sofort hielt jeder inne mit dem, was er gerade tat, und schaute zu Fletcher. »Wir haben eine Novizin in unserer Mitte«, sagte er, eine stattliche, beeindruckende Gestalt, makellos gekleidet und absolut vertraut mit dieser großzügigen Umgebung. »Ihr werdet mir alle helfen, sie darin zu unterrichten, ihren Instinkten zu folgen und alle Hemmungen abzulegen. Ziehen wir uns zurück und beginnen wir mit dieser angenehmen Pflicht.«

Lisa lag auf Seide, war von Seide bedeckt und wurde von Seide umschlungen. Ihre Lider wogen schwer, und sie machte sich nicht die Mühe, sie zu heben. Parfumduft drang in ihre

Nase – die verlockenden Düfte von Lilien, Rosen und Jasmin und dazu Kräuter und Moschus; eine sinnliche Zusammenstellung. Und da waberte noch etwas anderes – der scharfe, salzige Wohlgeruch von Frauen.

Stimmen murmelten um sie herum. »Sie ist wach«, sagte jemand. Es hörte sich nach Tanith an.

»Was ist passiert? Wo bin ich?«, stöhnte Lisa, öffnete die Augen und versuchte, sich aufzurichten.

»Das ist mein Schlafzimmer. Du bist ohnmächtig geworden, Darling. Zu viel Schampus, was?« Tanith saß neben ihr auf einem breiten Diwan, auf dem orientalische Decken ausgebreitet waren und viele Nackenrollen lagen.

»Ich habe Durst«, krächzte Lisa und kam sich wie eine Närrin vor. Wie peinlich, sich auf ihrer ersten Dinnerparty auf Hawkhurst Abbey zu betrinken.

Geeister Orangensaft tauchte plötzlich auf, serviert von Frankie auf seinem Silbertablett.

Lisa nippte dankbar und versuchte, ihre Gedanken zu ordnen. Sie sah sich im Zimmer um. Viele östliche Ornamente – die Höhle eines Vamps mit scharlachroten und goldenen Wänden, Leopardenfellen als Überwürfe, Arabesken, damaszierten Töpfen aus Stahl. Zwei schwarze Marmorstatuen von Odalisken, die einen Turban trugen und sonst nichts, sodass die Brüste mit den langen Nippeln aggressiv hervorstanden, bewachten den hufeisenförmigen maurischen Eingang.

»Wo ist Fletcher?«, fragte Lisa, die sich vage daran erinnerte, wie sie zusammengesackt war. Er hatte sie in die Arme genommen und die Treppe hinaufgetragen.

»Nicht weit weg«, antwortete Tanith lächelnd.

»Du bist eine schmutzige Schlampe«, fauchte Fletcher und trat hinter den Bettvorhängen hervor.

Er sprang auf Lisa, zog sie mit den Haaren in eine sitzende Position. Seine Nägel ritzten ihre Kopfhaut. Sie wehrte sich, kämpfte und kratzte und versuchte sogar, ihm ein Knie in den Unterleib zu rammen. Er war zu kräftig für sie, packte sie im Nacken und stieß sie mit solcher Wucht von sich, dass sie zu Boden fiel.

»Schmutzige Schlampe«, wiederholte sie. »Ich habe gesehen, wie du dich den Frauen an den Hals geworfen hast. Du hast zwar Schlaf vorgetäuscht, aber mich kannst du nicht hinters Licht führen.«

»Verschwinde«, schnarrte sie. »Was ist das für ein blödes Spiel, das du mit mir spielst?«

»Wiederhole, dass du eine Schlampe bist«, befahl er und stieß ihr einen Fuß in den Rücken.

»Nein!«, schrie Lisa.

»Also gut«, knirschte er, die Stimme leiser, aber noch boshafter. »Du wirst eine Lektion lernen müssen.« Er schwang herum, sah die zuschauenden Frauen an und sagte: »Bringt sie mir. Keine Kleider, nur in Strümpfen und Schuhen.« Dann verschwand er so schnell, wie er gekommen war.

»Was geht hier vor?«, rief Lisa und versuchte aufzustehen.

»Tu, was man dir sagt«, riet Tanith. »Der Meister hat gesprochen.«

»Er ist nicht mein verdammter Meister«, knurrte Lisa. Sie zog ihre Strümpfe gerade und schlüpfte in ihre schwarzen Satinschuhe. Tatsächlich erinnerte sie sich nur vage an das Erlebnis mit den Frauen.

Tanith warf ihr einen ernsten, forschenden Blick zu, ging zur Kommode und kehrte mit Kleidern über dem Arm zurück. Sie legte sie aufs Bett und begann sich anzuziehen. Bald stand sie in einer bronzefarbenen Hemdhose vor Lisa, wobei das Top die Brüste nicht ganz bedeckte.

Sie sah verführerischer und unanständiger aus, als wenn sie ganz nackt gewesen wäre. Bronzefarbene Strümpfe bedeckten ihre Beine, und die Füße steckten in passenden Schuhen mit hohen Absätzen. Hände und Arme waren mit bronzefarbenen Handschuhen bis zu den Ellenbogen bedeckt.

Sie nahm eine Peitsche aus einer Schrankschublade und ließ sie einige Male knallen.

»Das hört sich sehr gesund an. Jemandes Arsch wird heute Abend noch gewaltig brennen«, sagte Babs, die in einer schwarzen Kalbslederhose, die in Reitstiefeln endete, vor dem Spiegel paradierte. Dazu trug sie noch eine mit Nieten bestückte Lederjacke. Sie setzte sich eine spitz zulaufende Lederkappe auf die kurzen Haare.

Carol hatte sich auch umgekleidet und trug nun die Tracht eines französischen Dienstmädchens, komplett mit kurzem Rock, engem Mieder, gerüschter Schürze und weißem Häubchen. Ihre Pumps strengten ihre Wadenmuskeln an, und ihre schwarzen Fischnetzstrümpfe betonten die weißen Schenkel.

»Kommt schon«, sagte Tanith, und sie nahmen Lisa in die Mitte, als sie das Zimmer verließen.

Am Ende des Flurs befand sich ein Fahrstuhl, zu dem eine Kabine mit einer gusseisernen Tür gehörte, kunstvoll verziert mit Bärenklaublättern und Weinranken. Tanith drückte auf einen Knopf, und die Tür schwang zurück, und man sah das Innere der Kabine aus poliertem Mahagoni. Fahrstühle dieser Art fand man früher in Luxushotels. Die Türen schlossen sich geräuschlos, und die Kabine setzte sich leicht summend abwärts in Bewegung.

Verliese, dachte Lisa, und in den Achselhöhlen und unter den Brüsten brach der Schweiß aus. Daphne hatte Recht mit ihrer Vermutung. Er hatte tatsächlich ein Verlies!

»Das ist lächerlich«, sagte sie empört. »Fletcher hat kein Recht, so etwas zu machen.«

»Ganz im Gegenteil. Er hat jedes Recht dazu«, sagte Tanith. »Du bist freiwillig hier. Niemand wird dich aufhalten, wenn du gehen willst, wenn du das wirklich willst. Willst du?«

»Ja! Nein ... ich weiß nicht«, rief Lisa. Sie wollte gehen, aber sie wollte auch bleiben, um zu sehen, was dann passierte.

Ihr Blut rann schnell durch ihre Adern, und ihr Puls raste. Dies war möglicherweise der aufregendste Abend ihres ganzen Lebens.

»Er ist schwer auf sich eingebildet«, klagte sie. »Tut so, als wäre er Gott persönlich.«

»Hier ist er das auch«, antwortete Tanith und lächelte, als sie die Peitsche durch ihre behandschuhten Hände gleiten ließ. »Seine Familie besitzt die Abtei seit undenklichen Zeiten. Sie sind mit Wilhelm dem Eroberer gekommen. Hast du nicht seine normannische Nase gesehen? Sie haben bis zuletzt darauf bestanden, dass auf ihrem Besitz das Recht der ersten Nacht galt.«

Babs warf ein: »In jenen Tagen wäre ich gern ein Lord gewesen. Dann hätte ich jedes Mädchen der Umgebung entjungfern dürfen.«

Tanith grinste. »Du hast vielleicht Wünsche ...« Sie seufzte. »Die alte Zeit war nicht so großartig. Für einen Mann vielleicht, aber was war mit den Frauen? Wenn du von Frauenpower angefangen hättest, wärst du auf dem Scheiterhaufen gelandet.«

»Fletcher entstammt also einer angesehenen Familie? Es ist nicht nur alles eine Pose?«, fragte Lisa, als der Fahrstuhl zum sanften Halt kam.

»Ja, er ist viel höheren Geblüts als dieses scharfe Luder, diese Lady Fiona«, antwortete Tanith. Es klang verbittert.

Es war kalt hier unten, eine feuchte Kälte, die bis ins Mark drang. Lisa schüttelte sich, und am ganzen Körper bildete sich Gänsehaut. Sie wurde über einen Weg geführt, der mit großen Platten ausgelegt war. Die Wände bestanden aus Granit, und über ihnen befand sich eine niedrige Decke.

Sie erreichten eine mit vielen Nieten beschlagene Tür. Tanith stieß sie auf, und Lisa fand sich in einem langen Raum mit einem Deckengewölbe aus grauem Stein wieder. Die Luft war warm, und tatsächlich gab es einige Radiatoren. Was auch immer der Zweck dieses schrecklichen Orts war, Fletcher sorgte dafür, dass die Bewohner nicht an Lungenentzündung starben.

Aber welchen Zweck hatte dieser Raum? Man brauchte kein Genie zu sein, um die Frage zu beantworten. Eine Folterkammer? Wahrscheinlich, denn in die Wände waren Eisenringe eingelassen, und die Utensilien, die da hingen, wie Handschellen, Peitschen, Ketten, Augenbinden, Knebel, ließen keinen anderen Schluss zu. Wenn sie nicht schon Daphnes Fotos gesehen hätte, wäre Lisa noch mehr verängstigt gewesen.

Alberne Spiele, dachte sie und betrachtete die Leute um sie herum. Sie frönen diesen Spielen für Erwachsene zu ihrem Vergnügen und zum sexuellen Genuss. Sie sah Andrew, dessen wohlbeleibter Körper nackt auf einer Bank ausgestreckt lag, Hand- und Fußgelenke gefesselt. Sein Penis war erigiert; Andrew zitterte, aber ob vor Schmerz oder Erwartung, ließ sich nur schwer feststellen.

Tanith ging zu ihm und stellte sich so, dass er sie sehen konnte. Sein Zittern wurde noch stärker, und seine wässrigen Augen glotzten sie an. »Gnade, Herrin!«

»Gnade? Du erwartest, dass ich dir Gnade erweise? Einem elenden Kerl wie dir? Am Tisch hast du dir einen runtergeholt, und das habe ich mit ansehen müssen. Ich war entsetzt. Was bist du?« Sie stand breitbeinig da und ließ die Peitsche durch die Luft sirren.

»Ich bin entsetzlich«, ächzte er, und sein Penis hüpfte. »Ein mieser, elender Kerl.«

»Und was soll ich mit dir anstellen?« Sie ließ den Peitschengriff vor seinem Gesicht hin und her pendeln.

»Bestrafe mich, Herrin.«

»Wie muss ich dich bestrafen?«

»Schlage mich, Herrin.«

»So ist es gut«, stimmte sie zu. Das Klatschen der Peitsche auf seinen wackelnden Gesäßbacken wurde als Echo von den Wänden zurückgeworfen. Andrew grunzte, und Tanith schlug wieder zu.

Plötzlich stand Fletcher da. Er trat hinter Tanith und streichelte ihre Brüste. Dann warf er einen Blick auf Lisa und fragte: »Ist sie bereit zum Tanzen?«

»Ja, Meister«, flüsterte Tanith und drückte ihren Körper an ihn.

»Und du wirst mit Eduardo tanzen.«

»Ja, Meister.«

Aus verborgenen Lautsprechern echote Musik durch das Verlies. Wieder Tango, aber mit einem anderen Refrain. Lisa stand wartend da, der Rücken kerzengerade, den Kopf erhoben, obwohl sie sich ihrer schrecklichen Nacktheit und der Verletzlichkeit ihres Schoßes sehr bewusst war. Sie wusste, dass sie ein provozierendes Bild abgab – die Strümpfe umspannten die Oberschenkel, und die hohen Absätze ihrer Schuhe ließen die Beine noch länger wirken. Sie fühlte sich unter lüsterner Beobachtung auf sehr ähnliche Weise wie Daphne damals vor all den Jahren in der New Yorker Peepshow.

Fletcher stellte sich vor sie, und Lisa wich nicht zurück. Er trug seinen Gangsteranzug, hatte den Hut schief aufgesetzt, trug einen weißen Opernschal und weiße Gamaschen über seinen Tanzschuhen. Sie fühlte seine Finger auf ihrem Bauch, und dann folgten sie einer scharfen Linie hinunter in das Dreieck ihrer Schamhaare. Er zupfte an den Löckchen.

»Ich habe dir doch gesagt, ich würde dich bald anfassen«, erinnerte er sie mit der tiefen Stimme, die ihren G-Punkt traf.

»Jetzt wirst du mit mir tanzen und die wahre Bedeutung des Tangos kennen lernen.«

Seine Augen wandten sich nie ab, er hypnotisierte sie mit seinen eisig-heißen Blicken. Er schnipste mit den Fingern, und Tanith kam heran. Im nächsten Moment wurde ein Schal über Lisas Augen gelegt und fest gebunden.

»Warum?«, wisperte sie und griff und fand seinen Arm.

»Du wirst dich auf die Musik und auf mich konzentrieren, auf sonst nichts.«

Da sie nichts mehr sah, verstärkten sich ihre anderen Sinne. Sie nahm jede Nuance der Musik wahr, Fletchers Geruch, seinen Geschmack und das Gefühl seiner Hände, die sie über den Boden führten. Er hielt inne, drückte sie fest an sich und wartete auf den nächsten Rhythmus.

Er packte ihre linke Hand fest in seine rechte und presste ihren Körper mit dem freien Arm gegen seinen Brustkorb. Seine Schenkel strichen über ihre, wenn sie aneinander vorbeiglitten und sie von ihm zurücktrat.

Die Dunkelheit desorientierte sie. Sie war gezwungen, sich auf Fletcher zu verlassen, seine Herrschaft zu akzeptieren und sich zu bewegen, als wäre sie eine Verlängerung von ihm. Er war in der Tat der Meister – ihr Meister und der Meister des Tangos.

Ihre Knie leicht gebeugt, malte sein Fuß komplizierte Muster zwischen ihre, und ihre Sinne rotierten unter der Wirkung seiner Nähe, seiner Kontrolle und des perfekten Timings.

»Ich will dich«, flüsterte sie und fühlte, wie sein Penis als Antwort darauf zu zucken begann. Er stieß für einen Moment gegen ihre Scham.

Sie hob ihr Bein hoch an, um ihre Spalte näher an den begehrten Schaft zu bringen. Der süße, kräftige Geruch ihres Honigtaus erreichte ihre Nase. Er hielt nicht inne, und sie war gezwungen, das Bein wieder auf den Boden zu stellen.

»Du willst mich?«, murmelte er und fing sie auf, als sie stolperte und den Rhythmus verlor.

»Ja. Nur dich«, sagte sie.

»Und David Maccabene.«

»Du weißt von ihm?«

»Natürlich. Ich bin immer über meine Rivalen informiert.«

Blind unter dem Schal und schwach vor Gier, sagte sie: »Du bist es, den ich will.«

Die Musik hielt an, und er brach abrupt ab, drückte sie aber für einen Moment an sich. Dann ließ er sie los und riss den Schal von ihren Augen. Seine Augen glitzerten, als er intensiv in ihr Gesicht schaute.

»Wenn du mich willst, musst du alles akzeptieren, was ich anbiete. Willst du das?«

»Ja«, antwortete sie tollkühn, aber sie konnte nicht weiter denken als bis zu seinem Penis, den sie in ihrem gierigen Tunnel spüren wollte.

»Auch das?« Er wirbelte sie herum.

Er presste ihren Rücken gegen seine Brust und ihren Po gegen die harte Beule in seiner Hose und wies auf ein seltsames Gerät hin, das im Schatten stand. Zwei Balken gingen vom Fundament auf dem Boden nach oben, gut einen Meter voneinander entfernt. Sie neigten nach innen und begegneten sich in der Höhe, wodurch sie ein starres Dreieck formten. In der Spitze befand sich ein dicker Eisenring, und weitere Ringe gab es in den unteren Ecken sowie in verschiedenen Positionen entlang der Dreiecksseiten.

»Was ist das?«, flüsterte sie und ließ ihren Po kreisen, denn sie war immer noch von dem irren Drang besessen, sich mit diesem Mann zu paaren.

»Ich will es dir zeigen.«

Bevor sie seine Absicht begriff, hatte er sie schon vor das Gerät gezerrt.

»Strecke deine Arme aus«, sagte er. Sein Atem hauchte über die erogene Zone, wo die Schultern in die Wirbelsäule übergehen.

Sie gehorchte, sagte aber: »Ist das ein schlechter Witz?«

»Kein Witz, Lisa«, antwortete er, und dann klickten auch schon die Handschellen. Sie waren mit einer kurzen Kette verbunden. »Hebe jetzt deine Arme.«

»Nein, das werde ich nicht tun!«, rief sie.

»Kleine Rebellin«, seufzte er, mehr klagend als verärgert.

Innerhalb von Sekunden war sie an dem Eisenring festgebunden. Das Ziehen in ihren Muskeln ließ sie aufschreien. Jemand stellte den Ring auf ihre Größe ein, aber auch danach blieb die Position unangenehm. Am schlimmsten war, dass sie nicht sehen konnte, wer ihre Schuhe auszog, ihre Beine spreizte und sie ankettete, sodass sie sich nicht bewegen konnte.

Das passiert nicht wirklich, dachte sie. Das träume ich nur. Ich werde aufwachen und mich allein in meinem gemütlichen Bett wiederfinden, so erregt durch diesen Albtraum, dass ich eine Hand zwischen meine Beine schlüpfen und mich zum Orgasmus fingern muss.

Es war kein Traum. Sie fühlte den Schmerz in ihren Bizeps, und kühle Luft wehte zwischen ihre Labien und drang in ihre Öffnungen ein, die durch die gespreizten Beine völlig entblößt waren.

»Lass mich gehen, du Bastard«, wütete sie und zerrte fruchtlos an ihren Fesseln. Trotzdem war sie sich der Spannung in ihren Lenden bewusst, und Saft rann aus der Vulva.

»Du wirst lernen, es zu genießen«, versprach Fletcher und gab ihr einen Kuss auf die Stirn. Er legte eine Hand über ihr offenes Geschlecht, strich über die Labien und rieb leicht über die Klitoris, die sich schon wie ein Miniaturpenis erhob. »Ah, es sieht so aus, dass du es jetzt schon genießt.«

Im Verlies wurde es still, als ob jeder vor Spannung die Luft anhielt. Fletcher war aus Lisas begrenztem Blickfeld getreten. Eine Sekunde lang spürte sie Panik, weil sie glaubte, man könnte sie allein gelassen haben.

Das war ein entsetzlicher Gedanke. Sie würde die Besichtigung der Schätze vermissen, zu der Daphne sie eingeladen hatte, aber sie musste auch dringend ihre Blase erleichtern. In ihrer Position war es unmöglich, die Beine zu kreuzen.

Sie schrie und hielt sich am Balken fest, doch dann schoss ein glühender Schmerz durch sie. Es war, als hätte sie sich verbrüht. Der Schock zwang ein paar Tropfen aus ihr, aber es gelang ihr gerade noch, ihre Muskeln zu quetschen.

Finger wurden zwischen die Balken geschoben, sie überprüften die entblößten Teile. »Sie ist nass«, sagte Tanith. »Beinahe hätte sie sich bepinkelt.«

Lisa fühlte, wie ihr Körper reagierte, fast so, als gehörte er gar nicht mehr zu ihr. Der Schmerz in der Blase verstärkte sich, dazu kamen die Schmerzen in ihrem Rücken und die heißen gierigen Sensationen in ihrem Geschlecht.

Tanith betastete Lisas Klitoris, und ihre Zunge folgte dem Weg der Finger und leckte über das pulsierende Organ. Wellen des Entzückens vermischten sich mit den Wogen der Schmerzen.

Während sie sich gestattete, in Lust eingelullt zu werden, fiel der zweite Schlag. Lisa kreischte und zerrte wieder an ihren Fesseln, und dann schoss das Wasser aus ihr heraus. Ihre Strümpfe wurden nass und der Boden zwischen ihren Beinen. Glühende Scham erfasste sie, das war schlimmer als die Striemen, die Fletchers Peitsche auf ihrem Rücken hinterließ.

»So ist es gut«, murmelte Tanith tröstend, »lass alles heraus, Darling. Befreie dich und genieße.«

Dann zischte es in der Luft, als die Peitsche erneut klatschte. Lisa schrie wieder. Ihr Po glühte jetzt an einer anderen

Stelle. Fletcher achtete darauf, dass er die Striemen schön verteilte.

Sie wartete auf Taniths Berührungen. Langsam kitzelten wissende Finger ihre Klitoris, und gleich darauf folterte eine Zunge die kleine Knospe, bevor sie kräftig streichend über den Kopf fuhr und das Lecken lieferte, nach dem Lisa sich so sehr sehnte.

Sie schaute nach unten und sah auf ihre Brüste. Die Nippel waren auf die doppelte Größe geschwollen. Finger mit knallrot lackierten Nägeln krochen hoch und zwickten in die harten Warzen. Lisa schrie auf. Sie schwebte dem Orgasmus entgegen, aber es gelang ihr nicht, über die Klippe zu springen und von seinem reinigenden Feuer verzehrt zu werden.

Die Peitsche landete wieder auf einer neuen Stelle, und beinahe wünschte sie sich die schmerzende Liebkosung. Ihre Backen zitterten, die Hitze schoss durch ihren Unterleib und verband sich mit der Knospe und der zuckenden Pussy.

Die Finger auf ihren Nippeln, die Zunge auf der Klitoris und die brennenden Striemen, die ihren Po röteten – diese Kombination führte zu einer mächtigen orgasmischen Welle, die sie mit einer triumphierenden Flut überrollte. Ihr ganzer Körper spannte sich, und die Vagina zog sich zusammen und wollte gefüllt werden.

Sie ließ ihren Gefühlen freien Lauf und schrie wie eine Frau, die nach ihrem dämonischen Geliebten jammert. »Fletcher ... Fletcher! Komm zu mir! Ich will dich ... nur dich.«

»Bin ich dein Meister?«, fragte er, die Hände auf ihren Backen. Er rieb sie mit einer kühlen Creme ein, die den Schmerz ein wenig lindern sollte.

»Ja, ja«, stöhnte sie, von Verlangen verzehrt.

»Für immer?«

»Bis in alle Ewigkeit«, gelobte sie, völlig losgelöst von der Wirklichkeit.

»Ich erwarte Gehorsam«, sagte er und arbeitete sich in die dunkle Kerbe ihrer Pobacken vor. Er drückte sanft gegen die Öffnung des Rektums und schob seinen kleinen Finger bis zum ersten Glied hinein.

»Ich verspreche es.«

Sie lag gegen dem Holzbalken. Sie spürte, dass jemand hinter ihr war, die Berührung eines Hosenbeins an ihrem nackten Schenkel, dann die Hitze eines Schafts, der zwischen ihre Lippen glitt und das nasse Portal zu ihrem Tempel fand. Sie verspannte sich, atmete tief ein und wurde dann steif. Wer auch immer er war – Fletcher war er nicht. Er roch anders.

»Wer bist du?«, fragte sie, zerrte wieder wirkungslos an ihren Fesseln und verrenkte den Hals, um ihrem Schänder ins Gesicht sehen zu können.

»Eduardo. Dein Tangolehrer«, antwortete er, und seine Hüften trieben seinen Penis tief in sie hinein.

»Fletcher!«, kreischte sie. »Ich dachte, du wärst das!«

»Diesmal nicht«, gab er gelassen zurück, und jetzt sah sie ihn auf der anderen Seite des Dreiecks.

Tanith kniete zwischen seinen Beinen. Sie hatte seinen Penis im Mund, und sie bewegte den Kopf auf und ab. Seine Hände vergruben sich in ihren Haaren und hielten sie in bestimmten Positionen, während sie ihn zum Höhepunkt brachte.

Tränen rannen über Lisas Wangen, aber ihre Leere war endlich gefüllt. Sie hielt es nicht nur aus, sondern sie empfand auch ein perverses Vergnügen an ihrer Erniedrigung, während sie den Blick nicht von Fletchers Gesicht wandte, als er seine Saat in Taniths Kehle pumpte.

Neuntes Kapitel

»Die haben vielleicht ausgeräumt«, kommentierte Bob Danvers, einer von Davids Freunden, als sie im Salon standen, der zum Versteigerungsraum wurde.

»Die Sammlung Rathbone ist auf großes Interesse gestoßen. Hast du gestern was gefunden?«, fragte David und warf einen Blick über die Menge. Er kannte viele Leute vom Sehen und Zunicken, meistens Händler, aber es waren auch einige private Käufer da.

»Ja, ich habe ein oder zwei Dinge im Auge gehabt, aber ich habe nicht damit gerechnet, dass es so brechend voll wird. Nichts ist unter hundert Pfund weggegangen«, klagte Bob, ein Mann mit scharf geschnittenem blassem Gesicht, den David schon seit Jahren kannte.

Er besaß einen Laden in Bath, aber den größten Gewinn brachte sein Antikhof. Immer mehr Menschen verlangten echte viktorianische oder edwardische Badezimmereinrichtungen, Kamine, Treppen und Paneele. Im Zeitalter der Technologie und des Zusammenbruchs von Familien wollten jene, die es sich leisten konnten, an eine Ära erinnert werden, in der das Leben sicherer war.

»Das ist nicht dein Ding, was?«, fragte David, denn viele der ausgestellten Stücke waren schon unter den Hammer gekommen, einige aus der Zeit von Queen Anne oder noch älter.

Sie blieben in diesem geschmackvollen Raum mit den blauen und weißen Wänden, mit Wedgewood Fries und verzierten Leisten. Die Decke war mit Gemälden mythologischer Themen geschmückt, auf denen barbusige Göttinnen durch Wälder streiften, wobei in einer Art spöttelnder Anständigkeit ein Hauch von Chiffon ihre Scham zu verhüllen suchte.

David hielt es für eine himmelschreiende Schande, dass der Rathbone-Erbe kokainsüchtig war, was ihn in hohe Schulden getrieben hatte, die es schließlich erforderlich machten, den Verkauf dieser Gegenstände durchzuführen, die seiner Familie seit Jahrhunderten gehörten. Und danach würde er das Haus verkaufen müssen. Es befand sich schon in den Händen eines Maklers. Es würde von einem arabischen Scheich, einer religiösen Sekte oder einem amerikanischen Millionär gekauft werden, der seine Wurzeln suchte – es sei denn, der National Trust würde es retten.

»Ich bin mehr an den Gartengeräten interessiert und am Küchengeschirr«, räumte Bob ein, die Daumen in die Taschen seiner kanariengelben Weste gehakt. »Aber man kann nie wissen, es könnte noch das eine oder andere Schnäppchen geben.«

»Für uns bleibt nicht mehr viel, wenn Robillard fertig ist«, knurrte David. Seine grünen Augen blitzten. »Er hat es nicht mal nötig, persönlich hier zu sein, und gibt seine Gebote telefonisch durch. Er hat wahrscheinlich sein Territorium abgesteckt, obwohl ich ihn gestern nicht gesehen habe.«

»Vielleicht hat er sich mit Lord Howard zusammengetan und kennt die Stücke«, meinte Bob und beäugte ein Schaukelpferd, was jetzt nah zum Podium des Auktionators getragen wurde. Es hatte gefleckte Seiten, und eine fliegende Mähne und der Schweif entlockten dem Publikum murmelnde Bewunderung. »Das würde sich gut in meinem Schaufenster machen«, sagte Bob. »Besonders um die Weihnachtszeit. Aber ich schätze, wir reden von mindestens tausend Pfund.«

»Ganz sicher«, stimmte David zu, dann sagte er: »Robillard kennt Howard wahrscheinlich. Die feinen Pinkel hängen doch überall zusammen, und er ist einer von ihnen.«

Er fragte sich, warum er Fiona noch nicht zu einer privaten Besichtigung ihrer Schätze überredet hatte. Ich lasse nach, dachte er verärgert, dann verengten sich seine Augen zu smaragdgrünen Schlitzen, als er zu der Stelle schaute, wo Lisa neben Daphne Nightingale stand. Sie ist die Schuldige, fauchte er stumm. Sie hat Emotionen an die Oberfläche gebracht, die ich lieber nicht empfunden hätte.

Er hatte nicht vorgehabt, dies zuzulassen; er hatte sich eine lässige Affäre vorgestellt, das war alles. Aber selbst wenn er damit beschäftigt war, mit den Besitzern von ein paar eleganten, aber heruntergekommenen Schlössern an der Loire zu feilschen, waren seine Gedanken immer wieder zu ihr geflohen.

Er erwischte sich dabei, dass er fragte: Würde das Lisa gefallen? Und was würde sie zu den napoleonischen Vorhängen, zu diesen Glaswaren, diesen ovalen Spiegeln in vergoldeten Rahmen und zu den geschnitzten Amoretten mit den pummeligen Ärschen sagen?

Ist es ein Zeichen der fortgeschrittenen Jahre?, spekulierte er alarmiert. Ich will doch noch nicht sesshaft werden. Lösch den Gedanken!

Dann hatte er sie noch einmal gevögelt, in ihrem Bett, in dieser so geschmackvoll eingerichteten Wohnung. Fatal. Das hättest du nicht tun sollen, Dave, alter Junge. Es war zu gemütlich, zu häuslich. Ich könnte mich daran gewöhnen.

Unsinn. Du bist ein freier Mann, und gestern Abend hast du Fiona gevögelt, um dir zu beweisen, dass du ein geiler Kerl bist.

»Entschuldige mich«, sagte er zu Bob. »Geschäfte ... Wir sehen uns später.«

Bob antwortete nicht; er schaute zum Auktionator, der mit der Versteigerung des Schaukelpferds begonnen hatte.

Dave zwängte sich durch die Menge hinüber zu Lisa. Sie sah nicht in seine Richtung und war wohl in den teuer produzierten Katalog vertieft. Es war Daphne, die ihn begrüßte. Sie saß auf einem Windsor-Stuhl, Los 200.

»Hallo, Mr. Maccabene«, sagte sie lächelnd und nahm seine ausgestreckte Hand in ihre beringten Finger.

»Mrs. Nightingale«, antwortete er und gehorchte dem Instinkt für Galanterie, der ihn zu einer Verbeugung zwang. Sie war eine solche Lady.

»Ich hoffe, Sie sind nicht hinter den Dingen her, die ich will«, sagte sie, und ihre korallenroten Lippen zuckten. Sie flirtete mit ihm, und er sprang darauf an, denn er bewunderte ihren Esprit.

»Ich versuche, Ihre Pläne nicht zu durchkreuzen«, erwiderte er und schaute auf Lisa. »Wie geht es dir? Du siehst müde aus, und da sind blaue Kleckse um deine Augen. Die Italiener halten sie für sexy – weil sie eine Nacht der Leidenschaft andeuten könnten. Hast du in letzter Zeit leidenschaftliche Nächte gehabt, Lisa?«

Ihre rote Farbe vertiefte sich noch, als sie wütend zurückgab: »Ich glaube, das ist meine Sache, nicht deine.«

Er grinste und dachte: Dann ist sie doch zu Hawkhurst Abbey gefahren, und sie sieht so aus, als hätte man sie tüchtig herangenommen. Aber sein Grinsen überdeckte einen harten Knoten, der sich in seinem Innern gebildet hatte, ein Knoten voller Schmerz und Wut – und Eifersucht.

Er versuchte, seine Gefühle zu analysieren. Normalerweise empfand er nie dieses erniedrigende, zerstörerische Gefühl, indem er nach dem Motto lebte, dass niemand das Recht hatte, einen anderen Menschen daran zu hindern, das zu tun, was er wollte.

Man konnte gut theoretisieren, wenn es einen nicht wirklich betraf, aber jetzt war es anders. Der Gedanke, dass Fletcher oder auch Tanith Lisas geheime Stellen erforscht und, schlimmer noch, Lisa zu diesem Zustand des Glücks geführt hatten, der im Orgasmus kulminierte, legte einen roten Schleier vor seine Augen. Er ballte die Fäuste und brauchte was zum Draufhauen.

»Welche Stücke interessieren Sie, Mr. Maccabene?«, fragte Daphne. Ihre sanfte Stimme brachte ihn zur Besinnung.

»Es gibt die Büste einer Lady aus Terrakotta, signiert von einem Lefevre«, antwortete er. »Und einen Ankleidezimmerspiegel mit einem medaillonförmigen Ornamentmotiv und mit vier Paneelen, auf denen vier Engelköpfe in Reliefarbeiten zu sehen sind. Der Katalog schreibt ihn Reynolds zu, aber ich glaube, es ist nicht vor 1900 entstanden.«

»Also kleinere Sachen. Keine Möbelstücke?«, fragte Daphne und nahm dankbar eine Tasse Tee an, die Arnaldo an der Theke erstanden hatte, die für die beiden Tage hier aufgebaut war.

»Ah, nun, ja, Möbel ... Ja, ich möchte gern die Bergeré-Garnitur in verziertem Mahagoni mit dem pinkfarbenen Samtbezug haben. In ausgezeichnetem Zustand. Ich nehme an, dass lose Überwürfe den Bezug geschützt haben, oder sie stand unbenutzt in einem Salon herum. Dann gibt es noch einen William-and-Mary-Sekretär aus Walnuss. Ich kenne einen Mann, der genau so etwas sucht und könnte also gleich ein Geschäft damit machen.«

»Ich stimme Ihnen zu, es ist ein sehr feines Stück«, sagte Daphne. »Aber alle Angebote sind sehr begehrenswerte Stücke.«

»Wie wahr.« Er war ein wenig abgelenkt, denn sein Penis begann in der Jeans zu zucken, da Lisas Parfum zu ihm waberte, es rief Erinnerungen wach und schien ihn zu locken.

Er wollte sie festhalten. Nein, um ehrlich zu sein, er wollte sie an einen privaten Ort mitnehmen und sein eifriges männliches Teil in ihre enge, nasse Scheide stecken. Die Erinnerung, wie ihre Pussy ihn wie einen warmen Handschuh umschlungen hatte, ließ seine Erektion wachsen.

Das ist absurd, dachte er wild. Ich kann doch nicht mitten in einer Versteigerung mit einem gewaltigen Steifen herumstehen.

»Kann ich dich zu einem Kaffee einladen?«, fragte er und schob sich näher an Lisa heran, obwohl das einen Aufstand unterhalb seines Gürtels verursachte.

»Ja, gut«, sagte sie zögernd. »Ich bin nicht lange weg, Daphne.«

»Sie können sich ruhig Zeit lassen, meine Liebe«, sagte sie. »Die Lose 150 bis 155 sind noch lange nicht dran.«

Er legte seinen Arm unter Lisas Ellenbogen und führte sie hinaus auf den Flur. Statt den Stimmen und dem Klirren von Teetassen und dem Duft selbst gemachter Scones und Gurkensandwiches zu folgen, hastete er mit Lisa die Treppe hoch. Er kannte sich im Haus nicht aus, aber die Aufteilung dieser Villen war oft identisch. Die hintere Treppe führte zu den Schlafzimmern der Herrschaften, vielleicht auch zu einer Wäschekammer oder zu irgendeinem anderen Ort, an dem er seine Absicht in die Tat umsetzen konnte.

Er drückte auf verschiedene Türklinken. Sie waren abgeschlossen, aber seine Beharrlichkeit wurde belohnt: Er entdeckte einen Puderraum, in dem früher die Dandys gesessen hatten, eingewickelt in Leinencapes, um ihre feine Kleidung nicht zu beschmutzen, während dienstbare Geister eine weiße Puderwolke über ihre Perücken bliesen, um die gewünschte Schneewirkung zu erreichen.

David zog Lisa hinein und schloss die Tür ab. Seine Lust war fast unkontrollierbar, und sein Herz schlug schwer in seiner Brust. Sein Penis rieb gegen die Levis, und um ein Haar wäre es ihm schon gekommen.

Lisa starrte ihn an, als er sie bis zur Wand drückte. Sie protestierte laut: »Das geht nicht! Nicht hier!«

»Warum nicht? Küss mich, Lisa!«

Ihr Mund war honigsüß, und er beruhigte sich, denn wie ihre Zunge seiner begegnete, war er sicher, dass sie diesen Puderraum nicht eher verlassen würden, bis ihrer beider Hunger gestillt war. Aber das war notgedrungen nur ein Snack, ein Aperitif vor dem Fest, das danach folgen würde.

Sie seufzte gegen seinen Mund, hob ihre Arme und schlang sie um seinen Hals. Ihre Brüste pressten sich gegen sein T-Shirt. Er konnte die Spitzen ihrer Nippel fühlen, und seine Erektion pulsierte und verlangte die Befreiung aus dem Gefängnis.

Er packte Lisa unter den Backen an und hob sie hoch. Die runden Kugeln lagen warm und fleischig in seinen Händen. Er setzte sie auf einen kleinen Tisch an der Wand und hörte sie aufstöhnen, ob in Schmerz oder Lust, konnte er nicht sagen, und in diesem angespannten magischen Moment war das auch nicht wichtig.

Er legte eine Hand auf ihre Knie und spreizte sie, dann stellte er sich dazwischen und griff unter ihren Rock. Es war, als dringe er in ein seidenes Paradies ein. Ihre nackte Haut fühlte sich samten an. Seine Finger fanden das Triangel ihres Slips, schoben den Elastikbund beiseite und glitten über den Pelz darunter.

Lisa griff in den Saum ihres weißen Baumwollhemds, zog es hoch und über die Brüste, die in Spitzenkörbchen lagen. Sie schob die BH-Träger von den Schultern und holte erst eine Brust aus dem Körbchen, dann die andere. Beide Brüste sahen wie runde reife Früchte was, reif zum Pflücken.

Fasziniert von diesen Geschenken, von dunklen Aureolen gekrönt, beugte er sich verehrend zu ihr hinunter und nahm einen Nippel in den Mund. David schmeckte die nussige, parfümierte Warze. Lisa stöhnte auf und presste die Brust in seinen Mund, während ihre Finger den anderen Nippel drückten.

Er fühlte, wie sich ihre Beine spreizten, und schob den Mittelfinger über das unbehaarte Zentrum ihrer Lust,

»Du bist ja so nass«, murmelte er und ließ von ihren Brüsten ab, glitt hinunter zu ihrer Spalte, die seinen Finger gierig aufnahm. Ihre Muskeln klammerten sich um ihn.

Er fummelte mit der freien Hand am Reißverschluss, konnte ihn schließlich öffnen und ließ seinen Penis heraus. Sofort griff Lisas Hand danach, und ein Schauer durchraste ihn, als er ihre Finger spürte, die über die Länge rieben und um den glänzenden purpurnen Kopf kreisten.

»Nein«, wisperte sie, »steck ihn noch nicht rein. Mach mich zuerst fertig.«

Sie zog ihren Rock höher, zeigte ihm ihren nackten Bauch und ihre Pussy, während sie sich zurücklehnte und sich auf den Ellenbogen abstützte. Ihr Slip war nur noch eine senkrechte Linie, die sich in ihre Spalte drückte. Die Schönheit ihres dunklen Dreiecks bildete einen starken Kontrast zu ihrer gebräunten Haut. Dazwischen lag ihr Schatz, die pinkfarbenen Falten, die von den Säften glänzten, und die köstliche Knospe, die sich stolz aus der Kapuze erhob.

David stand gebückt über ihr und zögerte den entscheidenden Moment hinaus. Er atmete ihren Duft ein, diese mächtige Essenz, die nur produziert wird, wenn eine Frau sexuell erregt ist. Das erregte ihn auch, denn es bewies ihm, dass sie ihn wollte und so sehr nach ihm gierte wie er nach ihr.

Sie lag still da, während er zärtlich über ihre Labien strich und auch über die nasse Furche dazwischen. Er erkannte ihre präorgasmische Ruhe, in der sie darauf wartete, dass er sie zum Rand ihres Höhepunkts brachte. Seine Finger hoben sie geschickt diesem Gipfel entgegen. Er liebte es, sie zu fühlen und ihren Duft einzuatmen, und er liebte es, sie zittern zu sehen, als sein Daumen wie ein Hauch von Ekstase über ihre Klitoris strich.

»Du fühlst dich wunderbar da an«, raunte er, und dann gab sie einen kurzen, scharfen Schrei von sich, als sie ihr Ziel erreichte und unter seinen Berührungen zu zucken begann. Sein Penis hüpfte, und seine Brust schmerzte vor Leidenschaft. Als sich ihre Spannung abbaute, umschloss er ihr warmes, geschwollenes Geschlecht mit seiner Hand.

»Mach es mir jetzt, David«, bettelte sie und rutschte auf dem Tisch noch ein bisschen näher auf ihn zu. Sie hob ihre Schenkel und schlang sie um seine Taille. Ihr Schoß war geöffnet, um ihn zu empfangen.

Er führte seinen Schwanz zwischen ihre Beine und in den nassen Mund, der darauf wartete, ihn zu umschlingen. Er stieß ein lang gezogenes Stöhnen aus, als er in sie hineinstieß, und der Ausdruck der Verzückung auf ihrem Gesicht bedeutete ihm so viel, dass er am liebsten geweint hätte.

Er hatte ihr die größtmögliche Lust gegeben, und jetzt war er dran. Die Leidenschaft beherrschte ihn, seine Hoden verhärteten sich, und der Schaft zog sich aus ihrer wunderbaren Spalte zurück und pumpte wieder hinein. Viele Minuten ging es hin und her. Seine Hüften stießen mit einem klatschenden Geräusch gegen die Innenseiten ihrer Schenkel. Er hörte sie stöhnen und fühlte, wie ihre Fersen gegen seinen Rücken trommelten, dann warf er den Kopf hoch, er keuchte und ächzte, als die verzweifelte Ekstase über ihn hereinbrach. Es dröhnte in seinen Ohren, und ein paar Tränen glitzerten in seinen Augen.

Schwankend kam er auf die Füße, dann lehnte er sich gegen die Wand und wartete, bis sein Puls sich normalisiert hatte. Er schob den Penis zurück in die Jeans und zog den Reißverschluss hoch. Als Lisa vom Tisch rutschte, drehte sie sich halb zu ihm um, und ihr Rock hing noch hoch, weil sie zuerst ihren Slip richten wollte.

Er streckte eine Hand aus. »Was ist das?«, fragte er scharf, als er die langen, rötlich-blauen Striemen auf der von der Sonne gebräunten Haut sah.

Sie hob die Schultern, wich seinem Blick aus und zog sich los von ihm. »Ach, nichts.«

»Nichts?« Damit wollte sich David nicht begnügen. Er packte sie, hielt sie mit einem Arm fest und schob mit der freien Hand den Rock weit nach oben und den Slip nach unten.

Ein halbes Dutzend Striemen bedeckte ihre Pobacken, und es gab keinen Zweifel, dass eine Peitsche diese Zeichnungen hinterlassen hatte.

»Hat Robillard das getan?«, fragte er streng.

»Ich will nicht darüber sprechen«, gab sie ebenso streng zurück, obwohl ihr Gesicht fast so rot war wie die Male.

»Sie waren nicht da, als ich deinen Arsch das letzte Mal gesehen habe, und gestern Abend bist du zu seinem Haus gefahren. Da braucht man nur zwei und zwei zusammenzuzählen, und ich lasse keinen Narren aus mir machen.« Er war immer lauter geworden. Ärger gärte in ihm, und dann kam ihm ein unangenehmer Gedanke. »Hat es dir Spaß gemacht, ausgepeitscht zu werden?«, fragte er.

Lisa hatte ihre Kleidung wieder gerichtet und sah verblüffend kühl und entspannt aus. »David, bitte«, sagte sie. »Keine weiteren Fragen. Ich werde für ihn und Tanith arbeiten und fange am Montag an.«

»Ich verstehe. Wir werden von nun an in gegnerischen Lagern sein. Wie reizend«, fauchte er. »Und was hat dein Verlobter dazu gesagt? Vielleicht macht es ihn ja scharf, dass seine Verlobte sich auspeitschen und bumsen lässt.«

»Ich bin nicht mehr mit Paul verlobt«, sagte sie.

Die Erleichterung, die David empfand, ließ ihn erstarren.

»Nicht mehr? Hast ihm den Laufpass gegeben?« Er bemühte sich, seine Stimme zu kontrollieren.

»Ja, so ungefähr. Es war kurz nachdem du gegangen warst. Mir war klar geworden, dass ich so nicht länger leben konnte. Er wollte über mich bestimmen. Ich brauche meine Freiheit. Das ist einer der Gründe, warum ich den Job in Hawkhurst Abbey annehme.«

»Und mit Robillards Perversitäten hat es nichts zu tun? Du willst doch nicht eine seiner Sklavinnen werden? Oh, ja, so etwas spricht sich im Gewerbe schnell herum.«

»Und wenn?« Sie behauptete sich und hob störrisch ihr Kinn.

»Dann wärst du eine Närrin«, fauchte er, aber dann versteckte er seine Verletzung, hob die Schultern und fügte hinzu: »Das muss jeder für sich entscheiden. Ich bin jetzt weg, Lisa. Ich muss zurück zur Versteigerung. Ich will den William-and-Mary-Sekretär nicht verpassen.«

Wie sich herausstellte, hätte er sich nicht bemühen müssen, denn er wurde von Fletcher am Telefon überboten.

Während er noch seine Wunden leckte, stürzte sich Fiona auf ihn und rief: »Ah, da bist du ja, Darling! Wo hast du dich die ganze Zeit versteckt?«

»Ich habe mich umgesehen«, antwortete er, während sie sich über Los 300 ausließ, ein Biedermeier-Sofa im Mahagonigestell. Er schätzte den Wert auf fünftausend Pfund.

»Ich wollte deinen Rat haben«, sagte sie und zog einen Schmollmund. Ihre kleinen Brüste waren unter der zarten Bluse deutlich zu sehen, und ihre langen, perfekten Beine brachte sie in dem kurzen Rock in natürlicher Schantungseide wunderbar zur Geltung. »Ich habe einen silbernen Kuchenkorb gekauft, von dem sie sagten, dass er aus der Zeit Williams IV. stammt, aber es kann sein, dass ich zu viel gezahlt habe.«

»Gehe mal davon aus, dass du alles richtig gemacht hast«, sagte er und fragte sich, wohin Lisa gegangen war.

Sie hatten sich mit einer beunruhigenden Distanz getrennt, und er wollte sie unbedingt finden und das geraderücken. Ganz egal, was sie mit Fletcher getan hatte oder in der Zukunft mit ihm treiben wollte – David wollte sie auch.

»Schaust du dir den Korb mal an, David? Und die anderen Sachen aus? Komm mit mir nach Hause. Nigel ist nicht da. Seit du aus Frankreich zurück bist, habe ich dich kaum gesehen.«

»Was war denn gestern Abend?«, murmelte er, lehnte sich über den Rücken des Sofas und atmete das verführerische Parfum Fionas ein, das von ihrer Haut und den Haaren zu ihm aufstieg. Trotz seiner Gefühle für Lisa konnte er Fiona nicht widerstehen.

»Gestern Abend, Darling, war nicht von dieser Welt«, sagte sie seufzend und hob eine Hand, um die Unterseite seines Kinns zu streicheln. »Wir sollten Heu machen, solange die Sonne scheint. Nigel spricht davon, dass er bald zurückkommt. Ich glaube, er ist nicht mehr mit seinem Freund zusammen. Du hast ihn bestimmt schon gesehen. Er heißt Ray Follet. Er hat auf Channel 4 seine eigene Show. Er hat Nigel zu einem großartigen Tanz verführt.«

Den Rest des Nachmittags blieben sie zusammen, und David hatte keine Gelegenheit, noch einmal mit Lisa zu sprechen. Die Versteigerung näherte sich bald ihrem Ende. »Sie haben ein Paket für Lord Howard geschnürt«, sagte David zu Fiona, während ein Gehilfe von ihm den Van belud.

»Der liebe Howard, er ist ein Süßer, aber ein preisgekrönter Arsch«, beschrieb Fiona ihn und ging mit dem Kuchenkorb und zwei Kelchgläsern, in die das Jahr 1779 eingraviert war. »Aus diesen Gläsern trinken wir heute Abend Champagner, David«, versprach sie. »Um zu feiern, dass du wieder im Umlauf bist.«

»Und was ist das?«, fragte er und wies mit dem Kopf auf ein Los, das gerade von Helfern des Auktionators gebracht wurde.

»Ist sie nicht einmalig schön?«, gurrte sie. »Eine Tiffany-Lampe mit einem Bronzesockel. Sie wird in meinem Schlafzimmer lieblich wirken.«

»Falsche Periode«, knurrte David.

»Schwachsinn«, rief sie und kniff in seinen Hintern, als er sich in den Van lehnte, um ein Möbelstück besser zu sichern. »Mir gefällt sie, und das ist Grund genug, sie zu kaufen.«

Sie kletterte neben ihn, zog die hintere Tür halb zu, dann zog sie ihn hinunter auf einen Stapel Staubdecken. »David«, murmelte sie, während ihre Hände zu seinem Hosenstall glitten, »wir haben doch Zeit für einen Quickie, oder? Ich brauche dich ... jetzt sofort.«

»Ich muss zurück«, sagte er hinhaltend, aber sie zog schon den Reißverschluss seiner Jeans auf, nahm seinen anschwellenden Penis in die Hand und kratzte ihn leicht mit ihren silbern lackierten Fingernägeln.

Dann verharrte sie und sagte: »Ich rieche Frau an dir. In wen hast du ihn gesteckt, David?«

»Ich hatte keine Zeit für eine Dusche, nachdem ich dich in den frühen Morgenstunden verlassen habe, weil ich dringend hierhin wollte«, sagte er und hoffte, dass sie ihm glaubte.

»Wirklich? Du bist ein schlechter Lügner. Es riecht nicht nach mir.« Sie ging näher heran und leckte über den Schaft.

Sie war unmoralisch, indiskret, eigensüchtig, gierig und unwiderstehlich, und er fühlte, wie die Hitze in seine Lenden eindrang. Sein Penis reagierte auf sie, als hätte er ein eigenes Leben. Er entspannte sich und wusste, dass sein Gehilfe zurück in die Scheune gegangen war, um dort auf ihn zu warten. Er hatte also genug Zeit, um Fiona zu bedienen, damit er sie auf seiner Seite halten konnte.

Warum sollte er zulassen, dass der Gedanke an Lisa ihn zurückhielt? Diese Striemen auf ihren Backen. Was war gestern Abend in der Abtei passiert?

Fletcher Robillard war sein *bête noir,* und nun hatte sich sein Einfluss auf Lisa ausgedehnt. David war von ihr enttäuscht. Bei Fiona wusste er wenigstens, woran er war; er erwartete keine Treue von ihr. Er genoss sie mit seinem Körper, aber nicht mit der Seele. Nie im Leben würde ihm einfallen, sie zu heiraten.

Er ließ seinen Grundinstinktiven freien Lauf, legte sich zurück und suhlte in dem Gefühl von Fionas Zunge, als sie seine Männlichkeit in ihren Mund nahm und daran saugte, als wäre sie eine köstliche Frucht. Er erreichte den Punkt, von dem es kein Zurück mehr gab. Das Ziehen begann in den Hoden. Er griff in ihre Haare.

Die hintere Tür des Vans wurde aufgerissen. Lisa stand da, einen Ausdruck der Ungläubigkeit und des Entsetzens im Gesicht. Sie war wie erstarrt, dann drehte sie sich um und rannte davon, nachdem sie die Tür zugeknallt hatte.

»Oh, verdammt«, stöhnte David und kam in Fionas Mund.

Mike hatte es satt, Valeries Gezeter über Lisa anzuhören. Er fragte sich, warum sie so gehässig über Lisa sprach und meinte schließlich: »Ich dachte, du wärst glücklich, dass die Hochzeit abgesagt ist. Du hast sie doch nie gemocht, oder?«

»Nein, aber mir tut der arme Paul leid«, erklärte sie. »Er hat diese schäbige Behandlung nicht verdient. Außerdem, was soll ich den Leuten erzählen? Jetzt müssen wir den Büfettleuten absagen, dem Konditor, der Musikband und dem Zeltverleiher. Das war ganz übel von ihr.« Dann fügte sie noch hinzu: »Ich habe ein neues Kostüm und einen neuen Hut gekauft.

Ich habe mich schon darauf gefreut, die Sachen zu tragen. Das hat die dumme Kuh mir nun versaut.«

Sie lagen im Bett, und gleich nach dem Aufwachen hatte sie mit einer weiteren Tirade begonnen. Mike schätzte ihr Feuer und erregte sich an der Art, wie ihre Brüste unter dem Nachthemd schwangen. Sie inspirierten ihn fast dazu, sie auf den Rücken zu wälzen und seine Morgenlatte in sie zu stecken.

Fast, aber nicht ganz. Ihm gingen andere Dinge durch den Kopf, dazu gehörten Joyce Murray, der Planungsausschuss – und Lisa. Es würde klug sein, seine Energie aufzubewahren.

Wie ein General seinen Feldzug plant, so ging auch er die einzelnen Schritte durch, als er im Badezimmer stand und sich rasierte, der Penis im rückläufigen Stadium. Er konnte Valerie telefonieren hören. Sie beklagte sich bei jemandem bitterlich über Lisa, vielleicht bei Natasha. Nun, dann ließ sie ihm wenigstens seinen Frieden, wenn sie sich bei einer anderen Person ausweinen konnte. Und wenn sie alle Absagen heute abarbeitete, war sie abgelenkt und würde seine Abwesenheit gar nicht bemerken.

Was er im Laufe der nächsten Tage plante, erforderte eine ganze Anzahl von Lügen. Bei Valerie würde er Geschäfte vorschieben, und die Proben fürs neue Stück waren immer für eine Entschuldigung gut. Valerie gab gern an mit der Tatsache, dass ihr Mann eine der Leuchten der Deverel Thespian Society war. Die getreue Maggie würde ihn decken, falls Valerie mal misstrauisch werden sollte, aber er musste sorgfältig taktieren, damit Maggie nicht eifersüchtig auf Joyce wurde.

Der Stress solcher Intrigen hätte manch einen Mann in den Herzinfarkt getrieben, aber Mike blühte auf in diesen Situationen. Er summte eines der Lieder vor sich hin, die er für seine Rolle in *Aladin* lernen musste. Mit beiden Händen rieb er sich Rasierwasser auf die Wangen.

Als er endlich in seinem Büro saß, rief er zuerst Joyce an, dann Lisa.

Das Schrillen des Telefons drang in Lisas Traum ein, ein verrücktes Szenario, in dem sie hinter einem Zug herlief und ihr Gepäck verlor. Sie hatte die Verantwortung für Kinder einer Bekannten übernommen, und die Kinder hatte sie auch verloren.

»Hallo«, murmelte sie schwach, den Hörer fest ans Ohr gedrückt.

»Lisa? Hier ist Mike«, kam es entschlossen fröhlich durch die Leitung. »Da du mich nicht zurückgerufen hast, will ich mich noch mal melden. Tut mir leid, das mit dir und Paul zu hören. Ich bedaure, dass ich dich nicht zum Altar führen kann.«

»Was? Ach so«, sagte sie. Der Traum zog sich zurück ins Unterbewusste, aber kurze Szenen des Unbehagens blieben.

»Kann ich zu dir kommen?«

»Eh ... ich weiß nicht«, sagte sie, immer noch verwirrt. »Was willst du, Mike?«

»Nun, es wäre schade, wenn wir den Kontakt verlören. Und ich habe versprochen, mir dein Haus anzusehen.«

»Ich erinnere mich nicht, dich gefragt zu haben ...«

»Ich glaube aber, es wäre besser, wenn ich das tue. Dann bist du auf der sicheren Seite. Kann ich in der Mittagszeit kommen?«

»Ja, gut.«

Als er aufgelegt hatte, legte sie sich wieder ins Bett und fluchte über sich selbst. Wie dumm, einfach so halbherzig zugestimmt zu haben! Harmoniesucht, nannte Martin das und riet ihr, eine Weile nachzudenken, wenn jemand sie um einen Gefallen bat oder, wie in Mikes Fall, sie zu etwas überredete, von dem sie nicht sicher war, ob sie das auch wollte.

»Du brauchst nur zu sagen: Gib mir einen Moment Zeit. Ich rufe dich dann zurück.« Das war die Technik, die Martin ihr geraten hatte. »Oder kleb dir einen Zettel mit dem Wörtchen NEIN ans Telefon.«

Mike hatte sie im dösenden Zustand überrascht, und sie hatte Martins vernünftigen Ratschlag vergessen.

Oh, verdammt, zürnte sie erneut, als Punkt zwölf die Türklingel schrillte. Bis dahin hatte sie geduscht und sich angezogen, und wach war sie in der Zeit auch geworden. Sie trug einen Sarong und nicht viel mehr, denn sie hatte sich vorgenommen, nach der Hektik der letzten Tage einen faulen Tag zu verbringen.

Sie hatte über viele Dinge nachzudenken. Über Fletchers bizarres Haus, über Paul und die zerbrochene Verlobung und schließlich über David mit seinem leidenschaftlichen Besitzanspruch, um sie gleich darauf mit Fiona zu betrügen. Eine Patrone mit einer emotionsgeladenen Spitze hatte sie mitten ins Herz getroffen, als sie die beiden auf dem Boden des Vans gesehen hatte.

Männer!, schnarrte sie leise, als sie zur Tür ging und Mike einließ. Sie stehen mir bis obenhin.

Mike sah schneidig aus in seinem sommerleichten grau gestreiften Anzug. Von der Stange, aber trotzdem teuer. Er war meistens gut gekleidet, aber wie seiner Frau fehlte es auch ihm an Klasse. Lisa wollte, dass dieser Besuch so schnell wie möglich beendet war.

»Sollen wir ausgehen und was zu Mittag essen?«, fragte er.

»Nein, danke, ich habe schon gegessen.«

»Es ist ein brüllend heißer Tag«, sagte er und setzte sich hin, ohne zu fragen. »Hast du was zu trinken da?«

»Bier, Orangensaft, Tee, Kaffee, Wasser«, sagte sie gereizt.

»Bier, bitte.«

»Das habe ich mir gedacht.«

Die Ironie drang nicht zu ihm durch. Er saß da und sah sich im Wohnzimmer um. Lisa holte das Bier und stellte es auf den kleinen Tisch neben der Couch.

»Da dringt eine Menge Feuchtigkeit ein«, begann Mike und sah zur Decke hoch. »Es würde mich nicht wundern, wenn schon ein paar Fliesen runtergekommen sind. Darf ich mal einen Blick aufs Dach werfen?«

Lisa hob die Schultern und versuchte, Martins Rat umzusetzen, aber ihre Lippen waren nicht in der Lage, das magische Wort ›nein‹ zu sagen. Einen Moment überlegte sie, ob sie Martin rufen sollte, aber dann entschied sie sich dagegen. Mike könnte ihn vielleicht mit einer taktlosen Bemerkung über Schwule in Verlegenheit bringen.

Mike ging in den Flur, stellte sich auf einen Stuhl und drückte eine Klapptür auf, durch die man auf den Speicher steigen konnte. Er löste eine Klappleiter aus und stellte sich auf die untere Sprosse. Ein paar Sekunden später konnte Lisa ihn nicht mehr sehen. Sie hatte ihren Fuß auf die untere Sprosse gestellt und wusste nicht, was sie tun sollte.

Er ließ sich Zeit, und sie machte sich Sorgen. Hatte er faule Dachsparren gefunden oder Borkenkäfer? Würde das Haus bald in sich zusammenfallen?

Als er endlich wieder da war und seine Diagnose verkündete, war sie fast genauso schlimm. »Du brauchst ein neues Dach«, teilte er ihr mit und wischte den Staub von seiner Hose. »Und es gibt einen ordentlichen Riss in der hinteren Außenwand. Senkung des Erdreichs. Sehr ernst. Ich will mir jetzt noch die Außenwände von außen ansehen.«

Nach einer Weile kam er zurück. »Wie ich gedacht habe. Größere Reparaturen von außen sind zuerst dran, damit das Haus für Passanten wieder sicher ist. Gleichzeitig muss das

Dach erneuert werden, die Bleischürzen und Dachrinnen einbezogen.«

»Was wird das kosten?«, fragte sie und fühlte, wie sie schwitzte.

Er verzog das Gesicht. »Ich muss einen Kostenvoranschlag ausarbeiten.«

»Aber so eine ungefähre Zahl?«

»Das Dach wird sich auf dreißigtausend Pfund belaufen. Es ist groß, und ich kann nicht abschätzen, welche Überraschungen uns noch erwarten. Das Blei ist teuer, und das trifft auch für die Steine zu, mit denen die Außenwände saniert werden müssen. Wenn wir billigere Steine nehmen, steht der Denkmalschutz auf der Matte. Ich weiß es nicht genau, Lisa, aber es könnte dich fünfzig- oder sechzigtausend Pfund kosten.«

»Was?«

»Ja, tut mir leid, aber es ist doch besser, du weißt Bescheid«, sagte er und legte eine Hand auf ihre Schulter. »Alle Arbeiten müssen unter der Aufsicht der Baubehörde ausgeführt werden, weil das Haus unter Denkmalschutz steht. Du könntest es zu verkaufen versuchen, aber ich fürchte, in diesem Zustand erhältst du nicht viel dafür.«

»Aber was soll ich denn tun?«, jammerte Lisa.

»Wenn du Paul geheiratet hättest, wäre er eingesprungen, das weiß ich, weil er es gesagt hat.« Mike griff nach seinem Bier.

»Ja, aber das ist vorbei«, gab sie zurück und ließ sich auf die Couch fallen. Über den Knien fiel der Sarong auseinander.

»Nun, vielleicht kann ich helfen«, sagte Mike bedächtig, und die Couch quietschte, als er sich neben Lisa setzte, ein bisschen zu nahe für ihr Gefühl. Sie konnte das Bier in seinem Atem riechen. Das erinnerte sie an Paul.

Er sah sie freundlich und hilfsbereit an, und sie wünschte,

sie könnte ihm vertrauen. Vielleicht war er nicht so mies, wie sie immer gedacht hatte.

Wenn nur ihr Vater noch lebte, dachte sie traurig. Dann sagte sie: »Ich wüsste nicht, wie.«

»Ich bin bereit, alle Reparaturen auszuführen, und du kannst mich bezahlen, wenn du das Geld hast«, sagte er leise und legte einen Arm auf den Couchrücken. Lisa fühlte sich eingeengt.

Sie wollte ihn nicht beleidigen, aber sie setzte sich nach vorn und zog den Rock über ihre Beine. Auf eine schreckliche und eigentlich kaum zu glaubende Weise – auch wenn sie es glauben musste – ahnte sie, was kam.

Ihr wurde bewusst, dass er sie anstarrte, und sie sah ihn strafend von der Seite an, denn der Blick, den sie auf seinem Gesicht sah, ließ die offenen lüsternen Blicke anderer Männer harmlos aussehen. Liederlicher alter Ziegenbock! Sie wollte das auch sagen, aber sie traute sich nicht.

»Der Preis?«, fragte sie plötzlich, der Körper steif.

»Preis? Ich verstehe nicht«, antwortete er und bedachte sie mit einem schmierigen Grinsen.

Lisa wollte aufstehen, aber er legte eine Hand auf ihren nackten Arm. Sie zog ihn nicht weg und starrte ihn in glühendem Zorn an.

»Alles hat seinen Preis. Als Geschäftsmann wirst du das wissen. Also nenne mir den Preis. Sage mir, was es mich an Selbstrespekt kosten wird.«

Er riss den Mund auf und klappte ihn wieder zu. Seine verschwitzten Finger strichen über ihren Arm bis zur nackten Schulter. Seine muskulösen Beine waren gespreizt, und sie konnte die Schwellung des Penis sehen. Der Anblick erfüllte sie mit Ekel.

»Lisa, du siehst das falsch«, sagte er onkelhaft. Ich habe dich immer bewundert. Vergiss nicht, dass ich deinen Handel mit Antiquitäten von Anfang an unterstützt habe. Ich will dich nicht leiden sehen und möchte mich deshalb um dich kümmern.«

Sie schaute ihn an, schnaufte wie ein Tier und schnarrte: »Und als Gegenleistung?«

Er seufzte und setzte das Streicheln ihres Arms ebenso fort wie das Starren auf ihre Brüste. »Ich hoffte, dass du ab und zu mal mit mir ausgehst. Zum Essen beispielsweise. Wir trinken eine Flasche Wein und dann ... nun, wir lassen der Natur ihren Lauf.«

»Und du willst keinen Sex mit mir haben?«

Er sah gequält aus, aber jetzt schlich seine Hand zu den Schultern, dann das Rückgrat entlang. Sie schüttelte sich.

»Das klingt so unfein, Lisa. Ich wünschte mir eine romantischere Verbindung.«

»Ach ja? Also ohne Sex?«, fragte sie sarkastisch.

Inzwischen entglitt ihm die schwer gewonnene Kontrolle über seinen Steifen wieder. Mike wandte sich ihr zu, die Lippen nass vom Speichel, und stammelte: »Das habe ich nicht gesagt. Ich will dich, und ich gebe dir alles, wenn du mit mir schlafen willst. Fangen wir jetzt an damit, dann stelle ich dir nachher sofort einen Scheck aus.«

Seine Hand umklammerte eine ihrer Brüste und schob den BH hinunter zum Nippel. Er stöhnte, und eine kleine feuchte Stelle breitete sich im Schritt seiner Hose aus. Lisa gab ihm eine Ohrfeige. Ihre ganze Kraft lag hinter dem Schlag mit der flachen Hand.

Er zuckte und hielt sich die Wange, während Lisa aufsprang, ihre Brust bedeckte und eiskalt sagte: »Ich glaube, es ist Zeit, dass du jetzt gehst, Mike. Es sei denn, du willst, dass ich Valerie anrufe.«

Er stand auf, die Hose immer noch ausgebeult. In seinem geröteten Gesicht funkelten die Augen wütend.

»Also gut, ich gehe. Aber ich glaube, du wirst noch von mir hören. Vielleicht wirst du deine Meinung noch ändern, wenn du die ersten Briefe vom Bauamt erhältst.«

»Hau ab«, sagte sie und drehte ihm den Rücken zu.

Aber als er gegangen war, vergaß sie ihre Tapferkeit. Schluchzend ließ sie sich auf die Couch nieder. Mein Zuhause, dachte sie, mein geliebtes Zuhause. Was kann ich nur tun?

Sie brauchte dringend einen Freund zum Reden. Nachdem sie sich übers Gesicht gewaschen hatte, ging sie nach unten. Sie drückte die Seitentür des Geschäfts auf, aber drinnen sah sie niemanden. Wahrscheinlich waren sie zum Essen gegangen. Martin sollte diese Tür lieber abschließen, wenn sie weggehen, dachte sie. Jeder könnte hier hereinkommen und sich bedienen. Alfie ist zwar ein fröhlicher Hund, aber als Wachhund nicht zu gebrauchen. Wo war er eigentlich?

Vielleicht ist schon jemand drinnen, dachte sie. Es lief ihr kalt über den Rücken, denn jetzt hörte sie nebenan auch noch Geräusche. Da *musste* jemand sein. Lisa hatte Angst, aber sie war entschlossen und bewegte sich lautlos auf ihren nackten Füßen. Sie lugte um die Tür herum und wich sofort instinktiv zurück, erstaunt vom Anblick der verstreut herumliegenden Kleider und von der Vision von Martin und Phil, die nackt auf dem Teppich lagen.

Sie hatte nicht vor zu bleiben, konnte sich aber nicht von der Stelle bewegen. Es war etwas sehr Schönes und Erregendes, zwei starken Männern zuzusehen, die sich gegenseitig so zart berührten.

Lisas Klitoris zuckte. Sie öffnete ihren Sarong und befingerte sich durch die dünne Seide ihres Slips. Der Saft begann zu rinnen und nässte ihre Fingerspitzen. Sie rieb sich ohne jeden bewussten Gedanken. Phil wälzte Martin auf den Bauch und legte sich über ihn.

Lisa knetete ihren Schamberg; ihre Erregung wuchs noch,

als Martin sich aufbäumte und mit Phil seinen Höhepunkt erlebte. Unter diesen seltsamen Umständen, wusste Lisa, würde sie nie kommen können, deshalb schlich sie sich leise davon. Sie würde einen anderen Menschen finden müssen, dem sie ihr Leid erzählte.

Zehntes Kapitel

Mike war nicht jemand, der darauf wartete, das Gras wachsen zu sehen. Nachdem er Lisa verlassen hatte, musste er sich woanders schadlos halten, also rief er Joyce an, weil er wusste, dass ihr Mann übers Wochenende auf Angeltour war.

»Mike«, sagte sie mit gesenkter Stimme, »warum rufst du mich an? Ich dachte, wir hätten vereinbart ...«

»Wir müssen uns treffen«, befahl er, denn er hatte herausgefunden, dass die harte, männliche Tour bei ihr am besten ankam.

»Wo?«

»Ich hole dich ab. Dann fahren wir an einen geheimen Ort.«

»Und wenn man uns zusammen sieht?«

»Es ist Samstag. Ich habe Val gesagt, dass ich im Büro zu tun habe, was auch stimmt, aber jetzt bin ich fertig. Wenn jemand fragt, haben wir irgendwas mit dem Theaterstück zu klären.«

»Ja, gut«, flüsterte sie, und Mike konnte aus dem Zittern ihrer Stimme hören, dass sie erregt war. »Aber komm nicht zum Haus. In zehn Minuten stehe ich an der Ecke.«

Sie fuhren hinaus aufs Land, dann bog er auf einen Waldweg ein, stellte den Motor ab, legte einen Arm um sie und sagte: »Da drüben gibt es eine Wiese. Ich will mich mir dir durchs Gras wälzen.«

»Oh, Mike«, keuchte sie, und rote Farbe stieg ihr in die Wangen. »Ist das nicht ein bisschen zu öffentlich?«

»Aber das macht es doch nur noch erregender«, sagte er

grinsend und strich ihr über die Knie. »Bist du nicht für spontane Begegnungen, wenn du am wenigsten damit rechnest?«

Wie zur Antwort öffnete sie stöhnend ihre Schenkel ein wenig, und er erhielt Zugang zu den Innenseiten und zur delikaten Seide ihres Höschens mit den weiten Beinöffnungen.

Er liebte ihre *french knickers*, die sie am liebsten trug – falls sie überhaupt ein Höschen trug. Beides war ein Vorteil, denn ihre Treffen waren fast immer von kurzer Dauer. Jetzt legte sie eine Hand auf seine Beule, die seit dem Besuch bei Lisa nie ganz abgenommen hatte.

Es war ein friedlicher Sommernachmittag, und es roch nach frisch gemähtem Gras und wilden Blumen. Er half ihr, über den Zaun zu steigen, und als sie ein Bein hob, fing er einen raschen Blick auf ihr Delta ein; durch die eng anliegende Seide drückten sich die feuchten Labien.

Für solche Gelegenheiten hatte er immer eine Decke im Kofferraum liegen, und nachdem sie einen schattigen Platz unter einem Baum gefunden hatten, breitete er sie aus.

Sein Herz pochte, und die Hitze, die ihn nach all den Anstrengungen durchfloss, ließ ihn wieder an Lisa denken. Er musste sich etwas einfallen lassen, um sie wegen ihrer Weigerung zu bestrafen. Er wollte, dass sie vor ihm zu Kreuze kroch, dass sie ihn anbettelte, sie zu nehmen, ihr Gesicht auf der Höhe seines Schritts, als er ihr befahl, seinen Penis zu bedienen.

»Das ist schön hier«, sagte Joyce, als sie sich auf die Decke gelegt hatte und hoch zum Baldachin der raschelnden Blätter sah.

Er lehnte sich über sie und zog ihre Brille aus, die er behutsam in ihre Handtasche legte. Er fühlte sich wieder wie damals als Junge, und ihm fielen die Raufereien mit den Mädchen ein, die auch in solcher Umgebung stattgefunden hatten. Tief in seinem Innern sehnte er sich nach der Unschuld der Jugend. Damals hatte die Berührung von Fingerspitzen ihm über Wochen feuchte Träume beschert, und die Berührung der Lippen in einem keuschen Kuss war millionenfach aufregender gewesen als die Dauerbrenner der folgenden Jahre.

Wohin verfliegen sie, die Tage der jungen Liebe? Er fühlte sich in einer Phase der für ihn ungewöhnlichen Selbstbeobachtung. Jetzt bin ich ein übergewichtiger Mann, der sich die Lust bei seiner Frau holt, die ihn eigentlich nicht interessiert, und bei einer Reihe von Frauen, die so desillusioniert waren wie er selbst. Wenn Lisa sich kooperativ gezeigt hätte, wäre ich meiner Jugend wieder begegnet – oder ich hätte es mir einbilden können.

Er knöpfte Joyce' Kleid auf und sah, dass ihre Brüste von einem weißen BH aus Baumwolle bedeckt waren. Mit einem Geschick, das lange Praxis verriet, öffnete er die Haken auf dem Rücken, dann nahm er die Brüste in die Hände und drückte sie. Seine Finger stießen gegen die Nippel, bis sie sich steil aufrichteten, rosig vor Verlangen.

»Du bist eine wunderbare Frau, Joyce«, sagte er, als ob er es auch meinte. Aber er wusste, dass Komplimente sie erst in Stimmung brachten. »Raymond ist zu beneiden.«

»Findest du nicht, dass ich ein bisschen zu reif bin, um die Rolle des Jungen zu übernehmen?«, fragte sie und sah ihn blinzelnd an. Ihre Brüste bebten unter seinen Berührungen.

»Niemals!«, rief er. »Doch nicht mit solchen Beinen! Du wirst die Leute begeistern!«

»Glaubst du wirklich?« Sie streckte ein Bein aus, damit er es noch einmal bewundern konnte.

»Es ist schön genug zum Vernaschen«, knurrte er und zog ihren Rock hoch. »Ich werde dich auch vernaschen und fange mit deiner Pussy an.«

Sie quietschte in vorgetäuschtem Entsetzen, dann öffnete sie die Schenkel noch ein bisschen weiter. Er drang in die weite Beinöffnung des Höschens ein und strich mit den Fingern durch das braune Nest. »Aber Sir ... was beabsichtigt Ihr mit mir?«, rief sie und fiel in die Rolle, die sie in *Les Liaisons Dangereuses* gespielt hatte, ihrem bisher größten Erfolg.

Mike fand sich sofort in der Rolle wieder, denn er sah sich gern als französischer Aristokrat und Freigeist. »Madame la Marquise«, rief er, »meine verehrte, lustvolle, wunderbare Lady ...« Er senkte sein Gesicht zu ihrem Geschlecht, roch ihren Duft durch die Seide, fuhr mit der Nase durch den Spalt, und sein Mund folgte der Fährte seiner Finger.

Er saugte an ihren Labien und teilte sie mit der Zunge, leckte die inneren Lippen und stürzte sich auf ihre Knospe. Sie kam schnell und ruckte ihren Unterleib gegen seine Zähne. Er befreite seinen Penis, rieb die Eichel durch ihr glitschiges Tal und rammte den Schaft dann in die Schwüle ihrer Vagina.

Ihm war die sengende Sonne auf seinem nackten Rücken bewusst, er roch die frisch gemähte Wiese und die wilden Blumen sowie das Zirpen und Summen der Insekten, aber dann verschwand alles, auch jeder Gedanke an Lisa, aus seinem Kopf. Alles war ausgewischt vom treibenden Drang, seine Hoden zu erleichtern. Er verlor die Kontrolle, fühlte die Anspannung seiner Bauchmuskeln, und dann sprühte der Schaft die volle Ladung in Joyce hinein.

Als er Joyce nach Hause fuhr, streute Mike den Samen aus, von dem er fröhlich hoffte, dass er zu Lisas Untergang führte. »Miss Sherwins Haus ist eine Gefahr für die Öffentlichkeit. Ich habe mir den Bau von innen und außen angesehen. Er liegt unter dem Durchschnitt.«

»Das muss dem Planungskomitee gemeldet werden«, sagte sie und kuschelte sich an seinen Arm, warm, geschmeidig und empfänglich.

»Wann werden sie ihr schreiben?«, fragte er und nahm eine Nebenstraße in die betuchte Wohngegend, in der sie mit ihrem Mann lebte. »Es ist Eile geboten. Ich möchte nicht verantwortlich sein, falls es einen Unfall gibt.«

»Gib mir einen schriftlichen Bericht, dann gebe ich ihn gleich am Montagmorgen weiter«, versprach sie.

»Sprach sie mit der Autorität einer Marquise de Merteuil«, sagte er lächelnd.

»Ihre Dienerin, Vicomte«, gab sie zurück und schob eine Hand zwischen seine Schenkel wie ein kleines gieriges Nagetier.

»Ein unehrenhafter Mann, dieser Mr. Garston«, meinte Daphne, während sie einige Pflanzen im Wintergarten des Cranshaw House umtopfte. »Ich kenne diesen Typ. Gibt sich als seriös aus, hat aber einen Geschmack wie eine Kloake. Walter war auch so, obwohl man ihm vergeben konnte, weil er nie etwas Gemeines getan hätte.«

Lisa saß niedergeschlagen in einem Korbsessel, die Arme um die angezogenen Knie gelegt. »Er hat natürlich Recht mit dem Gebäude. Vater hatte nie genug Geld, um es ins Haus zu stecken, und ich auch nicht. Ich weiß nicht, was ich tun soll. Selbst wenn ich bei Fletcher gut verdienen sollte, werde ich eine hohe Reparaturrechnung nie zahlen können, und ich glaube auch nicht, dass irgendeine Bank mir einen Kredit ohne Bürgschaft gibt.«

Daphne schaute sie über den Stacheln eines hohen Kaktus an. »Haben Sie schon mal darüber nachgedacht, das Haus zu einem guten Preis zu verkaufen und dann in ein Reihenhaus zu ziehen?«

»Ja, natürlich. Ich habe alles abgeklopft. Unterm Strich würde ich ohne einen Cent dastehen, und deshalb würde ich auch keine Hypothek aufnehmen können«, sagte Lisa und kaute an der Seite eines Fingernagels. »Und es würde bedeuten, dass meine Mieter ihr Geschäft verlieren, und das wäre schade, denn sie haben sich gerade erst selbständig gemacht.«

»Das schwule Paar, von dem Sie erzählt haben?«, fragte Daphne und setzte sich Lisa gegenüber in den Sessel.

»Ja. Sie sind sehr lieb zu mir, und sie lieben sich sehr. Es wäre schrecklich, wenn ihnen was zustieße, das zu ihrer Trennung führen könnte.«

»Sie fühlen sich nicht glücklich mit Ihrer Arbeit für Fletcher, nicht wahr? Aus dem, was Sie mir über die Dinnerparty erzählt haben, schließe ich, dass Sie Ihre Unabhängigkeit behalten wollen, auch wenn Sie ab und zu mal seine Herrschaft genießen.«

»Ja, das stimmt.«

»Aber Sie mögen David Maccabene? Ich übrigens auch. Er ist eine ehrliche Haut, wenn man von seinen Schmeicheleien einmal absieht.«

»Ja, ich mag ihn, aber hinter ihm lauert ständig Lady Fiona.«

»Sie könnten immer noch Ihre Meinung ändern und Paul heiraten«, erinnerte Daphne sie und signalisierte Arnaldo, dass sie ein paar Erfrischungen haben wollten.

Lisa schauderte und sagte: »Nein, danke! Er würde mich nie vergessen lassen, dass ich ihn abgewiesen habe. Und seine Mutter auch nicht. Und selbst wenn ich es wollte – ich könnte es nicht ertragen, ihn ständig hechelnd um mich zu haben. Ich stelle mir seine Rede während des Hochzeitsempfangs vor. Lauter Anspielungen und schmutzige, sexistische Bemerkungen.«

»Sie sind stolz, Lisa, und das bewundere ich«, sagte Daphne und lächelte sie über die Kaffeekanne hinweg an, während Arnaldo die Tassen verteilte und Zuckerdose und Milchkännchen in Reichweite anordnete. »Aber nicht zu stolz, hoffe ich, um meinen Vorschlag anzuhören.«

»Das kann ich erst sagen, wenn ich ihn gehört habe«, sagte Lisa, aber ihre Neugier war geweckt.

Bot Daphne ihr eine Partnerschaft an? Sie hatte darauf beharrt, dass Lisa ihre bescheidenen Käufe bei der letzten Versteigerung über ihre – Daphnes – Rechnung laufen ließ. Viel hatte Lisa nicht gekauft, denn die meisten Sachen waren unerschwinglich, aber zum Schluss hatte es ein paar kleinere Posten gegeben, die gut zu ihrem Stand passten.

Der Wintergarten war einer der angenehmsten Plätze in diesem erstaunlich warmen und wunderschönen Haus. Daphne nutzte ihn als Frühstückszimmer, denn sie schaute gern hinaus und den Vögeln zu, und dort hielt sie auch ihre exotischsten Pflanzen. Sie war vernarrt in Orchideen.

Jetzt hob sie die Tasse an ihre Lippen, nippte am Kaffee und beobachtete Lisas Reaktion, als sie sagte: »Ich möchte Sie zu meiner Erbin machen.«

Lisa hätte beinahe ihre Tasse fallen lassen. Der Kaffee schwappte über in die Untertasse. »Ihre Erbin?«, wiederholte sie verdutzt.

»Ja, richtig«, sagte Daphne und nickte. »Seit einiger Zeit denke ich darüber nach, mich ins Ausland zurückzuziehen. Mir gehört eine Villa in der Nähe von Florenz, und das Klima dort behagt mir. Ich werde allmählich arthritisch ... knirschende Knie, aber schlimmer ist es noch nicht. Aber es beeinträchtigt meine Freude am Gärtnern. Aber ich war unschlüssig, bis ich Sie kennen gelernt habe. Ich will dieses Haus nicht verkaufen. Es hat mir zu viele liebe Erinnerungen gegeben. Doch ich bin bereit, es Ihnen als Teil Ihres Erbes zu geben – unter der Bedingung, dass ich hier wohnen kann, wenn ich

England besuche, was nicht sehr oft sein wird, denn dafür regnet es zu viel.«

»Das Klima verändert sich«, stammelte Lisa. Ihr fiel nichts Vernünftiges ein.

»Vielleicht«, gab Daphne zurück. »Aber wie dem auch sein mag, ich bin bereit, meinen Plan in die Tat umzusetzen. Was halten Sie davon?«

»Sie kennen mich kaum«, begann Lisa, total überwältigt. »Wie können Sie mir vertrauen? Ich bin fast eine Fremde.«

»Ich folge meiner Intuition«, erklärte Daphne und schaute hinüber zu Arnaldo, der wie gewöhnlich im Hintergrund stand. »Ist es nicht so, Arnaldo? Habe ich dir nicht gleich von Lisa erzählt, als ich sie das erste Mal gesehen hatte?«

»Ja, das haben Sie, Madame«, bestätigte er und sah Lisa mit einem blendenden Lächeln an.

»Sie sind schön, talentiert und haben Mumm, genau wie ich, als ich in Ihrem Alter war. Ich kann mir nicht vorstellen, dass ein Mann Sie beherrscht. Ich habe keine Kinder, denen ich mein Erbe hinterlassen kann, und so fällt mir niemand ein, der es mehr verdient hat als Sie.«

»Ich kann unmöglich so ein großherziges Angebot annehmen«, brachte Lisa endlich heraus. Sie nahm die Nachricht auf, als hätte neben ihr eine Bombe eingeschlagen.

»Ich wäre tödlich beleidigt, wenn Sie es nicht annehmen«, sagte Daphne mit fester, strenger Stimme. Gleich darauf fuhr sie sanfter fort und umfasste Lisas Hand. »Es gibt keine Haken. Ich habe meinen Anwalt instruiert, er wartet nur noch auf mein letztes Wort. Es gibt ein paar Papiere zu unterschreiben, dann gehört es Ihnen. Ich habe die persönlichen Dinge schon gepackt, oder genauer – Arnaldo hat sie gepackt. Viele Dinge, an denen ich hänge, befinden sich schon in der Villa Norfini. Walter hat die Toskana geliebt und wollte dort sterben, aber das Schicksal hat es anders bestimmt.«

»Sie haben das alles in der kurzen Zeit arrangiert, die wir uns kennen?« Lisa war fast sprachlos vor Überraschung.

»Sagen wir, ich war schon früher vorbereitet, aber jetzt bin ich bereit zu gehen.«

»Wann?«

»Sobald Sie zugestimmt haben, die letzten Details geklärt sind und ich einen Flug gebucht habe. Am Montag besuchen wir die Herren Godsiffe, Laughton und Beamish, und dort wird alles unterschrieben und besiegelt. Einverstanden?«

»Ich bin baff«, rief Lisa. »Ich weiß nicht, was ich sagen soll!«

»Sagen Sie nur ja, dann ziehen Sie hier ein, sobald ich weg bin. Danach können Sie sich um Ihr altes Haus kümmern. Wenn Sie Ihre Wohnung vermieten, kommt zusätzliches Geld herein. Ich lasse Ihnen den Van und das Auto hier. Wir haben andere Fahrzeuge in der Villa, nicht wahr, Arnaldo?«

»Ja, Madame.«

»Ich habe ein paar gute Freunde da. Die Florentiner Gesellschaft ist immer schon etwas anders gewesen, und sie lieben das Außergewöhnliche. Je exzentrischer, desto lieber. Sie müssen mir versprechen, dass Sie mich besuchen. In diesem Jahr.« Dann klatschte sie in die Hände und rief: »Kommen Sie zur Hochzeit.«

»Hochzeit?« Das wird immer bizarrer, dachte Lisa.

»Wir heiraten, nicht wahr, Arnaldo?«

»Ja, Madame«, antwortete er, trat näher heran und schaute auf Daphne mit einem Blick zarter Ergebenheit, der Lisas Herz wärmte.

»Er ist seit Jahren bei mir, und als Walter starb, haben wir uns noch enger aneinander gebunden. Er ist so ein lieber Freund und wunderbarer Liebhaber. Und das wollen wir jetzt legalisieren. Ich habe ihm die Villa und ein ordentliches Einkommen in meinem Testament vermacht, aber das beeinträchtigt Ihre Wertsachen nicht.«

»Sie haben an alles gedacht«, hauchte Lisa und presste ihre Hände auf ihre Brüste. Langsam ließ sie die Hoffnung in sich aufkeimen. Aber sie wusste, sie würde es nicht wirklich glauben, bevor sie den Anwalt besucht hatten.

»Sie nehmen also an?«, fragte Daphne und lehnte sich zu ihr.

»Nun ... ja, wenn Sie das wirklich wollen. Mir bleibt die Spucke weg ... und ... oh, Daphne, ich werde Sie schrecklich vermissen.« Lisa konnte kaum sprechen; Tränen schnürten ihr die Kehle zu.

»Wir können die ganze Zeit telefonieren«, sagte Daphne und reichte ihr ein mit Spitze besetztes Taschentuch. Auch ihre Augen waren feucht geworden. »Ich erwarte regelmäßige Berichte über die Tumulte, die Sie unter den Männern der Umgebung anrichten, die alle viel zu eingebildet sind. Sie werden lernen, sie zu dominieren. Sie lassen sie durch brennende Reifen springen, und Cranshaw House wird der Dreh- und Angelpunkt Ihrer Operationen sein.«

Lisa spürte, wie sich ihre Mundwinkel hoben, als sie sich die Bilder vorstellte. Daphne gab ihr nicht nur das Haus und Geld – sondern auch Macht.

»Darauf können Sie sich verlassen. Ich werde Ihnen berichten«, versprach sie.

»Da ist nur noch eine Sache, um die ich Sie bitten möchte«, sagte Daphne, während Arnaldo eine Hand unter ihre Haare schob und den Nacken zu massieren begann. Sie schloss die Augen und schnurrte fast unter der seligen Entspannung, die er ihr verschaffte.

»Bitte, sagen Sie es«, drängte Lisa. Sie verfolgte das Spiel zwischen den beiden und sah, wie in seiner Gegenwart Jahre von Daphne abfielen.

»Ich besitze einige Gemälde«, begann Daphne und schwenkte unter Arnaldos geschickter Massage den Kopf von einer Seite zur anderen. »Eines ist besonders wertvoll. Ich möchte, dass Sie einen Käufer dafür finden. Ich will es nicht in einer Auktion bei Sotheby's sehen, denn Sie sollen es selbst verkaufen. Die Versicherung deckt eine sechsstellige Summe ab.«

»Oh, Gott! Was ist es? Ein van Gogh?«, rief Lisa, und sofort setzten ihre kaufmännischen Instinkte ein.

»Es ist eine Kreidezeichnung von Dante Gabriel Rossetti.«

»Von der Bruderschaft der Präraphaeliten?«

»Genau der«, sagte Daphne und legte eine Hand auf Arnaldos, um sich sanft von ihm zu lösen. »Holst du es bitte mal?«

Ein Rossetti! Lisas Haut kribbelte vor Aufregung. Ihr Gehirn füllte sich mit Bildern von Reproduktionen, die sie von diesem viktorianischen Künstler gesehen hatte. Früher war er als exotisch und unmoralisch abgetan worden, aber schließlich setzte er sich durch. Die Popularität seiner Bilder war in der ersten Hälfte des zwanzigsten Jahrhunderts gesunken, um dann seit den sechziger Jahren stetig zu steigen.

Wie war eine Zeichnung von Rossetti in Daphnes Besitz geraten?

Arnaldo kam zurück und trug ein mittelgroßes Bild mit einem Holzrahmen. Er stellte es in den Wintergarten, und Lisa sah es voller Ehrfurcht an.

Soweit sie das beurteilen konnte, war es typisch für die Präraphaeliten: die Liebe zum Detail, das romantische mittelalterliche Gewand, die vollen rotgoldenen Haare, der dicke Hals und die schmollenden Lippen des Modells, die schlaffen Lider und die träge, sinnliche Atmosphäre – sie sah wie eine Frau aus, die erschöpft nach dem Besuch ihres potenten Liebhabers gezeichnet wurde.

»Sie ist wunderbar«, rief Lisa und trat einen Schritt zurück, um das Bild noch intensiver betrachten zu können.

»Ja, nicht wahr?«, sagte Daphne, einen Kickser in der Stimme, als sie sich neben Lisa stellte und einen Arm um ihre Taille legte.

»Aber wer ist sie, und wie haben Sie die Zeichnung gefunden?«

»Das, meine Liebe, ist eine Zeichnung von Walters Großtante. Ich nehme an, der Künstler hatte vor, sie als Basis für ein Ölgemälde zu nutzen. Sie hieß Matilda, und in ihrem späteren Leben gehörte ihr dieses Haus. Als sie Rossetti kennen lernte, war sie jung und er in mittleren Jahren. Ein interessanter Mann, aber er war süchtig nach Laudanum. Seine Frau Lizzie starb an einer Überdosis dieser Opiumtinktur. Rossetti hat immer nach rothaarigen Modellen gesucht; er schien besessen von ihnen zu sein.«

Lisa sah sich die Zeichnung noch länger an und wünschte, sie verstünde mehr von Kunst. »Woher können Sie so sicher sein?«

»Es ist signiert.«

»Das sehe ich, aber es muss doch auch noch etwas anderes geben.« Die drei Buchstaben in der einen Ecke hatte sie bemerkt.

»Oh ja, es gibt Matildas Tagebuch und einen Brief, in dem Rossetti ihr schreibt, dass er die Zeichnung hat rahmen lassen, und nun wolle er das Bild persönlich vorbeibringen. Er deutete auch an, dass er etwas anderes als Geld erwartete, wenn es um die Zahlung für Zeichnung und Rahmen ging. Tatsächlich erzählte man sich, dass sie seine Geliebte wurde.«

Daphne ging durch die Terrassentür in den Salon und zum Sekretär, dann kam sie mit einem kleinen Buch zurück, gebunden in abgegriffenem rotem Leder und in ein rosa Band eingeschlagen. Ein zerknitterter Umschlag war ins Buch gesteckt worden.

»Oh ja«, murmelte Lisa, als sie die brüchigen Beweise für die Identität des Künstlers sah – das Tagebuch mit dem eleganten Kupferstich und Rossettis handgeschriebenen Brief, den er signiert hatte wie die Zeichnung: DGR. »Das ist der Beweis für die Echtheit«, sagte Lisa begeistert.

»Ja, genau. Und ich möchte, dass Sie die Erfahrung gewinnen, wie man ein so bedeutungsvolles Gemälde verkauft.«

»Großartig!«, rief sie. »Ich hätte mir nicht träumen lassen, jemals eine solche Erfahrung machen zu können.«

Elftes Kapitel

Am späten Abend kam Lisa nach Hause. Sie war von Daphne zu Hawkhurst Abbey gefahren, um Fletcher und Tanith mitzuteilen, dass sie am Montag nicht die Arbeit aufnehmen konnte. Sie war noch immer ganz benommen. Nach der Dusche ging sie ins Bett, aber sie konnte nicht einschlafen.

Allmählich dämmerte ihr, dass es wirklich so sein würde, wie Daphne versprochen hatte. Dies war kein Traum gewesen. Sie grinste in die Dunkelheit, rollte sich zusammen, steckte eine Hand zwischen die Beine und drückte ihre Pussy. Ihr ganzer Körper vibrierte noch vor wunderbaren Plänen in der Zukunft, und irgendwann übermannte sie der Schlaf.

Die Herren Godsiffe, Laughton und Beamish waren ein voller Erfolg. Vor allem Mr. Beamish, ein junger Mann mit ermüdender Fröhlichkeit und einer Bereitschaft, ihr zu dienen, dass es fast schon an Unterwürfigkeit grenzte, gefiel sich in seiner Rolle, Lisa die Fallstricke zu zeigen, in die Hausbesitzer und Geldanleger geraten können.

»Ich muss noch einmal zu Fletcher«, sagte Lisa, nachdem Arnaldo eine Flasche Champagner geöffnet hatte. Sie befanden sich wieder im Cranshaw House. »Jetzt brauche ich sein Jobangebot nicht mehr anzunehmen.«

»Tun Sie, was Sie für richtig halten, meine Liebe«, sagte Daphne. »Ich wünsche Ihnen Glück und Gesundheit.«

»Ich auch«, warf Arnaldo ein, hielt sein Glas hoch und sah sie mit seinen samtenen Augen an. »Aber seien Sie auf der Hut. Die Wölfe werden sich versammeln, sobald sich Ihr Glück herumgesprochen hat.«

»Ich werde Fletcher die Chance geben, für den Rossetti zu bieten«, sagte Lisa plötzlich. Schäumende Perlen kitzelten ihren Gaumen, was sie als Symbol für ihr neues Leben ansah.

»Und David Maccabene?«, fragte Daphne und musterte sie genau.

»Vielleicht«, antwortete Lisa, denn er war immer da, ein Schatten auf ihren Gedanken. »Aber ich bezweifle, dass er jemals aus seiner Haut kann.«

»Ich glaube, du musst Mr. Garston im Auge behalten«, sagte Daphne.

»Ich weiß. Er ist der mieseste Übeltäter. Will, dass die Leute ihn für einen feinen Kerl halten, und in Wirklichkeit ist er eine linke Bazille.«

Fletcher war so gefühlskalt wie immer, als sie ihn am Abend besuchte. Sie eröffnete ihm die neue Situation und sagte zunächst nichts. Er saß da und ließ den Courvoisier im bauchigen Cognacschwenker kreisen. »Ich freue mich für dich, Lisa, aber es enttäuscht mich schon, dass du hier nicht arbeiten wirst.«

»Ich will mein eigenes Antiquitätengeschäft«, platzte sie heraus, denn noch hatte sie nicht verinnerlicht, dass ihr Vermögen ihr Türen öffnen würde, die ihr bisher verschlossen waren.

»Du gibst den Marktstand auf?«

»Zunächst mal ja. Ich werde mit einer Arbeit beschäftigt sein, die Mrs. Nightingale mir aufgetragen hat. Ich verkaufe eine Zeichnung für sie.«

Er war sofort ganz Ohr. Er stellte den Schwenker auf den Sofatisch und sah Lisa scharf musternd an. »Und was ist daran so wichtig?«

»Die Zeichnung ist von Dante Gabriel Rossetti«, sagte Lisa

mit einem triumphierenden Lächeln, das in seiner Intensität fast schon sexuell war.

Seine dunklen Brauen hoben sich fast bis zum Haaransatz. »Ein Rossetti? Hier in West Deverel?«

»Ja«, antwortete sie ernst und rutschte auf dem Sofa näher an ihn heran. Ihr Körper fühlte sich zu seinem hingezogen wie Stahl zum Magneten.

»Ich will ihn sehen«, presste er heraus, und seine Augen waren Eisscherben, die ihre durchdrangen.

Ich habe jetzt die Kontrolle, dachte sie auf einer Welle des Selbstbewusstseins. Ich habe etwas, was er verzweifelt besitzen will. Lass ihn zappeln. Lass ihn ein bisschen schwitzen.

»Ich muss auch anderen die Gelegenheit geben«, sagte sie kühl und schlug die Beine übereinander. Sie trug neue Designerjeans. »David Maccabene wird sehr erpicht darauf sein.«

Fletcher starrte sie wütend an. »Was versteht er schon von feiner Kunst?«, fauchte er ätzend.

»Ich habe keine Ahnung«, antwortete sie und beugte sich noch ein bisschen mehr zu ihm. Er konnte das schwere Parfum nicht ignorieren, das aus dem Tal ihrer Brüste aufstieg.

Ihre eigenen Sinne wirbelten herum, je näher sie diesem Mann war, den sie wie verrückt begehrte. In einem langen Morgenmantel mit dem Paisleymuster sah er zum Anbeißen aus. Darunter trug er eine weite Hose und eine Strickweste, die sich über seiner Brust öffnete. Lisa konnte den gebräunten Brustkorb und die nussbraunen Nippel sehen, und in ihren Fingern juckte es.

Er duftete nach Sommerhitze. Sein nasses Haar ließ darauf schließen, dass er erst vor kurzer Zeit aus dem Swimmingpool gestiegen war.

Ich kann das auch, dachte sie und labte sich in dem frischen Gefühl der Extravaganzen, das sie schon auf eine Einkaufstour gelockt hatte, nachdem ihr Gespräch mit Mr. Beamish beendet gewesen war. Es war besser, als in der Lotterie zu gewinnen. Nicht mehr nach Preisschildern sehen müssen, einfach das kaufen, was ihr gefiel. Ein Swimmingpool war durchaus möglich, wenn nicht für diesen Sommer, dann eben für den nächsten.

»Ich gebe eine Einweihungsparty für mein Haus«, sagte sie und ließ ihren Phantasien freien Lauf. »Wirst du auch kommen und Tanith und die anderen Leute, die ich hier kennen gelernt habe?«

»Wenn du willst, kann ich das für dich organisieren«, sagte er. »Gibt es Platz zum Tanzen?«

»Ja, genug. Ich habe nicht so viel Platz wie du, aber wir müssen den Tango tanzen. Können wir eine Band anheuern? Und jeder soll eine Maske tragen. Wir müssen uns ein Thema überlegen.«

»Stars der Stummfilmzeit?«

»Wunderbar.«

Lisas Gehirn raste auf der Überholspur. Sie wollte nicht nur ihr neues Haus feiern, sie konnte auch nicht erwarten, Pauls Gesicht zu sehen, wenn er erfuhr, dass sie nun völlig unabhängig war. Und Mike? Sie empfand nichts als Verachtung für ihn, aber sie würde ihn ebenso einladen wie Valerie – und Fiona.

»Ich liebe es, reich zu sein«, gluckste sie und verlor die Ehrfurcht vor Fletcher, die sie bisher beinahe sprachlos gemacht hatte.

»Das ergeht jedem so«, stellte er fest, und dabei zuckten seine sinnlichen Lippen, was ihre Pussy vibrieren ließ. »Du verdienst es, Geld zu haben, Lisa. Du weißt, wie du es für deine größten Freuden ausgeben kannst. Frage mich, wenn du Rat brauchst.«

Er ist anders, dachte sie, während sie noch in der Lage war, einen klaren Gedanken zu fassen. Er behandelt mich nicht mehr herablassend.

Mit einer Hand berührte er ihre Brust, und ein Finger tauchte in das tiefe V ihres T-Shirts ein. Lisa ließ sich auf die Kissen sinken und atmete ganz flach, als er die Chantilly-Spitze ihres BHs nach unten drückte. Ihre Nippel stellten sich unter seinem Streicheln auf. Sein Gesicht kam näher; sein Atem roch nach Cognac. Er nahm ihre volle Unterlippe zwischen seine Zähne, nagte sanft daran und saugte sie, dann schloss er die Oberlippe mit ein. Lisa verlor sich in einem Gefühl der Lust, als seine Zunge Besitz von ihrem Mund nahm und ihn gründlich erforschte.

Er schob den BH tiefer nach unten und legte damit die Warzen bloß. Er drückte und leckte sie, bis Lisa vor Wonne erschauerte. Er stieß die Zunge tiefer in ihren Mund, quetschte die geschwollenen Zitzen und wollte sie nun auch endlich sehen. Er brach den Kuss ab, zog ihr das T-Shirt aus und ließ es auf den Boden fallen. Der BH folgte. Ihre Brüste hoben und senkten sich, voll und golden, die Aureolen braun, die Spitzen dunkel und hart. Er nahm sie in den Mund, ging von einer zur anderen und hielt sie in einem Zustand des schmerzenden Verlangens.

Plötzlich richtete er sich auf, die grauen Augen ungewöhnlich warm und lebendig. »Hat die Peitsche deinen Po gezeichnet?«, fragte er, die Stimme schwer vor Erregung.

»Mein Po glühte wie ein Leuchtturm«, antwortete sie und griff nach der sexy Beule, die sich unter der weiten Hose gebildet hatte. »Die Backen sind immer noch rot.«

»Lass mich mal sehen.« Er ruckte mit den Hüften vor, damit ihre Finger seine Männlichkeit greifen konnten.

Lisa rieb die Länge durch seine seidig-schwarze Hose. Ihr Geschlecht pochte, und ihr Herz raste. Dies war das erste Mal, dass sie allein waren, und sie hatte das Gefühl, dass sie ein echtes Liebespaar waren und keine Zuschauer brauchten.

Sie stand auf, streifte die Sandalen ab, schlängelte sich aus ihrer Jeans und präsentierte ihm ihre Rückseite. Sie bückte sich, und er strich mit seinen kühlen Händen über ihre geschundenen Backen. Sie spürte seinen Atem auf ihrem Po. Die Augen geschlossen, zitterte sie unter seinen Berührungen. Sie wollte nach ihm grabschen, ihn ausziehen, seinen schönen Penis lutschen, seine Hoden in den Händen wiegen und seinen Schaft tief in sich versenken.

Sie war fast entsetzt, als ihr bewusst wurde, dass es ihr nicht schwerfallen würde, mit diesem Mann Liebe zu machen.

Er setzte sie auf den Rand des Sofas und zog an den Beinen ihrer Jeans. Sie schaute ihm zu, dann ließ sie sich auf den Rücken fallen, aber ihre Füße standen noch auf dem Teppich. Mit einer Hand auf jedem Bein öffnete sie die Schenkel und streichelte über den weichen Flaum ihres Schambergs. Sie teilte die rosa Blütenblätter ihrer Labien und umkreiste die pochende Knospe, die aus ihrem fleischigen Nest lugte.

Sie strich leicht über den erigierten Kopf der Klitoris, und ihr Schoß begann zu zucken. Der Eingang zu ihrer Pussy war nass und bereit, Fletcher in ihr warmes Heiligtum aufzunehmen. Lisa schloss die Augen und zitterte vor Erregung.

Sie spürte eine Berührung auf der Klitoris, die nicht von ihrer Hand stammte. Ein Finger stieß gegen die geschwollene, bebende Knospe. Lisa stöhnte auf und warf den Kopf von einer Seite zur anderen. Der Finger glitt weiter hinunter und tunkte in den Teich, der sich im Eingangsbereich gebildet hatte, und von dort massierte er das Zentrum ihrer Erregung. Andere Finger stießen in sie hinein und imitierten das Rein und Raus eines dickeren Gerätes.

Ihr Körper bäumte sich auf, und Lisa schlug um sich und ruckte die Hüften hoch zu dieser himmlischen Invasion, die den Kontakt zur Klitoris unterbrochen hatte. Jetzt wollte sie mehr als nur seine Finger. Sie wollte etwas Großes, Kräftiges, was sie füllen konnte.

Getrieben von dieser Lust, richtete sie sich von den Kissen auf und langte nach ihm. Er stand zwischen ihren Beinen und begann langsam, seine Hose zu öffnen, die dann zu Boden rutschte – mit einem dramatischen Ergebnis: Sein Schwanz reckte sich hoch, und sie fing ihn ein, schloss die heiße Innenfläche um die geschwollene Eichel und strich über den starren Stamm.

»Er ist gewaltig«, hauchte sie.

»Aber du hast ihn doch schon gesehen.«

»Nicht so richtig wie jetzt.«

Er zog sie an sich, und sie fühlte seine Zunge zwischen ihren Labien. Als die Zunge ihr Streicheln abbrach, jaulte Lisa protestierend.

»Willst du mich haben?«, fragte er.

»Oh ja, mach es mir ...«

»Du gehörst mir, nicht wahr? Mir allein. Mir gehört alles, was du bist, alles, was du hast.«

»Ja«, flüsterte sie, benommen von ihrer Geilheit.

»Ja, ja«, schnarrte er und stieß seinen Penis in sie hinein.

Lisa schrie auf, als er sie penetrierte und die Wände ihrer Vagina streckte. Sie umfing ihn mit ihren Schenkeln, trieb ihn an und freute sich über seine Finger auf ihren Nippeln.

»Zufrieden?«, fragte er nach ihrem Orgasmus.

»Oh ja«, seufzte sie und löste sich von ihm.

»Gut«, sagte er. »Jetzt gehen wir in den Ballsaal. Eduardo wird bald eintreffen. Tanith hatte heute ihre Tanzstunde. Du kannst dabei mitmachen.«

»Aber ...« Sie konnte sich ein Dutzend Gründe einfallen lassen, warum sie nicht mitmachen sollte.

»Sei still. Du willst doch der Star deiner Party sein, oder? Ich werde dafür sorgen, aber bis dahin liegt eine Menge

Arbeit vor dir. Tango kann man nicht in fünf Minuten lernen. Dein Rücken wird schmerzen, und deine Füße werden brennen. Wenn du vor Pein oder Erschöpfung schreist, stehe ich mit der Peitsche parat. Aber es wird dir gefallen, wenn ich dich in die Arme nehme.«

Für Daphne war es Zeit zu gehen. Ein Taxi hielt vor Cranshaw House, das Taxi zum Flughafen. Daphne sah blass, aber resolut aus, und natürlich wurde sie von Arnaldo begleitet. Er sah großartig aus in seinem maßgeschneiderten Mailänder Anzug und den Designerschuhen. Jeder Zentimeter verkündete seine Stellung.

Lisa hatte sich schon verabschiedet, aber trotzdem gab es Küsschen in letzter Minute. Schließlich stand sie am Straßenrand und winkte ihnen nach, und erst als das Taxi und die Insassen aus ihrem Blickfeld verschwunden waren, traute sie sich ins Haus, das jetzt ihr gehörte.

Jetzt konnte sie den ärgerlichen Brief vom Planungsausschuss beantworten und ihm mitteilen, dass sie umgehend die erforderlichen Reparaturen ausführen lassen wollte. Sie würde verschiedene Unternehmer anschreiben und sich Kostenvoranschläge geben lassen. Nur eine Firma würde sie nicht beauftragen – Everard Homes Ltd.

Arnaldo hatte es übernommen, sich die Bewerberinnen einer Stelle als Haushälterin anzuschauen; eine erforderliche Ausweitung für Cranshaw House, das viel zu groß war, um von Lisa allein geführt zu werden. Er hatte schließlich eine Frau ausgewählt, die einmal ihr eigenes Hotel geführt hatte. Jetzt kam sie aus der Küche, adrett gekleidet, das Gesicht ein wenig verbittert, aber man sah ihr auch an, dass sie der Fels in der Brandung sein konnte.

»Sie sind also weg, Miss Sherwin?«

»Ja, das sind sie, Mrs. Harvey.« Lisa fühlte sich plötzlich einsam und verlassen.

Mrs. Harvey lächelte. »Sie werden sie vermissen, das ist nur natürlich, aber wir werden das Haus bald auf Vordermann gebracht haben, und danach läuft alles so regelmäßig wie ein Uhrwerk ab.«

»Nicht alles, hoffe ich«, sagte Lisa. »An so was bin ich nicht gewöhnt. Ich will es bequem um mich herum haben, so bequem wie in meiner Wohnung. Ich werde bald eine Einweihungsparty geben. Wir werden später darüber reden. Jetzt gehe ich aus. Achten Sie darauf, dass die Alarmanlage eingeschaltet ist.«

»Ja, Miss Sherwin«, sagte Mrs. Harvey respektvoll.

Mavis stand in der Garage, und Lisa fuhr mit ihrem neuen Coupé in die Stadt. Den Bentley würde sie nur gelegentlich benutzen, den Van aber häufiger.

»Eine richtige Party! Großartig!«

Martin führte Lisa zu den Hinterzimmern. Phil schüttete Tee auf, und Alfie streckte sich träge in den Sonnenstrahlen aus, die durchs Fenster fielen.

»Ich lade dich und Phil ein. Es ist eine Kostümparty.« Sie ließ ein Bein unter dem neuen Rock schwingen, der viel mehr gekostet hatte, als sie erinnern wollte. Die Zeit, in der sie ausschließlich im Secondhand-Laden gekauft hatte, war noch nicht lange her.

Martin sah sie argwöhnisch an. »Ja, klar. Und was ist der Anlass? Hast du's in der Welt zu was gebracht?«

»Es ist eine house-warming-Party«, klärte sie ihn auf, und ihre Augen tanzten.

»Lisa Sherwin, ich kenne dich schon eine lange Zeit«, sagte er und drohte mit dem Finger. »Und ich erkenne, wenn irgendeine Schelmerei geplant ist. Also, rück schon raus damit – was ist los?«

»Nun ...« Sie akzeptierte einen Pott Tee von Phil. »Sagen wir, dass ich Einladungen an Paul, seine Mutter und Mike Garston schicke. Und natürlich auch an David und Lady Fiona.«

»Ah«, sagte Martin, »du willst dich an ihnen rächen.«

»So ungefähr. Ihr habt Fletcher und seine Clique noch nicht kennen gelernt, nicht wahr? Ich bin sicher, dass sie für manche Überraschung sorgen werden, und Paul und Familie werden aus dem Staunen nicht mehr herauskommen.«

»Du hast einen Ausdruck drauf, den ich früher bei Hexen gesehen habe«, warf Phil grinsend ein.

»Ich?«, rief Lisa, machte große Augen und sah ihn voller Unschuld an.

Sie fühlte sich nirgendwo so ungezwungen wie bei Martin und Phil. Sie bot ihnen an, nach den Reparaturarbeiten in ihre Wohnung zu ziehen. Sie akzeptierten sofort, denn die Miete für ihr Cottage fraß einen großen Teil ihrer Gewinne auf. Die Wohnung würde ideal für sie sein, und Lisa wollte nicht gern an Fremde vermieten. Allerdings mahnte sie die beiden, auf Alfie aufzupassen, weil er einen Appetit auf Goldfische hatte.

»Also, die hat vielleicht Nerven!«, rief Valerie, und ihr Gesicht errötete vor Zorn. »Hast du das gesehen, Mike?«

»Was?«, fragte er matt. Er hatte sich vor dem großen Fernseher auf die Couch geworfen. Es gab die Übertragung eines Fußballspiels, und nun schien es, dass sie die ganze Zeit quasseln wollte.

»Es ist nicht mit der Post gekommen; jemand muss es in den Briefkasten gelegt haben«, fuhr Valerie fort und hielt streitlustig einen Umschlag hoch. »Es ist von Lisa. Diese aufgeblasene kleine Kuh hat den Nerv, uns zu einer house-warming-Party einzuladen. Sie wäre immer noch ein Nichts, wenn sie sich nicht der verrückten Alten an den Hals geworfen hätte, die sich gern von einem schmierigen Typen in einem herrlichen alten Wagen chauffieren ließ.«

»Wir nehmen die Einladung an«, sagte er entschlossen und las den Text der Karte aufmerksam durch. Er stand auf Büttenpapier und war mit vergoldeten Buchstaben kursiv gedruckt. Er glaubte, Lisa riechen zu können. »Ich will mir das Haus gern mal ansehen.«

»Das kann ich mir denken«, fauchte sie ihn an. »Du hast keinen Stolz, das ist dein Problem. Ob Paul auch eingeladen ist? Aber so frech ist sie nicht, oder? Ach, das traue ich ihr auch noch zu. Ich werde ihn anrufen.«

Seufzend griff Mike zum Bier. Er fühlte sich in letzter Zeit von Dunkelheit umhüllt und konnte seine Depression selbst dann nicht ablegen, wenn er mit Joyce zusammen war. Die neue Entwicklung machte es ihm noch schlimmer, denn jetzt konnte er keine Strippen mehr ziehen, um Lisa vor Probleme zu stellen. Es hatte sich in der ganzen Stadt rasch herumgesprochen, was zwischen ihr und Mrs. Nightingale geschehen war. Die Nachricht hatte Mike den Teppich unter seinen Füßen weggezogen. Jetzt konnte er Lisa nicht mehr manipulieren.

Er hörte, wie Valerie auf Paul einredete. Ihre Stimme kratzte an seinen Nerven.

»Sie hat dir auch eine geschickt! Sie weiß einfach nicht, was sich gehört«, rief sie. »Du kannst froh sein, dass du sie los bist. Die Geschichten, die ich über sie gehört habe ... Alle möglichen Männer. Oh, du willst also hin? In dem Fall werden wir wohl auch gehen. Wer, sagst du, wird noch da sein? Mr. Robillard von Hawkhurst Abbey und Lady Fiona? Ja, das klingt schon viel besser ... Nein, Paul, ich bin kein Snob. Wie kannst du so etwas nur sagen?«

»Lisa, ist das irgendein Spiel?«, fragte David. Er hatte sie in ihrer Wohnung beim Packen gefunden. Er hielt die Einladung mit den Fingerspitzen fest.

»Kein Spiel, David. Nicht mehr als die Spiele anderer Leute, zum Beispiel zwischen dir und Fiona.«

Er hörte Gift und Galle aus ihrer Antwort. War sie eifersüchtig auf die Lady? War sie sauer, weil er sich im Mund einer anderen Frau ergossen hatte? Er musste zugeben, dass das nicht einer seiner feinsten Momente gewesen war.

»Ich nehme an, man darf dir gratulieren«, sagte er. Man hätte die Atmosphäre zwischen ihnen mit einem Messer schneiden können.

»Danke«, sagte sie spröde, ohne von den Büchern aufzusehen, die sie in einen Karton packte.

»Willst du nicht hören, was ich über meine Beziehung mit Fiona zu sagen habe?«

»Nein«, sagte sie abweisend und endgültig.

»Keine Chance zum Sex?«, fragte er ungerührt.

»Schieb ihn dir sonst wo rein, David.«

»Ja, siehst du, so habe ich mir das auch gedacht.«

»Ha, ha. Ich habe zu tun.«

»Okay«, sagte er und schlenderte zur Tür. »Ich komme zur Party. Ich kann nicht für Fiona sprechen, aber solche Feten liebt sie, und sie ist heiß auf Robillard. Wir sehen uns.«

»Es gibt eine Zeichnung, die du dir vielleicht ansehen willst«, teilte sie ihm mit. Sie hörte sich so begeistert an, als läse sie einen Fahrplan. »Eine Kreidezeichnung von Rossetti.«

»Nicht der gute alte DGR?«

»Doch.«

»Das muss eine Fälschung sein.«

»Nein, ist es nicht. Mrs. Nightingale ist die Besitzerin und hat mich gebeten, das Bild für sie zu verkaufen. Willst du es dir mal anschauen? Fletcher will es haben.«

»Tatsächlich? Nun, dann kann ich es kaum ablehnen, was?«

Sie sah hoch, lächelte süß und sagte: »Ich dachte mir, dass du das sagst. Goodbye, David. Wir sehen uns auf der Party.«

»Verdammte Frau«, knurrte David, als er die Wohnung verließ. Was ihn am meisten ärgerte, hatte nichts mit Fletcher und auch nichts mit Fiona zu tun, sondern nur mit ihm: Sobald er Lisa wieder sah, reagierte sein Penis sprunghaft, als hätte er seit zwei Wochen keinen Liebestunnel von innen gesehen.

Als selbsternannter Zeremonienmeister hatte Fletcher die Vorbereitungen in seine Hände genommen. Mrs. Harvey war ins freie Wochenende geschickt worden; sie wurde von Lee und Frankie ersetzt. Floristen und Caterer karrten ihre Lieferungen heran, und Techniker bauten eine Stereoanlage auf. Fletcher hatte sich aus Diskretionsgründen gegen eine Band entschieden. Dies würde keine gewöhnliche Party werden.

Lisa war nervös wie eine junge Schauspielerin vor der Premiere. Sie war Fletcher und Tanith dankbar, die sich sofort bereiterklärt hatten, ihr bei der Vergeltung zu assistieren, als sie ihnen die Umstände der gelösten Verlobung erläuterte.

Fletcher war zufrieden, dass alles für die Gäste bereit war. Die Empfangshalle war in einen schwach beleuchteten, leicht anrüchigen Nachtklub verwandelt worden. Lisa lief die Treppe hoch in ihr Schlafzimmer; das feinste Zimmer im Haus, das Daphne auch als ihr Gemach genutzt hatte.

Sie zitterte vor Anspannung. Mit wem würde sie die Nacht verbringen? Fletcher? Das würde ihr gefallen. Oder Eduardo, ihr Lehrer, der Tanzstunden oft zu Liebesstunden werden ließ?

Oft hatte er ihr die wahre Bedeutung des Tangos demonstriert, seine dunkle Sinnlichkeit, die in tiefer Leidenschaft wurzelte. Er hatte diese Leidenschaft zum ultimativen Abschluss gebracht, wenn seine Männlichkeit sich aus der Enge seiner Hose erhob und seine Lippen und Finger die Schülerin darauf vorbereiteten, ihn zu empfangen. Der Rhythmus der Musik wurde eins mit dem pochenden Puls ihres Blutes.

Während Lisa sich an jede sinnliche Tanzstunde erinnerte, wurden ihre Brüste fester, die Nippel hart wie Kieselsteine. Sie stand unter der Dusche in ihrem herrlichen Marmor-Badezimmer, mit arabischen Fliesen ausgelegt, und ließ die Bilder zu, die sich ihr die ganze Zeit aufdrängten und ihr Feuer noch mehr anfachten. Sie genoss das glitschige Gefühl des Gels, das auf ihrer Haut schäumte, und zog an den Nippeln, bis sie sich spitz aufrichteten, dann ließ sie eine Hand hinunter zum Nabel wandern und in den dichten, kurzen Busch gleiten.

Es war wie eine süße Folter, ihre Spalte zu teilen, die frische Meereswürze zu riechen, die sich mit dem Kastaniengel mischte, und mit dem harten Knopf zu spielen. Aber sie hielt den Orgasmus zurück. Sie wollte warten, dann würde er noch intensiver sein, wenn sie mit Fletcher oder Eduardo … oder David zusammen war.

Obwohl sie wütend auf ihn war, hätte sein Anblick, als er in ihrem Haus aufgetaucht war, sie fast schwach werden lassen. Sie hatte es fast unmöglich gefunden, ihn nicht anzufassen, obwohl sie ihn mit Fiona erwischt hatte. Aber heute Abend, wer konnte da schon wissen, was alles passierte? Das Schicksal würde entscheiden.

Sie befand sich auf dem Gipfel ihrer Aufregung und bereitete sich mit größtmöglicher Umsicht vor. Sie hatte sich Fotos der frühen Hollywood-Vamps besorgt, um deren Make-up zu kopieren. Augen, Brauen, Wangenknochen und Lippen wurden besonders betont. Sie bemalte ihr Gesicht, als wäre es eine Leinwand, bis sie schwül und verführerisch aussah. Ihre Haare waren ein verwegener Mopp wilder Locken, ihr Körper geschmeidig und im smaragdgrünen Kleid aus Tussaseide fast nackt. Der Rock war bis zur Hüfte geschlitzt.

Schwarze Seidenstrümpfe mit Zierborten aus Spitze, gerüschte Strapse, hochhackige grüne Satinschuhe, kein Höschen und üppig gesprühtes Parfum – fertig war sie. Jetzt fehlte nur noch die schwarze Maske, mit Pfauenfedern geschmückt. Sie bedeckte Nase und Brauen, und die Augen glitzerten geheimnisvoll durch die silbern umrahmten Schlitze.

Ihre Gäste trafen ein, als sie die Treppe hinunterschwebte. Ihre Verkleidung war perfekt. Erst als sie hinüber zu Paul und den Garstons ging, wurde sie erkannt, als sie »Willkommen im Cranshaw House« gesagt hatte.

»Verdammt und zugenäht, ich hab dich nicht gekannt«, stotterte Paul. Sein Zugeständnis an die Maskerade bestand in seinem Rugbytrikot einschließlich gestreifter Kniesocken und Treter.

Wie habe ich jemals mit dem da ins Bett gehen können?, dachte Lisa, während sie ihn verlockend anlächelte und sagte: »Was für ein originelles Kostüm. Sehr gut, Paul.«

Ihr Sarkasmus wäre in der ganzen Halle zu hören gewesen, aber Paul bemerkte ihn nicht.

»Du hast es gut getroffen, was?«, bemerkte Valerie, und wenn Blicke töten könnte, hätte Lisa einen sofortigen Herzstillstand erlitten. »Großes Haus, aber ein paar Renovierungen könnten nicht schaden.«

»Chacun à son goût«, sagte Lisa und war sicher, dass Valerie den Satz nicht verstand. »Ich liebe dein Kleid«, fügte sie hinzu, ohne es zu meinen. Welchem Stummfilm war sie entstiegen?

Valerie warf sich in die Brust und sagte, halb verlegen, halb kühn: »Ich habe es letztes Jahr zu einer Party bei der Bürgermeisterin getragen. Sie hatte die Party unter das Motto ›Weiber und Heilige‹ gestellt.«

»Es passt zu dir«, sagte Lisa, und diesmal meinte sie es so.

Valerie war sofort erkennbar, obwohl sie eine Katzenmaske trug. In ihrem roten Korsett mit der Wespentaille und den langen goldenen Strapsen, die ihre Fischnetzstrümpfe hielten, dem schwarzen Slip und dem Pillboxhut mit einem gepunkteten Schleier und ihrem frisch gebleichten Haar entsprach sie der negativen Vorstellung eines ›Weibs‹, einer Dirne. Ihre opulenten Brüste fielen fast aus dem Mieder, und die dünne Seide des Höschens spannte sich über den üppigen Schamberg, ein scharlachfarbenes Herz genau in der Mitte.

Ich wette, sie hat die Gelegenheit kaum erwarten können, sich noch einmal in dieses Outfit zu winden, dachte Lisa. Seltsam, dass respektierte bürgerliche Frauen sich bei Kostümpartys so häufig wie eine Hure kleiden – oder so, wie sie glauben, dass eine Hure sich kleiden würde.

Mike hatte sich als Vikar verkleidet, was seinem Charakter nun wirklich nicht gerecht wurde. Schwarzer Anzug und ein Hundehalsband. Er starrte Lisa lüstern durch seine Halbmaske an, und sie versteifte sich und stellte ihn Tanith vor.

»Das ist Mike«, sagte sie und lächelte mit einem Hauch von Bosheit. »Ich habe dir von ihm erzählt.«

»Mike, wie schön, dich endlich kennen zu lernen«, gurrte Tanith und verbeugte sich vor ihm, wobei ihre Brüste fast aus dem losen Mieder fielen.

Sie schimmerte und glitzerte, ein Anblick, der dem Betrachter exotischen Genuss bescherte. Sie trug ein violettes Kleid, üppig mit Perlen besetzt, das kurz unterhalb der Knie endete. Ihre Maske war an einem Stab befestigt, sodass sie ihr Gesicht verdecken konnte, wann immer sie wollte.

Martin tänzelte heran, Phil hing an seinem Arm. »Paul, du kennst Martin, nicht wahr? Ihm gehört ›Charisma‹.«

Martin war völlig verwandelt; er brauchte keine Maske, um seine Identität zu verbergen. Er hätte ein großes, elegantes Modell sein können, das einen Harlekinmantel in einem Pariser Modesalon vorführt, in Türkis gehalten und mit Federn geschmückt. Er trug eine burgundrote Perücke mit einem Pony und Schmachtlocken, die das Rouge seiner Wangen bürsteten. Er verkörperte das typische Flapper Girl der zwanziger Jahre – hager, flachbrüstig und langbeinig.

Paul fielen fast die Augen aus dem Kopf. »Martin? Bist du das?«, stammelte er.

»So ist es, mein Lieber«, flötete Martin, und die scharlachroten Lippen lächelten breit. »Aber du kannst mich Martina nennen, doch nur für den heutigen Abend. Bist du gekommen, um dir meine Vorführung anzusehen? Ich bin Teil des Kabaretts.«

Der Empfangsraum füllte sich allmählich. Es waren nicht allzu viele Gäste da, die jetzt von einer Gruppe zur nächsten zogen, denn die meisten kannten sich und bewunderten gegenseitig ihre Kostüme. Da waren ein Charlie Chaplin und eine Gloria Swanson, ein Troubador, ein Hofnarr und ein Musketier. Einige Ladys, die wohl glaubten, dass die Masken ihnen Anonymität verliehen, waren spärlich bekleidet erschienen, entweder als Kleopatra, als Bajadere oder als römische Sklavin.

In einem Nebenraum war ein Büfett aufgebaut, dazwischen Blumen und Silberfigurinen in gewagten Posen.

Die Dekoration, das Essen und der Wein, alles war so zusammengestellt, dass es die Sinne neckte und die Kontrolle lockerte; eine Spezialität von Fletcher. Lee und Frankie warteten darauf, die einzelnen Speisen zu servieren und die Gläser zu füllen. Champagnerkorken knallten wie zu Silvester. Die Stimmen wurden lauter, das Lachen wurde rauer, und die Hemmungen sanken.

David und Fiona trafen spät ein, und Lisa musste zweimal hinschauen, als sie ihn sah. Ihr Herz schlug einen Salto.

Er hatte es abgelehnt, eine Maske zu tragen. Teufel, sah er gut aus! In seinen scharlachroten Samtbreeches, die ihm von der Taille bis zum Knie wie angegossen passten und keine einzige Falte warfen, war er eine Bedrohung für die Tugend jeder Frau. Die Hose saß so eng, dass sie die Beule in seinem Schritt zeigte, und wer genau hinschaute, konnte sogar die Furche der Vorhaut sehen.

Er ließ die Muskeln seiner braunen Arme spielen. Sein dunkel behaarter Brustkorb war zum Teil von einem Lederwams verdeckt. Eine breite burgundrote Schärpe lenkte die Aufmerksamkeit auf seine schmale Taille und auf den knackigen Arsch. Er trug eine Bandanna um den Kopf, goldene Reifen in den Ohren und schwarze Stiefel mit umgekrempelten Schäften – in diesem Aufzug hätte er auf das Deck jeder Galeone gepasst, ein Abenteurer, der die spanische Flotte terrorisiert.

»Das ist ein höchst passendes Kostüm«, bemerkte Lisa markig, verwundert über ihre Selbstbeherrschung, denn ihr Mund war trocken und ihre Pussy nass. »Ich dachte immer, du wärst ein Pirat.«

»Ich fühle mich geschmeichelt«, antwortete er, und seine Lippen formten ein wölfisches Grinsen unter der dünnen Linie seines falschen Schnurrbarts. »Ich hätte gegen ein Kräftemessen mit dem Schwert nichts einzuwenden. Erkennst du in mir nicht Douglas Fairbanks, der von Mauervorsprung zu Mauervorsprung hetzt und immer im Schlafzimmer einer Lady landet?«

»Nun, für einen Stummfilmstar hätte ich dich nie gehalten.«

»Ich muss dir sagen, dass ich die meiste Zeit meiner vergeudeten Jugend bei meiner Urgroßmutter verbracht habe, die mir die Liebe zur Musik gezeigt hat, die Liebe zu Antiquitäten und zum Film – und wie man beim Kartenspiel schummelt. Sie behauptet, sie hätte mit Doug geschlafen«, sagte er, und seine grünen Augen tanzten.

»Sie hört sich wie eine umwerfende Lady an«, sagte Lisa und wusste nicht, ob sie ihm glauben sollte.

»Das ist sie auch. Und mit ihren fünfundneunzig Jahren hat sie noch ein Auge für Männer. Vor kurzem habe ich sie gefragt, ob sie noch Orgasmen erlebt.«

»Und?«

»Sie hat mir gesagt, ich soll nicht so ein Trottel sein. Was für eine Frage! Natürlich!«

»Du hast mich nie eingeladen, jemanden aus deinem kostbaren Clan kennen zu lernen«, warf Fiona schmollend ein. Ihre Augen blitzten hinter den Schlitzen ihrer mit winzigen Juwelen besetzten Maske.

»Du hast nie darum gebeten, Darling«, sagte er. »Ich dachte nicht, dass dich das gemeine Volk interessiert. Du wirfst mir doch immer vor, dass ich aus einer niederen Kaste komme.«

»Sei nicht so eklig«, klagte sie und rieb sich an ihm.

Lisa wollte sie ins Gesicht schlagen, diese eitle, verwöhnte Kreatur mit der Moral einer streunenden Katze. Was alles noch schlimmer machte: Sie sah absolut großartig aus. Ihr Kleid musste ein Vermögen gekostet haben. Das Mieder hatte die blau-rote Farbe einer Damaszenerpflaume und drückte ihre Brüste so hoch, dass die festen roten Nippel über den Spitzenrand lugten. Das Kostüm erinnerte vage an eins, das Marie Antoinette getragen haben könnte und mit dem man damals auch in einem Bordell Interesse geweckt hätte.

Der weite Rock wurde von einem Reif gestützt und sah geschlossen aus, aber als sie sich bewegte, zeigten sich Schlitze an verschiedenen Stellen. Ein Bein blitzte auf – von den Pumps bis zum schlanken Oberschenkel, dann ein bloßer Po und die zarten Härchen um ihr Geschlecht.

Lisa wandte sich von ihnen ab, als Martin die Bühne am hinteren Ende des Raums betrat. Die Lichter wurden gedimmt, und ein einziger Spot fokussierte ihn. Musik dröhnte, und er begann seine Show, eine Nachahmung des Berliner Kabaretts zu Zeiten der Marlene Dietrich.

Er war personifizierter Sex – vulgär, frech, frivol, wild und provozierend, und die Zuschauer liebten ihn.

Als er unter tosendem Beifall die Bühne verließ, lief Lisa zu ihm, um ihm zu gratulieren, aber Paul war vor ihr da, verschwitzt, betrunken, klatschend und schreiend. »Martin ... Martina ...«

»Was ist denn?«, fragte Martin mit seiner sanften Stimme. Die Augen leuchteten unter dem dicken blauen Schimmer.

»Ich weiß nicht«, stieß Paul hervor. Er bemerkte Lisa nicht, die die Szene aus den Schatten beobachtete. »Ich habe zu viel getrunken, aber trotzdem ...«

»Warum kommst du nicht mit in eine stille Ecke, da kannst du dich in Ruhe mit Phil und mir unterhalten«, schlug Martin vor und schaute nach unten, wo Pauls Penis seine Rugbyshorts auswuchtete. »Es sieht so aus, als wärst du zu allem bereit. Aber ich kann es doch nicht gewesen sein, der dich in diesen Zustand versetzt hat?«

»Du bist phantastisch«, keuchte Paul. »Ich will dich berühren. Das ist alles ganz schrecklich, denn du bist doch ein Mann. Ich will dich anfassen, und dabei will ich dein Kleid tragen. Komm, gib mir einen Kuss.«

»Aber ich dachte, du stehst auf Frauen«, meinte Martin und hielt Paul mit einer kräftigen Hand zurück, als der sich an ihn werfen wollte. Er zwinkerte Lisa zu und tippte auf seine Brust, als wollte er sagen: Ich hab's dir doch gesagt.

Sie zeigte ihm den aufgerichteten Daumen.

»Komm schon, Paul«, sagte Phil, der in seiner Uniform als Marineoffizier ganz in tropischem Weiß beeindruckend aussah. »Gehen wir auf unser Zimmer, dann sehen wir mal, ob wir dich auf neue Ideen bringen können.«

Punkt Mitternacht fielen die Masken. Lisas Auftritt stand bevor. Die Gäste bildeten einen Kreis an kleinen Tischen. Die ersten Takte der Musik erklangen, und Fletcher betrat den Tanzboden.

Er starrte hinüber zu Lisas Tisch und nickte kurz und befehlend. Sie lächelte und ging zu ihm. Er packte sie am Handgelenk und wirbelte sie in seine Arme. Ein hörbarer Seufzer drang aus den Kehlen aller anwesenden Frauen.

Er war ein Panther, ein wildes, geschmeidiges, dominierendes Tier. Valentino lebte wieder in ihm. Er trug einen spanischen Anzug, eine enge Hose mit hoch angesetzter Taille, einen Kummerbund, ein kurzes enges Jackett, weißes Hemd, rote Bänderkrawatte und einen breitrandigen Hut, den er auf einer Seite bis auf die Braue gezogen hatte.

Inspiriert und beinahe besessen machte er sie zu einem Teil von sich, sie rockte mit ihm, glitt mit ihm, schritt mit ihm und fühlte ihn. Sie wäre ihm in die Hölle und zurück gefolgt, genau in diesem erhebenden Moment der völligen Einheit, die noch inniger verlief als bei der sexuellen Verbindung.

Er hielt sie fest an sich gepresst, seine Erektion drückte hart gegen den Hosenstall. Er hielt eine Hand ganz unten auf ihrem Rücken, dann glitt sie tiefer. Das dünne Material ihres Kleids schob sich zwischen die Kerbe ihrer Backen, und seine Fingerspitze näherte sich dem verbotenen Eingang.

»Tanze«, zischte er, seine glatte Wange gegen ihrer. »Nichts sonst hat dich zu interessieren, nur dieser Tanz. Erinnerst du dich, wie ich dich mit der Peitsche traktiert habe, wenn du einen Fehler gemacht hast? Ich würde dich auch diesmal züchtigen, aber später. Später werde ich dich auch wieder nehmen. Tanz jetzt.«

Lisa befand sich in Trance; der Geist des Tangos hatte Besitz von ihr genommen. Sie schwangen und wirbelten und zeigten kunstvolle Schrittfolgen. Sie waren eins. Sie waren großartig. Sie posierten, als die Musik aufhörte, und präsentierten sich ihrem Publikum; schön, elegant, geheimnisumwittert und angefüllt mit fleischlichem Verlangen.

Die Zuschauer tobten. Eduardo griff Valerie und zog sie auf den Tanzboden. Er beugte ihren Körper zum Tango. Fiona fiel fast in Jamies Arme und schlang einen Arm um seinen Hals. Tanith, Carol und Babs griffen Mike und vollführten ein seltsames Tanzritual, dem sich Andrew anschloss.

Diejenigen, die gewöhnlich so sehr darauf achteten, dass die Moral in West Deverel nicht unterging, hatten als erste ihre Hemmungen verloren, sie tanzten und küssten und schlichen sich zum Vögeln davon.

Lisa stand ein wenig abseits in einem Alkoven und beobachtete ihre Gäste. Das kaleidoskopische Licht blitzte über die Köpfe der Tänzer, aber ihre Ecke blieb im Schatten. Ihre Libido befand sich auf dem Höhepunkt. Eine Hand strich über ihre Brüste und reizte die erregten Nippel. Mit dem Erfolg kam die Geilheit, dachte sie, und sie fühlte sich sehr erfolgreich. Fletcher hatte ihren Auftritt gelobt; er hatte zwar nicht viel gesagt, aber er hatte es mit jedem Teil seines Körpers ausgedrückt.

Sie entspannte sich und labte sich an den Sensationen, die durch ihre Brüste und ihre Klitoris zuckten. Die Tussaseide glitt in sie hinein, als sie an ihren Schoß griff. Sie versenkte einen Finger zwischen den gespaltenen Pfirsich ihres Geschlechts. Dann nahm sie eine andere Hand wahr, die sich über ihre legte und stärker drückte, und jemand schmiegte sich warm an ihren Rücken.

Sie atmete schwer und inhalierte seinen Geruch, und Fletcher nagte in ihrem Nacken und rieb sie leicht. Die Luft kühlte ihre Backen, als er mit der freien Hand ihren Rock hob.

Seine Schenkel drängten sich von hinten an ihre, und als er sie ohne Mühe in Position brachte, glitt sein Penis sanft in sie hinein.

Fast sofort erlebte sie ihren Orgasmus. Sie beugte sich vor und spürte seinen Schaft tief in sich. Er bewegte sich langsam und rhythmisch, als ob er noch tanzte, und er ließ die Hüften kreisen, statt direkt zuzustoßen. Seine Eichel rieb gegen ihre Gebärmutter, und sein Finger massierte ihre Klitoris, während ihre eigenen Hände unter ihre Brüste fassten und die Nippel stimulierten.

Die Musik erhob sich zu einem Crescendo. Lisa auch. Er pumpte und pumpte, und dann lief sie über und schüttelte sich, als die intensiven schönen Sensationen sie durchflossen. Fletcher stützte sie mit den Armen, die er um sie legte, wodurch es so aussah, als hätte sie dunkle Flügel.

Zwölftes Kapitel

»Aber ich bin verheiratet«, protestierte Valerie, als Eduardo sie in eines der Gästezimmer führte.

Ihr Widerstand hörte sich halbherzig an, und Lisa musste grimmig grinsen. Sie hatte sich hinter dicken Fenstervorhängen versteckt.

Tanith drückte ihren Arm. Sie war die Anstifterin zu diesem Voyeurstück, denn sie hatte Lisa unten zugeflüstert: »Eduardo ist dabei. So ein gut aussehender Bursche wie er ... Valerie muss glauben, dass Weihnachten ist. Willst du sehen, wie es ihr ergeht?«

Jetzt standen sie nebeneinander hinter dem Vorhang. Lisa lugte durch einen schmalen Spalt und sah ihre Beinahe-Schwiegermutter in den Armen des Tanzlehrers. Er hielt sie fest, und ihre schwache Gegenwehr erschlaffte, als er seinen Mund auf ihren drückte. Dann legte er eine Hand auf ihre Brust und drückte sie fest.

Einen Moment lang gelang es ihr, sich loszureißen, aber er fing sie gleich wieder ein, setzte sich aufs Bett und legte Valerie über seine Knie. »Du bist ein ungezogenes Mädchen«, schimpfte er. »Du brauchst eine Lektion.« Eduardo schob ihr schwarzes Höschen nach unten und entblößte die blassen Halbkugeln ihrer fleischigen Backen.

Valerie schlug um sich, aber man hatte das Gefühl, dass sie die Gegenwehr nicht ernsthaft betrieb, und sie erreichte auch nur, dass das Höschen immer tiefer rutschte.

Mit einem Blick zum Vorhang hob Eduardo seine Hand und klatschte sie auf Valeries Po.

Sie quietschte und trat wieder um sich, und dabei verlor sie einen Schuh. Eduardo hörte nicht auf, ihr den Hintern zu versohlen, bis die Backen in einem hellen Rosa leuchteten, und aus der Pussy rann silbriger Liebessaft die Schenkel hinunter.

Eduardo streckte seine Beine, sodass sie zu Boden glitt. Ihr Kostüm hatte gelitten, die Brüste waren entblößt, und das Höschen lag auf den Füßen. Die Augenschminke war zerlaufen, und sie atmete tief ein und aus, offenbar in einem emotional sehr erregten Zustand.

Eduardo stand breitbeinig in seinen schwarzen Stiefeln vor ihr, knöpfte die Klappe seiner weißen Wildlederhose auf, die ein Teil seiner Husarenuniform war. Sein Glied schoss heraus, und Valerie gab einen lauten Seufzer von sich.

»Na, was hältst du davon?«, fragte Eduardo. »Schau ihn dir genau an. Hast du so einen großen schon mal gesehen?«

»Das ist pervers«, keuchte Valerie.

»Ja, deshalb wird dir das Bild nicht mehr aus dem Kopf gehen. Du wirst es immer wieder vor dir sehen, wenn du im Bett liegst und es dir selbst besorgst.«

»Nein, nie!«

Er kniete sich vor sie, und ihre Augen wurden immer größer, als sie die Erektion so dicht vor sich sah. Eduardo massierte ihre Labien und rieb leicht über die Klitoris.

»Nicht ...«, wimmerte sie.

»Nicht? Ich soll nicht aufhören?«, fragte Eduardo. Er stieß die Finger jetzt rhythmisch in sie hinein, und sie bäumte sich auf, seinen Fingern entgegen. Sie gab einen langen jaulenden Laut von sich, als es ihr kam.

»Soll ich dir zeigen, was passiert, wenn ich dir meinen Schaft einverleibe?«, fragte Eduardo.

»J ... ja, bitte.«

»Oh, das will ich deutlicher hören«, murrte er und schüttelte sie. »Sage: Fick mich, Eduardo.«

»Dieses vulgäre Wort bringe ich nicht über die Lippen.«

»Komm schon.«

»Fick mich, Eduardo«, rief sie.

Er hievte sie aufs Bett, legte ihre Schenkel um seine Taille und stieß mit einem harten Schlag in sie hinein. Valerie kreischte und quietschte, und Lisa schaute zu, als ihre Widersacherin jede Zurückhaltung aufgab und sich wand und schlängelte und stöhnte und keuchte und schrie unter den Attacken des jungen Mannes.

Als Eduardo den finalen Stoß ansetzte, der ihm die Erlösung brachte, traten Lisa und Tanith hinter dem Vorhang hervor. Valeries Augen weiteten sich vor Entsetzen.

»Was tut ihr denn hier?«, keuchte sie.

»Wir haben dir zugesehen, Valerie«, sagte Lisa. »Wir haben dein wirkliches Ich hinter deinem aufgeblasenen Getue gesehen.«

»Er hat mich dazu gezwungen«, rief sie.

Lisa lachte. »Ach, ja? Das war doch ein Glücksfall für dich. Du hast all das erleben können, wovon du heimlich geträumt hast. Fang an zu leben, Valerie. Akzeptiere, dass du ein normaler Mensch mit normalen Bedürfnissen bist und nicht die alleinige Stütze der Gesellschaft.«

Eduardo erhob sich von Valerie, und sie setzte sich auf, das Gesicht schamrot, und versuchte, ihre Brüste unter das Korsett zu schieben. »Aber du sagst keinem was, Lisa«, bettelte sie. »Nicht Mike und überhaupt keinem.«

»Ich werde nichts erzählen, wenn du dich mir gegenüber von nun an anständig verhältst. Aber wenn ich erfahre, dass du wieder Geschichten über mich verbreitest, dann verspreche ich dir, dass alle es hören werden.«

Lisa stampfte aus dem Zimmer, begleitet von Tanith, und war ganz versessen auf ihre nächste Mission.

Fletcher hatte im Keller einen großen Raum wie ein Verlies ausgestattet. Es war nicht so großartig wie der Gewölbekeller von Hawkhurst Abbey, aber doch recht beeindruckend mit den schwarzen Tüchern über den Steinmauern und den roten und bedrohlich aussehenden Instrumenten, die an Ringen befestigt waren. Fackeln in Wandhaltern sorgten für ein flackerndes Licht.

»Zeit für ein bisschen Spaß«, sagte Tanith und trat an die Gestalt heran, die gefesselt auf einem Tisch lag.

Tanith hatte sich umgezogen; jetzt trug sie ein schwarzes Ledermieder, aus dem ihre rot bemalten Nippel hervorlugten, ein winziges Höschen, Strapse und Lackstiefel, die bis zu den Oberschenkeln gingen und hohe Absätze hatten. Sie hielt eine Peitsche in der Hand und ließ die einzelnen Lederriemen verspielt durch ihre Finger gleiten.

Der gefesselte Mann war Mike. Er wachte aus seinem Alkoholschlaf auf und starrte trübe auf seine Umgebung. »Was soll das?«, murmelte er.

Lisa warf den Kapuzenumhang ab, in den sie sich gehüllt hatte, und zeigte ihren Körper. Auch sie trug Leder – einen blutroten *catsuit,* dessen Reißverschluss bis zur Taille aufgezogen war. Das flackernde Licht ließ sie wie einen Dämon aussehen. Sie warf kurz einen Blick auf Babs und Carol; die erste in einem mit Rüschchen besetzten Mieder und einem Minirock, die andere in einem Bustier und einem Tutu, in dicken schwarzen Strümpfen und Ballettschuhen – und ohne Höschen.

»Guten Abend, Mike«, schnurrte Lisa und ließ den Blick über den fleischigen nackten Körper schweifen. Sie berührte seinen schlaffen Penis mit der Reitpeitsche, die sie verkrampft in der Hand hielt. »Ich hoffe, du genießt die Party.«

»Ja«, knurrte er und zog an seinen gefesselten Hand- und Fußgelenken. »Ich muss irgendwie ohnmächtig geworden sein. Okay, ihr habt jetzt euren Spaß gehabt und könnt mich wieder von der Kette lassen.«

»Ich fürchte, das werden wir nicht tun, Mike«, sagte Lisa und ließ seinen Penis von einer Seite auf die andere rollen. Er begann zu wachsen. »Ich will dich erst bestrafen. Ich habe meine Freunde mitgebracht, die dabei helfen.«

»Nun schau dir das mal an!«, rief Tanith, lehnte sich über Mike und berührte sein Glied mit ihrer Peitsche. »Das muss ihm gefallen! Er ist hart wie ein Fahnenmast, der lüsterne Kerl!«

»Mädchen, hört mal«, sagte Mike. »Kann sich nicht eine von euch draufsetzen?«

»Das machen wir vielleicht«, sagte Tanith, holte mit der Peitsche aus und ließ sie auf seinen rechten Oberschenkel klatschen. Sie konnte sie so akkurat platzieren, dass sie sonst nichts von ihm berührte.

Er schrie auf und zerrte an seinen Fesseln, aber sein Schaft blieb hart. Eine kristallklare Träne drückte sich aus dem Schlitz.

Lisa fing den Tropfen mit einem Finger auf und schmierte ihn auf seine Lippe. Leise fragte sie: »Erinnerst du dich noch daran, wie du mir gedroht hast, Mike? Mein Körper oder du wolltest mir das Bauamt auf den Hals hetzen, nicht wahr?«

»Das war aber kein schöner Zug«, gurrte Carol und grätschte über ihn. Sie kniete da, sodass sein Schaft unter ihrem Geschlecht blieb.

Er bäumte sich auf und zielte auf ihre Pussy. »Komm, lass deinen Arsch sinken, dann zeige ich dir, was du bisher im Leben versäumt hast.«

»Du hältst dich wohl für ein Gottesgeschenk an die Frauen, was?«, fuhr Tanith ihn an und ließ die Peitsche wieder knallen. Sie musste sie noch gezielter einsetzen, um Carol nicht zu berühren.

»Verdammtes Luder«, zischte Mike zwischen zusammengebissenen Zähnen.

»Das ist keine Art, mit einer Lady zu sprechen«, schimpfte Tanith und schlug zweimal hintereinander zu.

Lisa schüttelte sich. Sie hatte sehr schnell das Interesse an Mike verloren und wandte sich angewidert ab. Tanith und die anderen würden ihm sein Machogehabe abgewöhnen. Hier unten hatten sie die schönsten Gelegenheiten dazu.

»Es ist natürlich eine Fälschung«, sagte David, als er zu ihr in die Küche schlenderte, nachdem die Gäste gegangen waren.

»Was ist eine Fälschung?« Lisa hielt das Glas mit dem Pulverkaffee in der Hand und stellte noch eine zweite Tasse dazu, in die sie auch einen kleinen Löffel Kaffee gab. Sie trug einen grünen Seidenkimono, mit Chrysanthemen bestickt. Darunter war sie nackt. Lisa war hundemüde, aber sie fühlte sich auch glücklich.

»Der Rossetti«, antwortete er und setzte sich falsch herum auf einen Küchenstuhl. »Ich habe mir die Zeichnung angesehen, und es ist ausgeschlossen, dass sie echt ist. Eine raffinierte Fälschung, das gebe ich gerne zu. Sie könnte sogar von Harry Treffry Dunn stammen. Er war sein Gehilfe, der auch Kopien der Werke des Meisters anfertigte und überhaupt die Drecksarbeit erledigte. Aber irgendwie kann ich nicht glauben, dass die Fälschung von ihm ist.«

»Du bist so ein Besserwisser«, sagte sie wütend und stellte mit einem lauten Knall die Tasse vor ihn. »Wieso bist du so überzeugt, dass es eine Fälschung ist?«

Er hob die breiten Schultern unter der Lederweste. Er hatte das Halstuch abgelegt und auch den falschen Schnurrbart. »Erfahrung gepaart mit meinem Riecher für solche Sachen«, sagte er mit einem Lächeln.

Seine Selbstsicherheit ärgerte sie. »Du weißt immer alles besser«, nörgelte sie. »Und wer hat dir eigentlich die Erlaubnis gegeben, die Zeichnung anzusehen?«

»Ich dachte, das gibt mir was zu tun, damit der Abend nicht völlig vergeudet ist.«

»Es hat dir nicht gefallen?«

»Es hat mir nicht gefallen, mit ansehen zu müssen, wie du dich mit Robillard zur Schau stellst.«

Er sah wütend aus, aber Lisa sagte nur: »Was geht dich das an? Deine Partnerin war doch Fiona.«

»Wir sind zusammen gekommen, ja, aber jetzt ist sie heiß auf Jamie. Er ist mit ihr zurück nach Newstead Manor gefahren.«

»Oh, dann hat sie also einen neuen Schoßhund?«

Seine dunklen Brauen senkten sich zu einem bedrohlichen Stirnrunzeln. »Ich war nie ihr Schoßhund. Wir hatten geschäftlich miteinander zu tun.«

»Und dazu gehörten Blowjobs?«, fragte sie trocken. »Nun, in Jamie hat sie was Ebenbürtiges gefunden. Er ist ein selbstsüchtiger Lump, der sie ausnehmen wird wie eine Weihnachtsgans.«

»Das ist ihr Problem«, sagte er, hob eine Braue und sagte: »Dir scheint das zu gefallen.«

»Ganz allgemein – ja. Ich habe einen großartigen Abend erlebt und nebenbei noch ein paar Leute zurechtstutzen können, die mir in der Vergangenheit Böses wollten. Es ist wunderbar, Macht zu haben, nicht wahr?«

»Ja, aber pass auf, dass sie dir nicht zu Kopf steigt. Du bist eine liebenswerte, leidenschaftliche Frau, Lisa, und es wäre schade, wenn du davon etwas verlierst.«

»Was hast du denn davon?«, fragte sie ihn provozierend.

»Mehr als du ahnst«, antwortete er, dann stand er auf. »Ich habe Hunger. Was hältst du davon, wenn wir ein Tablett mit essbaren Sachen füllen und eine Flasche Wein mit ins Bett nehmen?«

Seine Dreistigkeit raubte ihr fast den Atem. »Wie kommst du auf die Idee, dass ich an dir interessiert sein könnte?«, fragte sie. »Du kommst her, schaust dir einfach die Zeichnung an und glaubst, ich ginge mit dir ins Bett?«

»Natürlich.«

Er schlang die Arme um ihren Körper, der sich auch nicht wehrte, als seine Hände in die Öffnungen des Kimonos griffen. Finger grasten auf ihren Nippeln, während seine Lippen an Ohren, Nacken, Hals und der Schwellung ihrer Brüste nagten. Er hielt Lisa zwischen seinen kräftigen Schenkeln fest, und sie konnte der Härte seines Penis unter den samtenen Breeches nicht ausweichen.

Später wunderte sie sich, dass sie nicht einmal einen schwachen Protest geäußert hatte. Sie lagen in ihrem herrlichen Art-nouveau-Bett, und er hatte Eiskreme auf ihre Brüste gestrichen und leckte sie ab. Dann drückte er Erdbeeren in ihre Vagina, saugte sie heraus und schob sie ihr in den Mund, würzig und saftig. Sie schmeckten nach ihren Säften und seinen und natürlich nach dem Nektar der in der Sonne gereiften Früchte.

Der Himmel färbte sich rosa nach dem Morgengrauen, und die Vögel begannen ihre Hymne auf die aufsteigende Sonne zu singen, als Lisa und David endlich Schlaf fanden, nachdem sie gemeinsam in die Dusche gegangen waren und neue sinnliche Spiele mit Seife und Gel und prasselnden Wasserstrahlen entdeckt hatten.

Lisa kuschelte sich in Davids Arme. Ihr Herz fühlte sich federleicht an, und doch hielt sie etwas von sich in Reserve. Sie würde es nicht zulassen, sich jetzt schon an ihn zu binden. Die Zeit würde zeigen, ob er es wert war, auf Dauer ihr Partner zu sein.

Mr. Beamish hatte Lisa geraten, sich an Balfour, den Auktionator, zu wenden, wenn sie die Rossetti-Zeichnung versteigern lassen wollte.

Sie hatte sich an Daphnes Anweisung gehalten und war nicht zu den großen Auktionshäusern gegangen. Balfour war eine gute Wahl, denn er kannte auch potenzielle Käufer, die sich bestimmt für Rossetti interessierten. Am Morgen der Versteigerung trafen sechs Parteien ein, darunter auch Fletcher und David.

Der Verkauf fand in der Empfangshalle von Cranshaw House statt. Die Zeichnung stand auf einer geschnitzten Staffelei aus Ebenholz.

Lisa war entsetzlich nervös. In ihrer Magengrube schienen Schmetterlinge zu schwirren. Sie fühlte die Last der Verantwortung, aber sie war auch entschlossen, das Beste für ihre Freundin herauszuholen, die ihr so viel gegeben hatte. Sie erkannte die Leute, die sich die Zeichnung vorher schon mal angesehen hatten, und es amüsierte sie zu beobachten, wie Fletcher und David sich begrüßten – mit der kühlen Höflichkeit von Duellanten, bevor sie schreien: *»En garde!«*

Alberne Kerle, dachte sie. Männer, die von Stolz und idiotischer Rivalität beherrscht werden. Wurden sie denn nie erwachsen?

Seit der Party hatte sie nichts mehr von Paul gehört, und Mike schien verschwunden zu sein. Valerie hatte sie einmal im Supermarkt gesehen. Mit ausgesuchter Höflichkeit war sie Lisa begegnet und hatte sie über Eduardo ausgefragt und angedeutet, dass sie vielleicht Tango lernen wollte. Lisa hatte ihr seine Visitenkarte gegeben.

Mrs. Harvey servierte Kaffee, dann stellte sich Balfour hinter einen Tisch rechts von der Staffelei und räusperte sich.

»Ladys und Gentlemen«, begann er, »heute Morgen habe ich den Auftrag erhalten, Ihre Gebote für eine sehr bedeutende und seltene Arbeit entgegenzunehmen, eine Kreidezeichnung von Dante Gabriel Rossetti. Die Zeichnung soll eine Miss Matilda Kirkpatrick darstellen. Sie haben sich ihr Tagebuch anschauen können und Rossettis Brief an sie; beides wird natürlich dem Käufer der Zeichnung gehören. Es gibt einen Vorbehalt, wenn das höchste Gebot nicht der Vorstellung der Besitzerin entspricht. Ich möchte mit zehntausend Pfund beginnen.«

Schon als sie diese Zahl hörte, musste Lisa die Luft anhalten, auch wenn sie wusste, dass dies erst der Anfang war. Sie hatte sich noch nicht an so hohe Summen gewöhnt.

Die Versteigerung schritt munter fort. Eine Amerikanerin mit eisenhartem Gesicht schien wild entschlossen; und neben ihr saß die Verwalterin eines Museums. In der letzten Reihe beugte sich ein privater Sammler vor, und dann gab es noch einen Herrn, der ein Hochzeitsgeschenk für seine Tochter suchte. Aber nach einer Weile fielen sie alle aus.

Der Wettbewerb fand nun zwischen Fletcher und David statt.

Ein gespanntes Schweigen hielt die Anwesenden im Bann. Die Gebote wurden immer höher. Lisa war verdutzt über Davids Hartnäckigkeit. Nach seinen abfälligen Bemerkungen über die Zeichnung war sie überrascht, dass er sie haben wollte. Dann erhöhte sich ihr Puls, als sie an die Möglichkeit dachte, dass er vielleicht einen Käufer aufgetrieben hatte. Er würde seine Ansicht über den Wert des Werkes für sich behalten und beim Weiterverkauf eine satte Provision einstreichen.

Er ist schlüpfrig wie ein Aal, stellte sie fest, und ihr Verlangen nach ihm kühlte ein wenig ab. Sie konnte ihm nicht vertrauen. Sie wäre eine Närrin, wenn sie sich an ihn binden würde.

Fletchers Gesicht war unnatürlich angespannt. Sie wollte,

dass er den Rossetti erhielt, dieser befehlsgewohnte elegante Mann, der ihr beigebracht hatte, ihre dunkelsten Begierden zu verstehen. Aber da war auch David, und obwohl sie glaubte, vor ihm auf der Hut sein zu müssen, war er doch unzweifelhaft ein intelligenter Mann, der sie zum Lachen bringen konnte, der ihren Musikgeschmack teilte und sie bei der Liebe zu ungeahnten Höhen bringen konnte.

Sie war hin und her gerissen zwischen den beiden, und das ärgerte sie. Sie wollte nur sich selbst gehören und nicht wie ein vom Sturm gepeitschtes Schiff auf dem Ozean der Gefühle geschüttelt werden.

Balfour wischte sich mit dem Taschentuch über das verschwitzte rote Gesicht. »Sir«, sagte er zu David, »Mr. Robillard hat Ihr letztes Gebot um fünftausend überboten. Wollen Sie weitermachen?«

David schien sich länger mit der Antwort auf diese Frage zu beschäftigen, strich sich mit einer Hand übers Kinn, warf einen Blick auf Fletcher und sagte dann: »Ich halte mit fünftausend dagegen.«

Die Zuschauer hielten geräuschvoll die Luft an. Lisas Herz schlug in ihrem ganzen Körper. Das konnte er sich doch niemals erlauben, oder? Aber David war an Risiken gewöhnt, und neun von zehn schloss er mit einem Gewinn ab.

»Mr. Robillard?«, fragte Balfour mit zittriger Stimme.

Die beiden Bieter starrten sich an, und im ganzen Raum teilte sich ihre Antipathie mit.

Das hat auch mit mir zu tun, erkannte Lisa plötzlich, und sie spürte den Schock bis in die Knochen.

»Noch mal fünf«, sagte Fletcher.

»Mr. Maccabene?«

Alle im Raum hielten den Atem an, aber dann schüttelte David den Kopf. »Ich steige aus«, sagte er.

»Keine sonstigen Gebote mehr?«, fragte Balfour und ließ

den Blick über die Gäste schweifen. »Sehr schön ... zum ersten, zum zweiten und zum dritten.« Er schlug mit dem Hammer auf den Tisch. »Verkauft an Mr. Robillard.«

Die plötzliche Erleichterung war fast zu schmecken. Fletcher ging auf David zu und sagte gönnerhaft: »Leider Pech gehabt, alter Mann.«

»Im Gegenteil«, gab David zurück, seine grünen Augen so kalt wie Eis. »Ich glaube, das ist eher eine Niete, die man Ihnen da angedreht hat.«

Fletcher starrte ihn über seine Patriziernase an. »Unsinn.«

»Die Zeichnung ist eine Fälschung«, beharrte David und hielt sich lässig am Tisch fest. Lisa war nach Schreien zumute. Warum konnte er die Niederlage nicht akzeptieren?

»Eine Fälschung! Niemals«, rief Fletcher, trat an die Staffelei heran und betrachtete die Zeichnung noch einmal aus der Nähe. »Sie hat alle Charakteristika von Rossetti, und sie ist signiert.«

»Das mag ja sein«, gab David zurück und schlenderte zu ihm. »Aber es ist ganz sicher nicht die Arbeit von DGR. Eine sehr gelungene Arbeit zweifellos. Ich wäre auch beinahe darauf hereingefallen.«

»Es kann keine Fälschung sein«, insistierte Fletcher, und seine Augen blitzten vor Wut. »Ich hätte das gesehen. Ich bin ein Experte, was viktorianische Künstler angeht.«

David hob die Schultern. »Wie Sie meinen. Aber ich garantiere, wenn Sie die Zeichnung zu Sotheby's bringen, wird man Ihnen dort dasselbe sagen.«

»Unsinn«, knirschte Fletcher, aber sein Gesicht war blass geworden. »Wenn Sie das wirklich glauben, warum haben Sie dann so hoch geboten?«

David lächelte; es war ein spöttisches Lächeln. »Nur so zum Spaß«, sagte er. »Ich wollte mal sehen, wie hoch Sie gehen.«

»Und wenn ich vorher ausgestiegen wäre?«

»Dann hätte ich jemanden gefunden, der es mir abkauft. Einen wie Sie, der glaubt, alles über Rossetti zu wissen«, antwortete David mit furioser Gelassenheit.

»Oh, verdammt«, schnarrte Fletcher. »Ich werde beweisen, dass Sie sich irren.«

»Ja, gern.« David wandte sich an Lisa. Er streckte seine Hand aus und fragte: »Bist du bereit zum Mittagessen? Oder musst du zuerst Mrs. Nightingale anrufen, um ihr die gute Nachricht zu überbringen?«

»Lisa hat schon versprochen, mit mir essen zu gehen«, sagte Fletcher.

Sie stand da und nahm wie durch einen Dunstschleier wahr, dass sich der Empfangsraum allmählich leerte. Nur Balfour und Mr. Beamish waren noch da, steckten die Köpfe zusammen und diskutierten die finanziellen Auswirkungen der Auktion. Lisa schaute von David zu Fletcher und verglich die gut geschnittenen Gesichter und die sexy Körper miteinander.

Im Moment hatte sie beide satt. Sie ging rückwärts zur Tür und sagte: »Es tut mir leid, aber ich muss mich um was Geschäftliches kümmern. Ich melde mich später.«

Damit floh sie aus dem Zimmer. Sie wusste, dass die Männer ihr nachstarren würden.

»Das ist großartig«, sagte Daphne in Florenz. Sie hörte sich so an, als wäre sie höchstens eine Straße weiter. »Sie haben also den Köder geschluckt?«

»Ja, sie haben sich gegenseitig überboten, aber David behauptet, dass es eine Fälschung ist. Aus bloßer Teufelei hat er Fletcher so hoch getrieben«, erzählte Lisa. Sie saß auf ihrem Bett und drückte den Hörer gegen die Wange.

Daphne gluckste. »Wunderbar. Habe ich Ihnen nicht gesagt, dass einer dem anderen nicht das Schwarze unterm Fingernagel gönnt? Dabei geht es den beiden nur um Sie. Und was wollen Sie tun? Wer ist Ihre *numero uno?*«

»Ich weiß es nicht«, gab Lisa zu.

»Ah, das bedeutet, dass Sie den Seelenverwandten noch nicht kennen gelernt haben«, sagte Daphne. »Halten Sie sie im Schwebezustand. Kommen Sie nach Italien.«

»Wann?«

»Jetzt.«

»Oh, das geht nicht, ich bin doch auf nichts vorbereitet. Ich muss mich noch um so viele Dinge kümmern«, sagte Lisa und geriet fast in Panik.

»Dann kommen Sie im September zur Hochzeit.«

»Ja, gern. Ich suche mir schon mal die Flugverbindungen heraus.«

»Lassen Sie mich wissen, wann Sie ankommen, dann wird Arnaldo Sie abholen. Aber vorher werden wir noch miteinander reden. Oh – noch was, Lisa.«

»Ja?«

»David hat Recht.«

»Wieso?«

»Es ist eine Fälschung. Sie wurde von einem sehr guten Künstler angefertigt, einem Freund von Walter. Nur so zum Spaß. Oder als Zeitvertreib. Dann haben wir das Tagebuch und den Brief gemeinsam ausgeheckt ... altes Papier, alte Tinte ... es war gar nicht so schwierig.«

»Aber warum? Sie sind wohlhabend, Sie brauchen das Geld nicht«, rief Lisa. Ihr war, als täte sich vor ihr der Boden auf.

»Ich lege gern diejenigen herein, die glauben, dass sie alles wissen. Fletcher kann es sich leisten. Er wird die Zeichnung für das Doppelte weiterverkaufen. Dies ist unser Geheimnis, Lisa. Sagen Sie es niemandem.«

Es wäre ihr lieber gewesen, wenn Daphne ihr nichts gesagt hätte. Das Wissen um den Betrug lastete schwer auf ihrem Gewissen, aber im Laufe der nächsten Wochen wurden die Szenen der Auktion in ihrem Kopf immer schwächer. Fletcher verkaufte die Zeichnung an einen australischen Großindustriellen mit mehr Geld als Verstand und triumphierte deshalb doch noch über David, der aber keine Gelegenheit ausließ, Fletcher an seinen Irrtum zu erinnern.

Lisa hörte auch, dass Paul sich mit der Tochter einer angesehenen Familie verlobt hatte.

»Ich bedaure die dumme Gans«, sagte Lisa zu Martin.

Er verzog das Gesicht. »Ich stimme dir zu. Schade, dass er sich nicht zu seinem Schwulsein bekennt. Irgendwann kommt heraus, dass er doppelgleisig fährt, und dann kann er dem Skandal nicht mehr entgehen.«

Eduardo hatte Lisa erzählt, dass er seine liebe Not mit Valerie hatte. Sie war besessen von ihm, nicht mehr die stocksteife prüde Matrone, sondern eine leidenschaftliche Frau, die gelernt hatte, ihre Gefühle nicht länger zu unterdrücken. Obwohl sie Paul die neue Verlobte gefunden hatte, war sie zu sehr mit Eduardo beschäftigt, um sich um die Vorbereitungen zur Hochzeit zu kümmern – das überließ sie den Eltern der Braut.

Lisa verhandelte mit dem Besitzer des Hauses neben dem Haus ihres Vaters. Martin, Phil und sie kamen auf die Idee, neben Charisma einen Laden mit Antiquitäten zu eröffnen, der sich leicht im Geschenkeshop integrieren ließ.

Mit dem Mercedes Kombi und einem gesunden Scheckbuch konnte sie zu attraktiven Auktionen fahren. Es kam immer wieder vor, dass David sie absichtlich ärgerte, indem er gegen sie bot, um sie dann hängen zu lassen.

Sie teilte immer noch das Bett mit ihm, und wenn sie eine Abwechslung brauchte, verbrachte sie eine Nacht mit Fletcher auf Hawkhurst Abbey. Aber beide nervten sie, weil sie erwarteten, dass Lisa sich endlich für einen entschied.

Lisa dachte nicht daran. Sie hatte viel zu tun, musste eine Menge lernen und freute sich darüber, dass sie irgendwann einmal eine kompetente Händlerin sein würde. Aber vorerst unterliefen ihr noch manche Fehler, aber das geschah seltener, und so wuchs ihre Erfahrung von Tag zu Tag.

Der September näherte sich, und sie verkündete, dass sie bald zu Daphnes Hochzeit fliegen würde.

»Aber Lisa«, klagte David, als sie abends im Bett lagen. »Warum machst du das? Kann ich nicht mitkommen?«

»Nein, kannst du nicht. Ich gehe hin, weil ich dabei sein will, wenn Arnaldo eine ehrliche Frau aus ihr macht. Ich werde nicht lange weg sein«, fügte sie besänftigend hinzu und schlang ihre Beine um ihn. Ihre Brüste rieben sich an seinen Nippeln, während ihre Hand an seinem Schaft auf und ab glitt.

»Ich habe Kontakte in Florenz«, sagte er und rieb sein Kinn gegen ihre oberen Halswirbel, und sie bekam eine Gänsehaut. »Ich könnte dir mit diesen Kontakten helfen. Italienische Händler sind verdammt harte Burschen. Du brauchst jemanden an deiner Seite, der genug Erfahrung hat.«

»Ich schaffe das schon, und außerdem wird Daphne da sein. Sie ist fast so unbarmherzig wie du, wenn es ums Feilschen geht. Falls es aber mit ihr Schwierigkeiten gibt, weil sie zu sehr in die Vorbereitungen involviert ist, rufe ich dich an, dann kannst du vielleicht nachkommen. Aber ich kann dir nichts versprechen.« Dann grätschte sie über ihn.

»Das ist doch albern«, sagte Fletcher, während er Lisa durch ein paar Tango-Schrittfolgen führte. »Du fängst gerade erst an. Ich brauche dich hier. Aber wenn du darauf bestehst, muss ich dich züchtigen.«

»Du musst tun, was du für das Beste hältst, Herr«, sagte Lisa, und eine Welle der Erregung schoss durch ihre Nerven und direkt zu ihrem Schoß. »Aber niemals werde ich eine Reise nach Florenz versäumen.«

»Du bist ein stures Weib«, knurrte er und klatschte eine flache Hand auf ihren von Seide bedeckten Po.

Sie seufzte und hob ihr Bein wie beim Tanz und schlang es um seine Hüfte. Ihr mandarinfarbener Rock mit den Fransen schwebte hin und her und gab den Blick auf ihre schwarzen Strümpfe frei. Sie ließ die Hüften kreisen, denn sie hörte die Musik, die aus dem Ballsaal drang.

»Genieße deine Zeit und mach dir keine Sorgen«, sagte Martin, als er und Phil ihre Taschen zur Abflughalle trugen.

»Das habe ich vor«, meinte Lisa. Tatsächlich fühlte sie sich sorgenfrei. »Ich wollte immer schon Italien besuchen. Daphne hat versprochen, dass sie mit mir zur Oper nach Verona fährt.«

»Und du bist wirklich okay?«, setzte Martin nach. Er sorgte sich um sie wie eine Mutterhenne. »Mach dir keine Gedanken wegen des Hauses. Erstens ist Mrs. Harvey da, und zweitens werden wir ab und zu nach dem Rechten sehen. Ich habe deine Telefonnummer und werde dich anrufen, wenn es nötig sein sollte.« Seufzend fügte er hinzu: »Ich werde mich mit Mr. Beamish um alles kümmern. Ich glaube, er ist scharf auf mich.«

»Er hat dich als männliche Schlampe durchschaut«, neckte Phil ihn, der überzeugt schien, dass alles nur heiße Luft war. »Wenn du zurückkommst, Lisa, holen wir dich wieder ab. Es sei denn, du willst, dass jemand anders auf dich wartet. David vielleicht oder Fletcher?«

»Wer weiß«, sagte sie lächelnd. »Aber ich glaube, ich werde mich lieber auf euch verlassen. Geht jetzt, damit ihr *Charisma* öffnen könnt.«

Sie warf ihre Arme um sie und küsste sie herzlich, einen kleinen Kloß in der Kehle, weil sie von jetzt an auf sich allein gestellt war. Wenn sie jemanden als Begleiter gewollt hätte, dann am ehesten diese beiden. Sie sah ihnen nach, dann hob sie ihre Schultertasche vom Boden auf, und eine knarrende Stimme verkündete, dass die Passagiere nach Florenz jetzt an Bord gehen konnten.

Durch einen schlauchartigen Gang musste sie gehen, an dessen Ende sich die Flugzeugtür befand. Lisa war nervös, denn bisher war sie nur einmal geflogen, als sie mit ein paar Freundinnen eine Ferienreise nach Spanien gebucht hatte. Ihr Vater hatte sich das Geld am Munde abgespart, damit sie mit den Freundinnen fliegen konnte. Sie erinnerte sich an einen alten ratternden Airbus, ein kleines Hotel mit engen Zimmern, ans Meer, an einen Sonnenbrand und an entsetzliche Jugendliche, die sich betranken und schlecht benahmen. Lisa hatte sich dafür geschämt, dass sie Landleute von ihr waren.

Dies lag alles hinter ihr, und sie fühlte sich gut, dass sie einen Flug erster Klasse gebucht hatte und ein teures, lässiges Outfit trug. Durch den langen heißen Sommer war sie schlanker und gebräunter als seit langem. Sie wusste, dass sie gut aussah. Sie strömte Klasse aus. Diese schwer zu definierende Qualität hatte sie immer gehabt, aber Daphne hatte ihr die Gelegenheit gegeben, sie auch zu zeigen.

Die Motoren pochten und vibrierten, und ihr Körper reagierte darauf. Dies war Abenteuer pur, dachte sie, und sie malte sich aus, wie sich ihr Leben in Zukunft abspielen würde. Sie würde jeden Tag genießen.

Nie im Leben hätte sie sich träumen lassen, dass sie sich jemals einen Flug erster Klasse erlauben könnte. Sie erfreute sich am Luxus des großzügigen Platzangebots und an den

Aufmerksamkeiten der Stewards. Und sie wusste, dass Arnaldo auf sie wartete, wenn das Flugzeug auf italienischem Boden aufsetzte.

Sie schaute sich die anderen Passagiere an, und ihr Blick begegnete den Augen des Mannes auf der anderen Seite des Ganges. Er lächelte, und auch ihre Mundwinkel hoben sich. Er hatte einen dunklen Teint und trug ein etwas hochmodernes, aber leicht bizarres Outfit eines japanischen Designers. Die Hose mit dem Schlangenhautmuster war so eng, dass man sie für Leggings halten konnte.

Lisa ließ absichtlich ihr Magazin fallen. Sie bückte sich, um es aufzuheben. Ihre Brüste schwangen unter dem tiefen Ausschnitt nach vorn. Sein Blick war auf den Ausschnitt gerichtet, aber er war schneller als Lisa und hob ihre Zeitschrift auf. »Fliegen Sie nach Rom?«, fragte er.

»Nein, nach Florenz«, antwortete sie und bewunderte seine geschmeidige, langgliedrige Gestalt mit der interessanten Fülle in seinem Schritt.

»Ich auch«, sagte er und zeigte ihr ein breites Lächeln. »Ich kaufe und verkaufe Antiquitäten.«

»Was für ein Zufall. Das ist auch mein Gewerbe«, gab sie zurück, und ihr Blut wärmte sich, als sie an die Stunden dachte, die vor ihr lagen. Ob es wohl möglich war, während der Reise eine intime Bekanntschaft einzugehen? Sie warf ihm einen Seitenblick zu und fragte: »Tanzen Sie zufällig Tango?«

»Seltsam, dass Sie das fragen«, sagte er, verließ seinen Sitz und setzte sich zu ihr. Er strahlte Männlichkeit aus und verströmte den Duft eines teuren Körpersprays. »Ja, gern sogar.«

»Das klingt interessant«, murmelte sie und musste an ihr Kleid mit den Pailletten und Fransen denken, das sie eingepackt hatte. Es gehörte ihr jetzt; Fletcher hatte es ihr quasi als Abschiedsgeschenk gegeben.

Sie ließ ihn und David in der Warteschleife und konzentrierte sich auf den sexy Fremden. Sie schlug ihre nackten Beine übereinander und beobachtete, wie seine Blicke sich daran labten und immer höher krochen bis in die dunklen Schatten.

Lisa musste lächeln, akzeptierte seine Huldigung und erwartete eine Reise, die sich als viel lohnender erweisen konnte, als sie gedacht hatte – als ideale Möglichkeit, ihre Reife als Frau zu feiern.

Ende

Ein glühend heißer Roman aus der pulsierenden Welt der Großstadt

Antoinette Powell
MANHATTAN PASSION
Erotischer Roman
Aus dem Englischen
von Juliane Korelski
320 Seiten
ISBN 978-3-404-16417-2

Julia schwelgt im Luxus, auch durch ihren Mann, einen millionenschweren Wall Street Manager. Aber dann entdeckt sie die kriminelle Seite seiner trüben Machenschaften, was eine dramatische Verfolgung auslöst, die von schicken Lofts zu schäbigen Treffs, von glitzernden Nachtclubs und in die kriminelle Unterwelt führt.

Eine erotische Zeitreise voller Geheimnisse, Magie und Lust

Maya Hess
GÖTTIN VOM HIMMEL
Erotischer Roman
272 Seiten
ISBN 978-3-404-15996-3

Jenna Brights Flugzeug gerät in einen ungewöhnlichen Sturm, und als sie aufwacht, findet sie sich in der Welt der Kelten vor zweitausend Jahren wieder – verehrt als ›Göttin vom Himmel‹. Das Flugzeug zerstört und das Handy unbrauchbar, ist Jenna gezwungen, sich an ihr neues Leben anzupassen – und an die beiden mächtigsten Männer des Dorfes, die um sie buhlen. Jenna wird in einen Strom wilder, dunkler Leidenschaften gerissen.

Bastei Lübbe Taschenbuch

Die heißesten Urlaubsgeschichten, die Sie jemals lesen werden!

Kerri Sharp (Hg.)
STRAND DER SÜNDE
Erotische Geschichten
336 Seiten
ISBN 978-3-404-15995-6

Wahnsinnig sexy und köstlich erotisch, eine Sammlung indiskreter Geschichten, die alle in den schönsten Wochen des Jahres spielen. Laura liegt am Golf von Neapel in einer Hängematte und träumt von athletischen Surfern; eine junge Amerikanerin ist das erste Mal in Paris und fällt in die Arme eines sehr fähigen Reise(ver)führers; und Fiona erfährt in Prag liebevolle Gastfreundschaft und sehr eigenwillige Bräuche. Dieses Buch gehört in jede Reisetasche!

Bastei Lübbe Taschenbuch